Ο ΓΥΡΟΣ ΤΟΥ ΘΑΝΑΤΟΥ

Τοῦ ἴδιου στὶς Ἐκδόσεις Ἄγρα

ΤΟΥΡΚΙΚΕΣ ΠΑΡΟΙΜΙΕΣ

1993

ΚΑΝΑΛ ΝΤ'ΑΜΟΥΡ

1996

ΦΑΧΙΣΈ ΤΣΊΚΑ

1998

ΒΩΜΟΛΟΧΙΚΕΣ, ΣΚΑΝΔΑΛΙΣΤΙΚΕΣ
ΕΛΛΗΝΙΚΕΣ ΠΑΡΟΙΜΙΕΣ

1998

ΟΙ ΑΣΙΚΗΔΕΣ
ΕΙΣΑΓΩΓΗ ΚΑΙ ΑΝΘΟΛΟΓΙΑ
ΤΗΣ ΤΟΥΡΚΙΚΗΣ ΛΑΪΚΗΣ ΠΟΙΗΣΗΣ
ΑΠΟ ΤΟΝ 13ο ΑΙΩΝΑ ΜΕΧΡΙ ΣΗΜΕΡΑ

2003

ΟΙ ΖΕΪΜΠΕΚΟΙ ΤΗΣ ΜΙΚΡΑΣ ΑΣΙΑΣ

2005

ΟΜΟΡΦΗ ΝΥΧΤΑ

2008

Ο ΚΑΡΑΓΚΙΟΖΗΣ ΛΑΪΚΟΣ ΤΡΑΓΟΥΔΙΣΤΗΣ

2009

•

Μετάφραση

YAŞAR KEMAL
Ο ΤΣΑΚΙΤΖΗΣ

1994

ΘΩΜΑΣ ΚΟΡΟΒΙΝΗΣ

Ο ΓΥΡΟΣ ΤΟΥ ΘΑΝΑΤΟΥ

ΜΥΘΙΣΤΟΡΗΜΑ

ΕΚΔΟΣΕΙΣ ΑΓΡΑ

Ἀναζητῆστε τὶς Ἐκδόσεις Ἄγρα
στὴν ἱστοσελίδα μας
www.agra.gr

Ἐὰν ἐπιθυμεῖτε νὰ λαμβάνετε τὸν Τιμοκατάλογό μας καὶ νὰ ἐνημερώνεστε γιὰ τὶς νέες ἐκδόσεις καὶ τὶς ἐκδηλώσεις μας, μπορεῖτε νὰ μᾶς ἀποστείλετε ὄνομα καὶ διεύθυνση.

Ἀποσπάσματα τοῦ μυθιστορήματος προδημοσιεύτηκαν στὰ περιοδικὰ *Λαϊκὸ τραγούδι*, τ. 16, Ἰούλιος 2006, *Ἐν Βόλῳ*, τ. 34-35, Ἰούλιος-Δεκέμβριος 2009 καὶ *Γιατί*, τ. 406-408, Μάρτιος 2010.

Οἱ Ἐκδόσεις Ἄγρα καὶ ὁ συγγραφέας εὐχαριστοῦν τὸν Σταῦρο Ζαφειρίου γιὰ τὴν παραχώρηση τῆς ἄδειας δημοσίευσης στὸ παρὸν βιβλίο τοῦ ποιήματός του «Τὸ παράδοξο τοῦ Ζήνωνα».

Α΄ ΑΝΑΤΥΠΩΣΗ : Ἰανουάριος 2011

ISBN 978 - 960 - 325 - 930 - 5

Ζωοδόχου Πηγῆς 99, 114 73 Ἀθήνα
Τηλ. 210.7011.461 - FAX 210.7018.649
http : // www.agra.gr, e-mail : info@agra.gr

Π Ε Ρ Ι Ε Χ Ο Μ Ε Ν Α

Στὴ μνήμη τοῦ ἀδελφοῦ μου Νίκου Ἀραμπατζῆ

Στοιχεῖα τῆς δικογραφίας, ἀπὸ τὰ βιβλία τοῦ Κώστα Παπαϊωάννου *Ὁ Δράκος τοῦ Σέιχ Σοὺ – Ἕνας ἀθῶος στὸ ἀπόσπασμα*, ἐκδ. Ποντίκι, Ἀθήνα, 1988, καὶ Κώστα Τσαρούχα *Ὁ δράκος ποὺ διέφυγε – Ὑπόθεση Παγκρατίδη*, Ἑλληνικὰ Γράμματα, Ἀθήνα, 2006.

Ἡ χρήση καὶ ἑρμηνεία τῶν καλιαρντῶν, ἀπὸ τὸ λεξικὸ τοῦ Ἠλία Πετρόπουλου *Καλιαρντά*, Πλειάς, Ἀθήνα, 1971.

Ἕνα μεγάλο εὐχαριστῶ στοὺς φίλους Σοφία Μακρῆ καὶ Γιάννη Μακριδάκη γιὰ τὴν ἀνάγνωση, καὶ στοὺς φίλους Κώστα Ἀκρίβο, Ἀριάδνη Γρηγοριάδου, Γιῶργο Ἔξαρχο, Ζυράννα Ζατέλη, Σταῦρο Ζαφειρίου, Ζήση Σαρίκα, Γιῶργο Σκαμπαρδώνη, Κλέαρχο Τσαουσίδη καὶ Ντίνο Χριστιανόπουλο γιὰ τὶς συμβουλές τους.

ΣΥΝΤΟΜΟΓΡΑΦΙΕΣ

ἀγγλ.: ἀγγλικὰ
γαλλ.: γαλλικὰ
γερμ.: γερμανικὰ
ἰδιωμ.: ἰδιωματισμὸς
ἰταλ.: ἰταλικὰ
καλιαρ.: καλιαρντὰ
λαϊκὴ ἔκφρ.: λαϊκὴ ἔκφραση
λαϊκότρ.: λαϊκότροπο
λατιν.: λατινικὰ
μάγκ.: μάγκικα
ποντ.: ποντιακὰ
τουρκ.: τουρκικὰ
ὑποκορ.: ὑποκοριστικὸ

ΤΟ ΠΑΡΑΔΟΞΟ ΤΟΥ ΖΗΝΩΝΑ

Ἐξετελέσθη στὶς 7.06 ἀκριβῶς σήμερα τὸ πρωὶ πλησίον της κοινότητος Ἐξοχῆς ὁ Δράκος τοῦ Σέιχ Σού, διὰ τὰ ἐγκλήματα τὰ ὁποῖα διέπραξε.

ΟΙ ΕΦΗΜΕΡΙΔΕΣ

Ἀπὸ τῶν τουφεκιῶν τὶς κάννες
γιὰ νὰ φτάσουν μέχρι
τὸ λίγο ἀκόμα τῆς ζωῆς
ἔπρεπε νὰ διανύσουνε
ἀπόσταση ἕξι μέτρων
οἱ σφαῖρες τοῦ ἀποσπάσματος.

Γιὰ νὰ καλύψουν ὅμως τούτη
τὴν ἀπόσταση ὄφειλαν πρῶτα
νὰ διασχίσουν τὸ μισό της·
πιὸ πρὶν τὸ ἕνα τέταρτο,
τὸ ἕνα ὄγδοο καὶ οὕτω καθεξῆς,
πίσω στὸ ἄπειρο καὶ τὸ πιὸ πρὶν
τοῦ ἀπείρου.

Γι' αὐτὸ περιηγητὴ τῶν ὑψιπέδων
ἂν τύχει καὶ κοιτάξεις
στὴ μεριὰ ὅπου φρουρεῖ
τὰ ἕρκη του ὁ χρόνος,
θὰ δεῖς τὸν Ἀριστείδη Παγκρατίδη
–δράκοντα ποὺ ἐξαγνίζει τοὺς καιρούς–
στημένο ὀρθὸ καὶ μὲ δεμένα μάτια
νὰ περιμένει ἀκόμα
νὰ βροῦν τὸν στόχο τους οἱ σφαῖρες
τοῦ ἀποσπάσματος.

Ἀπὸ τὸν Φεβρουάριο τοῦ χίλια
ἐννιακόσια ἑξήντα ὀχτὼ
Μὲ αὐτὸ τὸ κρύο
νὰ περιμένει ἐκεῖ,
νὰ περιμένει
ἔχοντας μόλις βγάλει ἀπὸ τὸ στόμα του
τὴν τελευταία κραυγὴ
μανούλα εἶμαι ἀθῶος
ποὺ ὅμως κι ἐκείνη
μαζὶ μὲ τὴ φωτιὰ ἀπ' τὰ ρουθούνια του
τάχα ποιά ἀπόσταση θὰ πρέπει νὰ διανύσει;

ΣΤΑΥΡΟΣ ΖΑΦΕΙΡΙΟΥ

1. Σχετικὰ μὲ τὸν Δράκο τοῦ Σέιχ Σοὺ

ΡΕΠΟΡΤΑΖ ΕΠΟΧΗΣ

ΕΓΕΝΝΗΘΗΚΑ ΤΟ ΕΤΟΣ 1940 εἰς τὸ χωρίον Λαγκαδίκια Λαγκαδᾶ Θεσσαλονίκης. Εἰς τὸ χωριὸ ἡ οἰκογένειά μου ἔμενε μέχρι τοῦ ἔτους 1945, ὅτε καὶ ἤλθαμε καὶ ἐγκατασταθήκαμε εἰς Θεσσαλονίκην. Ἐγὼ ἤμουν πολὺ μικρός, ἀλλὰ ὅπως ἔμαθα ἀπὸ τὴν μητέρα μου καὶ τοὺς συγχωριανούς μου, ὁ πατέρας μου Παγκρατίδης Χαράλαμπος ἦταν Λοχαγὸς τοῦ Ἑλληνικοῦ Στρατοῦ καὶ τὸν ἐδολοφόνησαν κατὰ τὴν Κατοχὴν οἱ Κομμουνισταὶ τοῦ ΕΛΑΣ. Μετὰ τὸν φόνον τοῦ πατρός μου ἡ μητέρα μου, ἐγώ, ὁ ἀδελφός μου Παγκράτης, ἡλικίας τώρα εἰκοσιπέντε ἐτῶν καὶ ἡ ἀδελφή μου Μαρία, ἡλικίας τριανταπέντε ἐτῶν τώρα, μὲ ἕνα κάρρον, ὅπου εἴχαμε φορτώσει τὰ πράγματά μας, ἤλθαμε στὴν Θεσσαλονίκη. Κατ' ἀρχὴν ἐγκατασταθήκαμε σὲ κάτι παράγκες στὸν Βαρδάρη καὶ μετὰ ἕναν μήνα εἰς τὸν συνοικισμὸν Σαράντα Ἐκκλησίας στὸ σπίτι ποὺ ἔχουν δύο χῆ - ρες ἢ γεροντοκόρες εἰς τὴν ὁδὸν Εὐκαρπίας. Στὸ σπίτι αὐτὸ ἐκαθήσαμε περίπου ἑπτὰ μήνας καὶ μετὰ ἐγκατασταθήκαμε εἰς τὴν ὁδὸν Ἁγίας Σοφίας ἀρ. 123. Ἐκεῖ ἐκαθήσαμε μέχρι τὸ 1952 περίπου, ἂν ἐνθυμοῦμαι καλῶς. Κατὰ τὸν χρόνον ἐκεῖνον ἡ ἀδελφὴ ἔφυγε διὰ τὴν Ἀθήνα εἰς τὸν θεῖον μου Ἱπποκράτην Παγκρατίδην, ὁ ὁποῖος εἶναι ἐργάτης τοῦ Παπαστράτου. Ἐκεῖ ἡ ἀδελφή μου παντρεύτηκε. Μαζὶ μὲ τὴν ἀδελφή μου ἐπῆγε καὶ ὁ ἀδελφός μου ὁ ὁποῖος ἔμαθε χρυσοχόος καὶ ἐπανῆλθε εἰς τὴν Θεσσαλονίκην τὸ ἔτος 1958. Ἐγὼ ἔμεινα μαζὶ μὲ τὴν μητέρα μου, ἡ ὁποία ἐργαζότανε ὡς πλύστρα σὲ διάφορα σπίτια τῆς πόλεως. Στὸ σχολεῖον ἐπῆγα μία τάξη στὶς Σαράντα Ἐκκλησίας καί, ὅπως θυμᾶμαι, εἶχα παπὰ δάσκαλον. Ὅταν ἤλθαμε στὴν Ἁγίας Σοφίας, δὲν ἐπῆγα καθόλου σχολεῖον. Ἐν τῷ μεταξύ, ὅταν ἔφυγαν τὰ ἀδέλφια μου, ἡ μητέρα μου ἐγνώρισε τὸν Ἀλεξιάδην Εὐγένιον, ὁ ὁποῖος ἐργάζεται εἰς τὰ λεωφορεῖα τοῦ ΟΑΣΘ ὡς εἰσπράκτωρ. Ἦταν χωρισμένος ἀπὸ τὴν γυναίκα του καὶ συνέζησε μὲ τὴν μητέρα μου. Ἐν τῷ μεταξὺ μᾶς πῆρε καὶ τοὺς δύο καὶ ἐγκατασταθήκαμε στὸ σπίτι του στὴν Ἄνω Τούμπα, Γερμανικῶν 13, ὅπου μένομεν μέχρι σήμερον. Στὴν Τούμπα ἐπῆγα στὸ Τενεκεδένιο σχολεῖον, ὅπου ἔβγαλα μίαν τάξιν ἀκόμη, τὴν δευτέραν δημοτικοῦ. Ὅταν ἀκόμη εὑρισκόμεθα εἰς τὰς Σαράντα Ἐκκλησίας, ἐδούλεψα στὸ παντοφλάδικον τοῦ Τάσου ποὺ εἶναι στὴν ὁδὸν Εὐκαρπίας. Εἰς τὴν Τούμπα ὅταν ἤμεθα καὶ ἐσταμάτησα νὰ πηγαίνω στὸ σχολεῖον, ἐδούλεψα πάλιν σ' ἕνα τσαγκαράδικον ποὺ εἶναι στὸ παλαιὸν Καπάνι. Ἐν συνεχείᾳ ἐδούλεψα ὡς ἀχθοφόρος εἰς τὸ Πρακτορεῖον Χαλκιδικῆς μέχρι σχεδὸν τὸ 1955, ἂν θυμᾶμαι καλῶς. Κατὰ τὴν χρονιὰν ἐκείνην μὲ πιάσανε στὴν Ἀσφάλεια διὰ κλοπὰς ποδηλάτων καὶ μὲ ἐστείλανε στὸ δικαστήριον. Ἐδικάσθηκα νὰ παραμείνω σὲ ἀναμορφωτικὸν σχολεῖον ἕνα-δύο χρόνια καὶ μὲ πήγανε στὸν Βίδον Κερκύρας.

Τὸ 1957 ἐβγῆκα ἀπὸ τὸ ἀναμορφωτικὸν κατάστημα καὶ ἦλθα στὴν Θεσσαλονίκη καὶ ἐγκαταστάθηκα στὸ σπίτι τοῦ πατριοῦ μου στὴν Τούμπα. Ἐπειδὴ ἡ μητέρα μου ἐπῆγε στὴν ἀδελφή μου, ἐπῆγα καὶ ἐγὼ καὶ ἐδούλεψα κοντὰ στὸν γαμβρόν μου στὴν ΔΕΗ, στὸ ἐργοστάσιον Ἀλιβερίου ἐπὶ τρεῖς μήνας, ἤτοι τὸν Νοέμβριον-Δεκέμβριον τοῦ ἔτους 1957 καὶ Ἰανουάριον 1958 κοντὰ σ' ἕναν μάστορα ὀνόματι Λευτέρην. Ὁ γαμβρὸς λέγεται Γιακουμέλλος Ἀποστόλης καὶ μένει σήμερα ὁδὸν Κασδάνου, ἀρ. 112 εἰς τὸν 2ον ὅροφον καὶ εἶναι ὁδηγὸς τῆς ΔΕΗ Θεσσαλονίκης. Μετὰ τὸν

Ἰανουάριον 1958 ἐπῆγα στὴν Ἀθήνα καὶ ἔμεινα πέντε μῆνες κοντὰ στὸν ἀδελφό μου εἰς τὴν Παλαιὰν Κοκκινιὰ καὶ δούλεψα ἐπὶ πεντάμηνον σ' ἕνα χρυσοχοεῖον εἰς τὴν ὁδὸν Φίλωνος ἀρ. 36, εἰς τὰ δίδυμα ὀνόματι Πέτρον καὶ Νίκον, ὅπου ἐδούλευε καὶ ὁ ἀδελφός μου. Κατὰ τὸν Ἰούνιον 1958 ἦλθα πάλιν εἰς Θεσσαλονίκην καὶ ὕστερα ἀπὸ μερικοὺς μῆνες ἦλθε καὶ ὁ ἀδελφός μου. Ὅταν ἦλθα στὴν Θεσσαλονίκη, ἔμεινα κοντὰ στὴν μητέρα μου. Ὅταν ἤμουν ἐδῶ, ἐδούλεψα καὶ πάλιν εἰς τὰ πρακτορεῖα ὡς ἀχθοφόρος καὶ ἐδούλεψα, ἐπίσης, σὲ οἰκοδομὲς καὶ ὡς μικροπωλητὴς πουλώντας λεμόνια. Ἐγώ, ὅταν ἔμενα στὸ σπίτι τοῦ πατριοῦ μου, ἐγώ, ὁ ἀδελφός μου καὶ ἡ μητέρα μου ἐκοιμόμαστε στὸ κάτω πάτωμα, ποὺ εἶναι μᾶλλον ὑπόγειον, ἐνῶ ὁ πατριός μου καὶ δύο ἀνεψιές του ἔμειναν στὸ ἐπάνω πάτωμα. Ὅταν ἦλθε ὁ ἀδελφός μου ἀπὸ τὴν Ἀθήνα, ἐμείναμε ἐγὼ καὶ αὐτὸς εἰς τὸ ὑπόγειον, καὶ ἡ μητέρα μου, οἱ δύο ἀνιψιὲς τοῦ πατριοῦ μου καὶ ὁ πατέρας μου ἐκοιμῶντο στὸ ἐπάνω πάτωμα. Οἱ ἀνεψιὲς τοῦ πατριοῦ μου ὀνομάζονται Σοφία καὶ Κατίνα καὶ εἶναι κόρες τοῦ γνωστοῦ ὡς Ἄρκου, ποὺ ἦταν φύλακας στὰ παλαιὰ λεωφορεῖα τοῦ ΟΑΣΘ ποὺ σταθμεύανε εἰς τὴν Ἄνω Τούμπα. Κατὰ τὸ ἔτος 1959 ἐγὼ ἔμεινα μαζὶ μὲ τὸν ἀδελφό μου στὸ ὑπόγειον τοῦ σπιτιοῦ, στὸ ἴδιο δωμάτιο, καὶ αὐτὸς μὲν ἐδούλευε στὸ χρυσοχοεῖον τοῦ Θανάση στὸ Καραβὰν Σεράι καὶ ἐγὼ στὶς οἰκοδομές. Ἡ πόρτα τοῦ ὑπογείου ἦταν πάντοτε ἀνοικτὴ καὶ ἔτσι ἐμπαίναμε στὸ σπίτι ὅ,τι ὥρα ἐρχότανε καθένας μας. Ὁ πατριός μου καὶ ἡ μητέρα μου ἔτρωγαν σχεδὸν χωριστὰ ἀπὸ μᾶς καὶ μᾶς ἄφηναν φαγητὸ στὴν κουζίνα, νὰ τρῶμε καὶ ἐμεῖς, ὅταν θὰ ἐρχόμαστε τὸ βράδυ στὸ σπίτι. Μέχρι τὸν Ὀκτώβριον 1960, ὅτε ἐγὼ ἔφυγα διὰ στρατιώτης, ὁ ἀδελφός μου ἔμενε μαζί μου ἀλλὰ τότε, ἐπειδὴ τσακώθηκε μὲ τὴν μητέρα μου, ἔφυγε ἀπὸ τὸ σπίτι μας καὶ ἐγκατεστάθη εἰς τὴν ὁδὸν Κασσάνδρου μαζὶ μὲ τὴν ἤδη σύζυγόν του. Ὡς στρατιώτης ἐκπαιδεύτηκα στὸ Κέντρο Ἐκπαιδεύσεως Τεθωρακισμένων εἰς τὸ Γουδὶ ἐπὶ δίμηνον καὶ μετὰ ἦλθα μὲ μετάθεσιν εἰς τὸ στρατόπεδον Καρατάσου. Ὅταν ἤμουν εἰς τοῦ Καρατάσου, ἐπῆρα εἴκοσι ἡμέρας ἄδειαν, τὴν ὁποίαν παρεβίασα ἐπὶ εἰκοσαήμερον καὶ ἐκηρύχθηκα λιποτάκτης. Ἡ ἄδεια τὴν ὁποίαν ἐπῆρα ἦταν ἀναρρωτική, διότι εἶχα κάνει ἐγχείρησιν σκωληκοειδίτιδος εἰς τὸ 424 Στρατιωτικὸν Νοσοκομεῖον. Ὅταν ἤμουνα λιποτάκτης, ἐγύριζα τὴν ἡμέρα στὰ πάρκα τοῦ Λευκοῦ Πύργου καὶ τὸ βράδυ ἐγύριζα στὸ σπίτι καὶ κοιμόμουνα. Ἡ μητέρα μου ἐνόμισε ὅτι δὲν ἤμουν λιποτάκτης, ὅτι ἔπαιρνα διανυκτέρευσιν καὶ ὄχι ὅτι ἤμουν λιποτάκτης. Τελικῶς τὸ ἔμαθε ἡ μητέρα μου καὶ μὲ παρέδωσε στὴν ΕΣΑ. Ἐδικάσθηκα διὰ τὴν λιποταξίαν ἀπὸ τὸ Στρατοδικεῖον Θεσσαλονίκης τρεῖς μήνας φυλακίσεως μὲ ἀναστολήν. Ἀπὸ τὸν στρατὸν ἀπελύθην τὸ 1961 μὲ ἀναβολὴν δύο ἐτῶν λόγῳ ψυχοπαθείας.

Ἀπὸ τὴν «ἔκθεσιν ἐξετάσεως κατηγορουμένου»
Ἐν Θεσσαλονίκῃ τῇ 9ῃ Δεκεμβρίου 1963
Παγκρατίδης-Ἀλεξιάδης Ἀριστείδης

Ἐπεκηρύχθησαν ἀντὶ 100.000 δρχ. οἱ δράσται τῶν ἐγκλημάτων Σέιχ Σοὺ καὶ Μίκρας. Σκοτεινὸν παραμένει τὸ τελευταῖον κακούργημα. Συνῆλθεν ἐκτάκτως ἡ Ἐπιτροπὴ Δημοσίας Ἀσφαλείας καὶ ἀπεφάσισεν τὴν ἐπικήρυξίν τους. Ἡ ἀνακοίνωσις ἐπικηρύξεως ὑπογραμμίζει τὴν σαδιστικὴν μανίαν τῶν ἐγκληματιῶν καὶ τὸν σοβαρὸν κίνδυνον συνεχίσεως τῆς δράσεώς των. Ἡ ἀμοιβὴ θὰ δοθεῖ διὰ σύλληψιν ἢ ἀποτελεσματικὴν παροχὴν πληροφοριῶν. Οἱ πολίται προσέρχονται εἰς τὰς Ἀρχὰς καὶ παρέχουν πᾶσαν πληροφορίαν. Σύντονοι καὶ πρὸς ὅλας τὰς κατευθύνσεις συνεχίζονται αἱ ἔρευναι τῶν ἀνακρίσεων. Νέα νεκροψία ὑπὸ τοῦ ἰατροδικαστοῦ κ. Καψάσκη.

Μακεδονία, 10 Μαρτίου 1959

Δικαίως ἡ κοινὴ γνώμη τῆς Θεσσαλονίκης ἀγανακτεῖ διὰ τὸ τρίτον εἰδεχθὲς ἔγκλημα. Ὅταν τὰ ἀστυνομικὰ ὄργανα δὲν ἀγρυπνοῦν διὰ τὴν τήρησιν τῆς τάξεως καὶ τὴν προστασίαν τῶν πολιτῶν ἀπὸ τοὺς στυγεροὺς ἐγκληματίας, ἀλλ' ἀσκοῦν τὴν ἐξουσίαν των πρὸς τρομοκράτησιν ὀπαδῶν τῆς ἀντιπολιτεύσεως, οἱ ἐγκληματίαι ἀποθρασύνονται. Πάντως, ἡ ἔννοια τοῦ Κράτους κατελύθη. Καὶ συνεπῶς λάβετε τὰ ἐπιτρεπόμενα ὑπὸ τοῦ νόμου μέτρα ἀμύνης!

Δήλωση Σοφοκλῆ Βενιζέλου
Μακεδονία, 18 Μαρτίου 1959

Νεαρὸς ἀνώμαλος εἰσέβαλεν εἰς τὸ ὀρφανοτροφεῖο «Μέγας Ἀλέξανδρος» κρατῶν λίθον ἀνὰ χεῖρας καὶ ἀπεπειράθη νὰ βιάσῃ κοιμωμένην ἀνήλικον τρόφιμον!

Ἑλληνικὸς Βορρᾶς, 8 Δεκεμβρίου 1963

Κάθε Τετάρτη παίρνω *Φαντασία* καὶ κάθε Σάββατον παίρνω *Ρομάντζο*, τὰ ὁποῖα διαβάζω καὶ ὅταν μαζεύονται πολλὰ τὰ πουλάω. Ἔχω πουλήσει τέτοια περιοδικὰ σὲ ἕναν ποὺ ἀγοράζει, πλάι στὸν κινηματογράφο *Πάνθεον* καὶ στὸ

Καπάνι, στὶς ἐλιές, ἀντὶ 2,50 κατὰ κιλόν. Ἐφημερίδες δὲν ἀγοράζω, οὔτε διαβάζω. Οὔτε ἀστυνομικὰ μυθιστορήματα, διότι δὲν μοῦ ἀρέσουν. Ἀπὸ τὸν κινηματογράφο δὲν μοῦ ἀρέσουν τὰ ἀστυνομικὰ ἔργα ἀλλὰ μόνον τὰ ἑλληνικὰ καὶ τὰ πολεμικά.

Ἀπὸ τὴν «ἔκθεσιν ἐξετάσεως κατηγορουμένου»
Ἐν Θεσσαλονίκῃ τῇ 9ῃ Δεκεμβρίου 1963
Παγκρατίδης-Ἀλεξιάδης Ἀριστείδης

Ἀπὸ πολλὰ χρόνια συνηθίζω νὰ ἱκανοποιοῦμαι σεξουαλικὰ ἐπὶ ἀνωμάλων ἀνδρῶν καὶ παιδιῶν. Τὸν κατηγορούμενο τὸν γνώρισα σὲ ἡλικία δώδεκα-δεκατριῶν ἐτῶν. Τὸ σπίτι μου ἦταν δίπλα στὸ πρακτορεῖο Χαλκιδικῆς, ὅπου ἔκανε θελήματα καὶ τὸν ἔβλεπα καθημερινά. Μία μέρα τὸν φώναξα νὰ μοῦ μεταφέρει κάτι καυσόξυλα ποὺ ἔξω ἀπὸ τὸ σπίτι μου εἶχαν ἀδειάσει καὶ τοῦ ἔδωσα γιὰ τὸν κόπο του δέκα δραχμές. Τοῦ πρότεινα νὰ τοῦ χαϊδέψω τὰ πόδια καὶ νὰ τοῦ δώσω ἄλλες δέκα δραχμές. Ἔτσι ἔγινε. Αὐτὸ φαίνεται ὅτι ἄρεσε στὸν κατηγορούμενο κι ἦρθε κι ἄλλες φορὲς σπίτι. Μὲ τὴν ἴδια ἀμοιβὴ τοῦ ἔκανα τὸ ἴδιο πράγμα. Ὥσπου μία μέρα τοῦ ἔδωσα πενήντα δραχμὲς καὶ ἀσέλγησα ἐπ᾽ αὐτοῦ. Ἀπὸ τότε, κατὰ διαστήματα ὁ Παγκρατίδης μὲ ἐπισκεπτόταν καὶ ἀσελγοῦσα ἐπάνω του δίνοντάς του πάντα χρήματα.

Ἀπόστολος Λύτης, χημικὸς – μάρτυρας στὴ δίκη

Ὅταν ἐγκαταστάθηκα στὴν Ἄνω Τούμπα, ἔπιασα δουλειὰ σ᾽ ἕνα μαγειρεῖο, τοῦ Ἀποστόλη, στὸ Νέο Καπάνι, ποὺ ἔχει τίτλο «Πτωχομάνα». Στὸ οἰνομαγειρεῖο αὐτὸ δούλεψα ἕνα μήνα καὶ ἐκεῖ γνωρίστηκα μὲ τὸν Βασίλειο Τενεκετζή, ποὺ σᾶς εἶπα. Αὐτὸς δούλευε σ' ἕνα ἐργαστήριο τενεκέδων στὸ Μπέξιναρ καὶ ἐκεῖ μοῦ ἔκλεινε ραντεβοὺ κάθε βράδυ σχεδὸν τοῦ μηνὸς αὐτοῦ καὶ μοῦ ἔκανε τὴ δουλειά, κάθε φορὰ δέ, μοῦ ἔδινε εἴκοσι μὲ τριάντα δραχμές. Θὰ εἶχαν περάσει δύο βδομάδες ποὺ τὸν γνώρισα τὸν Βασίλη Τενεκετζή, ὅταν μία μέρα μὲ ὁδήγησε πίσω ἀπὸ τὸ παλιὸ γήπεδο τοῦ ΠΑΟΚ, στοὺς Χορτατζῆδες, καὶ ἐκεῖ μοῦ ἔδωσε καὶ κοπάνισα λουλὰ χασὶς καὶ ἀπὸ τότε καπνίζω συνέχεια χασίς.

Ἀπὸ τὴν ἀπολογία τοῦ κατηγορουμένου

Γνωρίζω τὸν Ἀριστείδη ἀπὸ ἡλικία δεκατεσσάρων χρονῶν καὶ ἀπὸ τότε τὸν σέρνω πότε στὸ βουνό, πότε στὰ ἑβραίικα μνήματα, πότε στὸ σπίτι μου, καὶ τοῦ κάνω τὴ δουλειὰ γιὰ 15 δραχμές. Θυμᾶμαι ὅτι πολλὲς φορὲς πῆγα μὲ τὸν Ἀριστείδη. Αὐτὸς δὲν εὐχαριστιόταν ἀλλὰ τὸ δεχόταν γιὰ τὶς 15-20 δραχμὲς ποὺ εἶχε ἀνάγκη, ὅταν ἔμενε ἄνεργος. Ὅταν ἔπιανε δουλειά, τὸν ἔχανα δύο-τρεῖς μῆνες. Τότε ποὺ ἔβγαζε μεροκάματο, δὲ δεχόταν νὰ κάνει αὐτὴ τὴν πράξη... Ὅπως τὸν γνώρισα ἐγὼ –καὶ τὸν ξέρω τόσα χρόνια– δὲ φαινόταν κακός. Τὸν κάναμε ὅ,τι θέλαμε.

Βασίλης Μπουρδαζόγλου ἢ «Βασίλης ὁ Τενεκετζῆς» – μάρτυρας στὴ δίκη

Πουλοῦσε καρπούζια σ' ἕνα καροτσάκι, ὅταν τὸν γνώρισα, τὸ 1957. Τὸ καλοκαίρι τοῦ 1959 τὸν πῆρα κι ἀπασχολήθηκε στὸ ἐξοχικὸ κέντρο μου μὲ χειρωνακτικὲς δουλειὲς γιὰ ἕνα μὲ ἐνάμιση μήνα. Μιὰ μέρα μοῦ ἔκλεψε διακόσιες δραχμὲς καὶ ἔφυγε. Ἐὰν καθόταν νὰ εἰσπράξει τὸ μισθό του, εἶχε νὰ πάρει περισσότερα.

Δημήτριος Κωνσταντινίδης, ἰδιοκτήτης κέντρου – μάρτυρας στὴ δίκη

Τὰ ἔτη 1957, 1958, 1959, δὲν ἔπιασα καμία φιλενάδα μόνιμη ἐκτὸς ἀπὸ αὐτὴν τὴ Βαρβάρα τὴν τσιγγάνα. Πήγαινα ὅμως μὲ γυναῖκες κοινές, ἄγνωστες, ποὺ ἔκαναν πιάτσα πίσω ἀπὸ τὸ παλαιὸ γήπεδο τοῦ ΠΑΟΚ, στοὺς Χορτατζῆδες, στὸ λιμάνι. Ἐπίσης πήγαινα τακτικὰ γυναῖκες στὸ ξενοδοχεῖον «Θεσσαλία» ποὺ εἶναι στὴν ὁδὸ Κολόμβου καὶ σὲ ἕνα ἄλλο παραπάνω ἀπὸ τὸν κινηματογράφο «Ἀττικόν», στὴν ὁδὸ Ἐγνατίας, δίπλα ἀπὸ ἕνα πρατήριο βενζίνης.

Ἀπὸ τὴν ἀπολογία τοῦ κατηγορουμένου

– Καθόμουν στὴν ταβέρνα τοῦ Ἀποστόλη στὸ Καπάνι. Ὁ Παγκρατίδης μὲ πλησίασε καὶ μοῦ ζήτησε ἕνα πιάτο φαγητὸ νὰ φάει. Πράγματι παρήγγειλα μία φασολάδα καὶ φάγαμε μαζί. Μετὰ κοιμηθήκαμε μαζί.

– Ποῦ πήγατε;

– Σὲ ἕνα ἀποχωρητήριο.

– Δὲν τὸν πλήρωσες;

– Ξανὰ νὰ τὸν πληρώσω; Μὰ τὸν φίλεψα...

Κωνσταντῖνος Μαρίνου, 65 ἐτῶν, ἐργάτης – μάρτυρας στὴ δίκη

– Ποῖος εἶναι ὁ κατηγορούμενος, κύριοι, νομίζω ὅτι ἐπιγραμματικῶς ἔδωσε τὴν προσωπικότητά του ὁ ἴδιος. Ἕνας ἄνθρωπος, ὁ ὁποῖος, τὸ πρῶτον ἤσκησε τὴν ἀνδρικὴν πορνείαν, χασισοπότης, κίναιδος, μὲ μία λέξη ρεμάλι τῆς κοινωνίας. Ἄνθρωπος, δηλαδή, τὸν ὁποῖον ὁμολογουμένως, τὸ σύνολον τῆς κοινωνίας πρέπει νὰ ἀποστρέφεται καὶ νὰ μὴ στηρίζῃ. Ἀλλὰ ἀπὸ τὸ σημεῖον αὐτὸ μέχρι τοῦ σημείου νὰ τὸν θεωρήσωμεν ὑπεύθυνον εἰδεχθῶν ἐγκλημάτων, εἶναι πολὺ μεγάλη ἀπάτη. Ναὶ μέν, θὰ ἠδύνατο ὁ κατηγορούμενος, ἀπευθυνόμενος πρὸς ὑμᾶς τοὺς ἐκλεκτοὺς σημερινοὺς ἐκπροσώπους τῆς κοινωνίας, νὰ μᾶς εἴπῃ, κύριοι, ἐγὼ δεκατεσσάρων χρονῶν κατρακύλησα. Αὐτὸς ὁ Ἀπόστολος, ὁ χημικός, μὲ ἀνάγκασε πρῶτος νὰ κατρακυλήσω. Τί κάνατε ἐσεῖς ἐναντίον τοῦ ἀνθρώπου αὐτοῦ σὰν ὀργανωμένη κοινωνία ; Ἕκαστος ἐξ ὑμῶν ἐνσυνειδήτως ἂς δώσῃ τὴν ἀπάντησιν. Περισυνελέξαμε αὐτὸ τὸ ρεμάλι τῶν πεζοδρομίων καὶ τὸ τοποθετήσαμε ἀντικείμενον προσωπικῆς διερευνήσεως, ὅταν ἀποστρέψαμε τὰ βλέμματα ἀπὸ ἐκεῖνον ὁ ὁποῖος τὸν ὡδήγησεν εἰς τὸν δρόμον αὐτόν. Ἔχει μίαν περίεργον σεξουαλικότητα. Τὸ γεγονὸς δὲ ὅτι εἰς κάθε ἔγκλημα λέγουσιν ὅτι ἐμφανίζεται μία σεξουαλικὴ τοποθέτησις, εἰς τὰ ἐγκλήματα τὰ ὁποῖα ἠρευνήθησαν, ἐδημιουργήθη ὁ θρύλος καὶ ἐτοποθετήθη αὐτὸ εἰς τὴν πλάστιγγα εἰς βάρος τοῦ κατηγορουμένου.

Ἀντώνιος Κατσαούνης, ὁ ἕνας ἀπὸ τοὺς δύο συνηγόρους τοῦ κατηγορουμένου

Ὅταν βγῆκα ἀπὸ τὸ σωφρονιστικὸ κατάστημα καὶ ἐπανῆλθα στὴ Θεσσαλονίκη, γνώρισα τὸν Βασίλη τὸν Μαμουνὰ ἢ Σκουλικά, ποὺ τὸν ἔλεγαν ἔτσι γιατὶ πουλοῦσε μαμούνια, σκουλήκια κλπ., δολώματα γιὰ ψάρεμα. Τότε εἶχα προμηθευθεῖ μία πετονιὰ μπροστὰ ἀπὸ τὸ καφενεῖο τῆς παραλίας «Ποσειδῶν». Ὅταν πῆρα τὰ σκουλήκια μὲ ἠρώτησε αὐτὸς ὁ Βασίλης ποῦ ψαρεύω καὶ ὅταν τοῦ ἀπάντησα ὅτι ψαρεύω ἐδῶ στὴν παραλία, μοῦ εἶπε νὰ μπῶ μέσα στὴ βάρκα του καὶ νὰ ψαρεύω ἀπ' αὐτήν. Μπῆκα στὴ βάρκα του καὶ ὅταν ἔφτασε μεσημέρι, ἦρθε αὐτὸς καὶ μὲ ρώτησε ἂν πείνασα. Ὅταν δὲ τοῦ ἀπάντησα ὅτι πείνασα καὶ θὰ πάω νὰ φάω, μοῦ εἶπε νὰ μείνω ἐκεῖ καὶ θὰ μοῦ φέρει αὐτὸς τυρὶ καὶ ψωμὶ γιὰ νὰ φάω. Αὐτὸς ἔφυγε καὶ γύρισε ὕστερα ἀπὸ ἕνα τέταρτο μὲ ψωμί, τυρί, ἐλιές, μπῆκε κι αὐτὸς στὴ βάρκα καὶ μαζὶ φάγαμε. Μετὰ τὸ φαγητὸ ἔμεινα ἐγὼ ἐκεῖ στὴ βάρκα καὶ συνέχισα τὸ ψάρεμα. Αὐτὸς βγῆκε ἔξω καὶ συνέχισε νὰ δουλεύει. Γύρω στὶς πέντε τὸ ἀπόγευμα, ὅταν τοῦ εἶπα νὰ φύγω, μὲ ἔπεισε νὰ μείνω καὶ μοῦ ἔδωσε καὶ ἄλλα σκουλήκια γιὰ νὰ συνεχίσω τὸ ψάρεμα. Στὶς ἑφτὰ ἢ ὥρα μὲ ἑφτὰ καὶ μισὴ ἐπανῆλθε καὶ μοῦ εἶπε νὰ μοῦ δείξει αὐτὸς ποῦ ψαρεύουν. Πῆρε τὴ βάρκα του καὶ ἀνοιχτήκαμε πιὸ μέσα στὴ θάλασσα καὶ κεῖ μοῦ ἔκανε τὴ δουλειά, μοῦ ἔδωσε δὲ γι' αὐτὴν τριάντα δραχμές.

Συνέχισα νὰ πηγαίνω μ' αὐτὸν μέχρι τὴν ἐποχὴ ποὺ ἔφυγα στὴν Ἀθήνα, δηλαδὴ ἀρχὲς τοῦ ἔτους 1959, μοῦ εἶχε κάνει δὲ πολλὲς φορὲς τὴ δουλειὰ στὸ διάστημα αὐτὸ καὶ κάθε φορὰ μοῦ ἔδινε τριάντα δραχμές. Ἐκείνη τὴν ἐποχὴ ποὺ γνώρισα τὸν Βασίλη τὸν Μαμουνὰ καὶ μέχρις ὅτου νὰ φύγω στὴν Ἀθήνα, δὲν πῆγα μὲ κανέναν ἄλλον ἀπὸ τοὺς βαρκάρηδες ποὺ ἦταν στὸ ἴδιο μέρος μ' αὐτόν.

Ἀπὸ τὴν ἀπολογία τοῦ κατηγορουμένου

Ὁ συλληφθεὶς (ὡς «δράκος τοῦ Σέιχ Σοὺ») καὶ κρατούμενος εἰς τὴν Ὑποδιοίκησιν Ἀσφαλείας Θεσσαλονίκης διὰ τὴν ἀπόπειραν τοῦ βιασμοῦ τῆς τροφίμου τοῦ ὀρφανοτροφείου θηλέων Θεσσαλονίκης «Μέγας Ἀλέξανδρος» παιδίσκης Αἰκατερίνης Σούρλα, Παγκρατίδης Ἀριστείδης, ἐτῶν εἰκοσιτριῶν, ὡμολόγησε ἀνακρινόμενος σήμερον, παρουσίᾳ τοῦ εἰσαγγελέως Θεσσαλονίκης, ὅτι διέπραξε κατὰ τὸ παρελθὸν καὶ τὰ κάτωθι ἀδικήματα:

1) Ἀπόπειραν ἀνθρωποκτονίας μετὰ ληστείας εἰς βάρος τῶν Παναγιώτου Ἀθανασίου καὶ Βλάχου Ἐλεωνόρας εἰς Σέιχ Σοὺ τὴν 18.2.1959.

2) Ἀνθρωποκτονίαν μετὰ ληστείας εἰς βάρος τῶν: α) ἰλάρχου Ραΐση Κωνσταντίνου καὶ β) Παληογιάννη Εὐδοξίας τὴν 6.3.1959 εἰς ἀγροτικὴν περιοχὴν ἐγγὺς τοῦ Ἀεροδρομίου Μίκρας.

3) Ἀνθρωποκτονίαν μετὰ ληστείας εἰς βάρος τῆς Πατρικίου Μελπομένης τὴν 3.4.1959 εἰς οἰκίσκον τοῦ Δημοτικοῦ Νοσοκομείου Θεσσαλονίκης.

Ἐκ τῆς Ἀστυνομίας, 14 Δεκεμβρίου 1963

Κατὰ τὸ κατηγορητήριο ὁ Παγκρατίδης βαρύνεται μὲ τὰ ἐγκλήματα τῆς ἐπικινδύνου σωματικῆς βλάβης καὶ ληστείας εἰς βάρος τοῦ ζεύγους Παναγιώτου-Βλάχου στὸ Σέιχ Σού, τῆς ἀνθρωποκτονίας καὶ ληστείας τοῦ ἰλάρχου Ραΐση καὶ τῆς φίλης του Παληογιάννη στὴν περιοχὴ τῆς Μίκρας καὶ τῆς ἀνθρωποκτονίας καὶ ληστείας τῆς νοσοκόμου Πατρικίου στὸ δημοτικὸ νοσοκομεῖο. Καὶ τὰ τρία ἐγκλήματα διεπράχθησαν κατὰ τὰ ἔτη 1958-1959, ὁ τρόπος δὲ τῆς ἐκτελέσεως καὶ τὸ μυστήριο γύρω ἀπὸ τὸν δράστη, ὁ ὁποῖος ἔμενε ἀσύλληπτος ἐπὶ ἔτη, εἶχαν δημιουργήσει ἀτμόσφαιραν τρόμου, ἰδίως μεταξὺ τῶν κατοίκων τῶν ἀκραίων συνοικισμῶν τῆς πόλεως. Ἡ σκιὰ τοῦ «δράκου» πλανιόταν παντοῦ, τρομακτικὴ καὶ ἀπειλητική. Ὁλόκληρος ἡ δύναμις τῆς Ἀστυνομίας Θεσσαλονίκης εὑρίσκετο σὲ διαρκὴ ἐπιφυλακή, περιμένοντας νὰ «χτυπήσει» καὶ πάλι ὁ «δράκος» γιὰ νὰ μπορέσει νὰ τὸν πιάσει. Ἡ ἀπόπειρα στὸ ὀρφανοτροφεῖο, στὶς 6 Δεκεμβρίου 1963, ἔγινε ἀφορμὴ νὰ συλληφθεῖ ὁ Παγκρατίδης κι ἀπὸ τὴν πρώτη στιγμὴ νὰ στραφοῦν ἐναντίον του ὑπόνοιες ὅτι πιθανὸν νὰ εἶναι ὁ «δράκος», γιατὶ ὁ τρόπος μὲ τὸν ὁποῖον ἐνήργησε ἦταν παρόμοιος μὲ τὶς ἄλλες φορές. Ἡ ὁμολογία του, μετὰ ἀπὸ ἀνάκριση ἑπτὰ ἡμερῶν, συνετάραξε καὶ ἀνακούφισε συγχρόνως. Ἡ μετέπειτα, ὅμως, ἄρνησίς του ἐδημιούργησε καὶ πάλι ἀμφιβολίες περὶ τοῦ ἂν πράγματι εἶναι αὐτὸς ὁ «δράκος» ἢ ὄχι.

Ἑλληνικὸς Βορρᾶς, 11 Δεκεμβρίου 1966

Στὴ Θεσσαλονίκη γύρισα 2-3 Ἀπριλίου 1959, δὲν ἐνθυμοῦμαι ἀκριβῶς ποία ἡμερομηνία καὶ θυμᾶμαι ὅτι στὶς 6 Ἀπριλίου 1959 ἔπιασα δουλειὰ στὸ βαρέλι τοῦ γύρου τοῦ θανάτου ποὺ εἶχε ὁ Ἰωάννης Χαλεπλής. [...] Στὸ γύρο τοῦ θανάτου, στὸ πρῶτο διάστημα 6 Ἀπριλίου 1959 μέχρι τὴν ἡμέρα ποὺ πῆγα στρατιώτης, δούλευα πάντοτε ὅταν εἶχε δουλειὰ καὶ ἦταν στημένο στὴν πλατεία Δικαστηρίων, ἔμενα μάλιστα ἐκεῖ ὅλην τὴν ἡμέρα ποὺ δούλευα καὶ τὸ βράδυ πήγαινα σπίτι γιὰ ὕπνο. Ὁ γύρος τοῦ θανάτου τὴν ἐποχὴ ἐκείνη λειτουργοῦσε ὅλες τὶς μέρες τοῦ καλοκαιριοῦ, δηλαδὴ ἀπὸ τὴν ἑορτὴ τῶν Ἁγίων Πάντων μέχρι τὴν ἐμποροπανήγυρη τῆς Ἀρδαίας.

Ἀπὸ τὴν ἀπολογία τοῦ κατηγορουμένου

Δὲν μπορῶ νὰ εἶμαι βέβαιος γιὰ τὴν ἐνοχή του. Γι' αὐτὸ προτείνω νὰ τοῦ ἐπιβληθεῖ ὄχι ἡ θανατικὴ ποινή, ἀλλὰ ἡ ποινὴ τῶν ἰσοβίων δεσμῶν.

Ὁ εἰσαγγελέας τῆς ἕδρας Μιχαὴλ Σγουρίτσας

Τὸν κατηγορούμενο τὸν προσέλαβα στὸ συγκρότημα τὸν Ἰούλιο τοῦ 1958. Εἶμαι ἀκροβάτης, δούλευα κι ἐγὼ τὴ μοτοσυκλέτα. Τὸν Σεπτέμβριο ἔπεσα ἀπὸ τὴ μοτοσυκλέτα καὶ τραυματίστηκα κι ἔτσι τὸ συγκρότημα διαλύθηκε. Εἶχα μαζί μου χρήματα. Σαράντα-πενήντα χιλιάδες. Δὲν πείραξε τίποτε. Εἶχα καὶ τὴν ἀνεψιά μου. Τὴ σεβάστηκε. Ὅλοι μαζὶ κοιμόμαστε πολλὲς φορὲς σ' ἕνα βαρέλι μέσα, ὅταν δὲν βρίσκαμε ξενοδοχεῖο. Στὴν Κατερίνη ὁ Παγκρατίδης ἀρρώστησε, ὅταν εἶδε αἷμα στὰ σφαγεῖα. Μετὰ τὰ σφαγμένα ζῶα ποὺ εἶδε, γύρισε ἄρρωστος· τὸ ἔριξε στὸν ὕπνο. Σὰν ξύπνησε, μοῦ εἶπε ὅτι εἶδε στὸν ὕπνο του ἕνα σφαγμένο μοσχαράκι καὶ φοβήθηκε.

Ἰωάννης Χαλεπλής, ἀκροβάτης καὶ ἰδιοκτήτης συγκροτήματος «Γύρος τοῦ θανάτου» – μάρτυρας στὴ δίκη

Οἱ γυναῖκες θέλουν λεφτά. Κι ἐγὼ δὲν εἶχα. Βέβαια, ὅταν ἔβρισκα καμιὰ ποὺ μὲ ἤθελε, πήγαινα μαζί της. Τὸ ἴδιο μου ἄρεσε νὰ κάνω τὴν πράξη αὐτὴ μὲ γυναίκα ἢ ἄντρα. Δὲν αἰσθανόμουν ὅμως καμιὰ εὐχαρίστηση ὅταν μοῦ ἔκαναν ἐμένα ἄλλοι ἄντρες τὴ δουλειά. Ἀλλὰ μὲ εἶχε πάρει ὁ κατήφορος κι ὅταν δὲν εἶχα πῶς ἀλλιῶς νὰ βγάλω λεπτὰ καὶ τὰ νοσοκομεῖα δὲν μοῦ ἔπαιρναν αἷμα γιατὶ μ' ἔβρισκαν ἀδύνατο, πήγαινα σ' αὐτοὺς ποὺ μοῦ 'διναν δέκα-εἴκοσι δραχμὲς γιὰ νὰ κοιμηθοῦν μαζί μου.

Ἀπὸ τὴν ἀπολογία τοῦ κατηγορουμένου

Μοῦ εἶπε τὰ ἑξῆς ὁ κατηγορούμενος: – Ἀπὸ ἡλικία ἑπτὰ ἐτῶν κάρφωνα βατράχια στὰ δέντρα, γιατὶ μοῦ ἄρεσε νὰ τὰ βλέπω ἔτσι. Στὰ δώδεκά μου χρόνια μοῦ ἄρεσαν πολὺ οἱ λουκουμάδες, οἱ καραμέλες καὶ οἱ τυρόπιτες. Γι' αὐτό, ὅταν δὲν εἶχα χρήματα στεναχωριόμουν πολύ.

Ὅταν ἦταν δεκαπέντε χρονῶν, κάποιος χημικός, Ἀποστόλης, τὸν φώναξε νὰ κουβαλήσει ξύλα καὶ τοῦ ἔδωσε δεκαπέντε δραχμὲς γιὰ νὰ τοῦ χαϊδέψει τὰ πόδια. Αὐτὸ τοῦ ἄρεσε καὶ ἀπὸ τὴν ἄλλη μέρα πήγαινε καὶ τὸν ἔβρισκε καὶ τοῦ ἔκανε τὴν πράξη γιὰ νὰ τοῦ δίνει λεφτά, χωρὶς νὰ ἱκανοποιεῖται καθόλου. Μετὰ βρέθηκαν τέσσερις-πέντε ἄλλοι, ὅπως ὁ Βασίλης ὁ Μαμουνὰς κ.ἄ. Ὅταν δὲν εἶχε χρήματα πήγαινε καὶ τοὺς ἔβρισκε.

–Ἔμαθα μετὰ –μοῦ εἶπε– νὰ κλέβω. Ἔκλεψα ἕνα ποδήλατο. Ὅταν τὰ ἔβρισκα σκοῦρα, ἔκλεβα λεφτὰ ἀπ' τὸ σπίτι. Θυμᾶμαι, ὅταν ἤμουνα δεκαπέντε χρονῶν, χτύπησα τὴ μάνα μου μ' ἕνα σίδερο στὴν κοιλιά, γιατὶ δὲν μοῦ ἔδινε λεφτά. Τὴ μάνα μου τὴν ἀγαπῶ, τὴ λατρεύω – δὲν ξέρω κι ἐγὼ πῶς τὸ ἔκανα αὐτό. Ὕστερα μετάνιωσα. Ἐν τῷ μεταξύ, ἔμαθα καὶ ἄλλα πράγματα ποὺ μ' εὐχαριστοῦσαν, δηλαδὴ νὰ κάνω μπανιστήρι, κολλητήρι καὶ νὰ κάνω τὴν πράξη μὲ ἄντρες σὰν ἐνεργητικός.

...Πρόκειται γιὰ ψυχοπαθητικὸ ἄτομο μὲ πολλὲς διαστροφές. Ἔκανε πολλὰ ἐπαγγέλματα καὶ ἔγινε ἡδονοβλεψίας, πότης, κλέπτης, διψομανὴς καὶ ἐνεργητικὸς ὁμοφυλόφιλος. Οἱ ἀντικοινωνικές του πράξεις δὲν τὸν συγκινοῦν.

Ἀγαπητὸς Διακογιάννης, ἰατροψυχίατρος, ἐντεταλμένος ὑφηγητὴς τῆς Ψυχιατρικῆς τοῦ Πανεπιστημίου Θεσσαλονίκης – μάρτυρας κατηγορίας

Γνωρίζω τὸν Παγκρατίδη ἀπὸ πολλὰ χρόνια. Ἕνα διάστημα δούλευε σὰν φορτοεκφορτὴς στὸ λιμάνι τῆς Θεσσαλονίκης. Ἄλλοτε ἔκανε τὸν λοῦστρο, ἄλλοτε πουλοῦσε λεμόνια. Πολλὲς φορὲς ἐργάστηκε σὲ κούνιες καὶ λούνα πάρκ. Ὅπου δούλευε ἦταν πολὺ πρόθυμος. Οὔτε ὑποψιάστηκα ποτὲ ὅτι μπορεῖ νὰ εἶναι ὁ «δράκος». Κι ὅταν τὸ διάβασα, ἔμεινα ἔκπληκτος, γιατὶ τὸν θεωροῦσα δειλὸ κι ἀνίκανο νὰ κάνει τέτοια ἐγκλήματα.

Ἀλέξανδρος Μπαξεβάνης, φορτοεκφορτωτὴς – μάρτυρας στὴ δίκη

Ἀπὸ τὸ ἔτος 1958 καὶ εἰδικότερα τὸ καλοκαίρι ἄρχισα νὰ πηγαίνω μὲ πούστηδες. Πρῶτα γνώρισα ἕναν ποὺ τὸν ἔλεγαν Σαλώμη, τὸν γνώρισα ἐδῶ στὸ πάρκο, ἀπέναντι ἀπὸ τὴ ΧΑΝΘ. Μ' αὐτὸν ἔκανα πολλὴ παρέα ὅλο τὸ διάστημα ποὺ τὸν γνώρισα μέχρι τὴν ἐποχὴ ποὺ πῆγα στρατιώτης. Αὐτός, μάλιστα, τὴν ἐποχὴ ποὺ ἐπρόκειτο νὰ πάω στὴν Ἀθήνα τὸ 1959, μοῦ εἶχε πεῖ νὰ μοῦ δώσει μία διεύθυνση νὰ πάω νὰ συναντήσω μία ἀδερφή, δηλαδὴ ἕναν πούστη. Τοῦ εἶπα πὼς δὲν θέλω διεύθυνση καὶ δὲν μοῦ ἔδωσε. Μὲ αὐτὸν τὸν πούστη πῆγα παρέα πολλὰ ραντεβοὺ καὶ θυμᾶμαι ὅτι τὴν πρώτη φορὰ συναντηθήκαμε δίπλα ἀπὸ τὴν Ε.Σ.Α., δίπλα στὸ στρατιωτικὸν θέατρο, καὶ ἐκεῖ τοῦ ἔκανα τὴ δουλειὰ πίσω ἀπὸ ἕνα ντουβάρι. Τὴ δεύτερη φορὰ πήγαμε σ' ἕνα ταβερνάκι μὲ τὸν τίτλο «Ἡ πεθερὰ» ποὺ εἶναι δίπλα στὸ παλιό μου σπίτι. Ἐκεῖ σύχναζαν πούστηδες καὶ κολομπαράδες καὶ σ' αὐτὸ τὸ ταβερνάκι ἄρχισα μετὰ νὰ πηγαίνω κι ἐγὼ τακτικά.

Φύγαμε ἀπὸ κεῖ, πήγαμε στὰ Λαδάδικα καὶ ἐκεῖ τοῦ ἔκανα τὴ δουλειά. Τὴν ἑπόμενη μέρα ἐκεῖ στὸ ταβερνάκι «Ἡ πεθερὰ» γνώρισα ἕναν ἄλλον πούστη, τὴν Ἀλέκα, ὁ ὁποῖος μοῦ πρότεινε νὰ πᾶμε βόλτα. Συμφώνησα ἀλλὰ τοῦ εἶπα νὰ μὴν τὸ μάθει ἡ γυναίκα μου, γιατὶ ἔτσι ἀποκαλοῦσαν οἱ ἄλλοι ἐκεῖ τὴ Σαλώμη. Ἀπὸ τότε ἄρχισα νὰ κάνω παρέα τακτικὰ καὶ μὲ τὴν Ἀλέκα καὶ μὲ τὴ Σαλώμη. Τὴν ἴδια ἐποχὴ γνώρισα ἀκόμη στὴν ἴδια ταβέρνα ἕναν πούστη ποὺ τὸν φώναζαν Δημητρούλα καὶ τὸν ἔλεγαν Δημητράκη. Μάλιστα γιὰ τὴ γνωριμία μου αὐτὴν μάλωσα μὲ ἕναν λιμενεργάτη, ὁ ὁποῖος τότε ἦταν γείτονάς μου στὴν Τούμπα, μαλώσαμε μ' αὐτόν, γιατὶ τοῦ ἦρθε καὶ μοῦ εἶπε ὅτι τὸν πῆρα τὴ γυναίκα του. Παίξαμε μ' αὐτὸν ξύλο γερό, τοῦ ἔριξα μάλιστα ἐγὼ γερὸ ξύλο. Μ' ὅλους αὐτοὺς τοὺς πούστηδες ποὺ γνώρισα καὶ σύχναζαν στὴν ταβέρνα «Ἡ πεθερὰ», ὅπως σᾶς εἶπα, πήγαινα καὶ τοὺς ἔκανα τὴ δουλειὰ σὲ διάφορα μέρη, δηλαδὴ στοὺς Χορτατζῆδες, στὴ νέα παραλία, κοντὰ στὴ Σαλαμίνα, στὰ Λαδάδικα μέσα, στὸ Βασιλικὸ Θέατρο ἀπὸ πίσω καὶ πολλὲς φορὲς στὰ κρυφὰ μέσα στὸ πάρκο.

Ἀπὸ τὴν ἀπολογία τοῦ κατηγορουμένου

Γνωρίζω τὸν Παγκρατίδη ἀπὸ τότε ποὺ ἦταν παιδὶ κι ἔμενε στὴν Ἁγία Σοφία, τὸ 1951 μὲ 1952. Ἦταν ἕνα ἀδύνατο καὶ καχεκτικὸ παιδὶ ποὺ οἱ ἄλλοι τὸ ἔκαναν ὅ,τι ἤθελαν.

Κυριάκος Βοσνιάκος – μάρτυρας στὴ δίκη

Ἡ κοινὴ γνώμη τῆς Ἄνω Τούμπας δὲν πιστεύει ὅτι αὐτὸς εἶναι ὁ «δράκος τῆς Θεσσαλονίκης». Σὲ συζητήσεις ποὺ γίνονται ἐκφράζεται ἡ γνώμη ὅτι δὲν μπορεῖ νὰ εἶναι αὐτὸς ὁ δράστης τῶν φρικτῶν ἐγκλημάτων. Ποτὲ δὲν ἔδωσε καμιὰ ἀφορμή, σὲ κανενὸς τὴν ἀντίληψη δὲν ὑπέπεσε κατιτὶ γιὰ νὰ τὸν ὑποψιαστεῖ.

Ἀναστάσιος Βαλσαμίδης, παντοπώλης –
μάρτυρας στὴ δίκη

Ἄρχισα νὰ καπνίζω ἀπὸ τὴν ἐποχὴ ποὺ ἔμενα στὴν ὁδὸ Ἁγίας Σοφίας καὶ καπνίζω ἀπὸ τότε συνέχεια τσιγάρα μάρκα Ἔθνος ἐλαφρά, ἀπὸ αὐτὰ ποὺ ἦταν πέντε δραχμὲς καὶ τώρα εἶναι πεντέμισι δραχμές. Ἀπὸ τὸ ἔτος 1958 γνώρισα κάποιον Βασίλη Τενεκετζὴ ποὺ μένει ἐπάνω ἀπὸ τὶς νέες φυλακὲς καὶ ἄρχισα νὰ πηγαίνω σὲ ταβέρνες καὶ νὰ πίνω χασὶς ποὺ μὲ ἔμαθε αὐτός. Ὁ Βασίλης. Παρέα κατὰ τὰ ἔτη 1957, 1958, 1959, 1960 καὶ μετὰ ἔκανα κυρίως μ' αὐτὸν τὸν Βασίλη Τενεκετζή, τὸν Ζαφείρη τὸν κουτσό, τὸν Ἠλία, τὸν Παῦλο Παπὰ καὶ τὸν Παῦλο Παυλίδη. Σὲ ταβέρνες πήγαινα τὰ χρόνια αὐτὰ εἰς αὐτὲς ποὺ εἶναι στὴν ὁδὸ Εἰρήνης, ἤτοι τοῦ «Προκόπη», τοῦ «Ἀλῆ» καὶ τῆς «Μαργαρῶς». Ἐπίσης στὴν ταβέρνα τῆς «Βασίλως» ποὺ ἦταν ἐκεῖ ποὺ εἶναι τὸ Μουσεῖο καὶ τώρα μεταφέρθηκε στὴν Κωνσταντίνου Παλαιολόγου. Ἐπίσης πήγαινα σὲ μία ταβέρνα, τοῦ «Νικολῆ» στὰ Γύφτικα τῆς Κάτω Τούμπας. Ὅλοι οἱ ταβερνιάρηδες αὐτοὶ μὲ ξεύρουν.

Ἀπὸ τὴν ἀπολογία τοῦ κατηγορουμένου

Εἰδικότερα μὲ τὴ Σαλώμη πηγαίναμε τακτικὰ γιὰ μπάνιο τὸ καλοκαίρι τοῦ ἔτους 1958 πρὸς τὸ Καραμπουρνάκι κοντὰ στὰ Νέα Ἀνάκτορα. Μία μέρα, βούτηξα στὴ θάλασσα γρήγορα καὶ ἔσωσα ἕνα παιδάκι ποὺ κινδύνευε ἀπὸ σίγουρο πνιγμό.

Ἀπὸ τὴν ἀπολογία τοῦ κατηγορουμένου

Τὸ δικαστήριον ἐκ τῆς ἐν γένει ἀποδεικτικῆς διαδικασίας ἐπείσθη ὅτι ὁ παρὼν κατηγορούμενος Ἀριστείδης Παγκρατίδης ἐξετέλεσε τὰς ἀποδιδομένας εἰς αὐτὸν πράξεις τὰς προβλεπομένας ἀπὸ τὸ ἄρθρον 380 παρ. 1 καὶ 2 τοῦ Π. Κ., ἤτοι τὰς ληστείας εἰς βάρος τοῦ Ἀθανασίου Παναγιώτου, τῆς Ἐλεωνόρας Βλάχου, τοῦ ἰλάρχου Ραΐση καὶ τῆς Μελπομένης Πατρικίου, ὡς καὶ τὴν ἀπόπειραν ληστείας κατὰ τῆς Εὐδοξίας Παληογιάννη, κατὰ τὴν διάπραξιν τῶν ὁποίων ἐπῆλθε ἡ βαρεῖα σωματικὴ βλάβη τῶν δύο πρώτων καὶ ὁ θάνατος τῶν ἑτέρων τριῶν. Αἱ πράξεις δὲ αὗται ἀπεδείχθη ὅτι ἐξετελέσθησαν μετ' ἰδιαιτέρας σκληρότητος, χαρακτηριζόμεναι ὡς ἰδιαζόντως εἰδεχθεῖς καὶ ὁ δράστης τούτων ὡς ἐπικίνδυνος εἰς τὴν δημοσίαν ἀσφάλειαν.

Μετὰ τὴν ἀπόσυρση τοῦ δικαστηρίου σὲ διάσκεψη:

Τὸ Δικαστήριον ἀπεφάσισε ὅτι ἐπιβάλλεται « Ποινὴ θανάτου δι' ἑκάστην τῶν τετελεσμένων πράξεων ληστειῶν. Ποινὴν ἰσοβίου καθείρξεως διὰ τὴν ἀπόπειραν ληστείας εἰς βάρος τῆς Παληογιάννη. Ἐπεδίκασεν δὲ ὡς ἱκανοποίησιν "δι' ἠθικὴν βλάβην" εἰς τὰ θύματα: 14.000 δρχ. στὸν Ἀθ.

Παναγιώτου, 15.000 δρχ. εἰς ἕκαστον γονέα τοῦ Ραΐση καὶ 10.000 δρχ. εἰς τὸν ἀδελφὸν τοῦ Ραΐση».

Ἀπόφαση τοῦ Πενταμελοῦς Ἐφετείου τὴν 16η Φεβρουαρίου 1966:
«Ἔνοχος». «Τετράκις εἰς θάνατον».
Πρόεδρος - ἐφέτης Ἀνδρέας Ἀλετρὰς

«Κεραυνὸς καὶ φωτιὰ νὰ πέσει στὰ κεφάλια σας. Εἶμαι ἀθῶος! Εἶμαι ἀθῶος!»

Ὁ κατηγορούμενος Ἀριστείδης Παγκρατίδης

Ἡ φλόγα ἑνὸς κεριοῦ τρεμόσβηνε χθὲς τὸ πρωὶ στὸ δάσος τοῦ Σέιχ Σοὺ καθὼς ὁ γραμματεὺς τῆς Εἰσαγγελίας Θεσσαλονίκης προσπαθοῦσε μέσα στὴν ὁμίχλη καὶ τὴν νύκτα ποὺ ἔφευγε νὰ διαβάσει τὴν καταδικαστικὴ ἀπόφαση. Λίγο πιὸ ἐκεῖ ὁ μελλοθάνατος τὸν ἄκουγε σιωπηλά. Ὅταν τελείωσε, εἶπε:

– Εἶμαι ἀθῶος. Ἴσως κάποια μέρα πιαστεῖ ὁ πραγματικὸς ἔνοχος.

Μετὰ στράφηκε πρὸς τοὺς ἄνδρες τοῦ ἐκτελεστικοῦ ἀποσπάσματος:

– Παιδιά, σᾶς παρακαλῶ, σκοπεῦστε με καλὰ γιὰ νὰ μὴν τυραννιέμαι.

Ἕνα παράγγελμα ἀκούσθηκε: «Ἐπὶ σκοπόν». Κάποιος ρώτησε τὸν μελλοθάνατο ἂν θέλει νὰ δέσουν τὰ μάτια καὶ τὰ πόδια του.

– Τὰ μάτια, εἶπε ἐκεῖνος μὲ σιγανὴ φωνή.

Φαινόταν ψύχραιμος. Ἔπειτα ἔμεινε ἀκίνητος – οἱ τελευταῖες στιγμὲς τῆς ζωῆς του. Ξαφνικὰ ἔβγαλε μία φωνή:

– Μανούλα μου, εἶμαι ἀθῶος.

– Πῦρ.

Σχεδὸν μαζὶ μὲ τὸ παράγγελμα ἀκούσθηκε καὶ ἡ ὁμοβροντία. Ἕνα σῶμα λύγισε, ἔπεσε ἀνάσκελα. Ὁ ἐπικεφαλῆς τοῦ ἀποσπάσματος ἔδωσε τυπικὰ τὴν χαριστικὴ βολή.

Ἡμέρα Παρασκευή, ὥρα 7.06 π.μ., στὸ βορειοανατολικὸ μέρος τοῦ Σέιχ Σοὺ – συνήθη τόπο ἐκτελέσεων. Ὁ Ἀριστείδης Παγκρατίδης, ὁ «δράκος» τοῦ Σέιχ Σού, δὲν ζεῖ πιά.

Ἀκρόπολις, 17 Φεβρουαρίου 1968

Εἰς τὸν τόπον τῶν στυγερῶν ἐγκλημάτων ὁ Παγκρατίδης ἐξετελέσθη εἰς τὸ Σέιχ Σού. «Μανούλα μου, εἶμαι ἀθῶος» ἦταν αἱ τελευταῖαι λέξεις του. Ἐννιὰ χρόνια ἔπειτα ἀπὸ τὴν διάπραξη τῶν φοβερῶν ἐγκλημάτων καὶ δύο ἀπὸ τὴν καταδίκη του τετράκις σὲ θάνατο ἀπὸ τὸ Πενταμελὲς Ἐφετεῖο Θεσσαλονίκης, ὁ Ἀριστείδης Παγκρατίδης ἐξετελέσθη χθὲς τὴν αὐγήν, στὶς 7.06 ἀκριβῶς στὸ Σέιχ Σού, στὸ μέρος ποὺ συνδέθηκε μὲ τὸ ὄνομά του.

Μακεδονία, 17 Φεβρουαρίου 1968

2. Στὴν Τούμπα τῶν παιδικῶν χρόνων

ΕΝΑ ΦΙΛΑΡΑΚΙ ΓΙΑ ΤΗΝ ΑΛΑΝΑ

ΤΟ 1955 ΣΤΗΝ ΤΟΥΜΠΑ ἦταν ὅλο παράγκες ξύλινες καὶ παρόμοια χαμόσπιτα μὲ σκεπὲς ἀπὸ τενεκέδες ἢ κεραμίδια καὶ μικρὲς ἀσπρισμένες αὐλές. Ἀστραφτοκοποῦσε ὁ ἀσβέστης καὶ ἡ πάστρα μέσα σὲ κείνη τὴ μουντάδα. Γιὰ στολίδια εἴχανε γλάστρες μὲ σκουλαρικιές, μὲ μπιγκόνιες καὶ μὲ γεράνια καὶ στὸ χῶμα φυτεμένα λουλούδια καὶ δέντρα. Πιὸ πολὺ ἀκακίες. Ἢ καμιὰ καϊσιὰ μὲ κεῖνα τὰ καΐσια τὰ μεγάλα, τὰ ζουμερά, ποὺ τὸ ἄρωμά τους μᾶς μεθοῦσε καὶ τὰ κουκούτσια τους τὰ τσακίζαμε ἀνάμεσα στὶς πέτρες καὶ τὰ τρώγαμε μὲ λαχτάρα. Εἴχανε καὶ μουριὲς γιὰ τὸν παχύ τους ἴσκιο· τὸ καλοκαίρι πέφτανε καταγῆς τὰ μοῦρα καὶ μαυροκοκινίζανε οἱ αὐλὲς καὶ πλάκωναν οἱ μέλισσες ποὺ μὲ τὸ βουητὸ καὶ τὶς τσιμπιές τους δὲν ἀφήνανε σὲ ἡσυχία τὸν κόσμο. Μερικοὶ φυτεύανε καὶ λεμονιὲς σὲ μεγάλα βαρέλια καὶ τὶς κουκουλώνανε τὴ βαρυχειμωνιὰ μὲ τσουβάλια ἢ μὲ χοντρὰ νάυλον γιὰ νὰ μὴν καοῦνε, μιὰ καὶ τὸ ψυχρὸ κλίμα τῆς Βορείου Ἑλλάδος δὲν σήκωνε τέτοια δέντρα εὐαίσθητα. Ἦταν καὶ τὰ λεμόνια ἀκριβὰ καὶ πολλὲς φορὲς δυσεύρετα. Ὅλα φτωχικὰ καὶ ταπεινὰ μὰ περιποιημένα καὶ ἀνοιχτόκαρδα. Κάθε τιτίζα[1] νοικοκυρὰ στὴν αὐλίτσα της ἔνιωθε παραπάνω ἀπὸ βασίλισσα. Ὁ κόσμος ἤτανε μαθημένος σὲ πέντε ἀναγκαῖα πράματα, ἐκεῖ πάνω χτίζανε τὴν καθημερινὴ εὐτυχία τους. Ἔτσι ἤτανε δασκαλεμένοι ἀπ᾽ τοὺς παπποῦδες τους. Τὸ λίγο τοὺς φαινότανε

1. *Τιτίζα* (τουρκ. *titiz*): Σχολαστική, τυπική.

πολύ. Ὄχι σὰ σήμερα ποὺ τὸ πολὺ δὲν μᾶς γεμίζει καθόλου κι ὅσο αὐγαταίνει ἐκεῖνο τόσο ἀδειάζουμε ἐμεῖς. Πολλὰ σπίτια εἴχανε τσαρδάκια σκεπασμένα μὲ σαλκίμια[1] καὶ κληματαριὲς καὶ καθόταν ἀπὸ κάτω ὁ κόσμος κι ἔπινε τὸ καφεδάκι του κι ἔκαναν οἱ γείτονες μουχαμπέτι.[2] Σὲ σκαμνάκια, σὲ καρεκλάκια ψάθινα, ποὺ περνοῦσαν οἱ γύφτοι κάθε τόσο καὶ τὰ διόρθωναν τραγουδώντας καθισμένοι σταυροπόδι κατάχαμα. Μουχαμπέτι, καφεδάκι, κουλουράκι τὸ πρωί, μουχαμπέτι, καφεδάκι, κουραμπιεδάκι τὸ ἀπόγεμα. Τὰ γλυκά, ὅλα σπιτικά, σπάνια τοῦ ζαχαροπλαστείου, μόνο τὶς τρανὲς γιορτὲς οἱ πάστες. Σοκολατίνες, ἐπὶ τὸ πλεῖστον, μιὰ καὶ ἡ σοκολάτα ἦτανε περιζήτητη. Μόλις ἔπαιρνε νὰ βραδιάζει, πάλι μουχαμπέτι, μεζεδάκια καὶ ρακί. Τραγούδια λέγανε τὰ δικά τους, τὰ προσφυγικά, ὅμως ἀκούγανε κι ἀπ᾽ τὸ ραδιόφωνο, ὅ,τι τοὺς ἔβαζαν οἱ κρατικοὶ σταθμοὶ κι ὁ Ἐνόπλων Δυνάμεων. Ἀκούγανε κι ἀπ᾽ τὸ γραμμόφωνο, ὅσοι εἶχαν. Ἤτανε κι αὐτὸ μιὰ πολυτέλεια τότε. Μὰ οἱ πιὸ μερακλῆδες στεροῦνταν ἄλλα ἀγαθὰ καὶ προμηθεύονταν αὐτὸ τὸ διαβολικὸ μηχάνημα ποὺ τοὺς ἔπαιρνε τὸ μυαλό. Ἄλλοι εἴχανε γραμμόφωνο μὲ τὸ χωνὶ καὶ τὸ μοστράριζαν κι ἄλλοι γραμμόφωνο σὲ στὺλ βαλίτσα. Ὁ ἦχος ἔβγαινε τζάμι. Σὲ μάγευε. Ὁ τραγουδιστὴς θαρρεῖς καὶ καθόταν ἀπέναντί σου καὶ τραγουδοῦσε σπέσιαλ γιὰ πάρτη σου, τόσο καθαρὰ ἀκουγόταν ἡ φωνή του κι ἡ ἀνάσα του κρύσταλλο. Οἱ μπουζουξῆδες κεντοῦσαν τὶς χορδὲς κι οἱ πενιὲς κατέβαιναν σὰν ξυραφιὲς καὶ σοῦ χαράκωναν τὴν ψυχή. Παραμονεύαμε πίσω ἀπ᾽ τὰ δέντρα μὲ τὰ φιλαράκια μου στὸ σπίτι ἑνὸς γείτονα, πότε θὰ βγάλει καὶ θὰ στήσει στὸ τραπέζι τῆς αὐλῆς τὸ γραμμόφωνο ποὺ τὸ

---

1. *Σαλκίμι* (τουρκ. *salkım*): Εἶδος ἀναρριχώμενης ἀκακίας μὲ μὼβ τσαμπιά.

2. *Μουχαμπέτι* (τουρκ. muhabbet): Κουβεντολόι.

κούρντιζε καὶ ἄλλαζε τὴ βελόνα σὲ κάθε δεύτερη πλάκα. Ἐλαφρὰ βάζανε στὸ ράδιο, ἔσκιζαν τῆς Βέμπο, ἀλλὰ καὶ τοῦ Ἀττίκ, τοῦ Χαιρόπουλου, τοῦ Γιαννίδη, τοῦ Γούναρη. Βέμπο, Δανάη, ὡραῖες φωνές, ἔπαιζε τὸ κρατικὸ ραδιόφωνο συνέχεια, καὶ τὸ Ἐνόπλων, τραγούδια, ποὺ τὰ ἄκουγες ἀναγκαστικά. Οἱ Τουμπιῶτες δὲν τὰ πολυγουστάρανε αὐτά, ἦταν τὰ πιὸ πολλὰ νερόβραστα καὶ ἀβασάνιστα τραγουδάκια, τοὺς ἔλειπε τὸ ντέρτι, δὲν ταίριαζαν μὲ τὸ αἷμα τους, ἦταν φτιαγμένα, θαρρεῖς, γιὰ τὴν ἀριστοκρατία. Τοὺς τραβοῦσαν πιὸ πολὺ τὰ λαϊκά, τὰ μερακλίδικα, τὰ βαριὰ λαϊκά, τὰ ρεμπέτικα. Τσαουσάκης, Μπέλλου, Βαμβακάρης. Ὅταν βγῆκε πιὰ ὁ Καζαντζίδης, τοὺς ἔκλεψε τὴν καρδιά. Ἔβγαινε στὴν αὐλόπορτα ἡ Πάτρα, ἡ βυζαρού, ἡ ρεμπέτα, ποὺ ἄκουγε μόνο βαριὰ κι ἀσήκωτα ρεμπέτικα κι ἤτανε γυναίκα σεβνταλοὺ καὶ περπατημένη καὶ ἅμα ἄκουγε ἐλαφρὰ ἀπ' τὸ ραδιόφωνο, ἔβριζε τοὺς γειτόνους. «Κλεῖστε το, καλέ, ἄι σιχτὶρ πιά, χάθηκαν τὰ καλὰ τραγούδια;» «Καὶ ποιά εἶναι τὰ καλά, ρὲ Πατρούλα;», «Ἔ, νά, κάνας Μητσάκης, κάνας Τσιτσάνης».

Εἴχανε γάτες τσοῦρμο. Τοὺς ἦταν χρήσιμες. Γιατὶ σ' ἐκεῖνα τὰ χαμόσπιτα ἔστηναν τὶς φωλιές τους στὶς στέγες οἰκογένειες ποντικῶν καὶ κάθε νύχτα ἔκαναν πάρτυ. Εἴχανε καὶ σκύλους, ἐπὶ τὸ πλεῖστον σκυλάκια μικρά. Γιὰ συντροφιὰ τὰ γερόντια, οἱ ἄλλοι γιὰ κανέναν ἐνοχλητικὸ πραματευτή, κανέναν γύφτο. Πήγαιναν κι ἔρχονταν οἱ γύφτοι στὰ προσφυγικά. Τσιγγάνους κανεὶς δὲν τοὺς ἔλεγε, μόνο γύφτους. Κι ἀκόμα χειρότερα, πιὸ περιφρονητικὰ τοὺς ἔλεγαν κατσίβελους. Κατσίβελους καὶ κατσιβέλες. Τὰ ἄτακτα παιδάκια, στὴν ἀπειλὴ τῆς μάνας τους «θὰ σὲ δώσω στὴν κατσιβέλα, νά την, ἔρχεται γιὰ νὰ σὲ πάρει» ἔκλαιγαν ἀσταμάτητα. Πουλούσανε καλάθια, καλαθοῦνες, σῆτες, κόσκινα. Ἦταν ἄσσοι στὴν καλαθοπλεκτικὴ καὶ χρησιμοποιοῦσαν ὑλικὸ ἀπὸ καλαμιὲς κι ἀπὸ βοῦρλα. Καὶ οἱ γύφτισσες; Ἐκτὸς ἀπ' τὴ χειρομαντεία, ποὺ ἀσήμωνες καὶ σοῦ λέγανε τὴ μοίρα σου, χορεύανε τὰ καλύτερα τσιφτετέλια. Μ' ἕνα ντέφι ἢ καὶ δίχως μουσική. Τί σκέρτσο ἦταν ἐκεῖνο, τί τσαχπινιὰ καὶ πάθος! Ἦταν μικροῦλες, μπουμπουκάκια! Μὰ τὶς κρατοῦσαν ἀλάργα οἱ νοικοκυρές, ὅπως καὶ τοὺς γύφτους, γιατὶ ὅλοι αὐτοὶ ἦταν μακρυχέρηδες κι ἀλαφροχέρηδες. Δούλευε ἡ γλώσσα ἀπὸ μπροστὰ καὶ τὸ χέρι ἀπὸ δίπλα. Ἀλλιῶς, τὰ χρόνια ἐκεῖνα δὲν εἶχαν φόβο. Τὶς καυτὲς νύχτες τοῦ Αὐγούστου κοιμόμασταν ὅλοι ξένοιαστα ἔξω, στρωματσάδα στὴν αὐλή. Κι ὅσοι εἶχαν ταράτσα, στὴν ταράτσα.

Ἔτσι τὴν περνούσαμε. Χαμοζωή. Σπιτάκια προσφυγικά, τοῦ ἐποικισμοῦ. Εἴχαμε, βέβαια, καὶ μικρὲς πολυκατοικίες ποὺ ἀργότερα ἔγιναν μεγαλύτερες, καὶ στὸ τέλος μὲ τὴν ἀντιπαροχὴ τοῦ Καραμανλῆ ἡ περιοχὴ ἔγινε ἀγνώριστη, ἀκόμη καὶ γιὰ μᾶς τοὺς καθεαυτοῦ Τουμπιῶτες. Οἱ πιὸ πολλοὶ δρόμοι, τί δρόμοι, τὰ σοκάκια, ἦταν χωματόδρομοι. Μόνο οἱ κεντρικοὶ ἦταν ἀσφαλτοστρωμένοι. Καλντερίμια δὲν εἶχε. Ὅλοι οἱ προσφυγικοὶ συνοικισμοὶ ἦταν ἀγροί, χωράφια ἀκατοίκητα. Τὰ καλντερίμια τὰ πετρόχτιστα τὰ εἴδαμε ἀργότερα σὲ κεντρικὰ σημεῖα στὴν πόλη καὶ τὰ θαυμάζαμε. Χορτάσαμε χῶμα ἐκεῖ στὸ συνοικισμό. Καὶ ἡ σκόνη σύννεφο. Μὰ ἔτσι, θαρρῶ, ἤτανε τὰ προσφυγικὰ σ' ὅλη τὴ χώρα. Τὸ κράτος δὲν γύριζε νὰ μᾶς κοιτάξει, καὶ τὰ αὐτοκίνητα κυκλοφοροῦσαν ἀραιὰ καὶ ποῦ, λιγοστά. Κι ἐκεῖνα, ὄχι σὰν τώρα, τῆς κακιᾶς ὥρας, σαραβαλάκια. Σπάνια νὰ δεῖς καμιὰ ἁμαξάρα. Μόνο ἂν περνοῦσε κανένας πολιτικός, ἂν μᾶς καταδεχόταν κανένας μητροπολίτης. Αὐτοὶ μεταχειρίζονταν, οἱ ὁδηγοί τους δηλαδή, ἐκεῖνα τὰ μακρόστενα μοντέλα τὰ ἀμερικάνικα, ἐκεῖνες τὶς κουρσάρες. Ἡ συγκοινωνία μὲ τὰ ἀστικὰ ἤτανε καλούτσικη ἀλλὰ ἐμᾶς, ἡ μισὴ δραχμή, τὸ εἰσιτήριο, μᾶς φαινόταν πολύ. Μὲ κείνη τὴ μισὴ δραχμὴ ἔπαιρνες δυὸ ψωμιὰ καὶ περίσσευαν καὶ λίγα ρέστα γιὰ ἕνα γιαούρτι. Μιὰ φορὰ πηγαίνοντας γιὰ τὸν μπακάλη ἔχασα ἕνα φράγκο κι ἔφαγα ξύλο μὲ ζώνη πέτσινη. Ἔτσι, χωρὶς νὰ δίνουμε τὸ χαρτζιλίκι μας στὸν εἰσπράκτορα, τὸν ἀχώνευτο, πηγαίναμε, ὅπου θέλαμε, ποδαράτοι. Παράδες, εἴπαμε, δὲν ὑπῆρχαν. Ἂν κατάφερνες νὰ μαζέψεις κανένα ταλιράκι, μποροῦσες νὰ πάρεις ἕνα σωρὸ πράματα. Ἐμεῖς, τὰ πιτσιρίκια, παίζαμε στοὺς αὐλόγυρους τῶν σπιτιῶν, σ' ὅλους τοὺς μαχαλάδες τοῦ συνοικισμοῦ καὶ στὸ ρέμα. Στὸ σπίτι τους τὰ παιδάκια κάνανε τὴν κότα, γιατὶ οἱ πατεράδες τους ἦταν ἄγριοι καὶ αὐστηροί, ἀλλὰ ἔξω ξεθαρρεύανε καὶ κάνανε τσαουσιὲς[1] καὶ βαβούρα. Καὶ στοὺς γείτονες σούζα καθόμασταν, γιατὶ μὲ τὴν παραμικρὴ σκανταλιὰ ποὺ κάναμε μᾶς κοπανοῦσαν. Κι ἂν μᾶς φανέρωναν στὸν πατέρα ἢ στὴ μάνα μας, ἀλίμονό μας, χειρότερα. Ἐντεπσίζικα[2] παιδιὰ ἤμασταν, εἴχαμε νομίζαμε τὸ ἐλεύθερο. Ἐπειδὴ μᾶς κυνηγοῦσαν κι οἱ νοικοκυρές, γιατὶ κάναμε ζημιὲς μὲ τὶς πέτρες καὶ τὴν μπάλα στὰ τζάμια καὶ τὰ κεραμίδια, ἀνακαλύψαμε ἄλλα λημέρια, ὅπου νιώθαμε ἀνεξάρτητοι κι ὡραῖοι κι ἐκεῖ κάναμε τὰ δικά μας.

Στὴν περιοχή μας ὑπῆρχε ἕνα μεγάλο καὶ βαθὺ ρέμα, μιὰ χαράδρα –ἀκόμα ὑπάρχει–, δὲν τὴν μπαζώσανε, οὔτε τὴ χτίσανε. Τοὺς ξέφυγε, εὐτυχῶς, ἢ μᾶλλον τοὺς ἔκοψε τὸ νιονιό τους, γιατὶ αὐτὴ ἡ ρεματιὰ τὸ χειμώνα μὲ τὶς νεροποντὲς κατεβάζει ποτάμια ποὺ χύνονται στὸν Θερμαϊκὸ καὶ ξεθυμαίνουν κι ἅμα τὴν κάνανε σιάδι οἱ μπουλντόζες,

---

1. *Τσαουσιά* (ἀπὸ τὸ τουρκ. *çavuş*: λοχίας): Μαγκιά, τσαμπουκαλίκι, μικροκαβγάς.

2. *Ἐντεπσίζης* (τουρκ. *edepsiz*): Ἀνάγωγος, ζωηρός.

θὰ πλημμύριζε ὁ τόπος καὶ θὰ πνίγονταν ὅλοι οἱ Τουμπιῶτες. Ὅπως ἐκεῖνος ὁ καταποντισμὸς ποὺ ἀκούγεται κάθε τόσο σὲ συνοικισμοὺς τῆς Ἀθήνας ἐξαιτίας τῶν μπαζωμένων ρεμάτων καὶ πνίγεται τόσος ἀθῶος κόσμος καὶ χαλᾶνε τόσα νοικοκυριά. Κατεβαίναμε, λοιπόν, στὴ δημοσιά, παίρναμε ἕνα μονοπάτι ἀριστερὰ ἀπ' τὸ ἐργοστάσιο τῆς ΥΦΑΝΕΤ καὶ χωνόμασταν μέσα στὴ δασωμένη ρεματιά. Τὸ τοπίο ξεκινοῦσε μὲ βρομοδέντρα, σχίνα καὶ πικροδάφνες ἀλλὰ ὅσο βάθαινε γινότανε ρουμάνι καὶ εἴχαμε καβάντζες, ποὺ δὲν τὶς ἔπαιρνε κανεὶς μυρωδιά, ἄσε ποὺ οἱ μεγάλοι σκιάζονταν, πολὺ σπάνια, σχεδὸν ποτὲ δὲν πατοῦσαν ἐκεῖ μέσα. Ἐξὸν τὴ μέρα, κάνας λυσσασμένος μπανιστιρτζὴς νὰ πάρει μάτι ζευγαράκια. Τὸ μέρος ἤτανε ὄμορφο, γεμάτο φουντωμένα πελώρια δέντρα κι ἦταν σὰ νὰ ζούσαμε σ' ἕνα παραμύθι. Τὰ μεγαλύτερα παιδιά, οἱ δεκαεξάρηδες, οἱ δεκαεφτάρηδες, μπορεῖ νὰ ἔκαναν καὶ κανένα σκέτο τσιγάρο στὴ ζούλα, τὰ ἀγόραζαν τὰ σκέτα τσιγάρα –στούκας τὰ λέγαμε– χύμα, ἕνα ἕνα, δύο δύο, ἀπ' τὸ περίπτερο. Δῆθεν τοὺς ἔστελνε ὁ θεῖος τους ἢ ὁ τάδε γείτονας ἀπ' τὸ καφενεῖο. Ἐμεῖς οἱ μικρότεροι δὲν καπνίζαμε ἀλλὰ παίζαμε. Κυνηγητό, κρυφτό, ἀμπίκο, κρυφτάμπικο, μακριὰ γαϊδούρα, καὶ ἄλλα παιχνίδια τοῦ καιροῦ μας. Ποδόσφαιρο, εἴπαμε, παίζαμε στὶς ἀλάνες. Κι ἤμασταν ὅλα τὰ ἀγόρια μανιακοί.

Κορίτσια δὲν χωροῦσαν οὔτε γι' ἀστεῖο ἐκεῖ μέσα. Δὲν τ' ἀφήνανε οἱ μανάδες τους κι ὅσα κοπελούδια κάνανε παρέα μὲ ἀγόρια τὰ ἀπόπαιρναν καὶ τὰ κορόιδευαν, τὰ φώναζαν «ἀγοροκόριτσα» ἢ «ἀγοροῦδες». Μπορεῖ καὶ «πουτάνες». «Πουτάνα θὰ σὲ κάνω, μωρὴ ζεβζέκα[1]; Μαζέψου στὸ σπίτι, τί γυρίζεις μὲς στὰ σοκάκια;» τὶς φώναζαν οἱ μανάδες τους. Παραδείγματος χάριν, εἴχαμε μιὰ μελαχρι-

1. *Ζεβζέκης* (τουρκ. *zevzek*): Ἀλαφρόμυαλος.

νή, μουστακαλού, μᾶς περνοῦσε δυὸ κεφάλια, ὄρθιο τηλεγραφόξυλο, μὲ κάτι τσουλούφια, ποὺ μᾶς ἔκανε παρέα, κολλοῦσε μαζί μας πολλὲς φορές. Κάνα-δυὸ χρόνια μεγαλύτερή μας. Ὅταν γούσταρε, σήκωνε τὴ φούστα της καὶ μᾶς ἔδειχνε ἀπ' ἔξω τὸ μουνί της κατάμαυρο. Προχωρημένα πράματα. Κυλότα δὲ φοροῦσε. Καὶ σάμπως ὁ παρὰς ἤτανε παραπανίσιος γιὰ κυλότες καὶ βρακιά; Τὰ βρακιά μας ὅλα μπαλωμένα ἤτανε. Ἢ μπαλωμένα ἢ τρυπημένα. Καὶ τὸ βρακολάστιχο λάσκα. Αὐτὴ ὅμως ἐπίτηδες γύριζε χωρὶς βρακί. Ἀλλὰ χέρι δὲν μᾶς ἄφηνε νὰ τῆς βάλουμε, ἔκανε ἐπίδειξη τὸ πράμα της καὶ ἔφευγε τρεχάτη. Τὰ σήκωνε ξαφνικά, λοιπόν, καὶ μεῖς σεργιανούσαμε τὰ κάλλη της τὰ κρυφά, μοστράριζε καὶ λίγο τὰ βυζάκια της τὰ ἄγουρα, ποὺ ἤτανε σὰ φρέσκα λεμονάκια στητὰ καὶ μᾶς ἐρέθιζε. Πραγματικὸ ἀγοροκόριτσο ἦταν. Μὰ ἐκείνη ἦταν ἐξαίρεση.

Συχνὰ χωριζόμασταν σὲ συμμορίες καὶ κυνηγιόμασταν, κρυβόμασταν μεταξύ μας ἢ κάναμε ἐξερευνήσεις στὴ ζούγκλα τῆς ρεματιᾶς χωρισμένοι σὲ ὁμάδες. Ζούσαμε ἕνα ὄνειρο καὶ φανταζόμασταν ὅτι ὅσο πιὸ κάτω κατεβαίναμε τόσο μεγάλωναν οἱ πιθανότητες νὰ συναντήσουμε καμιὰ τίγρη ἢ κάνα λιοντάρι. Γι' αὐτὸ κρατούσαμε στὸ δεξί μας χέρι ἀκόντια, ποὺ τὰ φτιάχναμε ἀπὸ μεγάλες βέργες ποὺ τὶς ἀκονίζαμε στὴν ἄκρη μὲ τὸ σουγιά. Συναγωνιζόμασταν ποιός θὰ ἀνέβει πιὸ ψηλὰ στὰ δέντρα, πιανόμασταν ἀπ' τὰ κλαδιά, βγάζαμε δυνατὲς κραυγές, μιμούμασταν τὶς φωνὲς τῶν ζώων τῆς ζούγκλας. Θέλαμε νὰ μοιάσουμε στὸν Τζώννυ Βαϊσμύλλερ, ποὺ ἔκανε στὸ σινεμὰ τὸν Ταρζὰν καὶ τὸν θαυμάζαμε. Ὅταν χορταίναμε τὸ παιχνίδι, κατεβαίναμε καὶ παλεύαμε φιλικά.

Καμιὰ φορά, ἔτσι, στὰ καλὰ καθούμενα, σὰ νὰ εἴχαμε προηγουμένως συνεννοηθεῖ, σταματούσαμε ἀπότομα, ὅλη ἡ παρέα, στεκόμασταν ὄρθιοι, τέσσερις τέσσερις, πέντε

πέντε, ὁ ἕνας πλάι στὸν ἄλλον, κάτω ἀπὸ ἕνα δέντρο ἢ ἀκουμπισμένοι σὲ βράχια, μὲ ἀνοιχτὰ τὰ σκέλια, τὶς βγάζαμε ἔξω καὶ τὶς περιεργαζόμασταν, τὶς μετρούσαμε ἢ τὶς παίζαμε ἢ κάποιοι τὴν παίζαμε ὁ ἕνας τοῦ ἀλλουνοῦ χωρὶς ἄλλες χειρονομίες, πασπατέματα, φιλιὰ ἢ ἄλλες πράξεις καὶ χωρὶς ἐκείνη τὴν ὥρα νὰ ἀκούγεται οὔτε κίχ. Ἐκκλησία! Τὶς ξεζουμίζαμε. Μερικοὶ συναγωνίζονταν ποιός θὰ τινάξει πιὸ μακριὰ τὸ σπέρμα. Ὅπως κάναμε ἄλλες φορὲς μὲ τὸ κατούρημα. Ὅταν κάποιος ἔχυνε πολὺ πράμα προκαλοῦσε τὸν θαυμασμὸ τῶν ὑπόλοιπων. «Κοίτα τὸν πούστη τί ἔβγαλε! Γεμίζει ἕνα μαστραπὰ μὲ τὰ χύσια του!» Μόλις τελείωνε κι ὁ τελευταῖος, κουμπωνόμασταν καὶ συνεχίζαμε τὸ παιχνίδι.

Μὲ τὸν Ἀρίστο ἤμασταν φίλοι καὶ γείτονες. Ἤμασταν τότε μία ἡλικία, γύρω στὰ δεκαπέντε. Δὲν ξέραμε σπουδαῖα γράμματα, ὅπως καὶ πολλὰ ἄλλα παιδιά, ἀγόρια καὶ κορίτσια, τῆς γειτονιᾶς μας. Μάλιστα μερικοὶ ἦταν στουρνάρια, δὲν ἔνιωθαν νὰ γράψουν οὔτε τ' ὄνομά τους, δὲν εἶχαν τελειώσει οὔτε τὴν πρώτη δημοτικοῦ. Τὸ '52, ὅταν ἤμασταν δώδεκα χρονῶν, πηγαίναμε στὴ Β΄ δημοτικοῦ στὸ «Τενεκεδένιο σχολεῖο», ἔτσι τὸ λέγανε. Ἐγὼ ἔμενα στάσιμος καὶ ξαναφοιτοῦσα, ὁ Ἀρίστος εἶχε διακόψει καὶ τὸν ξαναέγραψε ἡ μάνα του, γι' αὐτὸ οἱ συμμαθητές μας ἦταν πολὺ πιὸ μικροὶ ἀπὸ μᾶς. Ἀντὶ νὰ τελειώνουμε τὸ δημοτικὸ –τί ντροπή–, ἤμασταν ἀκόμη δευτεράκια. Τότε κάναμε μάθημα σὲ κάτι ἰσόγεια κτίρια ἀλλὰ τοῦ σχολείου τοῦ εἶχε μείνει τὸ ὄνομα ἀπὸ παλιά, γιατὶ ἦταν τὸ πρῶτο καὶ τὸ μοναδικὸ δημοτικὸ σχολεῖο στὴν Τούμπα, ποὺ τό 'χανε φτιάξει γιὰ τὰ προσφυγάκια κι ἦταν ἀπὸ μέσα ξύλινο κι ἀπ' ἔξω φτιαγμένο ὅλο μὲ λαμαρίνες, τὸ ἴδιο καὶ ἡ ὀροφή. Οἱ πιὸ παλιοὶ εἶχαν τελειώσει τὴν «Παράγκα», ἔτσι τὸ λέγανε τὸ παλιὸ «Τενεκεδένιο σχολεῖο». Στὸ καινούργιο, ὅπου κάναμε μάθημα πρωὶ-ἀπόγεμα, εἶχε ἴσαμε ἑξήντα παιδάκια ἡ κάθε τάξη. Καθημερινῶς στὸ μάθημα γινόταν τῆς τρελῆς ἀπ' τὴ βαβούρα, «τὴν κάνατε τὴν αἴθουσα χάβρα τῶν Ἰουδαίων» μᾶς μάλωναν οἱ δάσκαλοι. Μέχρι δευτέρα δημοτικοῦ πήγαμε ἐκεῖ μὲ τὸν Ἀρίστο. Οἱ δάσκαλοι ἀλλὰ καὶ οἱ δασκάλες ἐμᾶς μᾶς μάλωναν καὶ μᾶς ἔδερναν. Πιὸ πολὺ τοὺς δασκάλους φοβόμασταν, προπαντὸς τὸν διευθυντή, μὰ αὐτὲς ποὺ μᾶς κοπανοῦσαν ἦταν κάτι δασκάλες μοβόρες. Μὲ βίτσα ἀπὸ χοντρὴ βέργα λυγαριᾶς. Δὲν ξέρω γιατί προτιμοῦσαν αὐτὸ τὸ ξύλο οὔτε καὶ ξέρω ποῦ τὸ ἔβρισκαν, ἀπὸ ποιά χωριὰ τὸ προμηθεύονταν. Μπορεῖ ἀπ' τὸ Ἀσβεστοχώρι ἢ κι ἀπ' τὸν Χορτιάτη. Ὁ Χορτιάτης ἔχει κάτι πυκνόφυτες βουνοπλαγιές, μούρλια. Μπορεῖς νὰ βρεῖς τὰ καλύτερα χόρτα ἐκεῖ καί, τὸ φθινόπωρο, τὰ ὡραιότερα κάστανα καὶ καρύδια. Βαρούσανε, λοιπόν, ἐκεῖνες ἀλύπητα. Καὶ τὸ χειμώνα, κοντὰ παντελονάκια φορούσαμε, τὰ μπούτια μας ἦταν παντοῦ ὅλο σημάδια. Ξύλο μπόλικο καὶ γιατὶ δὲν παίρναμε τὰ γράμματα καὶ γιατὶ κάναμε ἀταξίες. Γινόταν ὀχλαγωγία στὴν τάξη. Ἐκτὸς ἀπ' τὴ βίτσα, μᾶς ἔδιναν ξυλιὲς μὲ τὸ χάρακα ἢ σκαμπίλια στὰ μοῦτρα. Σὲ μερικοὺς καὶ κλοτσιές. Φοροῦσαν οἱ δασκάλες μας κάτι γόβες, σουβλερές, γόβα στιλέτο ποὺ λένε. Καὶ στὰ δάχτυλά τους βέρες καὶ δαχτυλίδια χρυσά. «Θὰ σὲ στείλω στὸ Τσοτύλι, στὸ ἀναμορφωτήριο» ἀπειλοῦσαν τοὺς πιὸ ζωηροὺς οἱ κηδεμόνες. Φεύγαμε, τὴν κοπανούσαμε ἀπ' τὸ σχολεῖο. Μᾶς ἔδιωχναν κιόλας. Μιὰ δόση ποὺ ἐπισκέφτηκε τὸ σχολεῖο ὁ ἐπιθεωρητής, μᾶς ἔστειλαν νὰ πᾶμε στὰ σπίτια μας, γιὰ νὰ μὴ φαινόμαστε τέτοια ἀσχετίλα ποὺ εἴχαμε καὶ ἐκθέσουμε τοὺς δασκάλους μας. Μὰ στὸ σπίτι δὲν γυρίζαμε, γιατὶ τὶς τρώγαμε κι ἀπὸ κεῖ. Ἔτσι μείναμε τοῦβλα, ποὺ λένε, ξύλα ἀπελέκητα. Καὶ βγήκαμε νωρὶς στὸ κουρμπέτι. Δὲν εἴχαμε ἄλλη ἔξοδο.

Στὴν οὐσία μᾶς μεγάλωσε ὁ δρόμος. Ἐγὼ μὲ τὸν Ἀρίστο κάναμε ψευτοθελήματα στὸν μπακάλη καὶ στὸν μανάβη καὶ βοηθούσαμε καὶ σὲ τίποτα φορτώματα, κι ἔτσι μὲ τὸ χαμαλίκι κονομούσαμε κάνα ψιλό. Ἀλλὰ δὲν ἔφταναν αὐτὰ γιὰ νὰ χορτάσουμε τὴ μαύρη πείνα μας, τὴν ἀχόρταγη, ἀφοῦ τὸ φαῒ στὸ σπίτι ἦταν ὅλο ψωμὶ καὶ μακαρόνια καὶ πιὸ σπάνια κανένα αὐγό, τίποτα ροβίθια ἢ φακές. Μακαρόνια μὲ ψωμί, ὄχι μὲ τυρί. Ποῦ τὸ κρέας καὶ ποῦ τὸ ψάρι! Ἤμασταν κι οἱ δυὸ ὀρφανοὶ ἀπὸ πατέρα. Καὶ δὲν εἴχαμε καὶ γιαγιάδες, γιατὶ οἱ γιαγιάδες μας ἦταν πεθαμένες ἀπὸ χρόνια. Ἐμένα ἡ γιαγιά μου ἦταν μιὰ ὡραία καὶ ἔξυπνη γριὰ ἀπ' τὸ Προκόπι τῆς Καππαδοκίας, ποὺ μιλοῦσε μισὰ τούρκικα, μισὰ ἑλληνικά, καὶ τραγουδοῦσε μανεδάκια, ἔκανε «γιαρέεεεεεεμ, γιαρέεεεεεεμ, γιαντίμ[1], ἀμὰν» καὶ μαζεύονταν οἱ πρόσφυγες ἀπ' τὴ γειτονιὰ στὴν αὐλὴ γιὰ νὰ τὴν ἀκούσουν· τὴν πρόλαβα. Ὁ Ἀρίστος δὲν εἶχε κι αὐτὸς οὔτε παπποῦδες οὔτε μπαρμπάδες οὔτε θειάδες κοντά του. Ἔτσι, λοιπόν, ἔρημα καὶ ἀπροστάτευτα, γιατὶ οἱ μανάδες μας ξενοδούλευαν, μεγαλώσαμε μέσα στοὺς δρόμους καὶ στὶς ἀλάνες.

Ἐκείνη τὴ χρονιά, τὸ '55, ἀνακαλύψαμε καὶ τὴν πόλη μας. Καὶ πῶς τὴν ἀνακαλύψαμε! Ὁ Ἀρίστος εἶχε ζήσει προηγουμένως καὶ στὶς Σαράντα Ἐκκλησιές, ποὺ εἶναι δίπλα στὸ Σέιχ Σοὺ καὶ πολὺ κοντὰ στὸ κέντρο, καὶ μετὰ σ' ἕνα σπίτι κοντὰ στὴν Ἁγιὰ Σοφιά, στὴν καρδιὰ τῆς πόλης. Ἐκεῖνος ἦταν ἤδη περπατημένος καὶ εἶχε γνωρίσει τὰ κατατόπια στὴν ἀγορὰ καὶ στὶς πλατεῖες τῆς Θεσσαλονίκης πιὸ νωρὶς ἀπ' ὅλους μας. Βάλθηκε, λοιπόν, σιγὰ σιγὰ νὰ μᾶς μπάζει στὰ μυστικά της. Ἀρχίσαμε, δηλαδή, νὰ ξεφεύγουμε ἀπ' τὴν κλεισούρα καὶ τὴν ἀσφυξία τῆς γειτονιᾶς. Εἴχαμε χορτάσει πιὰ τὶς ἀλάνες καὶ τὰ σοκάκια τῆς

1. *Γιαντίμ* (τουρκ. *yandım*): Κάηκα. Ἀόριστος τοῦ *yanmak*, καίγομαι.

Ἄνω καὶ τῆς Κάτω Τούμπας. Τὰ βήματά μας μᾶς πήγαιναν σ' ἄλλα μέρη, στὴν Καμντζίδα, ποὺ τὴ λένε τώρα Πυλαία, στὴ Χαριλάου, ἀραιὰ καὶ ποῦ καὶ στὸ κέντρο τῆς Θεσσαλονίκης, στὴν Ἐγνατία, στὴν Ἀριστοτέλους, στὸ λιμάνι. Ἀκούγαμε ὁ Βαρδάρης, τὸ Βαρδάρι. Ἐπισήμως, πλατεία Μεταξᾶ. Τὸ βαφτίσανε ἔτσι πρὸς τιμὴν τοῦ δικτάτορα. Ὁ κόσμος δὲν θυμᾶμαι νὰ τὸ ἔλεγε ἔτσι ποτέ. Ποτέ. Μόνο οἱ εἰσπρακτοραῖοι. Γιατὶ αὐτὴ ἦταν ἡ ἐντολὴ ἀπ' τὸ σταθμαρχεῖο. «Τέρμα», φώναζαν, «πλατεία Μεταξᾶ». Καὶ τοὺς στραβοκοίταζαν μερικοί. Ὁ κόσμος, ὅταν τὸν ἔχουνε κάτω ἀπ' τὴν ἐξουσία τους, μπορεῖ νὰ μὴ μιλάει, γιατὶ τοὺς φοβᾶται, ἀλλὰ μόλις φύγουν ἀπὸ τὴ μέση, τοὺς ξεχνάει, τοὺς σβήνει. Τοὺς διαγράφει, δὲν θέλει ν' ἀκούει γι' αὐτούς. Οὔτε πλατεία Μεταξᾶ λένε τὴν πλατεία τοῦ Βαρδάρη –ὅλοι πᾶμε στὸν Βαρδάρη λένε– οὔτε ἐκεῖνα τὰ ἀποβράσματα ποὺ καθαρίσανε τὸν Λαμπράκη τὰ ἔδωσε κανένας ἀξία καὶ ὑπόληψη. Ὁ Κοτζαμάνης, λένε, ὁ τρικυκλάς, ψόφησε ὁλομόναχος, κανεὶς δὲν τοῦ 'δωσε ἕνα ποτήρι νερὸ ἀπ' τὴ γειτονιά του, τὰ ἴδια κι ὁ Φὸν Γιοσμάς, ὁ γερμανοτσολιάς, τὰ ἴδια κι ὁ Ἐμμανουηλίδης. Τὸν Τίγρη, ποὺ ἤτανε παλικάρι καὶ σάλταρε πάνω στὸ τρίκυκλο κι ἔγινε ἡ αἰτία νὰ τοὺς ζαμακώσουνε[1] τοὺς φονιάδες, ἐκεῖνον ὅλη ἡ Θεσσαλονίκη τὸν ἀγαποῦσε καὶ τὸν σεβόταν. Πάντως ἐμεῖς τὸ ξακουστὸ Βαρδάρι δὲν τὸ ξέραμε ἀκόμα, δὲν φτάναμε ὣς ἐκεῖ, γιατὶ φοβόμασταν τοὺς μπασκίνες ποὺ κυνηγοῦσαν τοὺς ἀνήλικους.

Πιτσιρικάδες, ἀκόμα δὲν εἴχαμε βγεῖ ἀπ' τ' αὐγό, ὅμως κάναμε τὸν ἄντρα καὶ βλάπταμε τὸν ἑαυτό μας, ἀφοῦ πολὺ γρήγορα μάθαμε νὰ φουμέρνουμε κι ἐμεῖς καὶ καπνίζαμε τσιγάρα χύμα ἢ κάναμε τράκες ἀπὸ διάφορους, γνωστοὺς

1. *Ζαμακώνω* (ἀργκό): Μαγκώνω.

καὶ ἀγνώστους, ἢ μαζεύαμε γόπες ποὺ πετοῦσαν οἱ περαστικοὶ κι ἔτσι γίναμε σιγὰ σιγὰ θεριακλῆδες καὶ σακατέψαμε τὰ τζιγέρια[1] μας, ποὺ ἦταν χάσικα.[2] Κάτι ἀλάνια μᾶς δώσανε καὶ χασίσι καὶ δοκιμάσαμε. Τὸ μαῦρο, ἅμα σοῦ ταιριάξει, δὲν τὸ ἀποχωρίζεσαι, κάνει τὴν καλύτερη παρέα. Σὲ πάει στὸν παράδεισο. Ἐμένα δὲν μοῦ 'κατσε καλά, ὁ Ἀρίστος τὸ γουστάριζε, τὸ ἔμαθε, ὁ ὀργανισμός του, φαίνεται, τὸ γύρευε. Μᾶλλον τὸ ἤξερε ἀπὸ πρίν, κάποιος μεγάλος τοῦ τό 'μαθε. Πιοτὸ δὲν πίναμε στὴν ἀρχή, γιατὶ ἀπαγορευόταν λόγῳ ἡλικίας νὰ καθόμαστε στὰ ταβερνάκια. Χωνόμασταν ὅμως στοὺς σινεμάδες. Στὴν Τούμπα ὁ κόσμος σύχναζε σὲ δύο αἴθουσες κινηματογράφου. Ἤτανε ὁ «Φοίνιξ», ἤτανε καὶ ὁ «Ἀστήρ», χειμερινὸς καὶ θερινός. Σ' αὐτοὺς τοὺς σινεμάδες συχνὰ τὴ βγάζαμε συνήθως τζαμπαντάν, γιατὶ πηγαίναμε πρωὶ πρωὶ καὶ σκουπίζαμε καὶ καθαρίζαμε. Κολλούσαμε, λοιπόν, ἀπὸ νωρὶς καὶ καθόμασταν μὲ τὶς ὧρες καὶ βλέπαμε ξένα, καουμπόυκα καὶ ἀστυνομικὰ ἔργα. Ἀλλὰ καὶ ἑλληνικὲς κοινωνικὲς ταινίες, ἐκεῖνα τὰ λυπητερά, τὰ σαλιάρικα. Μὰ πιὸ πολὺ κυνηγούσαμε κάποια ἐλαφρῶς ἀκατάλληλα, ἀμερικάνικα, καὶ πιὸ πολὺ ἰταλικά. Τὸ καλοκαίρι σκαρφαλώναμε στὰ κλαδιὰ μιᾶς πανύψηλης συκιᾶς καὶ βλέπαμε λαθραῖα τὶς ταινίες ἀπὸ τὸν θερινό. Θυμᾶμαι ἕνα ἰταλικὸ *Πόθοι στοὺς βάλτους*, πολὺ τολμηρὸ γιὰ τὴν ἐποχή. Ἡ λεζάντα τοῦ ἔργου ἤτανε μαϊμού, στὴν ἀφίσα εἶχε τὸν πραγματικὸ τίτλο *Πικρὸ ρύζι* σὲ παρένθεση μὲ μικρὰ γράμματα. Ἔπαιζε μιὰ ἠθοποιὸς πολὺ ὄμορφη, μοῦ ἔχει μείνει τὸ ὄνομά της, ἡ Συλβάνα Μάνγκανο. Κάποιος τσιφλικάς, νομίζω, βίασε μιὰ κοπέλα ποὺ εἶχε στὴ δούλεψή του. Καὶ ἔδειχνε κομμά-

1. *Τζιγέρι* (τουρκ. *ciğer*): Συκώτι, σπλάγχνο.
2. *Χάσικος* (τουρκ. *has*): Ἁγνός, φρέσκος, καθαρός.

τια ἀπ' τὸ κορμί της γυμνά, αὐτὸ ἦταν. Δηλαδὴ τὸ πορνὸ ἐκείνου τοῦ καιροῦ ἦταν ὅλο κι ὅλο λίγο κρέας τσίτσιδο. Μπορεῖ νὰ ἔδειχνε μιὰ κοπέλα μὲ τὸ κομπινεζὸν ἢ τὰ μπούτια μιᾶς γυναίκας ἢ λίγο τὰ στήθια της ἢ ἕνα ζευγαράκι στὸ κρεβάτι νὰ χαϊδεύεται καὶ νὰ φιλιέται, ἐκεῖνος μισόγυμνος, ἡ ἄλλη μὲ τὸ στηθόδεσμο, χωρὶς νὰ κάνουν ποτὲ ὁλοκληρωμένα τὴν πράξη. Μιὰ φορὰ δείξανε τὴν ἠθοποιὸ Ἔφη Οἰκονόμου, ποὺ ἦταν πληθωρικὴ –πλούσια τὰ ἐλέη Του–, χωρὶς σουτιέν, μόνο μὲ τὴν κυλότα πάνω στὸ κρεβάτι κι ἀπὸ κάτω ὁ κόσμος σφύριζε γιὰ δέκα λεπτά. Ἄκουγες κι ἀναστεναγμοὺς καὶ μουγκρητά. Ἦταν πολὺ τολμηρὸ γιὰ τότε, ἐπανάσταση. Πολλὲς φορὲς τὰ κλείνανε τὰ σινεμά, ὅταν πήγαινε καρφωτὴ στὸν εἰσαγγελέα. Κάτι νὰ τολμοῦσαν νὰ δείξουν περισσότερο οἱ ἄνθρωποι, τὸ πλήρωναν ἀκριβά. Τὴ ρώγα τῆς γυναίκας τὴν ἔκρυβαν στὶς φωτογραφίες ποὺ διαφήμιζαν τὸ ἔργο, τὴ σκέπαζε μ' ἕνα ἀστεράκι ἡ λογοκρισία. Ἡ φαντασία μας ὀργίαζε. Ἦταν λίγο βέβαια αὐτὸ ποὺ μᾶς ἔδειχναν, μὰ ἐκεῖνο τὸ λίγο γιὰ μᾶς ἔπεφτε τότε πολύ, μᾶς ξεμυάλιζε. Δὲν ὑπάρχει ἄλλη ἐξήγηση. Ἀλλιῶς, γιατί μικροὶ-μεγάλοι καυλώναμε τόσο εὔκολα καὶ ἀνὰ πάσαν ὥρα; Πάντως ἦταν ἄλλη ἐποχή, ἄλλος κόσμος. Ἢ μήπως ἦταν κι αὐτὰ ποὺ τρώγαμε πιὸ ἁγνά; Γιατί ἀργότερα ποὺ τὰ μπασταρδέψανε ὅλα μὲ ὁρμόνες καὶ μεγάλωναν ἀφύσικα, ἄρχισε νὰ κόβεται κι ἡ ὄρεξη τοῦ κόσμου γιὰ ἔρωτα; Ἐδῶ οἱ γιαγιάδες μας, ὅταν ἔμπαιναν στὴ θάλασσα μὲ τὶς πολλὲς ζέστες, στὰ ρηχά, βουτοῦσαν μὲ τὸ φουστάνι τὸ μακρὺ καὶ τὸ τσεμπέρι. Νὰ μὴ φανεῖ τὸ κρέας τους. Καὶ μεῖς κρυφοκοιτούσαμε ἀκόμη καὶ τὴ γιαγιά μας, γιὰ νὰ δοῦμε λίγη σάρκα γυμνή. Αὐτὴ λοιπὸν ἦταν ἡ «τσόντα» τῆς ἐποχῆς μας. Μπροστὰ στὸ σήμερα, ποὺ οἱ γυναῖκες βγαίνουν ξεβράκωτες στοὺς δρόμους ἀκόμη καὶ μὲς στὸ μεσοχείμωνο, ἐκεῖνα ποὺ ἔδειχνε ὁ σινεμὰς ἦταν τοῦ κατηχητικοῦ. Ἀλλὰ γιὰ μᾶς ἦταν ζάχαρη.

Τώρα ἂν πήγαμε μὲ γυναίκα, δὲν θυμᾶμαι καμιὰ γυναίκα νορμάλ, παρὰ μιὰ καλντεριμιτζού· ἔκανε πιάτσα στὴν ὁδὸ Ἑρμοῦ πρὸς Δραγούμη, εἶχε σκοτεινιὰ τότε τὴ νύχτα ποὺ μᾶς βρῆκε αὐτή, δὲν τὴ βρήκαμε ἐμεῖς, καὶ μᾶς ζήτησε ἀπὸ ἕνα εἰκοσάρικο καὶ κάναμε παζάρι καὶ δέχτηκε μὲ δεκαπέντε δραχμὲς καὶ πήγαμε σὲ κάτι χαλάσματα, πάνω στὴν πλατεία Δικαστηρίων, ἀπέναντι ἀπ᾽τὴν Κόκκινη Ἐκκλησιά. Ἦταν ἐρείπια ἐκεῖ, κολόνες κι ἀγάλματα καὶ πολλὰ δέντρα. Χωρὶς περίφραξη. Μὲ τὴ λεγάμενη κάναμε κάτι λίγα, κάναμε μιὰ προσπάθεια. Ἀμφιβάλλω κι ἂν τελειώσαμε. Μᾶλλον μιὰ μαλακία μᾶς τράβηξε. Προσπαθήσαμε νὰ τῆς τὸν βάλουμε ἀλλὰ δὲν νιώθαμε ἀκόμα, ξεροχύσαμε. Ἔτσι, νὰ ποῦμε, γνωρίσαμε γιὰ πρώτη φορὰ αὐτὸ ποὺ λένε ὁ ἔρωτας.

Ναί, ἀλλὰ καθὼς φαίνεται, αὐτὸς ὁ ἔρωτας εἶναι μικρόβιο ἀνίκητο κι ὅταν μπαίνει στὸν ἄνθρωπο, δὲν τὸν ἀφήνει νὰ ἡσυχάσει. Εἴχαμε ἀνακαλύψει τὸ Σέιχ Σού, τὸ δάσος μὲ τὰ πεῦκα, ψηλὰ πάνω ἀπ᾽ τὸ συνοικισμὸ τῶν Σαράντα Ἐκκλησιῶν. Ἀπὸ παλιὰ τὸ εἴχαμε ἀκουστά, ἦταν ἰδανικὸ γιὰ παιδικὰ παιχνίδια ποὺ χρειάζονται μεγάλη ἄπλα. Γιὰ μᾶς τουλάχιστον ποὺ ἤμασταν ἀπὸ μωρὰ μαθημένα νὰ κυνηγιόμαστε στὸ μεϊντάνι[1] καὶ στὴν ἀλάνα. Σύχναζαν ἐκεῖ ὁμάδες πιὸ μεγάλων παιδιῶν, ποὺ εἶχαν ὀργανώσει συμμορίες σὲ κανονικὸ σχηματισμό, μὲ ἱεραρχία, μὲ ἀρχηγό, ὑπαρχηγὸ καὶ τὰ μέλη, σύνολο καμιὰ δεκαριὰ νοματαῖοι. Οἱ καουμπόυδες ἀπὸ δῶ, οἱ Ἰνδιάνοι ἀπὸ κεῖ. Θυμᾶμαι δύο παιδιά, δεκαεφτάρηδες, ἀρχηγούς, ποὺ εἶχαν γίνει θρύλος, ὁ Στὴβ καὶ τὸ Θυμωμένο Σύννεφο. Ἀλανιάρηδες ἦταν. Ἐμεῖς ὅλα αὐτὰ τὰ κατορθώματα τὰ ἀκούγαμε ἀπὸ ἄλ-

1. *Μεϊντάνι* (τουρκ. *meydan*): Πλατεία.

λους πού εἶχαν μικρότερες συμμορίες, τῆς γειτονιᾶς, καὶ ἔπαιζαν πετροπόλεμο ἢ ἔδιναν μάχες μὲ αὐτοσχέδια ξύλινα σπαθιά. Κάποτε μᾶς ξεσήκωσε ἕνας μάγκας, ἐλᾶτε, λέει, παῖδες, νὰ ἀνεβοῦμε στὸ δάσος τοῦ Σέιχ Σού, νὰ πᾶμε νὰ δοῦμε τί γίνεται ἐκεῖ. Καὶ μᾶς ἐξηγοῦσε –ἦταν ἔξυπνο ἀγόρι–, Σέιχ Σοὺ τὸ λέγανε ἀπ'τὸν καιρὸ τῆς Τουρκοκρατίας, οἱ Τοῦρκοι τὸ βαφτίσανε ἔτσι, δηλαδὴ «Τὸ νερὸ τοῦ σεΐχη», φαίνεται κάποια πηγὴ βρισκόταν ἀπὸ παλιὰ ἐκεῖ ἢ κάποια κρήνη μὲ τὴ γούρνα της, πού τὴν εἶχε στήσει κανένας σεΐχης. Μεγαλώνοντας διαπιστώσαμε ὅτι ἦταν γεμάτη ἡ Θεσσαλονίκη μὲ τέτοιες τούρκικες κρῆνες, τσεσμέδες τὶς λέγανε, εἰδικὰ στὶς γειτονιὲς ψηλὰ στὸ Ἑπταπύργιο. Τὶς ξεπατώσανε ὅμως, τί κρίμα, καὶ τώρα ἔχουν μείνει πιὰ ἐλάχιστες. Ὅλοι μας Σέιχ Σοὺ τὸ ξέραμε, κι ἀκόμα ἔτσι τὸ λέμε, οὔτε Χίλια Δέντρα, ὅπως γράφει τὸ ἀστικὸ λεωφορεῖο τῆς γραμμῆς, οὔτε Κεδρινὸ Λόφο ὅπως τὸ ὀνομάσανε κατόπι. Καὶ τραβᾶμε γιὰ τὸ δάσος ἕνα πρωὶ μὲ τὰ πόδια, τέσσερα ἄτομα, κρατώντας μαγκοῦρες. Εἴχαμε κι ἀπὸ ἕναν σουγιὰ μαζί μας. Ποῦ ξέρεις τί γίνεται! Κατέβαιναν καὶ ἀγρίμια τότε ἀπ' τὰ βουνά, σκιαζόμασταν. Κυρίως τσακάλια μὰ καὶ ἀγέλες λύκων. Ἀπ' τὸν Χορτιάτη, ἀπ' τὸ Πανόραμα, ἀπ' τὸ Ἀσβεστοχώρι, κι ἀπ' τὴν ἄλλη μεριὰ τῆς πόλης, ἀπ' τὸ Ὡραιόκαστρο ἀπὸ παντοῦ ροβολοῦσαν λύκοι καὶ χτυποῦσαν τὶς μάντρες γιὰ κάνα πρόβατο. Κυκλοφοροῦσε κι ἕνας θρύλος, ὅτι τὴ βαρυχειμωνιὰ κατέβαινε ἕνας λύκος θεόρατος, μονιάς, καὶ διέλυε τὶς μάντρες μὲ τὰ πρόβατα κι ὅτι ἔβαζαν στοιχήματα πάνω στὸ λυκοτόμαρό του, ὥσπου στὸ τέλος κάποιος μάγκας τὸν καθάρισε καὶ πῆρε τὴν ἀμοιβή. Ἡ στενὴ παρέα ἤμασταν ὁ Ἀρίστος, ἕνας φίλος μας, ὁ Μιχάλης, ἐγὼ κι ἕνα ἄλλο παιδί, πολὺ ψηλὸ καὶ δυνατό, πού τὸ 'λεγαν ὅλοι «τὸ παλικαράκι», γιατὶ σ' ὅποιαν ὁμάδα ἔμπαινε ἀρχηγός, πάντα κέρδιζε, ὅπως ὁ Τζὼν Γουαίην νικοῦσε στὸ σινεμὰ τοὺς Ἰνδιάνους. Τὴ μικρή μας συμμορία τὴν ὀνομάσαμε «Ταρζάν». Βγήκαμε ἀπὸ Τριανδρία, ἔχει ἕνα μεγάλο βαθὺ ρέμα ἐκεῖ, κάναμε ὅλο τὸν ἀνήφορο τῶν Σαράντα Ἐκκλησιῶν καὶ φτάσαμε στὸ δάσος. Δὲν εἴχαμε μαζί μας οὔτε φαῒ οὔτε τίποτα. Νερὸ βρήκαμε ἐκεῖ, εἶχε πηγές. Ἄνοιξη ἦταν, μύριζε καλοκαίρι. Ἐξερευνήσαμε γιὰ ὧρες τὴν περιοχή. Συναντήσαμε σκαντζόχοιρους, χελῶνες, φίδια, ἀλεποῦδες. Τὶς χελῶνες τὶς παίρναμε ἀγκαλιὰ καὶ ἐκεῖνες μᾶς κατουροῦσαν. Ἀλλὰ δὲν μᾶς πείραζε τίποτε, ἤμασταν γεμάτοι χαρά. Ὅμως κάποια στιγμὴ κουραστήκαμε ἀπ' τὸν ποδαρόδρομο. Μεσημεράκι, καθίσαμε κάτω ἀπὸ ἕνα δέντρο καὶ πιάσαμε τὴν κουβέντα. Κάποια στιγμὴ λέει τὸ «παλικαράκι»: – Πάω γιὰ κατούρημα κι ἔρχομαι. Γυρνώντας μᾶς κάνει: – Σσσς, μὴ μιλᾶτε καὶ μὴ ρωτᾶτε τίποτα, τσιμουδιά. –Τί ἔγινε, φιλαράκι; ρώτησα. – Ρέ, τουμπεκὶ σᾶς λέω, κάντε μόκο, θὰ σᾶς ἐξηγήσω. Ἕνα ζευγαράκι, μᾶς λέει ψιθυριστά, χαμουρεύεται, καμιὰ κατοσταριὰ μέτρα πιὸ πέρα, κάτω ἀπὸ ἕνα δέντρο. Τῆς ἔχει βγάλει τὴν μπλούζα καὶ φιλιοῦνται, εἶναι στὰ ζαχαρώματα. Προσπαθεῖ νὰ τῆς βγάλει καὶ τὸ σουτιὲν ἀλλὰ κάνει τὴ δύσκολη. Θὰ ἁπλωθοῦμε, θὰ πλησιάσουμε προσεκτικά, θὰ κρυφτοῦμε πίσω ἀπ' τὰ κοντινὰ δέντρα καὶ θὰ κάνουμε μπανιστήρι. Τώρα τὴν μπαλαμουτιάζει ἀλλὰ σὲ λίγο ὁ μάγκας θὰ τῆς τὸν χώσει τῆς γκόμενας. Μόλις τὴν πηδήξει, σιγὰ σιγὰ θὰ φύγουμε καὶ θὰ βρεθοῦμε στὸ ἴδιο μέρος, ἐδῶ ποὺ ἀράζουμε τώρα. Τσιμπήσαμε ἀμέσως. Φαίνεται πὼς θὰ τό 'χε ξαναδεῖ τὸ ἔργο ὁ τσάκαλος. Σκορπίσαμε. Ἀκολουθήσαμε τὶς ὁδηγίες του κατὰ γράμμα. Ὁ Ἀρίστος κι ἐγὼ πλησιάσαμε μὲ προσοχὴ καὶ κρυφτήκαμε πίσω ἀπὸ τὸν κορμὸ ἑνὸς πελώριου πεύκου, περίπου καμιὰ δεκαριὰ μέτρα πίσω ἀπ' τὸ ζευγαράκι. Οἱ ἄλλοι πιάσανε δυὸ δέντρα, πιὸ πλάγια, σὲ λίγο πιὸ μακρινὴ ἀπόσταση. Φιλιόντανε γιὰ ὥρα. Καὶ τί φιλιά! Ἀναστέναζε αὐτή. Κάθε τόσο τῆς ἔγλειφε τὸ λαιμὸ καὶ τῆς δάγκωνε τ᾽ αὐτί. Ἤξερε κόλπα ὁ τύπος. Τῆς γαργαλοῦσε τὴν πλάτη μὲ τὰ δάχτυλα καὶ τῆς ἔτριβε τὰ βυζιὰ μὲ τέχνη. Ἐκείνη μούγκριζε ἀπ᾽ τὴν ἡδονὴ ἀλλὰ ἦταν διστακτική. –Τί θές, μωρό μου; τὴ ρωτοῦσε αὐτὸς μὲ βραχνὴ καὶ χαμηλὴ φωνή. Κάποια στιγμὴ τῆς ξεκούμπωσε τὸ σουτιὲν κι ἄρχισε νὰ τῆς δαγκώνει δυνατὰ τὶς θηλές. Μοῦ θύμιζε κάτι ζωηρὰ μωρὰ ποὺ ὅταν θηλάζουν δὲν θέλουν νὰ ἀφήσουν τὴ ρώγα τῆς μάνας τους. –Μή, μή, φτάνει, φοβᾶμαι, πονάω, ἔλεγε ἡ κοπέλα, ἐνῶ ἔδειχνε τὸ ἀντίθετο. Ἐμᾶς μᾶς εἶχαν σηκωθεῖ καὶ τὶς τρίβαμε πάνω ἀπ᾽ τὸ παντελόνι. Τὸ «παλικαράκι» τὴν εἶχε βγάλει ἔξω καὶ τὴν ἔπαιζε μὲ μανία. Ἡ γκόμενα ἦταν κοντούλα μὲ καστανὰ μαλλιὰ ἀλλὰ ὄμορφο πρόσωπο. Ἐκεῖνος ἦταν μαντράχαλος, γεροδεμένος καὶ ἀγριωπός, ἀσχημάντρας. Παρακολουθούσαμε μὲ κομμένη ἀνάσα. Γρήγορα τῆς ἔβγαλε καὶ τὴ φούστα. Δὲν ἔφερε ἀντίρρηση ἀλλὰ τὸν κοίταζε κατάματα. Φαινόταν ὅτι σὲ λίγο θὰ τὴν κατάφερνε. Μόλις ἔβαλε τὸ χέρι της στὸ πράμα της καὶ ἄρχισε νὰ τὸ τρίβει, ἔκανε αὐτὴ ἄχ, ἄχ, ἄχ, ἀπ᾽ τὴν καύλα της, ἀλλὰ μόλις πάει ὁ μάγκας νὰ τῆς κατεβάσει τὴν κυλότα, ξαφνικὰ τὸν κόβει, σφίγγεται καὶ τὸν ρωτάει ἀπότομα: «Θὰ σ᾽ ἀφήσω ἀλλὰ πές μου, μ᾽ ἀγαπᾶς; Θὰ μὲ κάνεις γυναίκα σου; Θὰ μὲ παντρευτεῖς;» Ἐκείνη τὴν ὥρα ἀκούγονται ἀπὸ ἕνα δέντρο πνιγμένα γέλια ἀπὸ κάποιον δικό μας. Μὰ ἦταν πολὺ ἀστεῖο. Τί βλακεία κι αὐτὴ τῶν γυναικῶν, νὰ γουστάρεις τὸν ἄλλον καὶ τὴ στιγμὴ ποὺ ἑτοιμάζεται νὰ τὸ εὐχαριστηθεῖ, ἀφοῦ τοῦ ἔβγαλες προηγουμένως τὴν πίστη, πάνω στὴν καλὴ τὴν ὥρα, νὰ τοῦ ζητᾶς γάμους καὶ τὰ ρέστα καὶ νὰ τὸν ξενερώνεις! Σηκώνεται ἀλαφιασμένος ὁ ἀσχημάντρας, ταυτόχρονα βγάζει μιὰ κραυγὴ ἡ κοπέλα «βοήθεια, βοήθεια!», τὸ βάζουμε κι ἐμεῖς στὰ πόδια. Τρέχαμε σὰν τρελοὶ στὴν κατηφόρα νὰ γλιτώσουμε γιατὶ μᾶς πῆρε στὸ κυνηγητό. «Μπανιστήρι μᾶς κάνετε ρὲ κερατάδες;» μᾶς φώναξε. «Τώρα θὰ δεῖτε ρὲ τσογλάνια, θὰ σᾶς σκίσω, κωλόπαιδα». Δὲν μᾶς προλάβαινε. Σαΐνια ἤμασταν καὶ μαθημένοι νὰ μᾶς κυνηγᾶνε καὶ νὰ ξεγλιστρᾶμε. Στὸ φινάλε τὴ σκαπουλάραμε ἀλλὰ ὁ Ἀρίστος δὲν τὸ ξέχασε ποτὲ τὸ ἐπεισόδιο, γιατὶ ἔφαγε μιὰ πέτρα στὸ κεφάλι, ποὺ τὸν ἔκανε νὰ πονάει γιὰ καιρό.

Δὲν ἦταν συνηθισμένο παιδί. Ἦταν πολὺ ἀνήσυχο καὶ πειραγμένο πλάσμα, κάτι τὸν ἔτρωγε συνέχεια καὶ δὲν καθόταν σ᾽ ἕναν τόπο. Ἤμασταν κι ἐμεῖς, οἱ ἄλλοι, σὰν παιδιά, ζωηρά, εἴχαμε τὸ νοῦ μας στὰ παιχνίδια, στὸ σαματὰ καὶ στὴν τρέλα. Ἐγὼ μάλιστα ἤμουν ὁ χειρότερος, ὁ πιὸ τζαναμπέτης[1], γι᾽ αὐτὸ καὶ μὲ βγάλανε «ὁ πετιφούντας[2]». Ἀλλὰ δὲν ἤμασταν καὶ σὰν τὸν Ἀρίστο, ποὺ πολλὲς φορὲς ἔκανε πράματα ἀψυχολόγητα. Ἴσως γιατὶ ἐκεῖνος δὲν εἶχε καμιὰ ἀσφάλεια, δὲν ἤξερε ποῦ νὰ στηριχτεῖ, δὲν εἶχε ποῦ νὰ πατήσει. Δὲν ἦταν σκατόπαιδο, δὲν ἦταν τὸ παιδὶ ποὺ θὰ σὲ πειράξει ἢ ποὺ θὰ σὲ κλέψει ἢ ποὺ θὰ σὲ κάνει τσαμπουκαλίκια, ὄχι, ἦταν πολὺ εὐγενικὸς μὲ τὸν κόσμο καὶ πολὺ ὑπάκουος στοὺς μεγαλύτερους, εἶχε πολὺ καλὸ τερμπιγιέ.[3] Μόνο ἂν τὸν πείραζες. Ἂν ἔχωνες τὴ μούρη σου στὶς δουλειές του καὶ στὰ γοῦστα του. Ἢ ὅταν αἰσθανόταν ὅτι ἀπειλεῖται. Ἐκεῖ γινόταν θηρίο. Ἦταν ὅμως ἕνα παιδὶ τσαλαπατημένο, ἕνα παιδὶ ἀχάιδευτο, ποὺ δὲν εἶχε νιώσει, ὅπως τὰ περισσότερα παιδάκια τοῦ κόσμου, τὴ στοργὴ καὶ τὴν ἀγάπη, δὲν εἶχε χορτάσει τὴ λαχτάρα τοῦ παιχνιδιοῦ καὶ τὴ γλύκα τοῦ δώρου καὶ προπαντὸς αὐτὸ ποὺ δὲν χόρ-

1. *Τζαναμπέτης* (τουρκ. *cenabet*): Δύστροπος, στραβός.
2. *Πετιφούντας* (λαϊκὴ ἔκφρ.): Ζωηρός, τσαχπίνης.
3. *Τερμπιγιέ* (τουρκ. *terbiye*): Διαγωγή, συμπεριφορά.

τασε ποτὲ ὁ καημένος ἦταν τὸ ρημάδι τὸ φαΐ. Ζητιάνευε λίγο ψωμί, τοῦ δίνανε ἀπ'τὴ γειτονιὰ κανένα ξεροκόμματο. Ἔτσι οὔτε τὰ σκυλιά. Ἡ μάνα του, χήρα, ξενοδούλευε, τί νὰ σοῦ κάνει ἡ πλύστρα, εἶχε καὶ τὸν Παγκράτη. Ὁ Παγκράτης πιὸ τυχερός, τὸν κατεβάσανε στὴν πρωτεύουσα, ἔμαθε τέχνη κοντὰ στὸν θεῖο του, στὸν ἀδελφὸ τοῦ πατέρα του, ἄνοιξε μαγαζὶ μὲ κοσμήματα. Καὶ μιὰ ἀδελφή, κι αὐτὴ ἀποκαταστάθηκε γρήγορα. Ἔπεφτε ὁ Ἀρίστος στὰ χώματα, κυλιόταν μὲς στὴ λάσπη σὰν τὸ ζῶο, ἔτρωγε τ' ἀποφάγια τῶν ἄλλων, ἔκανε «ντοὺ» στὰ σκουπίδια, ἐξ οὗ καὶ «Γουρούνα». «Γουρούνα» τὸν φωνάζανε πολλοί. Καὶ ποῦ ξεπλενόταν; Εἴχαμε μιὰ γειτόνισσα, Ἑλληνοαμερικάνα ἤτανε μὰ ὅλοι τὴν φωνάζανε «ἡ Ἀμερικάνα». Αὐτὴ εἶχε δύο ἀγοράκια, τὸν Γιῶργο καὶ τὸν Γιάννη, ποὺ τὰ κάναμε παρέα. Ὁ Ἀρίστος ξεσήκωνε τὰ παιδιὰ αὐτηνῆς τῆς Ἀμερικάνας καὶ πήγαιναν τακτικὰ στὸ βουνὸ Κρυονέρι τῆς Ἄνω Τούμπας, ὅπου ἐκεῖ εἶχε μιὰ μεγάλη γούρνα μὲ νερὸ στεκούμενο ποὺ χώνονταν μέσα καὶ κάνανε μπάνιο γιὰ ὧρες.

Μὲ τὸν Ἀρίστο, ὅ,τι κι ἂν πεῖς, ἤμασταν πολὺ σμιγμένοι καὶ πονιόμασταν. Ἤμαστε κι οἱ δύο σκανταλιάρηδες, αὐτὸ εἶναι, ἡ σκανταλιὰ ἦταν ποὺ μᾶς ἕνωνε τοὺς δυό μας. Τὴν ἴδια χρονιά, τὸ '55, ἤμασταν ἀκριβῶς δεκαπέντε ἐτῶν. Βρήκαμε κάτι λεφτὰ μὲ τὸν Ἀρίστο, ὄχι, ξέχασα, ἔβαλα ἐνέχυρο τὸ σακάκι μου –ἐκεῖνος δὲν φοροῦσε σακάκι, γιατὶ δὲν εἶχε, μ' ἕνα πουκάμισο γύριζε– καὶ νοικιάσαμε ἕνα ποδήλατο. Σκαρφαλώσαμε ἐπάνω ὁδηγώντας ἐναλλὰξ μὲ σκοπὸ νὰ φτάσουμε στὴν Ἀθήνα. Μὲ συχνὲς στάσεις, εἴπαμε, θὰ τὴν καλύψουμε τὴ διαδρομὴ σὲ ὅσες μέρες χρειαζόταν. Δὲν μᾶς κυνηγοῦσε καὶ κανείς. Θὰ κοιμόμασταν στὰ χωράφια, σὲ κανένα τσαρδάκι ἢ καμιὰ ἀποθήκη. Ἤμασταν μαθημένοι σὲ κάτι τέτοια, στὴ σκληραγωγία. Στὸ δρόμο ἔξω ἀπ' τὴ Θεσσαλονίκη βρήκαμε κάτι μηλιὲς σ' ἕνα κτῆμα ἀπερίφρακτο. Μαζέψαμε λίγα μῆλα καὶ τὰ φάγαμε. Μιὰ γυναίκα ποὺ δούλευε στὰ χωράφια μᾶς ἔδωσε ἀπὸ μία φέτα ψωμὶ μαῦρο, χωριάτικο. Νόστιμο. Ἀλλὰ δὲν χορταίνεις μ' αὐτά. Ὅταν φτάσαμε μὲ τὰ πολλὰ στὴ Βέροια εἴχαμε πιὰ κουραστεῖ πολύ. Πεινούσαμε. Νιώθαμε ὅτι δὲν θὰ τὰ βγάλουμε πέρα. Ἀναγκαστήκαμε νὰ παρουσιαστοῦμε στὴν ἀστυνομία. Ἦταν στὴ μέση καὶ τὸ ποδήλατο. Γιὰ νὰ μὴ μᾶς βγάλουν κλέφτες καὶ μᾶς ψάχνουν μὲ ἔνταλμα. Ὁ Ἀρίστος ἦταν ἤδη σεσημασμένος, εἶχε κάνει κάτι μικροκλεψιὲς πιὸ μπροστά. Δὲν ἔπρεπε νὰ δίνει ἀφορμές. Στὴν Ἀσφάλεια γιὰ θύματα ἔψαχναν. Ὁ διοικητὴς ἀπὸ κεῖ μᾶς ἔστειλε πίσω στὴ Θεσσαλονίκη. Ὁ εἰσαγγελέας εἶπε «δὲν κάνατε τίποτα, εἶστε καθαροί». Μᾶς ἄφησε ἐλεύθερους. Γυρίσαμε τὸ ποδήλατο, μᾶς γύρισαν κι ἐμᾶς τὸ σακάκι μου. Ναί, ἀλλὰ ἡ μάνα του! Ἡ κυρὰ Ἑλένη ἡ δόλια εἶχε ἀγανακτήσει πιά, εἶχε μπουχτίσει μὲ τὶς ζημιὲς τοῦ Ἀρίστου. Καὶ ζήτησε νὰ μᾶς κλείσουν στὸ ἀναμορφωτήριο. Ἄντε τώρα νὰ τὸ μάθαινε κι ἡ δικιά μου ἡ μάνα. Καὶ πῶς θὰ τὴ βγάζαμε ἐκεῖ μέσα; Ἔξω τουλάχιστον θὰ πουλούσαμε αἷμα καὶ θὰ ζούσαμε ἕνα διάστημα. Πηγαίναμε συχνὰ καὶ δίναμε αἷμα, προπαντὸς ὁ Ἀρίστος ἦταν πολὺ τακτικὸς αἱμοδότης. Σημείωναν τὸ ὄνομά μας καὶ τὴν ἡμερομηνία, μᾶς ἔδιναν μιὰ πορτοκαλάδα κι ἕνα σάντουιτς καὶ κάποιο ποσό. Ἡ ἀμοιβὴ δὲν ἦταν εὐκαταφρόνητη. Αὐτὰ γιὰ μᾶς ἦταν τότε μεγάλα κελεπούρια.

Ἔτσι, σὲ ἡλικία εὐαίσθητη, στὰ δεκαπέντε μας, καταδικαστήκαμε σὲ ποινικὸ σωφρονισμὸ δύο ἐτῶν. Μᾶς ἐπιβίβασαν στὸ καράβι καὶ μᾶς ἔκλεισαν στὸ Σωφρονιστικὸ Κατάστημα Βίδου νήσου Κέρκυρας, ποὺ ἦταν μέσα ἐσώκλειστοι ὅλο νέοι, ἀνήλικοι ποὺ ὄφειλαν νὰ ἐκτίσουν τὴν ποινή τους. Συνήθως ὀρφανὰ ἀπὸ τὸν ἕναν ἢ καὶ τοὺς δύο γονεῖς ἢ τέκνα χωρισμένων γονέων ποὺ τὰ μεγάλωσε ἡ μία γιαγιά, παιδιὰ μὲ πατέρα στὴ φυλακὴ ἢ μὲ μάνα ποὺ τὰ παράτησε ἢ μὲ μάνα πρόστυχη. Ὅλα φτερὰ στὸν ἄνεμο, καὶ παραβάτες. Καὶ πολλὰ κακοποιημένα. Κανένα πλουσιόπαιδο, κανένα χαρτζιλικωμένο. Στοῦ Βίδου ἦταν ὀργανωμένο ἀναμορφωτήριο. Μᾶς φυλακίσανε. «Γιὰ νὰ γίνετε ἄνθρωποι» εἶπαν. «Γιατί, δὲν εἴμαστε;» ρωτήσαμε. «Ὄχι, καὶ ἀμφιβάλλω ἂν θὰ γίνετε ποτὲ» εἶπε ἡ Διεύθυνση. Λέω «μᾶς φυλακίσανε», παρόλο ποὺ δὲν ἦταν φυλακὴ μὲ κάγκελα καὶ δεσμοφύλακες καὶ οὔτε κοιμόμασταν σὲ κελιά. Καὶ τὸ φαΐ δὲν ἦταν ἄσχημο. Ἀλλὰ ἦταν ζόρικα. Εἰδικὰ γιὰ τὸν Ἀρίστο, ἕνα παιδὶ σὰν ἐκεῖνον, ποὺ εἶχε μάθει νὰ ζεῖ ἐλεύθερο, ποὺ εἶχε μάθει ὁτιδήποτε τοῦ κατέβαινε στὸ κεφάλι νὰ τὸ κάνει, ὅλη ἐκείνη ἡ κατάσταση ἔμοιαζε φυλακή. Ἡ πολιτεία, λοιπόν, θὰ μᾶς μάθαινε λίγα γράμματα καὶ θὰ μᾶς ἔβαζε στὸν ἴσιο δρόμο τῆς ἀρετῆς, γιατὶ εἴχαμε πάρει τὸν στραβὸ καὶ δύσκολα θὰ ἰσιάζαμε. Δύσκολα, γιατὶ ἀπὸ παιδὶ ἅμα καλομάθεις στὴν κλεψιὰ καὶ στὴ βρισιά, ἄσ' τα. Ὕστερα, ἡ παρανομία καὶ ἡ ἁμαρτία εἶναι πιὸ γλυκές, γιατὶ στὴν παρανομία καὶ στὴν ἁμαρτία νιώθει ὁ ἄνθρωπος πραγματικὰ ἐλεύθερος.

Δὲν μᾶς χτυποῦσαν. Εἶχαν ἀνθρώπους ποὺ μᾶς ἔκαναν κατήχηση, δασκάλους, νὰ ἀγαπᾶμε τὸν Θεὸ καὶ τοὺς ἀνθρώπους, ἐκκλησιασμὸς καὶ τὰ ρέστα. Νὰ μὴν ψευδόμεθα, νὰ μὴν κλέβουμε, ἀκόμη κι ἂν δὲν ἔχουμε νὰ φᾶμε, νὰ κάνουμε ὑπομονή. «Ἡ βασίλισσά μας», ἔλεγαν, «εἶναι μεγαλόκαρδη», «στέλνει χρήματα γιὰ συσσίτιο καὶ ρουχισμό». Ἐπίσης, «νὰ ἀγαπᾶτε τοὺς βασιλόπαιδες, τὸν διάδοχο Κωνσταντίνο καὶ τὶς εὐσεβεῖς μας πριγκίπισες, Σοφία καὶ Εἰρήνη». Ἄντε, εἶπα στὸν φίλο μου τὸν Ἀρίστο, κουράγιο, νὰ βγοῦμε ἀπὸ δῶ μέσα. Τοῦ ἀναθέσανε τὸ λαχανόκηπο. Ἔσκαβε, σκάλιζε καὶ περιποιότανε τὰ λαχανικὰ καὶ τὰ φυτά. Ἔβαλε πεῖσμα καὶ ἔδειξε τὸν καλό του χαρακτήρα.

Δὲν ἀντιμιλοῦσε, δὲν βλαστημοῦσε, ἔκοψε τὶς κακές του συνήθειες. Κάναμε παρέα μὲ τὰ ἄλλα παιδιά. Μόνο μία βραδιὰ φουμάραμε χασίσι μὲ ἕναν ἄλλον μεγαλύτερο, ποὺ τὸ βρῆκε δὲν ξέρω πῶς. Μιὰ ἄλλη φορὰ μὲ δύο ἄλλα παιδιὰ μπήκαμε στὰ κρυφὰ σὲ μία τουαλέτα καὶ τὶς παίξαμε ὁ ἕνας τοῦ ἀλλουνοῦ. Κάποια ἄλλη φορὰ ἦταν μέσα κι ἕνας πιὸ μικρός, ἀδύνατος, τοῦ κατέβασε ἕνας ἄλλος τὸ σορτσάκι καὶ τοῦ ἔκανε μπατανά.[1] Μία-δυὸ φορὲς τὸν ἔτριψε στὰ μπούτια του, ἔχυσε καὶ τὸν πασάλειψε. Ἐγὼ πῆγα ἀπὸ πίσω, δὲν μ' ἄφησε, φώναξε « ἂχ » δυνατά, τρομάξαμε καὶ τὰ παρατήσαμε. Ὁ Ἀρίστος δὲν συμμετεῖχε σ' αὐτά, μόνο κοίταζε. Σὰ νὰ μὴν τὸν ἐνδιέφερε. Μᾶλλον ἤθελε νὰ μὴν μπλέξει, φοβόταν μήπως δὲν βγεῖ ἀπὸ κεῖ μέσα. Ἀλλὰ ἐλευθερώθηκε περίπου στὰ μισὰ τῆς ποινῆς. Ἔδειξε τὴν καλύτερη διαγωγὴ καὶ βγῆκε στὰ μισά, στὸ χρόνο ἐπάνω τοῦ δώσανε τὸ χαρτὶ καὶ τὸν διώξανε.

Τὸν Ἀριστείδη τὸν ἔχασα, ὅταν γίναμε δεκαοχτὼ χρονῶν, μέχρι τότε κάναμε στενὴ παρέα καὶ συνεχίσαμε νὰ συνεργαζόμαστε σὲ διάφορες μικροαλανιές. Ὕστερα, ἐμένα μὲ βάλανε στὴ δουλειά, μὲ πῆρε στὸ πλάι του ἕνας γνωστὸς τοῦ πατέρα μου καὶ στρώθηκα κι ἔγινα τσιράκι τοῦ κυρ-Τάσου, τοῦ ἐλαιοχρωματιστῆ. Ἀργότερα δούλεψα μόνος μου σὰν μπογιατζῆς κι ἀπὸ τότε ἔκοψα. Κατόπι αὐγάτυνε ἡ δουλειά, βρῆκα μιὰ κοπέλα νοικοκυρά, βάλαμε στεφάνι, ἄνοιξα καὶ μιὰ μικρὴ βιοτεχνία. Ἐγὼ στάθηκα τυχερὸς καὶ μικροπαντρεύτηκα καὶ πρόκοψα. Ὁ Ἀρίστος, ὅταν τὸν εἶδα μιὰ φορὰ στὸ δρόμο καὶ μιλήσαμε, ἦταν ἀξύριστος καὶ κακοντυμένος, ἐνῶ ἐγὼ ἤμουνα τοῦ κουτιοῦ, χαρτζιλικωμένος καὶ σένιος, καὶ ἤδη εἶχα βρεῖ τὸ δρόμο

1. *Μπατανάς* (τουρκ. *batana*): Βάψιμο, μεταφορικά· στὴν ἀργκό: Διασκελισμός.

μου. Ἐμεῖς ἀρχίσαμε νὰ νοικοκυρευόμαστε, ἀλλὰ αὐτὸν τὸ φουκαρὰ τὸν ἔτρωγε ἡ πείνα καὶ τὸ καλντερίμι. Κακορίζικος ἦταν ὁ φίλος μου ὁ Ἀρίστος.

Κι ὅταν, ὕστερα ἀπὸ λίγα χρόνια, τὸν βγάλανε στὶς ἐφημερίδες, πρωτοσέλιδο, καὶ τὸν παρουσιάσανε σὰν θηρίο αἱμοβόρο, σὰν κτῆνος σαδιστικό, ἐπικίνδυνο γιὰ τὴν κοινωνία μας, δὲν τὸ πίστεψα. Καὶ δὲν τὸ πίστεψε κανείς μας. Αὐτὴ ἡ πόλη, ἡ Θεσσαλονίκη ὅλο δράκους καὶ φαντάσματα ἔβγαζε. Τί διάολο, στοιχειωμένη ἦταν; Δῆθεν στὸ «κόκκινο σπίτι», ἀπέναντι ἀπ' τὴν Ἁγιὰ Σοφιά, ἀνάβουνε ξαφνικὰ τὰ φῶτα τὴ νύχτα κι ἀκούγονται συρσίματα ἐπίπλων καὶ βουητά. Δῆθεν τὸ «στοιχειωμένο σπίτι» στὴ στάση Κρικέλα, ἐκεῖ ποὺ ἦταν τὸ περίφημο ἑστιατόριο τοῦ κουμπάρου τῆς Βουγιουκλάκη, ὅποιος τὸ ἀγόραζε κάτι κακὸ πάθαινε καὶ τὸ γιαπὶ δὲν μποροῦσε νὰ ὁλοκληρωθεῖ ποτέ. Δῆθεν μέσα ἀπ' τὴν ἐκκλησία τοῦ Ἁγίου Ἀντωνίου, δίπλα στὸ Ἱπποδρόμιο, ἀκούγονται καμιὰ φορὰ τὰ μεσάνυχτα θρῆνοι καὶ κατάρες καὶ ἁλυσίδες νὰ χτυποῦν καὶ νὰ σέρνονται –ὁ Ἁγιαντώνης εἶναι ὁ προστάτης τῶν ψυχοπαθῶν καὶ τῶν φρενοβλαβῶν ποὺ τοὺς ἄφηναν οἱ συγγενεῖς τους μέσα στὴν ἐκκλησία γιὰ μῆνες– μέχρι νὰ διώξει ὁ Ἅγιος τὰ δαιμόνια. Καὶ πιὸ παλιά, τὸ ξακουστὸ «στοιχειὸ τοῦ Βάντζου», ποὺ ἦταν, λέει, ἕνα φάντασμα, μιὰ καλλονὴ δεκαεφτὰ χρονῶν, ποὺ σήκωνε κάθε νύχτα τὴν ταφόπλακά της στὸ νεκροταφεῖο τῆς Εὐαγγελίστριας καὶ πήγαινε καὶ πλεύριζε τοὺς πελάτες τοῦ ἐξοχικοῦ κέντρου ποὺ βρισκόταν ἐκεῖ δίπλα. Τελευταῖα πιὰ ἄρχισαν τὰ παραμύθια μὲ τοὺς δράκους. Ὅλοι γι' αὐτὸ τὸ θέμα κουβεντιάζανε. Ἐπὶ μῆνες, ἐπὶ χρόνια. Τὸ μεγάλο ἐρώτημα πάνω ἀπ' τὴν πόλη. Ὥσπου συλλάβανε τὸν δικό μας. Ἦταν ὁ Ἀριστείδης ὁ δράκος; Μπορεῖ. Ἄραγε εἴμαστε ἄξιοι νὰ κρίνουμε; Ὁ καθένας, ἴσως, θὰ μποροῦσε νὰ γίνει. Δὲν θέλει καὶ πολὺ νὰ παλαβώσεις. Μὲ τὴν πίεση ποὺ τρῶμε, πῶς νὰ μὴ γίνουμε δράκοι; Ἦταν ὅμως ἐκεῖνος; Δὲν μᾶς ἔπεισαν, δὲν ἀποδείχτηκε τίποτε στὸ δικαστήριο. Πολλὰ τεκμήρια τῶν φόνων δὲν τὰ ἐξέτασαν. Ἄλλα τὰ ἀποκρύψανε. Τὸν κάνανε νὰ μαρτυρήσει. Νὰ ξεράσει μὲ τὸ ζόρι πράματα ποὺ δὲν ἔκανε. Σκαλίζανε ὅλο τὴν παιδική του ζωὴ γιὰ νὰ τὸν βγάλουν ντὲ καὶ καλὰ ἀνώμαλο. Τὸν βασανίσανε πολύ, νὰ τοὺς τὰ ξεράσει στὸ πιάτο ὅλα. Ἂν ἀληθεύει ὅτι τὸν καιρὸ τῶν ἀνακρίσεων ἔγλειφε τὰ κάτουρα στὶς τουαλέτες γιὰ νὰ ξεδιψάσει, τί νὰ πῶ, κι αὐτὸ ἀκούστηκε. Ὁ ἴδιος τὰ φανέρωσε ἐνώπιον τοῦ ἀκροατηρίου. «Ἔπινα νερὸ ἀπ' τὸν κουβὰ μὲ τὰ βρομόνερα καὶ ἔγλειφα τοὺς σωλῆνες τῆς τουαλέτας» εἶπε. Κι ὅτι τοῦ βάλανε τὸ μαρτύριο τῆς ὀρθοστασίας στὸ ἕνα πόδι, τὸ χειρότερο βασανιστήριο. Ἐπειδὴ ὅμως ἦταν καὶ λίγο παραμύθας –ἔβαζε πολλὴ σάλτσα γιὰ νὰ τὸν προσέχουν–, μπορεῖ νὰ εἶπε καὶ κάμποσα παραπανίσια στὴν ὁμολογία του. Τὸν παραπλάνησαν, φῶς φανάρι. «Πάρ' τα ὅλα ἀπάνω σου» τοῦ εἶπαν. «Εἶσαι νέος, θὰ τὴ βγάλεις μὲ δυὸ χρονάκια στὶς φυλακὲς Κασσάνδρας, ἔχει τὸ πιὸ καλὸ φαΐ, εἶναι κολέγιο. Μετὰ θά 'σαι ἐλεύθερος». Τώρα ἐκεῖνοι ποὺ τὸν διέφθειραν νὰ ἦταν ὅλοι βέροι κολομπαράδες; Ἔτσι παρουσιάστηκαν. Νὰ μὴν ἦταν καὶ λίγο μπινέδες, δὲν πιστεύω νὰ ὑπάρχουν κολομπαράδες καθαρόαιμοι. Τὸ στήσανε καλὰ τὸ θέατρό τους. Κάποιους ἤθελαν νὰ κουκουλώσουν ἀπ' τὴν Ἀσφάλεια. Μέχρι κι ὁ εἰσαγγελέας εἶχε ἀμφιβολίες καὶ πρότεινε ἰσόβια. Τὸν στείλανε, πάντως, στὸ ἀπόσπασμα καὶ μᾶς κουρέλιασε τὴν ψυχή. Γιὰ μῆνες δὲν μᾶς ἔπιανε ὕπνος καὶ σηκωνόμασταν ἄρρωστοι καὶ μούσκεμα στὸν ἱδρώτα. Αὐτὸς ἦταν ὁ φίλος μου ποὺ ὅλοι τὸν ξέρανε «Γουρούνα», γιατί, ὅταν ἦταν μικρός, σκάλιζε τὰ σκουπίδια κι ἔτρωγε ἀπὸ κεῖ μέσα ὅ,τι δὲν ἔβρισκε στὸ σπίτι. Πῆγε τζάμπα, ἦταν προορισμένος γιὰ τὸ χαμὸ ὁ Ἀρίστος. Ἡ ψυχή του, ἡ ψυχή του τὸν ἔτρωγε.

3. Ἡ παραδουλεύτρα

ΜΙΑ ΓΕΙΤΟΝΙΣΣΑ ΓΙΑ ΤΗ ΜΑΝΑ

ΠΟΙΟΣ Θ' ΑΝΟΙΞΕΙ ΤΟ ΣΤΟΜΑ ΤΟΥ νὰ πεῖ γι' αὐτὴ τὴ γυναίκα! Τὴν ἀξιοσύνη της καὶ τὴ νοικοκυροσύνη της! Ποὺ τῆς ἔριξε ὁ παντοδύναμος ὅλες τὶς κατάρες! Ἄχ, Ἑλένη. Τοῦ Χριστοῦ τὰ πάθη, λέω, τράβηξε καὶ στάθηκε παλικάρι σὲ ὅλα! Ἔφαγε τὰ χεράκια της στὰ πλυσταρειά, στὰ καζάνια μὲ τὰ βραστὰ νερά, νὰ ξενοπλένει κοντὰ στὶς κυράδες τῆς Θεσσαλονίκης, δούλα καὶ παραδούλα, στὶς γυναῖκες τῶν καλῶν ἀντρῶν.

Μιλάω ἐκ πείρας. Δούλα ἤμουνα κι ἐγώ, σὰν τὴν Ἑλένη, χρόνια. Ἔτσι ἦταν τότε. Ἔτσι ἦταν πάντοτε. Οἱ ἀναγκεμένοι νὰ ρίχνουν τὴν περηφάνια τους –πέτρα καρδιὰ– καὶ νὰ γίνονται σκλάβοι. Ναί, σκλάβοι. Μὰ ποιός ἔλεγε ἐκεῖνα τὰ χρόνια τὰ πράγματα μὲ τ' ὄνομά τους. Ὅσοι τὰ λέγανε στὰ ἴσια θεωροῦνταν ἐπικίνδυνοι, τὸν μπελά τους βρίσκανε οἱ ἄνθρωποι. Ὑποκρισία, μεγάλη ὑποκρισία. Ἄλλα λέγανε, ἄλλα κάνανε. Ἄλλα τάζανε, ἄλλα ἐφαρμόζανε. Φαρισαῖοι, σὰν κι αὐτοὺς ποὺ μαστίγωνε ὁ Ἰησοῦς στὸ ναό. Γιὰ τὰ μάτια, ναί, νὰ φαίνονται καλοί, μὰ τί γινόταν στὴν πραγματικότητα... «Ἀπὸ μπροστὰ Σαρακοστὴ κι ἀπὸ πίσω Πάσχα». Καταφρονοῦσε τοὺς ταπεινοὺς ἡ παλιοκοινωνία. Τὶς δοῦλες, τὰ δουλάκια, σκλάβες καὶ σκλαβάκια ἔπρεπε νὰ τοὺς λένε. Μὰ δὲν λέγανε σκλάβα, ποιός νὰ τὸ πεῖ, λέγεται τέτοιο πράμα; –Τί; Μαῦρες ἀπ' τὴν Ἀφρικὴ ἤμασταν;– μόνο λέγανε, νά, τὴ ζήτησαν ἀπὸ ἕνα σπίτι στὴν πόλη, ἐσωτερικὴ τὴν κρατήσανε, σὰν παιδί τους τὴν ἔχουνε, καλοπερνάει, θὰ τὴν προικίσουνε. Τὰ ροῦχα ποὺ φοράει ἡ δικιά μας καὶ τὰ παπούτσια, οὔτε στὰ ὄνειρά σας ! Ἢ λέγανε πὼς τὴν πήρανε γιὰ βοηθό. Τὸ πολὺ πολὺ νὰ λέγανε στὸ χωριὸ πὼς πῆγε ὡς ὑπηρεσία γιὰ ἕνα διάστημα. Δὲν θέλανε νὰ ποῦνε ὑπηρέτρια, ποῦ νὰ ποῦνε δούλα, δούλα καὶ παραδούλα καὶ δουλικό. Δοῦλες μᾶς εἴχανε τὶς καψερές, σκλάβες δηλαδή. Ὅλες τὶς ὑπηρεσίες τῶν «καλῶν σπιτιῶν», ποὺ λένε, τὶς τροφοδοτοῦσαν τὰ χωριὰ τῆς ἐπαρχίας, προπαντὸς τὰ χωριὰ τὰ ντόπια. Οἰκογένειες πολύτεκνες, ἀπ' τὸν κάμπο τῆς Μυγδονίας, ἀπ' τὸ Σοχό, ἀπ' τὴν Μπάλτζα, ἀπ' τὸ Δρυμό, ἀπ' τὰ Βασιλικά.

«Καλὸ σπίτι», «εἶναι ἀπὸ καλὸ σπίτι». Ὅταν ἀκούω αὐτὴ τὴν κουβέντα ἀπὸ διάφορους ἀγαθιάρηδες, τρελαίνομαι. Ἐμεῖς, δηλαδή, ἀπὸ ποῦ ἤμασταν; Ἀπὸ κακὰ σπίτια; Ἀπὸ φτωχὰ ἤμασταν. Εἴδαμε κι αὐτωνῶν τῶν καλῶν σπιτιῶν τὰ χαΐρια τους. Μὰ ποῦ νὰ τά 'βγαζε πέρα ἡ φαμελιὰ μὲ τόσα στόματα. «Σύρε, παιδί μου, στὸ καλὸ καὶ στὴν καλὴ τὴν ὥρα». Ὅπου ἤτανε τότε ἕνα τραγούδι δημοτικὸ τῆς Μακεδονίας. Ἀθάνατο! Τὸ εἶπε ὕστερα ἐκείνη ἡ παραπονιάρα, ἡ μοιρολογίστρα, ἡ Νίτσα Τσίτρα. «Μιὰ Παρασκευὴ κι ἕνα Σαββάτο βράδυ μάνα μ' μ' ἔδιωχνε, ἄχ, κι ὁ πατέρας μου...» Τὸ λένε καμιὰ φορὰ καὶ στοὺς γάμους, μὲ τὸ κλαρίνο ἢ μὲ τὸ ζουρνά, τὴν ὥρα ποὺ καλοδρομίζει ἡ νύφη ἀπ'τὸ πατρικό της. Τὴν ὥρα τὴ γλυκόπικρη ποὺ τὴν ξεπροβοδᾶνε. Τὸ πιὸ λυπητερὸ τραγούδι, καθιστικό. Κλαίει τὸ κλαρίνο, κλαῖς καὶ σύ. Κλαῖς ἐσύ, κλαίει καὶ τὸ κλαρίνο. Οἱ γάμοι γιὰ τέτοια τραγούδια εἶναι, δὲν εἶναι γιὰ χαζοτσιφτετέλια καὶ πορδοχαρές. Ἤτανε καὶ τ' ἄλλο, τῆς τάβλας κι αὐτό, τοῦ «Ντούλα», ποὺ λέει τὴν ἱστορία τοῦ κακορίζικου, πού 'τανε χρόνια, λέει, κλεισμένος στὴ φυλακὴ καὶ γελάστηκε μιὰ γιορτὴ ἡ μάνα του νὰ πάει στὴν ἐκκλησιὰ κι ἔβλεπε ἀπὸ κεῖ, ἀπ' τὸ στασίδι της, τοὺς νιοὺς καὶ τὶς νιὲς νὰ λάμπουν στολισμένοι μὲ τὰ γιορτινὰ καὶ τὴν πῆρε τὴ δόλια τὸ παράπονο. «Σήμερα, Ντούλα μ', Πασχαλιά, σήμερα πανηγύρι... Καὶ σύ, Ντούλα μ', στὴ φυλακή». Γελάστηκε, εἶπα, γιατί, τὸν παλιὸ καιρό, ὅσες βαρυπενθοῦσες κι ὅσες εἶχαν φυλακισμένο συγγενὴ –ἡ φυλακὴ στενοῦ συγγενῆ λογιόταν μεγάλη ντροπὴ καὶ τὴν εἶχαν πιὸ βαριὰ κι ἀπ' τὸ θάνατο– δὲν βγαίνανε πολὺ πολὺ στὸ μεϊντάνι, ποῦ νὰ ἐμφανιστοῦν καὶ στὴν ἐκκλησιὰ τὶς γιορτάδες.

Ἐσωτερικὲς τὶς παίρνανε τὶς φτωχὲς κοπέλες οἱ βιομήχανοι, οἱ γιατροὶ κι οἱ δικηγόροι, μικρὰ κορίτσια. Γιὰ τὶς χοντροδουλειὲς ἔπαιρναν ἄλλες ἔκτακτες. Γιὰ νὰ λάμπουν οἱ σκάλες, γιὰ τὴν περιποίηση τῆς εἰσόδου στὰ μέγαρα, γιὰ τὶς ὀνομαστικὲς γιορτὲς ποὺ εἴχανε καλεσμένους. Μιὰ φορὰ τὴ βδομάδα. Γιὰ τὶς ἐσωτερικές, τὶς μόνιμες, σὰν καὶ τοῦ λόγου μου, εἴχανε κι ἕνα καμαράκι ὑπηρεσίας ἐκεῖ, παράμερα. Ἂν εἶχες καλὸ ριζικὸ κι ἔπεφτες σὲ τίμια χέρια, πρόκοβες. Μερικὲς τὶς καλοπροικίσανε κιόλας. Ἀλλὰ στὰ ξένα χέρια... Πόσες δὲν τὶς πετάξανε στὰ σοκάκια, ξαναγυρίσανε στὸ πατρικό τους, δὲν τὶς δέχτηκαν οἱ δικοί τους καὶ γίνανε ἐξ ἀνάγκης πρόστυχες! Πόσες δὲν τὶς ἔβαζε χέρι τὸ ἀφεντικὸ κι ἐκεῖνες... μούγκα! Κι ἡ κυρὰ τοῦ σπιτιοῦ νὰ τὰ ξέρει ὅλα –σχεδὸν μπροστὰ στὰ μάτια της γίνονταν τὰ αἴσχη– καὶ νὰ κάνει τὸ κορόιδο καὶ νὰ ξεσπάει ἀπάνω στὴν ὑπηρέτρια, ἀπ' τὸ ἄχτι της, ἀπ' τὴ ζήλια της, νὰ τὴν ἐκδικηθεῖ. Σὲ ἄλλες δὲν δίνανε οὔτε ἄδεια ἐξόδου. Δὲν ἦταν μόνο ἡ ξακουσμένη Σπυριδούλα ποὺ τὴ σιδερώσανε τ' ἀφεντικά. Πόσες ἄλλες Σπυριδοῦλες, δοῦλες-Σπυριδοῦλες σὰν κι αὐτήν...

Ὅλος ὁ κόσμος δούλευε τότε. Ποιός καθόταν; Μὲ χέρια καὶ μὲ πόδια ὅλοι δουλεύαμε. Δὲν σταματούσαμε λεπτό. Πῶς θά 'βγαινε τὸ παραδάκι; Ἄξιος κόσμος, ἄξιος! Ἄντρες, γυναῖκες. Μὲ τό 'να χέρι ἀνακατεύαμε τὸ φαῒ καὶ μὲ τ' ἄλλο παστρεύαμε τὸ μωρό. «Ἡ καλὴ νοικοκυρά», λέει, «φρουκαλεῖ[1] καὶ κλάνει κιόλας». Ξενοδούλευε ἡ φιλενάδα μου. Ἀπ' τὶς πέντε τὰ χαράματα ἡ δόλια, Τούμπα-Ἐγνατία, Τούμπα-Τσιμισκῆ, Τούμπα-Παλιὰ Παραλία, συνήθως ποδαρόδρομο. Κατὰ μέσον ὅρο. Δουλειά! Ὄχι ἀστεῖα! Καὶ στὶς Σαράντα Ἐκκλησιὲς ποὺ πρὶν καθότανε. Καὶ μὲ τρία παιδιά. «Τὰ χέρια μου, Ἀσημένια», μοῦ 'λεγε, «τὰ χέρια μου τρέμουν. Πονάω σὲ ὅλες τὶς κλειδώσεις». Ρευματικὰ κι ἀρθριτικά. Τί περίμενες, Ἀσήμω; Τὸ '45, ὅταν καταφύγανε στὴν πόλη, κυνηγημένοι, ἔμειναν ἑφτὰ μῆνες στὰ παραγκόσπιτα τοῦ Βαρδάρη καὶ τοὺς σκέβρωσε τ' ἀγιάζι. «Ἄσ' τα, Ἀσημένια, μοῦ 'λεγε, ἄσ' τα» καὶ χαμήλωνε τὸ βλέμμα. Νέα, κατανέα, χήρεψε. Καὶ πῶς χήρεψε! Ἄλλο νὰ πεθάνει ὁ ἄντρας σου ἀπὸ καμιὰν ἀρρώστια, ἄλλο νὰ τονε βρεῖ τὸ βόλι, ξέρω γώ, στὸν πόλεμο, κι ἄλλο νὰ μπουκάρουνε μέσα στὸ ἴδιο σου τὸ σπίτι καὶ νὰ τὸν λιανίσουνε μπροστὰ στὰ μάτια σου. Περνιέται αὐτό; Φεύγει ἀπὸ τὸ μυαλὸ ἐκείνη ἡ φρίκη; Μπροστὰ στὰ μάτια σου! Καὶ μπροστὰ στὰ μάτια τῶν παιδιῶν σου, τὸ χειρότερο. Στημένη τοῦ τὴν εἴχανε. Ἤτανε τῆς Δεξιᾶς. Ἤ, μὴν ἤτανε μπλεγμένος σὲ καμιὰ διαμάχη, τότε ἅμα σοῦ σφίγγανε μὲ τὰ χέρια τὸ λαιμό, τί νά 'κανες, ἔπρεπε νὰ διαλέξεις, ἢ μ' ἐκείνους ἢ μὲ τοὺς ἄλλους. Νὰ τό 'παιζες οὐδέτερος, καὶ ποιός σὲ πίστευε. Ὕστερα ἀπ' τὸν πόλεμο, ὕστερα ἀπ' τὸν Ἐμφύλιο, πιὸ καλὰ Κέντρο, νὰ εἶσαι Κέντρο, νά 'χεις τὸ κεφάλι σου ἥσυχο. Ἢ τουλάχιστον ἔτσι νὰ λές: «Εἶμαι τοῦ Κέντρου, ρὲ παιδί μου, ψηφίζω Κέντρο». Καὶ πολὺ εἶναι. Ἀκόμη καὶ Κέντρο νά 'λεγες, Ἕνωση Κέντρου, πάλι μπορεῖ νὰ λαχτάριζες. Τὸν σφάξανε, λέει, μέσα στὸ σπίτι του. Ἦταν λοχαγὸς τοῦ ἐθνικοῦ στρατοῦ, μοῦ 'χε πεῖ μιὰ φορὰ ἡ Ἑλένη. Στὴν Κατοχή. Τί περίμενες, Ἀσήμω; Θὰ μπλέξεις ἀπὸ δῶ

1. *Φρουκαλῶ*: Σκουπίζω.

γιὰ νὰ γλιτώσεις ἀπὸ κεῖ; Τοῦ τὴν εἴχανε στημένη καὶ τὸν βάλανε στὸ μαχαίρι τὸν ἄνθρωπο. Οὐρλιάζανε τὰ παιδιά. Ὁ Ἀρίστος ἤτανε μωρό. Εἴπανε, οἱ ἀντάρτες τὸν σφάξανε. Τώρα ξεστόμισε καμιὰ κουβέντα ποὺ δὲν ἔπρεπε, χάλασε κανένα σχέδιο τῶν μπολσεβίκων, εἴχανε προηγούμενα, ποιός νὰ ξέρει. Ἢ μήπως ἔσφαξε κάναν ἀντίπαλο, ξέρω γώ, κι ἐκεῖνος. Πάντως τοῦ τὴ φυλάγανε τοῦ Χαράλαμπου. Καὶ τὸν φάγανε. Ἕνας καπετὰν Λεωνίδας, εἶπε ἡ Ἑλένη, μὲ τ' ὄνομα. Κάνανε κι αὐτοὶ πολλά. Θὰ πεῖς τὰ ἴδια δὲν κάνανε κι οἱ ἄλλοι; Ἢ μήπως καὶ χειρότερα; Πόσοι καὶ πόσοι πήγανε ἀδιάβαστοι τότε κι ἀπ' τὶς δυὸ μπάντες.

Χωριὰ ἐκείνου τοῦ καιροῦ. Στὰ Λαγκαδίκια, τώρα. Τράβα νὰ ζήσεις στὸ Ζουμπάτι καὶ τράβα στὰ Δριμίγκλαβα. Ξεροβήχεις –ἀπ' τὴν καλοπέραση δὰ– καὶ λένε, ἐπίτηδες τὸ κάνει, εἶναι σύνθημα γιὰ τὸν γκόμενο ποὺ περνάει ἀπὸ μπροστά, δῆθεν ἐπίτηδες, νὰ κουβαληθεῖ τὸ βράδυ στὴ ζούλα γιὰ καβάλα. Μπαίνεις καλεσμένη γιὰ καφὲ στῆς γειτόνισσας τὸ σπίτι κι ἅμα τύχει καὶ βρίσκεται μέσα κανένας ἀρσενικός, σοῦ βγαίνει τ' ὄνομα πὼς δηλαδὴ ξενοκατιάζεις.[1] Ὁ καθένας τὸ μακρύ του καὶ τὸ κοντό του. Ἐγκληματίες! Φαρμακώνουνε τὸν κόσμο μὲ τὰ λόγια τους τὰ εὔκολα, οἱ ἀλαφρόμυαλοι, οἱ κακόβουλοι. Οἱ κακοῦργοι, οἱ κακοῦργοι! Πῆρε τῶν ὀμματιῶν της ἡ γυναικούλα καὶ σύρθηκε μ' ἕνα βρακὶ κι ἕνα ζευγάρι γαλότσες στὴν πόλη καταχείμωνο. Μὲ τὸ κάρο, μὲ μιὰ κουρελοὺ κι ἕνα ζεμπίλι. Καὶ τὸ τσεμπέρι κατάμαυρο. Καὶ μὲ τὰ τρία παιδιά. Φουκαροσύνη, πείνα, παγωνιά. «Μὲ δέρνει καὶ ἡ θάλασσα, μὲ δέρνει καὶ τὸ κύμα». Ὅλα τὰ κακὰ τῆς μοίρας της. Τέτοια ἀπελπισία. Στὴν παράγκα, τσιπλάκηδες[2], μὲ ψωμὶ καὶ

1. *Ξενοκατιάζω*: Ξενοκοιμᾶμαι.
2. *Τσιπλάκης* (ἀπὸ τὸ τουρκ. *çıplak*): Γυμνός.

τραχανά, κι ὁ ἀέρας κάθε νύχτα νὰ χορεύει, ὁ σκυλοβάρδαρος, ἀπ' τὶς χαραμάδες. Ποὺ ἔτσι καὶ τὸν ἔπιανε ἡ λύσσα του τὸν Βαρδάρη, βουίζανε τὰ χαμόσπιτα, κι ὁ κοσμάκης σκιαζότανε καὶ κουκουλωνότανε μὲ τὶς κουρελοῦδες καὶ τὰ παπλώματα. Παγωνιά! Φτώχεια καὶ τῶν γονέων. Μὲ τὸ μαγκάλι καὶ τὴν ξυλόσομπα. Καλοκαιριὰ ἁπλώνανε τὸν τραχανά, τοὺς γιουφκάδες[1], καβατζώνανε[2] τὰ σπιτικὰ ζυμαρικά, τὰ χειροποίητα οἱ νοικοκυράδες γιὰ νὰ τὴ βγάλει ἡ φαμελιὰ τὸ χειμώνα. Μά, ἂν ἔχεις Ἅγιο! Ἄχ, Ἑλένη, Ἑλένη μου! Τοὺς λυπήθηκε ὁ Θεὸς κι ἔστειλε ἕναν χριστιανό, νοικοκύρη καὶ τοὺς μάζεψε. Μὲ τρία παιδιά. Ἤτανε πονόψυχος ἄνθρωπος ὁ Εὐγένης ὁ Ἀλεξιάδης, κύριος. Τὸ κορίτσι μὲ τὸ ἕνα της τὸ ἀγόρι πιὸ καλὰ κοιτάχτηκαν. Γιατὶ εἶχε κάνει προκοπὴ στὴν Ἀθήνα τῆς χήρας ὁ κουνιάδος, ὁ ἀδελφὸς τοῦ σκοτωμένου, ποὺ δὲν εἶχε παιδιὰ καὶ τὰ πῆρε κοντά του. Πρῶτα τὴ Μαρία, ποὺ ἦταν ἑφτὰ χρόνια πιὸ μεγάλη ἀπ' τὸν Ἀριστείδη, τὴν κατέβασε στὴν πρωτεύουσα ὁ θεῖος τους, καὶ τὴν κράτησε μαζί του μέχρι ποὺ τὴν καλοπάντρεψε.

Ὁ ἄλλος ἀδελφὸς ἦταν φιλάσθενος. Καὶ φιλάσθενος νὰ μὴν ἤσουνα, ἐκεῖνα τὰ χρόνια σέρνονταν τόσες καὶ τόσες ἀρρώστιες. Τί διφθερίτιδες καὶ τί παραμαγοῦλες! Ἤτανε πιὸ μπροστὰ ἡ φθίση, τὸ χτικιό. «Θέλω νὰ γίνεις φθισικιὰ μὰ ὄχι νὰ πεθάνεις, γιὰ νὰ περνῶ ἀπ' τὴν πόρτα σου, νὰ σὲ ρωτῶ τί κάνεις» ἔλεγε τὸ τραγούδι. Ἔφαγε πολλοὺς τὸ καταραμένο τὸ χτικιό. Ἤτανε κι ἡ ἀδενοπάθεια. Λουτρὰ δὲν εἴχαμε. Μιὰ φορὰ τὴ βδομάδα, τὸ Σάββατο, κι ἐκεῖνο ἄν, λούζαμε τὰ παιδιά μας στὴ σκάφη τὴν τσίγκινη, σὲ μιὰ κουζίνα κρύα, μπούζι.[3] Πολεμούσαμε νὰ τὴ ζεστάνουμε

1. *Γιουφκάδες* καὶ *γιοφκάδες* (τουρκ. *yofka*) : Χειροποίητες χυλοπίτες.
2. *Καβατζώνω* (ἀργκό) : Κρύβω.
3. *Μπούζι* (τουρκ. *buz*) : Κρύο, παγωνιά.

μὲ τὸ μαγκάλι. Κι ἀπ' αὐτὸ τὸ μαγκάλι πόσοι δὲν δηλητηριάστηκαν καὶ δὲν τοὺς βρήκανε τεζαρισμένους τὸ πρωί! Ἀποχωρητήρια μέσα στὰ σπίτια δὲν εἴχαμε. Ὅλα ἔξω στὶς αὐλές. Καὶ σὲ ἀπόσταση ἀπ' τὸ σπίτι. Μὲ καμιὰ παλιοεφημερίδα σκουπιζόμασταν. Κι ἤτανε καὶ σκληρὲς οἱ ἄτιμες, γδερνόσουνα στὰ εὐαίσθητα σημεῖα. Ὕστερα ποὺ βγήκανε τὰ περιοδικὰ τὰ λαϊκὰ καὶ τ' ἀγοράζανε ὅλα τὰ φτωχικὰ τὰ σπίτια, μεταχειριζόμασταν τὰ φύλλα τους, ποὺ ἦταν κάπως πιὸ τρυφερά. Μὲ τὸ μαχαίρι τὰ κόβαμε. Ὅπως ὁ χασάπης, τὸ χασαπόχαρτο. Ἂς εἶναι καλὰ τὸ *Ντόμινο* καὶ τὸ *Ρομάντζο*, αὐτὰ μᾶς ἔσωσαν. Ὕστερα, ποῦ νὰ παίξουν τὰ παιδιά! Ἄλλο βάσανο. Ἔξω στὶς ἀλάνες, στὴ βρομιὰ καὶ στὴ σκόνη καὶ στοὺς δρόμους ποὺ ἦταν γεμάτοι σκουπίδια. Καμιὰ φορὰ ξεχειλίζανε κι οἱ ὑπόνομοι καὶ πλημμυρίζανε τὰ σοκάκια. Ἀρρώστια δὲν εἶναι ὅλα αὐτά; Κάτι θὰ σ' ἔβρισκε. Εἰδικὰ τὰ μικρά! Τὸν χτύπησε ἀδενοπάθεια τὸν μεγάλο τὸν γιό. Ποῦ νὰ βρεθοῦν τὰ φράγκα! Ὅ,τι ἔβγαζε ἀπ' τὴν πλύση ἡ Ἑλένη, ὅλα πήγαιναν στοὺς γιατρούς. Ἕνα διάστημα ξόδεψε τὶς οἰκονομίες της καὶ τοῦ πῆρε γιατρὸ κουράντη.[1] Γιὰ νὰ τὸν σώσει. Ποῦ νὰ μείνει ὥρα καὶ λεφτὰ γιὰ τὸν Ἀρίστο! Δὲν τὸ κοιτάξανε τὸ παιδί! Ἔγινε καλὰ ὁ Παγκράτης, ἔμαθε πέντε γράμματα, τέλειωσε τὸ σχολειό. Ἀπὸ κεῖ κι ὕστερα τὸν ἔβαλε ὁ μπάρμπας του σὲ τέχνη κι ἔγινε κουγιουμτζής[2], καλὸς τεχνίτης στὰ μπιζού, στὸ ἀσημικὸ καὶ στὸ μάλαμα. Ἔτσι ὁ ἕνας Παγκρατίδης γλίτωσε. Μικρὸ κι ἐκεῖνο εἶδε πολλά, τὸ '38 γεννηθεὶς ἤτανε, δύο χρόνια μεγαλύτερος ἀπ' τὸν Ἀρίστο.

Τὸ '52 συνδέθηκε ἡ Ἑλένη μ' αὐτὸν τὸν ἄνθρωπο, τὸν

1. *Κουράντης*: Γιατρὸς ποὺ παρακολουθεῖ, κουράρει, ἕναν ἀσθενή, θεράπων ἰατρός.

2. *Κουγιουμτζής* (τουρκ. *kuyumcu*): Χρυσοχόος.

Ἀλεξιάδη· νοικοκύρης. Εἶχε χωρίσει πρόσφατα. Ἡ χήρα μὲ τὸν ζωντόχηρο. Δούλευε κι ἐκεῖνος, ὁ Εὐγένιος, σκληρά, καθημερνῶς σὰν εἰσπράκτορας, μὰ ποῦ νὰ φτάσουν! Τὸ ἀγαποῦσε τὸ παιδί, δὲν τὸ πείραζε. Δώδεκα χρονῶν ἦταν τότε ὁ Ἀρίστος. Ὑπάκουος ἤτανε στὸν πατριό. Ἀπὸ σεβασμὸ «πατέρα» τὸν φώναζε. Τὸν εἶχε βοηθὸ σὲ δουλειές, σὲ χτισίματα! Κι ἐκεῖ ποὺ φύγανε καὶ πιάσανε ἕνα ὑπόγειο μιὰ σταλιὰ στὴν Ἁγιὰ Σοφιὰ μὲ φτηνὸ νοίκι, καθάριζε ἡ κυρα-Ἑλένη τῆς νοικοκυρᾶς τὸ σπίτι, ἔκανε κι ὁ Ἀριστείδης ἀγγαρεῖες καὶ ξεχρέωνε τὸ νοίκι της. Μόλις τὰ φτιάξανε μὲ τὴν Ἑλένη, τοὺς πῆρε καὶ τοὺς δύο ὁ Ἀλεξιάδης καὶ τοὺς ἐγκατέστησε στὸ σπίτι του στὴν Τούμπα στὴν ὁδὸ Γερμανικῶν.

Ὅ,τι κι ἂν πεῖς, πάντοτε πρόσφερε ὁ μικρός. Ὅ,τι δουλειὲς καὶ ὅ,τι χαμαλίκια ἔκανε, γυρνοῦσε κάθε νύχτα σπίτι καὶ παράδινε ὅλα τὰ λεφτὰ στὴ μάνα του. Ἕνα μικρὸ ποσὸ κρατοῦσε, τιποτένιο. Πενήντα ἂν ἔβγαζε, ἔδινε τὰ σαράντα στὴ μάνα. Ἐκεῖνο τὸ διάστημα σύχναζε ἀπ' τὰ χαράματα στὸ πρακτορεῖο Χαλκιδικῆς κι ἔγινε ἀχθοφόρος, ἔκανε μεταφορὲς ἀπ' τὰ λεωφορεῖα τοῦ ΚΤΕΛ στὰ διάφορα μαγαζιὰ καὶ κουβαλοῦσε τὰ μπαγκάζια τῶν ταξιδιωτῶν. Ἤτανε πολὺ γερὸ παιδί, ἀδύνατο ἀλλὰ γερό, δὲν καταλάβαινε αὐτὸς ἀπὸ βάρος. Ἐκεῖ στὸ πρακτορεῖο μαζεύονταν κάτι μοῦτρα, τοῦ σκοινιοῦ καὶ τοῦ παλουκιοῦ. Ὕστερα ἔπεσε γιὰ καλὰ στὸ χαμαλίκι, δούλευε στὸ λιμάνι, ἀράζανε οἱ μαοῦνες καὶ ξεφορτώνανε ξύλο καὶ κάρβουνο, ὅλο μαυρισμένος, λερὸς γύριζε σπίτι, μοῦ 'λεγε ἡ μάνα του, κατράμι τὰ ροῦχα του.

Ἔβγαζε τότε παραδάκι τ' ὀρφανό. Πονόψυχο ἤτανε, μὰ παραπονούμενο. Ἂν τοῦ ἔδινες λίγο σημασία, θὰ σοῦ τὸ γύριζε διπλό. Μιὰ φορὰ –τὰ 'λεγε ἡ νύφη του, τοῦ Παγκράτη ἡ γυναίκα, στὴν πεθερά της, τὴν Ἑλένη, δούλευε, λέει, στὸ λιμάνι καὶ φορτώσανε μιὰ μαούνα μὲ κάρβουνο. Ἔβγαλε ἑβδομήντα δραχμὲς μεροκάματο. Καλὰ λεφτά. Πῆγε στὸ σπίτι τοῦ ἀδελφοῦ του πίσσα ἀπ'τὴ μουντζούρα, ἀράπης. Ἡ νύφη του τὸν ἔβαλε νὰ κάνει μπάνιο, τοῦ 'δωσε ροῦχα καθαρὰ ν' ἀλλάξει κι ὁ δόλιος ἀπ' τὴ χαρά του ποὺ τὸν περιποιήθηκε, κράτησε μόνο ἕνα δεκάρικο γιὰ νὰ βγάλει τὴ βραδιὰ καὶ τὸ ὑπόλοιπο ποσὸ τὸ ἔβαλε στὴν τσέπη τῆς ρόμπας της. Σάστισε ἡ νύφη μὰ αὐτὸς ἔφυγε φωνάζοντας: «Νὰ πάρεις ἕνα δῶρο γιὰ τ' ἀνιψάκια μου».

Μὰ δὲν ξεγελιέται τῆς μάνας τὸ ἔνστικτο. Οἱ μάνες ὅλα τὰ καταλαβαίνουν. Μόνο ποὺ τὶς πιὸ πολλὲς φορὲς δὲν μιλᾶνε. Ἡ Ἑλένη ὅμως μοῦ τὰ φανέρωνε. – Ἄχ, Ἀσήμω, μοῦ 'λεγε, δὲν τὸ βλέπω καλὰ αὐτὸ τὸ παιδί μου. Εἶναι καλός, εἶναι χρυσὸς ἀλλὰ ὅταν τὸν πιάνουν τὰ νεῦρα... Νά, προχθές, ἐκεῖ ποὺ σιδέρωνα, μοῦ ἅρπαξε τὸ σίδερο, ὅπως ἦταν καυτὸ μὲ τὰ κάρβουνα καὶ πῆγε νὰ μοῦ τὸ κοπανήσει. Εὐτυχῶς τραβήχτηκα. Θὰ μὲ σακάτευε. – Γιατί, τί ἔγινε; Στὰ καλὰ καθούμενα; Τοῦ 'κανες κάτι; – Ὄχι, τίποτα. Μοῦ ζητοῦσε λεφτά. Μὰ τὰ λεφτὰ ποὺ μοῦ 'χε δώσει τὶς προάλλες, τά 'χα βάλει στὸ μπάνιο, στὰ πλακάκια. Χτίζουμε τώρα καὶ τὸ δωμάτιο. Τὰ ἔξοδα εἶναι πολλά. Δὲν μπορεῖ νὰ βάλει ὅλο τὸ ποσὸν ὁ Ἀλεξιάδης. Ζοῦμε μαζὶ πέντε ἄνθρωποι. Ὁ ἄντρας μου μὲ τὶς δύο ἀνιψιές του, ποὺ τὶς ἔχει χρεωμένες –φτωχοκόριτσα εἶναι–, μένουν στὸν πάνω ὄροφο. Στὸ ἰσόγειο καθόμαστε ἐγὼ μὲ τ' ἀγόρια μου. Βοηθᾶμε κι ἐμεῖς. – Ἀμὰν βρὲ Ἑλένη μου, γιατί τά 'βαλες στὴν μπάντα ὅλα τὰ χρήματα; Παιδὶ εἶναι. Ἔπρεπε ἀπὸ κεῖνα νὰ τοῦ φύλαγες ἕνα μέρος γιὰ τὸ χαρτζιλίκι του. Ἐκεῖνος ὁ καημένος ὅλα σ' τ' ἀκουμπάει. Εἶναι πολὺ φιλότιμο παλικάρι κι αὐτὸ ἐγὼ τὸ ἐκτιμῶ.

Τὸν ὑποστήριζα. Μὰ δὲν εἶχε φαίνεται στὴ ζωή του στηρίγματα τῆς προκοπῆς. Κάναν ἄνθρωπο, ξέρω γώ, νὰ τὸν πιστεύει. Κι ἅμα δὲν ἔχεις στηρίγματα ἔξω σου, πῶς νά 'χεις μέσα σου; Ὅταν κρέμεται ἡ ψυχή σου σὰν ἀερόστατο καὶ δὲν στέκεται στὸν τόπο της, οἱ ἄλλοι τί νὰ σοῦ κάνουν; Πολὺ εὐαίσθητο πλάσμα ἤτανε. Κι ὅταν ἡ εὐαισθησία ἑνὸς νεαροῦ παιδιοῦ δὲν βρίσκει ποῦ νὰ ξεθυμάνει, τότε μπορεῖ νὰ γίνει σίφουνας καὶ νὰ ξεσπάσει ὅπου νά 'ναι. Στοὺς κοντινοὺς θὰ ξεσπάσει. Ποῦ νὰ ξεσπάσει; Ἅμα βλέπεις στὰ μάτια τῶν ἄλλων τὴν περιφρόνηση καὶ ξέρεις πὼς σ' ἔχουνε τοῦ κλότσου καὶ τοῦ μπάτσου, νιώθεις πραγματικὸ σκουπίδι. Μὰ τὰ σκουπίδια, ἢ μᾶλλον ἐκεῖνοι ποὺ τοὺς κάνουμε ἐμεῖς σκουπίδια, κάποια στιγμὴ –καὶ μὲ τὸ δίκιο τους– παίρνουνε τὴ ρεβάνς. Αὐτὰ συλλογιόμουνα ὅσο κουβέντιαζα γιὰ τὸν Ἀρίστο μὲ τὴ μάνα του. Καὶ καμιὰ φορά, ἀπ' ἔξω ἀπ' ἔξω τῆς τά 'λεγα. Μὲ κοίταζε σὰ χαμένη. Ἄχ, Ἑλένη μου! Ἤξερε πὼς ἔλεγα τὸ σωστό. Ὅμως ἤξερε ἀκόμη καλύτερα πὼς ἤδη ἦταν ἀργὰ γιὰ συμβουλὲς καὶ ἐπεμβάσεις. Τὸ τρένο εἶχε μπεῖ πλέον στὶς ράγες, πήγαινε στὸν προορισμό του. Οἱ σφαῖρες δὲν γυρίζουν πίσω.

Καὶ ἦταν πράγματι ἀργά. Γιατὶ ἐμένα μοῦ ἔρχονταν τὰ μηνύματα. Στὴν ἀρχὴ τὸν κάνανε τσιλιαδόρο, γιατὶ ἤτανε παράνομοι αὐτοὶ τῆς πιάτσας ποὺ ἔμπλεξε. Πήγαινε ἀπ' τὰ χαράματα στὰ Λεμονάδικα καὶ ξεφόρτωνε τὰ αὐτοκίνητα μὲ τὰ ζαρζαβατικά, ἔβγαζε καλὸ χαρτζιλίκι. Ἐκεῖ μπερδεύτηκε μὲ τὸ μικρολαθρεμπόριο. Γνωρίστηκε μὲ ἄτομα ἀνυπόληπτα, τοὺς ἀδελφοὺς Γιαλαμπούκηδες καὶ τὸν Ἠσαΐα τὸν κουτσό. Ὁ Ἠσαΐας ὁ κουτσὸς ἦταν μάρκα καὶ πολὺ ὀργανωμένος στὰ λαθραῖα καὶ στὰ παράνομα. Αὐτοὶ φορτώνανε τὰ καροτσάκια τους μὲ λαθραῖα λαχανικά, πατάτες καὶ ἄλλα ζαρζαβάτια καὶ τὰ πουλοῦσαν. Τὸν Ἀριστείδη τὸν βάλανε νὰ φυλάει τσίλιες γιὰ τοὺς μπασκίνες καὶ τοῦ δίνανε χαρτζιλίκι. Οἱ μπάτσοι μπορούσανε νὰ κάνουνε ντοὺ ξαφνικά. Στὴ Θεσσαλονίκη εἶχε παντοῦ ρουφιάνους καὶ καρφιὰ καὶ δὲν ἤξερες πῶς νὰ φυλαχτεῖς. Ὅλη αὐτὴ ἡ δουλειὰ ποὺ ἔκανε, νόμιμη καὶ στὴ ζούλα, τοῦ ἔφερνε γύρω στὸ πενηντάρικο τὴ μέρα. Ἔ, καί; Τί γύρευε μέσα στὰ σκατὰ ἕνα μικρὸ παιδί; Ὕστερα ἔκανε θελήματα στὸ πρακτορεῖο Χαλκιδικῆς. Ἐκεῖ ἔγινε τὸ κακό. Ἐκεῖ τοῦ βάλανε χέρι, παρασύρθηκε τὸ ἀγοράκι. Ἀκόμη δεκατριῶν χρονῶν ἤτανε. Δὲν ξέρω καὶ λεπτομέρειες. Ἦρθε ἐπίσκεψη ὁ ξάδελφός μου ποὺ εἶναι μανάβης στὴν ψαραγορὰ καὶ μοῦ τά 'πε. Ξύπνιος ἄνθρωπος, ἔκοβε τὸ μάτι του. Ἦταν ἕνας, ὁ Ἀποστόλης ὁ χημικός, ποὺ σύχναζε ἐκεῖ στὸ καφενεῖο τοῦ πρακτορείου καὶ ἔψαχνε γιὰ θύματα. Αὐτὸς ἀποπλανοῦσε ἀγοράκια. Εἶχε καὶ προηγούμενα, καταδίκες. Τὰ ξεγελοῦσε μὲ χαρτζιλίκια, μὲ παιχνίδια, δὲν ξέρω μὲ τί ἄλλο καὶ τὰ χαλοῦσε. Αὐτὸ ἦταν τὸ χούι του καὶ τὸ ἤξερε ὅλη ἡ Θεσσαλονίκη. Τὸ εἴχανε πάρει χαμπάρι στὴν πιάτσα, εἰδικὰ στὸ Καπάνι καὶ στὴν Ἀριστοτέλους. Κι ἀφοῦ τὰ βλέπανε μπροστὰ στὰ μάτια τους, γιατί δὲν τὰ καταγγέλνανε; Γιατί ἀφήνανε αὐτὸ τὸ κτῆνος νὰ κάνει τὰ αἴσχη του; Ὁ ξάδελφός μου πάντως τὸ εἶχε ἀντιληφθεῖ. Ἢ τοῦ τὸ εἴχανε σφυρίξει. Τὸν διπλάρωσε, λέει ὁ Ἀποστόλης ὁ χημικός. Ἀπὸ τὸ ὕφος του τὸν κατάλαβα, λέει, ὅτι κάτι ἄλλο συμβαίνει μὲ τὸν μικρό. Πάντως τὸ βάλανε τὸ παιδὶ πολὺ νωρὶς στὰ κόλπα, πολὺ νωρὶς τὸ διαφθείρανε. Ἂν ἀληθεύει, ἔπρεπε νὰ τοὺς λυντσάρουν. Ἐγώ, βέβαια, δὲν τὸν πολυπίστεψα. Ἂν τό 'παιρνα πολὺ στὰ σοβαρά, θά 'πρεπε νὰ μιλήσω στὴ μάνα του. Ἀλλὰ καὶ νὰ τῆς τά 'λεγα, σάμπως, τί θά 'κανε; Εἶχε τὴ δύναμη καὶ τὸ κουράγιο αὐτὴ ἡ γυναίκα νὰ τὰ βγάλει πέρα μὲ τὸν τζαναμπέτικο χαρακτήρα τοῦ Ἀριστείδη; Θὰ τὰ φανέρωνε ὅμως στὸν Ἀλεξιάδη, μπορεῖ ὁ πατριός του κάτι νά 'κανε, γιατὶ τὸν σεβόταν. Μὰ θὰ τὸν ἄκουγε; Αὐτὲς οἱ δουλειὲς γιὰ νὰ πετύχουν θέλουν σχεδιασμὸ καὶ προσοχή. Θέλουν ἀπὸ κοντὰ κι ἀπὸ νωρίς. Θὰ πεῖς, σχολεῖο τὸν ἔστειλε. Ἔ, καλά, πῆγε ἕναν χρόνο, πρώτη δημοτικοῦ, στὶς Σαράντα Ἐκκλησιές, ὅταν μένανε στὴν Ἁγια-Σοφιά, διέκοψε καὶ ξαναπῆγε στὴν Τούμπα, δευτέρα τάξη. Ὁλόκληρο ἀγόρι δωδεκάχρονο μπερδεύτηκε μὲ παιδάκια ἑφτὰ χρονῶν. Τὴν τελείωσε μὲ τὸ ζόρι. Τόσο ἦταν, σχεδὸν ἀγράμματο ἔμεινε. Αὐτὸν κανένας δὲν τὸν πῆρε στὰ ὑπόψη. Ἦταν τὸ παιδὶ παρατημένο στὴν πραγματικότητα. Ἄμα νοιαστεῖς, κάτι θὰ προλάβεις. Ἤ, ὅταν εἶσαι ἐνήμερος, βρὲ ἀδελφέ, κάπως θὰ τὸν φρενάρεις τὸν κατήφορο. Πέρασαν λίγα χρόνια καὶ γίνανε ἐκεῖνα τὰ ρεζίλια καὶ τὸ βγάλανε τὸ παιδὶ στὶς ἐφημερίδες. Γιὰ μῆνες στὸ ραδιόφωνο, πρῶτα μιλούσανε γιὰ τὸν Ἀριστείδη καὶ τὰ πάθη του καὶ τὰ κατορθώματά του καὶ ὕστερα λέγανε τὶς εἰδήσεις, γιὰ τὸ Βιετνὰμ καὶ γιὰ τὸν Κέννεντυ. Μπά, ἀπ' ὅσα βγάλανε στὴ φόρα, τίποτα δὲν πίστεψα γι' αὐτὸ τ' ἀγόρι. Σκευωρία ἤτανε. Ἄδικα, πῆγε ἄδικα! Ἦταν βαλτοὶ καὶ τὸν κάψανε! Τὸ κρίμα στὸ λαιμό τους, τὸ παιδί!

Δὲν κόψαμε ποτὲ μὲ τὴν Ἑλένη. Παρακολουθοῦσα τὴν οἰκογένεια, τοὺς πονοῦσα. Μοῦ 'λεγε τὰ παράπονά της ἡ καψερή. Ἔλεγα κι ἐγὼ τὰ δικά μου. Τὸ '27 γεννήθηκα, ἤμουνα πιὸ μικρὴ ἀπ' τὴν Παγκρατίδαινα. Ἀπὸ πέντε ἀδέλφια ἡ μικρότερη. Ἀπὸ ἀγροτικὴ οἰκογένεια. Βαμβάκια μαζεύαμε καὶ καπνά. Στὰ καμποχώρια τῆς Δράμας. Κοψομεσιασμένοι ἤμασταν ὅλοι οἰκογενειακῶς, ὅλο «ἄχ, ἡ μέση μου» ἄκουγες. Ἡ μέση μου καὶ ἡ μέση μου. Προσφυγόκοσμος ἤμασταν, ἀνακατεμένοι μὲ τοὺς ντόπιους, κι ἀπ' αὐτοὺς χειρότερα. Τὸ πιὸ μικρὸ σπιτάκι στὸ χωριὸ τὸ δικό μας ἤτανε. Τώρα νὰ τοὺς δικαιολογήσω; Δὲν ξέρω. Καὶ δίκιο δὲν τοὺς δίνω καὶ ἄχτι δὲν τοὺς ἔχω. Δὲν τὰ βγάζανε πέρα. Μέσα στὴν Κατοχὴ μὲ δώσανε. Τὸ '41, μὲ τὴ μαύρη τὴν πείνα, ποὺ ἡ Ἀθήνα ἔζησε τὴν Κόλαση, κι ἔπιανε ὁ κόσμος ἕνα πεζούλι, πλάγιαζε ἐκεῖ καὶ ἀπ' τὴν ἀφαγιὰ καὶ τὴν ἀδυναμία παράδινε τὸ πνεῦμα του. Ἔτσι ἀκούγαμε γιὰ τὴν πρωτεύουσα. Ἀπὸ τὸ ράδιο. Στὴ Θεσσαλονίκη, κι ἐδῶ φτώχεια, κι ἐδῶ πείνα. Κι ἐδῶ θάνατος. Ἤτανε καὶ μέθυσος ὁ πατέρας μου. Ποῦ τὸν ἔχανες, ποῦ τὸν ἔβρισκες, στὴν ταβέρνα, στὸ καφενεῖο. Γονεῖς δὲν εἶχε δεῖ κι αὐτός, ὀρφανὸς μεγάλωσε. Εἶχε γκαϊλέδες.[1] Μοῦ τά 'λεγε καμιὰ φορά. Ὄχι νὰ μεθάει καὶ νὰ τρῶμε ξύλο. Δὲν ἦταν τέτοιος. Παραπονιάρης ἤτανε, ντερτιλής.[2] Τέλος ἀποφάσισαν νὰ μὲ δώσουν. «Ψυχοκόρη» εἴπανε. Φουκαράδες ἤμασταν, Κατοχὴ εἴχαμε, εἶπα νὰ βοηθήσω, νὰ συνδράμω κι ἐγὼ στὴν οἰκογένεια. «Θὰ σ' ἔχουνε στὰ πούπουλα» εἶπε ἡ μάνα μου. Ἐκεῖνα δὲν ἦταν πούπουλα, ἀγκάθια ἦταν κι ἀκόμα μὲ τρυπᾶνε, πληγὲς ποὺ δὲν θὰ γιάνουνε ποτέ. Μὲ συνόδεψε μιὰ θειά μου μὲ τὸ λεωφορεῖο, μὲ παρέδωσε. Τοὺς πήγαμε πεσκέσι εἴκοσι αὐγὰ κι ἕνα καλάθι σταφύλια μοσχάτα. Αὔγουστος ἤτανε. Τρέχανε, βρύσες, τὰ μάτια μου. «Μὴν κλαῖς παιδί μου», εἶπε ὁ κύριος. «Μὴν κλαῖς», μιὰ κουβέντα εἶναι. Βρέθηκα σὲ ξένο περιβάλλον. Οἱ ἄνθρωποι ἤτανε καλοί. Συγκριτικὰ δηλαδή. Νὰ μὴν ποῦμε τώρα γιὰ τὸ πῶς τὰ περνοῦσαν οἱ ἄλλες. Περιορισμένα ζούσανε, πολὺ περιορισμένα, ὅλα ὑπὸ ἔλεγχον. Κλεισμένες στὸ διαμέρισμα, νύχτα-μέρα. Καὶ τοὺς ἀναθέτανε ὅλες τὶς δουλειές. Καθαρίσματα, σκουπίσματα, παστρέματα, σιδερώματα, μαγειρικές. Βρομόπανα, πατσαβοῦρες, χλωρίνες, Τάιντ, Κλίν, ἀλισίβα. Κι ἂν ἄκουγαν ποτέ τους ἕνα «εὐχαριστῶ»! Κι ἂν ἔβγαινες ἔξω ὁ κόσμος σὲ κοίταζε λοξά. Μὲ τὸ βαρύ τους βλέμμα σὲ σημαδεύανε, ἔνιωθες ἀπ' τὴν ξινισμένη μούρη τους πὼς σὲ βλέπανε σὰν παρακατιανή. Πιὸ τυχερὴ ἤμουν ἐγώ. Ἡλικιωμένοι ἤτανε, μὲ εἴχανε καὶ ἀνάγκη.

1. *Γκαϊλές* (τουρκ. *gaile*): Βαρὺς καημός.

2. *Ντερτιλὴς καὶ ντερτλής* (τουρκ. *dertli*): Παραπονεμένος, μερακλωμένος.

Τοὺς κοίταζα κι ἐγὼ καλά. Κάθε δεύτερο μήνα βγαίναμε μὲ τὴν κυρὰ στὴν Ἑρμοῦ καὶ ψωνίζαμε. Φουστίτσες, τσιτάκια, παντοφλίτσες μοῦ παίρνανε. Ὀχτὼ χρόνια ἔμεινα κοντὰ στοὺς ἀνθρώπους, ἀποθυμοῦσα τὸ χωριό μου. Ὅσο νὰ πεῖς, ξένοι. Στὸ μεταξὺ μεγάλωνα. Ἤμουνα γιὰ ἄντρα, ἦρθε ἡ ὥρα μου γιὰ γάμο, γιὰ παιδιά. Ἔφυγαν οἱ Γερμανοί, ἀνάσανε ὁ κόσμος, ἤρθανε οἱ Ἄγγλοι, ἄλλοι κερατάδες. Ἀρχίσαμε νὰ παίρνουμε τὰ πάνω μας. Τὸ '49 μὲ παντρέψανε. Ἤρθανε κι οἱ γονεῖς μου ἀπ' τὸ χωριὸ στὸ γάμο. Καὶ ἡ μιὰ ἀδελφή. Ζήλευε τὴν τύχη μου. «Εἶδες μεγαλεῖα ἐσύ!», ἔτσι μοῦ 'λεγε. Σ' αὐτὴ τὴ ζωὴ –τί νὰ πεῖς– ὁ ἕνας ζηλεύει τὸν ἄλλον. Κι ὁ Ὠνάσης, ποὺ ἀπ' τὰ μπατζάκια του πέφτανε στὸ δρόμο δολάρια, ἀκόμα κι αὐτὸς θά 'θελε νά 'ναι κάποιος ἄλλος. Ὁ γαμπρὸς ἦταν γείτονας. Ἤτανε μορφονιὸς κι ἤτανε κουρέας. Ὅταν τὸν εἶδα ξετρελάθηκα. Μιὰ ἡλικία ἤμασταν. Γλεντζὲς ἤτανε, γκομενιάρης ἤτανε, χῆρες εἶχε, ζωντοχῆρες εἶχε, λεύτερες εἶχε. Μικρὲς εἶχε, μεγάλες εἶχε, μοῦ τά 'χε πεῖ ἕνα πουλάκι. «Δὲ βαριέσαι θὰ στρώσει» εἶπα. Ἤτανε καὶ καλόγνωμος. Στὴν ἀρχὴ ἤμασταν ὅλο ἔρωτες καὶ μέλια. «Ἔ, ρὲ Ἀσήμω», μοῦ 'λεγε, «κέρδισα τὸν πρῶτο λαχνό. Δὲν ὑπάρχει καρδιὰ σὰν τὴ δική σου». Τὰ πίστευα κι ἐγὼ ἡ ἀγαθιάρα. Περνούσαμε τρέλα. Ἄχ, ἐπιτέλους, ἔλεγα κι ἐγὼ στὸν ἑαυτό μου, τώρα, Ἀσημένια μου, γνώρισες τὴν εὐτυχία. Αὐτὸ θὰ εἶναι, ποὺ λένε, ἡ εὐτυχία. Τί ἄλλο νὰ γυρέψεις ἀπ' τὴ ζωή; Δὲν ζήλευα κανέναν καὶ καμιάν, οὔτε τὴν κόρη τοῦ μεγιστάνα τοῦ Ὠνάση, ποὺ λέγαμε πρίν, ποὺ ἔσταζε, ποὺ λέει ὁ λόγος ἀπ' τὸ πράμα της χρυσόσκονη. Τί κι ἂν ἔσταζε, κακόπαθε κι ἐκείνη. Σύντομα ὅμως ἀραίωσε, μὲ ἀπόφευγε, οὔτε τὰ συζυγικά του καθήκοντα, ποὺ λένε, δὲν ἐκτελοῦσε, στὸ τέλος καταλήξαμε νὰ παίζουμε τὶς κυρα-κουμπάρες. Ἔκοψε ἐντελῶς τὰ παχιὰ τὰ λόγια, «Ἀσήμω μου, ἀπ' ὅλη τὴν

Ἑλλάδα σ' ἐμένα ἔπεσε τὸ ΠΡΟΠΟ», κατέβασε τὴν προβοσκίδα του καὶ δὲν γύριζε νὰ μὲ δεῖ στὰ μάτια. Κρυφὰ ἐξακολουθοῦσε τὴν παλιὰ ζωὴ μὲ τὶς μαιτρέσσες του ὁ Ρασπούτιν, ὁ διεφθαρμένος. Σκέτη λέρα ἤτανε. Πῶς ἦρθε μιὰ καταραμένη ὥρα, καὶ τὴν κοπάνησε ὁ προκομμένος μου στὴ Φρανκφούρτη καὶ μ' ἄφησε πίσω μὲ δυὸ ἀνήλικα; Κι ἔστελνε στὴν ἀρχὴ λεφτά. Ἐγὼ εἶχα ὄνειρα. Ὄνειρα γιὰ τὰ παιδιά, ὄχι γιὰ μένα. Ὅτι θὰ γυρίσει πίσω μὲ τὸ κομπόδεμα, τί διάολο· στὰ τρία χρόνια ποὺ ἔκανε στὸ κουρμπέτι, δὲν φάνηκε οὔτε μιὰ φορὰ νὰ δεῖ τὰ σπλάχνα του. Ποιά σπλάχνα σου, ἅμα εἶσαι ἄσπλαχνος! Ἔλεγα, ναὶ μὲν ἀργεῖ ἀλλὰ θά 'ρθει φορτωμένος παράδες. Ἔτσι ἤθελα νὰ πιστεύω. Ἄλλη ἦταν ἡ ἀλήθεια. Καλὰ μοῦ 'λεγε ὁ πατέρας μου: «Μὲ τὸ νοῦ σου μπαϊράμια μὴν κάνεις». Μὴν ὀνειρεύεσαι, πά' νὰ πεῖ, νὰ κοιτᾶς τὴν πραγματικότητα, νὰ εἶσαι προσγειωμένη. Ἀλλὰ ποιός ὀνειροπαρμένος βάζει μυαλό, γιὰ νὰ βάλω ἐγώ; Ὁ λεγάμενος, μόλις πάτησε τὸ πόδι του στὴ Γερμανία, βρῆκε μιὰ Γερμανίδα ἀγελάδα, μιὰ ξανθόψειρα, τὴ γέλασε κι αὐτήνα καὶ τῆς ἔκανε καὶ δύο γερμανάκια, δυὸ μπασταρδάκια. Εἶχε μάσει καὶ λεφτά, γιατὶ σὰν κουρέας ἔπιασε, μεγάλωσαν οἱ μετοχές του, δὲν τὸν λέγανε πιὰ κουρέα, τὸν λέγανε κομμωτή. Ἔφτασε ὁ καιρὸς καὶ μοῦ ἤρθανε τὰ μαντάτα. Σάμπως ἔφταιγε κι ἡ Γερμαναρού; Τοὺς βρίσκουν, λέει, σκούρους καὶ γαμιστεροὺς καὶ τοὺς ξελογιάζουν. Κι ἐκεῖνοι πάλι, οἱ δικοί μας, πῶς τὶς γουστάρουν καὶ τὶς φορτώνονται γιὰ μιὰ ζωὴ τέτοιες ἀσπρουλιάρες ποὺ εἶναι; Μοῦ δείξανε μιὰ φωτογραφία της κάτι πατριῶτες, σὰν ξεπλυμένη στὸ χλώριο ἤτανε, Παναγιὰ Παρθένα μου, καὶ κάτι μάτια σὰν χυμένα αὐγά, τὴν εἶδα κι ἔχασα πάσα ἰδέα γιὰ τὸν ἄντρα μου. Νά ποὺ ἔκοψε ἀπὸ μένα ὁλωσδιόλου κι οὔτε ποὺ γύρισε πίσω ποτὲ μέχρι τώρα νὰ μᾶς νοιαστεῖ ὁ ἀχαΐρευτος! Τέτοια τῆς ἐλεγα τῆς Ἑλένης, τῆς καψερῆς, νὰ παρηγοριέται κι αὐτή, νὰ μὴ θαρρεῖ πὼς εἶναι ἡ μοναδικὴ τσιγαρισμένη στὸν ντουνιά. «Χειρότερα ἀπὸ σένα νὰ μὲ λογαριάζεις, Ἑλένη μου. Μὲ παράτησε ἐμένα τὴν πρώτη νοικοκυρὰ καὶ τά 'μπλεξε μὲ τὴ σιχαμένη τὴ Γερμανιδάρα. Αὐτοὶ οἱ Γερμανοὶ μᾶς φάγανε. Καὶ θὰ μᾶς τρῶνε συνέχεια. Ἄσ' τον τὸν σερσέμη[1] ν' ἀκούει νύχτα-μέρα τὴ χοντροκομμένη τὴ γλώσσα τους. Φλαφλοῦχεν, πιασμάχεν, κωλοτρίχεν». Γελοῦσε γιὰ μιὰ στιγμή, ἡ καημένη, τ' ἀχείλι της. Ὅλοι ἔχουμε τὸ μερτικό μας στὸν πόνο. Τὰ λέγαμε, οἱ δυὸ φιλενάδες, ἡ μία τῆς ἀλληνῆς. Αὐτὴ ἡ ζωὴ θέλει παρηγοριά, μωρέ. Δίχως παραμύθια δὲν περνιέται.

Κάθομαι καμιὰ φορὰ κι ἐγὼ ἡ ζωντοχήρα –τί ζωντοχήρα, χήρα νὰ λές, ἀφοῦ σὰν χήρα ζῶ καὶ δὲν πρόκειται ποτὲ νὰ τὸν ξαναδῶ τὸν λεγάμενο, οὔτε κι ἄλλον ἄντρα πρόκειται νὰ φορτωθῶ ἀπὸ δῶ καὶ μπρός, γιατὶ σιχάθηκα–, καὶ βάζω μπροστά μου ἕνα μπουκάλι κρασὶ καὶ τὰ πίνω. Καὶ δὲν συλλογιέμαι τίποτ' ἄλλο. Οὔτε τὰ παιδικά μου χρόνια τὰ μίζερα ἀναπολῶ οὔτε τοὺς γονιούς μου ποὺ μὲ πουλήσανε οὔτε τοὺς ξένους ἀνθρώπους ποὺ μ' ἀναστήσανε οὔτε τὸν παλιοκουρέα ποὺ μὲ ξεγέλασε. Τὸ πίνω τὸ κρασάκι μου γουλιὰ γουλιὰ καὶ λέω στὸν ἑαυτό μου: Ρὲ σὺ Ἀσημένια, ἔφερες στὸν ψεύτη κόσμο παιδιά. Αὐτὰ τὰ ἀθῶα πλάσματα τί θὰ γίνουν; Ἔτσι καὶ χαθεῖς ἐσύ, πῶς θὰ πορευτοῦν; Συλλογιόμουν τὰ χάλια τοῦ Ἀρίστου, ἔφερνα στὸ μυαλό μου τὴν εἰκόνα του, ἄπλυτο, ἀτάιστο, παραπονεμένο, ξεχωρισμένο ἀπ' τ' ἄλλα παιδιὰ καὶ ἀναρωτιόμουν: Λὲς νά 'χουν καὶ τὰ δικά μου τέτοιο ριζικό;» Καὶ πὲς ὅτι ἐγὼ ζῶ καὶ μ' ἔχουνε κοντά τους. Ναί, ἀλλὰ σὲ ποιόν τόπο βρέθηκαν, ἐδῶ εἶναι ὅλο ἀπατεῶνες, ὅλοι κανο-

1. *Σερσέμης* (τουρκ. *sersem*): Ἀνόητος, μπουμπούνας, βλάκας.

νίζουν γιὰ πάρτη τους. Μήπως νὰ τὰ σπρώξω νὰ ξενιτευτοῦν; Ἂ μπά, μετανάστες; Τὴν ξενιτιὰ τώρα τὴ λένε ἀλλοδαπή, ἐμεῖς, τότε ποὺ φεύγανε τσοῦρμο οἱ πατριῶτες μας μὲ τὸ τρένο γιὰ τὴν Ἀλμάνια, τὴ λέγαμε κουρμπέτι. Καὶ τὸ κουρμπέτι εἶναι διφορούμενο. Ναὶ μὲν ξεπατρίζεσαι καὶ γεύεσαι τὸ φαρμάκι τοῦ ξενιτεμοῦ, ἀλίμονο, καὶ ζεῖς ἔξω ἀπ' τὰ νερά σου, ἄγνωστος μεταξὺ ἀγνώστων, καὶ τί ἀγνώστων, ἀνάμεσα σ' αὐτοὺς τοὺς κρυόκωλους τοὺς Εὐρωπαίους, μέχρι νὰ προσαρμοστεῖς, ἂν προσαρμόζεσαι ποτὲ στ' ἀλήθεια. Ἀπ' τὴν ἄλλη ὅμως, ἅμα εἶσαι καλὸς καὶ ἄξιος, μπορεῖ νὰ κάνεις προκοπή, νὰ δέσεις γερὰ τὸ κομπόδεμα καὶ νὰ ζήσεις, νὰ ζήσεις καλά. Ὕστερα εἶναι καὶ τὸ ἄλλο. Γλιτώνεις ἀπ' αὐτὴ τὴν πατρίδα τὴν ἄπονη. Δὲν βλέπεις αὐτὰ τὰ χάλια. Νὰ σὲ κατακλέβει τὸ κράτος, νὰ σοῦ πίνουν τὸ αἷμα οἱ χαραμοφάηδες! Δὲν σὲ πιάνει ἡ ἀπελπισιὰ ἀπ' τὴν ἀτιμία, ποὺ μόλις πιάσουν τὴν καλή, ξεγράφουν καὶ ἰδέες καὶ ἀρχὲς καὶ τὰ πάντα. Τέτοια πράματα συλλογιόμουν κι ὅλο ἔφερνα στὸ νοῦ μου μιὰ τὰ παιδάκια μου καὶ μιὰ τὸν Ἀρίστο.

Αὐτὸ τὸ μικρό, τὸ Ἀριστάκι, ποὺ τὸ φωνάζανε « Γουρούνα », πραγματικὰ σὰν τὸ γουρούνι κυλιόταν καὶ γουρουνίσια ζωὴ ἔκανε. Ἄκου « Γουρούνα »! Τόσα παρατσούκλια βγάζουνε, τοῦ Ἀρίστου αὐτὸ βρῆκαν καὶ τοῦ 'δωσαν; Κι αὐτὴ ἡ εἰκόνα μόνο μοῦ ἔμεινε, τοῦ Ἀρίστου στὰ δώδεκα, καὶ τίποτ' ἄλλο. Μεγάλωσε μέσα στὰ σοκάκια, κυλιότανε μέσα στὴ λάσπη καὶ ζητοῦσε ἀπ' τὴ γειτονιὰ τὴν ψίχα τοῦ ψωμιοῦ ποὺ περίσσευε ἀπ' τὸ τραπέζι, ἂν περίσσευε. Σὰν τὸν πτωχὸ Λάζαρο. Τελειώνανε τὰ παιδιὰ τὸ παιχνίδι τους, μὰ μπάλα παίζανε, μὰ κυνηγητὸ παίζανε ἢ κάνανε διάλειμμα. Διάλειμμα ἀναγκαστικῶς, μόλις πεινοῦσαν. Καὶ τρέχανε ὅλα στὴν πόρτα τοῦ σπιτιοῦ τους. Στὴ μάνα τους. Ἢ στὴ γιαγιά τους. Τώρα, τί τοὺς δίνανε! Ἀλείβανε μιὰ φέτα ψωμὶ μὲ λίγο λάδι, τρίβανε κι ἀπὸ πάνω ρίγανη μὲ ἁλάτι κι εἶχε μιὰ νοστιμιὰ αὐτὸ τὸ φαΐ, μὰ τί νοστιμιά! Τζιτζινὲ μπουρέκι τὸ λέγανε. Ὅταν ὑπῆρχε, τοὺς δίνανε καὶ κάτι καλύτερο. Στεκότανε κι ἐκεῖνο τὸ παιδὶ στὴν ἄκρη κι ἔβλεπε τοὺς φίλους του νὰ μασουλᾶνε τὸ μπουρέκι ἢ μὲ κανένα αὐγὸ βραστὸ στὸ χέρι. Παραπονούμενο! Κοίταζε, κοίταζε! Ὅλο τὸ ντέρτι τοῦ ντουνιᾶ στὰ μάτια του! Ἅμα τὸν λυπόταν κανένας φίλος του, τοῦ 'δινε κάνα κομμάτι. Ἡ Ἑλένη γύριζε ἀπ' τὸ ξενοδούλι ἀργὰ τὸ σούρουπο. Ἐξαντλητικὸ ὡράριο. Ὁ Ἀρίστος! Πόσες φορὲς μοναχὰ ἐγὼ τὸ συμμάζεψα καὶ τὸ τάισα. Τὸ βρίζανε, τὸ κλοτσούσανε, τὸ χτικιάσανε τὸ παιδί. Ἀπονιὰ κι ἀπανθρωπιά. «Ποιό δρόμο νὰ πάρω καὶ ποιόν νὰ βαδίσω»! Ὄχι, δὲν βρῆκε στοργὴ τὸ παλικάρι· τῆς κοινωνίας τὸ φαρμάκι, μόνο τὸ φαρμάκι ἤπιε, κρίμα ἀπ' τὸν Θεό.

4. Στὸ λιμάνι

ΕΝΑΣ ΑΧΘΟΦΟΡΟΣ ΓΙΑ ΤΟΝ ΜΑΜΟΥΝΑ

Ο ΜΑΜΟΥΝΑΣ! Ἐπάρατος καὶ τρισκατάρατος! Ὁ φόβος καὶ ὁ τρόμος τῆς πιάτσας! Στὰ ζόρια του καὶ τὴ μάνα του θὰ πουλοῦσε στὸν διάβολο! Τοῦ σκοινιοῦ καὶ τοῦ παλουκιοῦ! Τοῦ 'λεγες καλημέρα καὶ τὸ μετάνιωνες! Φιλήδονος, πολὺ φιλήδονος! Μὲ ἄντρες καὶ μὲ γυναῖκες! Κυνικός! Κυνηγοῦσε τὰ ἀγοράκια, τὰ μεγαλούτσικα, στὰ σινεμά. Μὲ μανία. *Τιτάνια*, *Κολοσσαῖον*, *Πάνθεον*. Μὲ γελαστούρια καὶ μὲ τὸ στανιό. Εἴχαμε μανία μὲ τὸν κινηματογράφο. Μικροί, μεγάλοι. Οἱ πιτσιρικάδες πιὸ πολύ, ὅ,τι χαρτζιλίκια παίρνανε ἀπ' τὸ σπίτι, ὅ,τι κονομούσανε ἀπὸ θελήματα κι ὅ,τι, τέλος πάντων, φιλοδωρήματα τσεπώνανε, ὅλα στοὺς σινεμάδες τ' ἀκουμποῦσαν. Δωδεκάρια, δεκατριάρια. Μέχρι δεκαπεντάρια τὸ πολύ. Εἶναι ἡ ἡλικία ποὺ σὲ καταφέρνουν οἱ ἐπιτήδειοι. Πέφτεις εὔκολα. Ξεγελιέσαι. Μιὰ-δυὸ φορές, γλυκαίνεσαι στὸν παρά, συνηθίζεις. Τὸ χαρτζιλίκι! Τὰ κοριτσάκια ὄχι, αὐτὰ δὲν πατοῦσαν ἐκεῖ, τ' ἀρσενικά, τ' ἀγοράκια. Τὸ πράμα γίνεται μόνο του. Οἱ γονεῖς, χαμπάρι. Νωρὶς τ' ἀπόγεμα στὰ σινεμά. Φτωχικὴ ζωή, ὁ κόσμος τότε. Μὲ τρεῖς-τέσσερις δραχμές, μ' ἕνα τάλιρο τὸ πολύ, ἐκεῖνος ἔκανε τὴ δουλειά του. Τί νὰ πῶ, νὰ γουστάρανε τὰ πιτσιρίκια; Δὲν νομίζω. Τώρα, ὅταν ξυπνάει ἐκεῖνο τὸ ἔνστικτο, δὲν εἶναι ξεκαθαρισμένα καὶ πολὺ τὰ πράματα. Ὅταν εἶσαι δεκατεσσάρων χρονῶν, καυλώνεις μὲ τὰ πάντα. Αὐτοὶ οἱ μπαγλαμάδες δὲν ἤτανε λίγοι. Δὲν ξέρω ἂν τὰ διακορεύανε, ἀλλὰ γιὰ χέρι τοὺς βάζανε γερό. Κυκλοφοροῦσαν ὅμως αὐτά, τὰ κουβεντιάζαμε ἐμεῖς. Ἤτανε παιδεραστὲς οἱ καργιόληδες! Ἂν τοὺς ἔπιαναν! Ἀλλὰ ποιός νὰ τοὺς ἔπιανε; Δούλευαν στὰ μουλωχτά!

Κάποιοι ἀπ' αὐτοὺς τὰ εἴχανε καλὰ μὲ τὴν ἀστυνομία. Συνεργάζονταν μὲ τοὺς μυστικούς. Ἔδιναν κόσμο. Παρακολουθοῦσαν τὴν κίνηση στὸ λιμάνι. Ὑπῆρχε σχέδιο ἀπ' τὴν Ἀσφάλεια. Ὅλοι ἄνθρωποι τῆς πιάτσας ἤτανε. Ἄλλοι δούλευαν στὸ Βαρδάρη μικροπωλητές, ἄλλοι στὴ Βενιζέλου βαστάζοι, ἄλλοι λαχειοπώληδες, ἄλλοι καστανάδες, ἄλλοι περιπτεράδες καὶ τὰ λοιπά. Αὐτοὶ τοῦ λιμανιοῦ εἶχαν καὶ διάφορο ἀπὸ τὰ λαθραῖα ποὺ μπάζανε στὴ ζούλα οἱ τελωνειακοί. Τσιγάρα, ποτὰ καὶ ἐργαλεῖα, ὅλα τὰ εἴδη εἰσαγωγῆς. Τί γυρεύανε τόσοι περίεργοι ὅλη τὴν ὥρα μέσα στὰ γραφεῖα τοῦ λιμανιοῦ, τί δουλειὰ εἴχανε καὶ μπαινοβγαίνανε στὰ τελωνειακὰ καταστήματα καὶ κουβαλούσανε κάτι σακουλάρες στὸν ὦμο, ἀσήκωτες καὶ κάτι βαλιτσάρες νά; Ἡ Θεσσαλονίκη εἶχε παράδοση ἀπὸ παλιὰ στὸ λαθρεμπόριο. Ὅπως κάθε μεγάλο λιμάνι. Μὰ τὸ δικό μας τὸ λιμάνι εἶναι τρανό. Γιά λογάριασε τὸ τί γινότανε σ' αὐτὴν τὴν πόλη μέχρι νὰ φύγουνε οἱ Ὀθωμανοί. Ἑβραῖοι, Ἕλληνες, Τοῦρκοι, Βούλγαροι, ξένοι. Εἶπα ξένοι, λὲς καὶ οἱ ἄλλοι ἤτανε δικοί. Ἐμεῖς οἱ παλιοὶ ὅταν λέμε ξένος ἐννοοῦμε ἢ Εὐρωπαῖος ἢ Ἀμερικάνος. Μὲ τοὺς ἄλλους, τῆς Ἀνατολῆς, εἴχαμε κοντινὰ χούγια, συνεννοούμασταν. Πάντως τὸ λαθρεμπόριο ἔδινε κι ἔπαιρνε. Ἐδῶ, βγάλανε ἔξω τὶς «Μαγεμένες», ἐκεῖνες τὶς πανέμορφες κοπέλες, τὰ ἀγάλματα, ποὺ ἤτανε στημένα στὴν πλατεία Δικαστηρίων, πού, ὅπως λένε ὅσοι ξέρουν, δὲν ἔχουν νὰ ζηλέψουν τὶς Καρυάτιδες τῆς Ἀκροπόλεως. Ὅταν τοὺς τσάκωναν στὰ πράσα τοὺς μάγκες τοὺς παράνομους, ἄραγε ποῦ πήγαιναν ὅλα ἐκεῖνα τὰ λαθραῖα; Κοντραμπάντο τὸ λέγανε. Ἐξ οὗ καὶ οἱ κοντραμπατζῆδες. Προπολεμικὰ θυμᾶμαι ἕνα τραγούδι ζόρικο ποὺ ἔβγαλε γιὰ τὸ κοντραμπάντο τῆς πατρίδας μας τὸ Σαμιωτάκι, ὁ Ρούκουνας, ποὺ ἔσκιζε στοὺς ἀμανέδες:

Κοντραμπατζῆδες ἕξι-ἑφτὰ
μέσα σ' ἕνα καΐκι
λαθραῖα ἐφορτώσανε
ἀπ' τὴ Θεσσαλονίκη.

Ἡ λαθρεμπόρικη ζωὴ
ἔχει πολλὰ μεράκια,
μὰ σὰ θὰ μπεῖς στὴ φυλακή,
σοῦ γίνονται φαρμάκια.

Ποιός νὰ βάλει τάξη τότε σὲ κείνη τὴν κοινωνία; Ἡ ἐκκλησία μὲ τὸ λόγο τοῦ Θεοῦ; Ἀστεῖα πράματα! Ποιός ἔκανε τὸ κουμάντο στὴν πολιτική, νὰ βάλει τάξη στὸ κράτος; Ξέρω γώ, κανένας Πιπινέλης; Καὶ τί ζόρι τραβοῦσε ὁ Πιπινέλης κι ὁ κάθε Πιπινέλης; Ἐπειδὴ μᾶς εἶχε φέρει ἡ ἀκρίβεια στὸ «ἀμήν»; Ἀλὶ σὲ μᾶς. «Τί ἀνάγκη ἔχει ὁ κασίδης, ἂν ἀκρίβυναν τὰ χτένια;» Μὴ καὶ δὲν εἶχε φράγκα νὰ ταΐσει σπλῆνες καὶ συκωτάκια τὰ σπλάχνα του γιὰ νὰ δυναμώσουν; Ἐκεῖνος εἶχε νοικιασμένα στὸ κράτος τὰ μπουρδέλα στὰ Βοῦρλα ποὺ ἦταν ἰδιοκτησία του, ἕναν χῶρο δύο φορὲς σὰν τὴν πλατεία Συντάγματος κι ἔβγαζε ἀπ' αὐτὴ τὴν ἱστορία χρυσάφι καὶ θὰ γύριζε νὰ κοιτάξει ἐμᾶς τὰ μπατίρια; Καὶ ποιός τοὺς εἶδε ποτὲ τοὺς ψηφοθῆρες πολιτικοὺς ἐκ τοῦ πλησίον; Ἄντε, καμιὰ φορὰ προεκλογικά. Σοῦ παίρνανε τὴν ψῆφο καὶ μετὰ Λούης. Σκέτο δούλεμα. Ἤτανε, λοιπόν, κάμποσα ἀπὸ κεῖνα τὰ λέσια ἒμ παιδεραστές, ἒμ καταδότες, οἱ πούστηδες! Ἀπ' ὅπου κι ἂν τοὺς ἔπιανες θὰ λεκιαζόσουν. Ἀργότερα, τότε στὸ φονικὸ στὴ Σπανδωνῆ, ποὺ καθαρίσανε ἐκεῖνον τὸν παλίκαρο, τὸν Λαμπράκη, ἀνάμεσα σὲ ἄλλα ἀποβράσματα ἀνακατευτήκανε καὶ κάποιοι ἀπ' αὐτοὺς τοὺς μπινέδες στὸ φονικό. Καὶ πιὸ μπροστὰ ποὺ ἔγινε ἡ ἀντιδιαδήλωση μὲ τοὺς παρακρατικούς. Μὲ τὴν πλάτη τῆς ἀστυνομίας. Μὲ ἀρχηγοὺς τὸν Μήτσου καὶ τὸν Καμουτσή. Ἦταν ὅλο στημένο. Εἶχε σχεδιαστεῖ ἀπ' τὴν Ἀθήνα, ὅπως πιστέψαμε. Ὅμως ἀπὸ ποιούς; Ἀπ'τὰ ἀνάκτορα, ἀπ'τὴν Ἀσφάλεια, ἀπὸ ποιούς; Μήπως ἀπὸ τοὺς Ἀμερικάνους; Κι ὁ Καραμανλὴς τί ρόλο ἔπαιζε; Τὴν κοπάνησε μετὰ στὴν Ἐλβετία. Ἀθώα περιστερά! Δὲν ξεκαθάρισε ποτὲ ἡ ὑπόθεση. Φτηνὰ τὴ γλιτώσανε ὅλοι οἱ δολοφόνοι τοῦ Γρηγόρη τοῦ Λαμπράκη. Καὶ οἱ ἀξιωματικοὶ καὶ τὰ ντόπια καθάρματα. Φὸν Γιοσμάδες καὶ τὰ ρέστα. Ἔκλεισε ὁ φάκελος. Δὲν τὰ γράψανε οἱ ἐφημερίδες σωστά. Καὶ σάμπως τί γράφανε! Ὅ,τι ἐπέτρεπε ἡ Ἀσφάλεια καὶ ἡ λογοκρισία. Μὰ ὅποτε βάζω τὸ μυαλό μου νὰ δουλέψει καθαρὰ πάνω σὲ κεῖνο τὸ ἄνανδρο φονικό, λέω: Τὸ πλάνο τῆς δολοφονίας ἐκείνης ποὺ ὀργανώθηκε ὑπογείως μήπως ἦταν μιὰ καλοστημένη πρόβα τοῦ πραξικοπήματος ποὺ μᾶς ἔριξε τὸ '67 στὰ νύχια τῆς χούντας;

Τώρα αὐτὸν τὸν γείτονα στὸ λιμάνι τὸν μυρίστηκα ἐγὼ τί κουμάσι εἶναι. Δὲν τοῦ 'δινα πρόσωπο. Τὴ δουλειά μου ἐγώ. Ἔκανα χαμαλίκια ἀβέρτα κουβέρτα. Ἔκανα καὶ τὸ γκαρσόνι. Εἶχα πόστο πίσω ἀπ' τὴν πλατεία Ἐλευθερίας, στὰ Λαδάδικα, σ' ἕνα μπακαλικάκι. Δίπλα στὸ ξενοδοχεῖο τὸ «Μπρίστολ». Ὡραῖο ξενοδοχεῖο, εὐρωπαϊκοῦ τύπου, μὲ ἀνάγλυφα στὴν πρόσοψη, μὲ ὡραῖα μπαλκονάκια. Σερβίραμε καφέδες καὶ οὐζάκι μὲ μεζέ. Πήγαινα-ἐρχόμουνα. Κονομοῦσα κάμποσα φραγκάκια. Κυκλοφοροῦσαν τὰ νέα. Αὐτὴ ἡ λέρα πουλοῦσε μαμούνια γιὰ δόλωμα, γιὰ μεγάλα ψάρια, μουρμούρια, λυθρίνια, τσαούσια, σὲ ἐρασιτέχνες. Καὶ τσιποῦρες εἴχαμε πολλές. Ἀλανιάρες. Καλά, καὶ τί δὲν εἶχε ὁ Θερμαϊκός! Τὸ πιὸ νόστιμο ψάρι, λόγῳ τῶν γλυκῶν νερῶν ποὺ στάζουνε ἕνα σωρὸ πηγὲς μὰ καὶ τὰ μεγάλα ποτάμια ποὺ χύνονται μέσα του, ὁ Ἀξιὸς κι ὁ Γαλλικὸς κι ὁ Λουδίας. Κι ὁ Ἁλιάκμονας ἀπέναντι. Μπερεκέτι[1] μάτια μου! Ἀστακοὺς ἀνεβάζανε τὰ χρόνια τὰ παλιὰ σὲ κάθε καλάδα.[2] Τὰ λέμε τώρα καὶ δὲν τὰ πιστεύουνε. Ἀστακοὺς σ' αὐτὸν τὸν κόλπο! Ναὶ φίλε μου. Ἄσε τί γινότανε μὲ τὶς μεγάλες καλάδες, ὅταν ἔβγαινε ἡ σαρδέλα στὸν ἀφρὸ καὶ πλημμύριζε τὸν τόπο. Δὲν τὶς στέλνανε γιὰ πούλημα. Τὶς πετούσανε στὸ γιαλό. Καὶ κατέβαινε ὁ λαουτζίκος μὲ καλάθια καὶ πανέρια, Μπαξέ, Περαία, Μηχανιώνα καὶ στὴν Ἀρετσού, βέβαια, καὶ χόρταινε ψαράκι. Μηχανιώνα, Ἀρετσού, Καλαμαριά, αὐτοὶ ἤτανε οἱ καλύτεροι ψαράδες, γιατὶ κρατούσανε ἀπὸ σόι, εἴχανε παράδοση στὴν ἁλιεία, πάππου πρὸς πάππον, ἀπὸ τὶς πατρίδες τους, ἀπ' τὸν Τσεσμὲ καὶ τὴν Ἀρετσοὺ τῆς Μικρασίας.

Εἶχε τότε πολλοὺς πωρωμένους μὲ τὸ ψάρεμα. Καλὴ ὥρα ὅπως σήμερα. Κρατοῦσε μιὰ βάρκα ὁ λεγάμενος. Κάμποσες φορὲς τὸν πέτυχα, καθόταν μπροστὰ στὸ καλάθι, φίσκα δολώματα, μαμούνια καὶ σκουλήκια –μαμούνια προπαντός, ἐξ οὗ καὶ τὸ παρατσούκλι, Μαμουνάς–, κι ἀπὸ δίπλα κανένα παιδάριο, κανένα δεκαπεντάρικο νὰ ποῦμε. Καλὰ κι ὁ Μαμουνάς, ὁ χαμένος, δὲν εἶναι κι ὁ μόνος ἁμαρτωλός, δὲν εἶναι καὶ ὁ μόνος λάθος. Ἐκεῖ στὴν ἀποβάθρα, στὸ λιμάνι, κι ἄλλοι ἄντρες εἶχαν αὐτὸ τὸ χούι. Καὶ σήμερα ἀκόμα, τί, δὲν γίνεται; Ἡ γυναίκα, γυναίκα, τὰ παιδιά, παιδιὰ καὶ τὸ μεράκι, μεράκι. Γοῦστο-γουστίνο. Ὄχι μόνο στὸν λαό. Καὶ στὰ καλὰ τὰ σπίτια προπαντός, ποὺ λένε, κι ἐκεῖ, ἄσε. Νὰ λέμε τὴν ἀλήθεια.

---

1. *Μπερεκέτι* (τουρκ. *bereket*): Ἀφθονία ἀγαθῶν.

2. *Καλάδα*: Τὸ ρίξιμο τοῦ διχτυοῦ στὴ θάλασσα (ἀπὸ τὸ ρῆμα *καλάρω* = πετυχαίνω ψάρι).

Τὸν Ἀριστείδη τὸν εἶδα ἐκεῖ τρεῖς-τέσσερις φορές. Μπορεῖ καὶ παραπάνω. Δεκάξι, βία δεκαεφτὰ χρονῶν θὰ ἤτανε, παλικαράκι. Μπορεῖ νὰ πέφτω κι ἔξω. Τὴ δεύτερη φορὰ τὸν πρόσεξα καλύτερα. Στὸ ἀνάστημα ἤτανε ψηλούτσικος. Τσάκνο σκαρί. Σκοῦρος, μαυρομάλλης, σοβαρός. Μιλοῦσε μὲ τὸν λεγάμενο στὰ μουλωχτά. Καμιὰ φορά, τοὺς εἶδα, τὸν πῆρε στὰ βαθιὰ ποὺ ἔριχνε παραγάδι. Ἔ, τὸ ἀγγάρεψε, εἶπα, ὁ Μαμουνὰς τὸ τζόβενο, νὰ τοῦ κάνει τὰ χουσμέτια.[1] Ἄρχισε τὸ κοὺς κοὺς στὴν πιάτσα. Τί γυρεύει, σοῦ λέει, ἕνα παιδὶ μ' αὐτὸν τὸν μυστήριο; Τί ἔχουν νὰ ποῦν; Τί ἔχουν ν' ἀνταλλάξουν; Καθόταν κάνα-δυὸ ὧρες στὴ βάρκα μαζί του. Ψιθυριστὰ τὰ λέγανε. Δὲν πῆγε ὁ νοῦς μου στὸ πονηρό, ὅτι αὐτοὶ οἱ δύο, ὁ Ἀρίστος μὲ τὸν Μαμουνὰ μπορεῖ νὰ... ἄ, μπὰ καθόλου. Ὁ Ἀρίστος πολὺ ἀνδροπρεπής, λεβεντόπαιδο, ὡραῖο παλικάρι. Ἐκ τῶν ὑστέρων μαθεύτηκε ὅτι ἔβγαζε χαρτζιλίκι κάνοντας παρέα σὲ ἄντρες. Κυκλοφοροῦν αὐτά. Διαδίδονται ὅλα στὴν πιάτσα. Λένε καμιὰ φορὰ τὶς γυναῖκες κουτσομπόλες, γλωσσοῦδες. Καὶ ποτέ, μὰ ποτέ, δὲν λένε τί κουσελιὸ[2] γίνεται στοὺς καφενέδες, τί συζητιέται ἐκεῖ μέσα ἀπ' τὸν ἀντρικὸ πληθυσμό! Ἀκούστηκαν πολλὰ γιὰ τὸ παιδί, ὅτι πρέπει νὰ πῆγε μὲ δὲν ξέρω πόσους νοματαίους. Ἐπὶ χρήμασι, πάντα ἐπὶ χρήμασι. Γιὰ τὴν ἐπιβίωση ὅμως κι ὄχι γιὰ τὸ γοῦστο του.

Ἔτσι ὁμολόγησε κι ὁ ἴδιος, ἀργότερα, ὅταν τὸν σέρνανε μὲ τὶς χειροπέδες. Ὅταν βάλανε τὸ πρόσωπό του στὶς ἐφημερίδες καὶ τὸν ξεφτελίσανε! Καὶ καλὰ ὁ Ἀρίστος. Αὐτὸς ἀναγκάστηκε νὰ μιλήσει γιὰ τὸ παιδικό του παρελθόν, γιατὶ ἦρθαν ἔτσι τὰ πράγματα καὶ στριμώχτηκε. Δὲν γινόταν ἀλλιῶς, γιατὶ παιζόταν ἡ ζωή του. Ἐξάλλου, ὅταν ἔγιναν,

1. *Χουσμέτι* (τουρκ. *hizmet*): Ὑπηρεσία.
2. *Κουσελιό*: Κουτσομπολιό.

ὅσα ἔγιναν, ἦταν ἀνήλικος. Δὲν ἦταν μόνο ὁ Μαμουνάς. Τὸν Μαμουνὰ τὸν ζούσαμε, τὶς βρομιές του τὶς ἔκανε σχεδὸν μπροστὰ στὰ μάτια μας. Τὰ ὁμολόγησε κι αὐτὸς στὸ δικαστήριο. Ὅμως οἱ ἄλλοι; Ἰδίως ἐκεῖνος ὁ Ἀποστόλης ὁ χημικός; Ἕνας καθ' ὅλα εὐυπόληπτος πολίτης ὑπεράνω πάσης ὑποψίας; Μόνος του τὰ ξέρασε, δὲν τὸν πίεσε κανείς. Ὅτι βρῆκε τὸ παιδὶ καὶ τὸ παρέσυρε στὸ σπίτι του μὲ τὸ πρόσχημα πώς, ἅμα τοῦ κουβαλήσει κάτι καυσόξυλα γιὰ τὴ θερμάστρα, θὰ τοῦ δώσει χαρτζιλίκι. Στὴν ἀρχή, λέει, τὸν χάιδεψε στὰ πόδια. Τὴ δεύτερη φορὰ ποὺ τὸν ἐπισκέφτηκε, προχώρησε λίγο περισσότερο. Τὴν τρίτη φορὰ πιά, τοῦ ἔκανε κανονικὰ τὴ δουλειά. Κατάφερε ὁ πρόστυχος νὰ τὸν καταστρέψει. Τί καλά! Μέσα σὲ αἴθουσα δικαστηρίου εἰπώθηκαν ὅλα αὐτά! Τί ὡραῖο κράτος εἶναι αὐτὸ ποὺ ἔχουμε! Δὲν βρέθηκε ἐκείνη τὴν ὥρα ἕνας δικαστής, ἕνας πρόεδρος, ἕνας εἰσαγγελέας παλικάρι νὰ καθίσει στὸ σκαμνὶ τὸν παιδεραστὴ τὸν ἀναίσχυντο; Ἔστω καὶ καθυστερημένα; Μόνο κοίταζαν νὰ κατασκευάσουν τὴν εἰκόνα τοῦ φονιᾶ γιὰ τὸν Ἀριστείδη. Ἔπρεπε νὰ σκεπάσουν ποιός ξέρει ποιές βρομιές, ποιές σκοτεινὲς ὑποθέσεις! Ὕστερα ἦταν καὶ τὸ ἄλλο τὸ κάθαρμα, ὁ Βασίλης ὁ Τενεκετζής. Τὰ ἀποκάλυψε ὁ ἴδιος στὸ δικαστήριο τὰ φρικτὰ ὄργια, τὰ ἐπιβεβαίωσε κι ὁ Ἀρίστος. Ἐκεῖνος τὸν κατάντησε χασίκλα. Τί γινόταν στὴν ταβέρνα «Ἡ φτωχομάνα» στὸ Καπάνι, ὅπου δούλευε πιτσιρικὰς ὁ Ἀρίστος; Ἀπὸ κεῖ τὸν ψώνιζαν καὶ ἀσελγοῦσαν ἐπάνω του γιὰ ἕνα τάλιρο. Ὅλους αὐτοὺς δὲν ὄφειλαν ἀναδρομικὰ νὰ τοὺς συλλάβουν ἐπὶ τόπου, νὰ τοὺς δικάσουν καὶ νὰ τοὺς χώσουν στὴ στενὴ ἰσοβίως; Ἐκείνη τὴν ἐποχή, τὸ '52 μὲ '53 ποὺ ἔκαναν αὐτὰ τὰ ἐγκλήματα οἱ παιδεραστές, ἕναν χωροφύλακα νὰ κοίταζες λίγο στραβά, σὲ χώνανε μέσα. Ἕνα κουλούρι νά 'κλεβες, σοῦ βάζανε χειροπέδες καὶ σὲ διαπομπεύανε. Κι αὐτοὺς

τοὺς ἄθλιους τοὺς ἄφηναν ἐλεύθερους νὰ ὀργιάζουν; Καὶ τὸ ἀκροατήριο; Ὁ ἀγαθὸς λαός; Πῶς ἄντεχε νὰ ἀκούει νὰ βγαίνουν στὴ φόρα τέτοια σκάνδαλα; Τί σκάνδαλα; Αὐτὰ ἦταν ἐγκλήματα! Ἐγκλήματα ἀσυγχώρητα! Ποιός ξέρει πόσα ἀκόμη ἀγοράκια νὰ χαλάσανε τὰ κτήνη αὐτοῦ τοῦ φυράματος! Ὅταν ξεσκεπάζονται δυὸ ἀπαίσια πράματα ποὺ ἔμεναν γιὰ χρόνια κρυφά, πίσω τους κρύβονται δεκάδες χειρότερα.

Ὁ Ἀρίστος –τὸν ἔβλεπα– θελήματα ἔκανε, μικροαγγαρεῖες ἔκανε, γιὰ νὰ τὴ βγάλει. Τὸ χαμαλίκι στὸ λιμάνι, ἀλλὰ καὶ στὰ τρένα, εἶχε παλιὰ παράδοση, ἔθρεψε πολλὲς οἰκογένειες. Οἱ Ἑβραῖοι οἱ Σαλονικιοί, λέγανε οἱ παλιοί, προτοῦ νὰ τοὺς φορτώσει στὸ «Μουντζούρη» καὶ νὰ τοὺς στείλει στὰ κρεματόρια γιὰ ξεπάστρεμα ὁ Χίτλερ, ἡ πλειονότητά τους, δούλευαν στὸ λιμάνι, χαμάληδες. Ἐδῶ, στὴν πλατεία Ἐλευθερίας, μάζεψαν τὸ '42 ὅλους τους ἀρσενικοὺς Ἑβραίους, μέσα στὴν κάψα τοῦ Ἰουλίου καὶ τοὺς διατάξανε νὰ περπατοῦν μὲ τὰ γόνατα. Πρῶτα τοὺς ἔκαναν γυμνάσια, σὰν τιμωρία, ὅπως κάνουνε «ψὶ πὶ» στοὺς νεοσύλλεκτους στὸν στρατό. Ψυχολογικὸ πόλεμο. Ἀπὸ αὐτοὺς τοὺς βασανισμένους ἄντρες ὀργάνωσαν οἱ κατακτητὲς τὰ τάγματα ἐργασίας, τὰ ὁποῖα τὰ ἔστελναν σὲ βαριὰ ἔργα στὴν ὕπαιθρο γιὰ νὰ ἀποδεκατίσουν τὴν ἑβραίικη ράτσα. Πῶς πείστηκαν οἱ κακομοίρηδες καὶ μαζεύτηκαν ἐδῶ; Ὁ ἀρχιραβίνος, λένε, τοὺς πούλησε. Ἀληθεύει, δὲν ξέρω. Ἢ μήπως τὸν ψήσανε οἱ Γερμανοὶ ὅτι δὲν θὰ τοὺς πειράξουν; Κι ἐκεῖνοι, οἱ ἀφελεῖς, τὸν ἐμπιστεύτηκαν. Κι ἀνεβήκανε στὰ βαγόνια τοῦ θανάτου. Καὶ ποιόν νὰ πίστευαν; Αὐτὸς ἦταν ὁ ἀρχηγός τους, ὁ πατριάρχης τους. Ἤτανε φουκαράδες πολλοὶ Ἑβραῖοι. Κάθονται καὶ λένε πὼς τάχα ἦταν ὅλοι πλούσιοι. Οἱ πιὸ πολλοὶ φτωχαδάκια ἤτανε, ἐργατικοί. Ἀχθοφόροι. Γι' αὐτὸ καὶ πολλοὶ γίνανε κομμουνιστὲς

–ἀπὸ ἀνάγκη– καὶ βγήκανε στὸ βουνὸ μὲ τὸν ΕΛΑΣ. Ὅσοι ἦταν πλούσιοι καὶ τοὺς πῆραν γιὰ τὰ στρατόπεδα τῆς Γερμανίας, ἄφησαν τὴν περιουσία τους στὴ Θεσσαλονίκη. Τί ἔγιναν τὰ πράγματά τους; Καὶ προπαντὸς τὰ χρήματα καὶ τὰ χρυσαφικά τους; Κάποιοι τοὺς βοήθησαν, ἴσως. Λένε ὅμως –καὶ δὲν μοιάζει ψέμα– ὅτι κάποιοι ἄλλοι, ἀπὸ ἐκείνους ποὺ πατοῦν ἐπὶ πτωμάτων, ἐκμεταλλεύτηκαν ἢ ἔκλεψαν τὶς ἑβραίικες περιουσίες. Πῶς ξεφύτρωσαν μερικοὶ ἀπ' τὸ πουθενὰ νὰ κατέχουν δυὸ καὶ τρεῖς πολυκατοικίες; Καὶ τὰ μεγαλύτερα καταστήματα; Δὲν ξέρω. Καὶ δὲν θέλω νὰ πάρω κανέναν στὸ λαιμό μου ἄδικα. Στὴν πιάτσα ψιθυρίζονται ὀνόματα, ὀνόματα γνωστά. Ἀπὸ ἐκείνους ποὺ θησαύρισαν, θὰ ζοῦν, ἀσφαλῶς, μερικοὶ ἐπιφανεῖς σήμερα συμπολίτες μας ποὺ εἶναι χρόνια τώρα στὰ πράγματα. Καί, φυσικά, γιὰ κεῖνες τὶς βρομοδουλειές τους δὲν θὰ δώσουν λόγο ποτέ.

Ἡ ἐμφάνισή του ἤτανε νὰ τὸν κλαῖς τὸν Ἀρίστο. Τὰ ροῦχα του παλιά, τὰ παπούτσια του φαγωμένα. Καὶ τὸ μάτι του θολό, μαραζιάρικο. Ἂν τὸν ἀνακαλύπτανε καὶ τὸν βάζανε νὰ παίξει σὲ κανένα ἑλληνικὸ ἔργο ἀπὸ κεῖνα τὰ λυπητερά, ποὺ τὰ βλέπαμε μὲ τὶς ὧρες, σὰ ναρκωμένοι καὶ βαλαντώναμε στὸ κλάμα, θὰ τοῦ ἐρχότανε κουτί. Μὲ πείραξε τὸ παιδὶ ποὺ τὸ εἶδα ἔτσι σὰν διωγμένο, σὰν ἀπόκληρο. Ἐνῶ ἄλλα λεβεντόπαιδα καβαλούσανε τὴν κούρσα τοῦ μπαμπᾶ, τζιτζὶ-παπά[1], καὶ κάνανε λεζάντα[2] Τσιμισκῆ, παραλία, καὶ τὸ καλοκαιράκι στὶς πλάζ, Ἁγία Τριάδα καὶ Μπαχτσὲ Τσιφλίκι. Κι ὅσοι ἦταν οἰκονομημένοι χτίσανε

1. *Τζιτζὶ-παπά*: Λαϊκὴ ἔκφρ. ἀπὸ τὸ τουρκ. *cici* = πολὺ ὄμορφος, πολὺ κομψός, καὶ τὸ ἑλλ. [ἀργκὸ] *παπὰ* = παπούτσια. Σημαίνει καλοπέραση, καλὴ ζωή.

2. *Λεζάντα* (λαϊκότρ.) : Φιγούρα, ἐπίδειξη.

τὶς βιλάρες τους καὶ κάνανε ἀποικία τὴν Κασσάνδρα, τὴν Ἀμμουλιανὴ καὶ τὴ Σιθωνία. Πιὸ παλιὰ γίνονταν αὐτά. Γιατὶ ὅταν μάθανε οἱ εὐκατάστατοι Θεσσαλονικιοὶ τὴ Σαντορίνη καὶ τὴ Μύκονο καὶ μπήκανε πιὰ καὶ τ' ἀερόπλανα, καθημερινῶς ἀλὲ ρετούρ, τοὺς ἔφυγε ἡ τρέλα μὲ τὶς παραλίες τῆς Χαλκιδικῆς. Κι ἔγινε πλέον τῆς μόδας νὰ συχνάζουν ὅλοι οἱ λεφτάδες τοῦ Βορρᾶ στὰ κοσμικὰ νησιὰ τῶν Κυκλάδων.

Ποῦ τὰ εἴδαμε τέτοια μεγαλεῖα ἐμεῖς; Ποῦ νὰ τά 'βλεπε ὁ Ἀρίστος; Ἐκεῖνος ἤτανε χαμένος ἀπὸ χέρι. Τὸ μάτι του σὰν στριμωγμένου ἀγριμιοῦ ποὺ τό 'ζωσε ὁ φόβος τῆς σφαγῆς. Περπατοῦσε καὶ κοίταζε μιὰ δεξιὰ μιὰ ἀριστερά. Καὶ γύριζε κάθε τόσο πίσω του, φοβόταν μήπως ἔρχονται. Ποιοί; Ποιός ξέρει; Ὑπάρχουν ἄνθρωποι ποὺ ζοῦνε ὅλη τὴ ζωή τους καθισμένοι σ' ἕνα φανταστικὸ ἑδώλιο κι εἶναι σὰ νὰ τοὺς δικάζουνε ἀόρατες δυνάμεις. Εἰκοσιοχτὼ χρόνια ἔζησε ὁ Ἀρίστος. Μόνο εἰκοσιοχτὼ τυραννισμένα χρόνια. Ὅμως νὰ ξέρουμε πὼς ἅμα καταδικαστεῖ κάποιος ἀθῶος, πρέπει μετὰ θάνατον νὰ δικαιωθεῖ. Γιὰ νὰ ἡσυχάσει ἡ ψυχή του. Ἀλλιῶς γίνεται βραχνὰς κι ἡ σκιά του τριγυρίζει τρελαμένη τὶς νύχτες καὶ μᾶς κλέβει ἀπ' τὴ γαλήνη τοῦ ὕπνου μας. Ἂν ἦταν ἀθῶος ὁ Ἀρίστος, πρέπει νὰ δικαιωθεῖ ἡ μνήμη του. Γιὰ νὰ βρεῖ ἠρεμία ἡ ψυχούλα του. Ἀλλιῶς δὲν θὰ μᾶς φύγει αὐτὸς ὁ κόμπος ποὺ μᾶς πνίγει χρόνια τώρα. Γιατὶ πολλοὶ Θεσσαλονικιοὶ ἔχουν πρόβλημα μὲ τὸν ὕπνο τους. Ἢ ἀργεῖ νὰ τοὺς πάρει ἢ σηκώνονται ἄξαφνα ταραγμένοι καὶ δὲν μποροῦν νὰ ξανακοιμηθοῦν ἢ κοιμοῦνται λίγο καὶ πετάγονται τὰ χαράματα λουσμένοι στὸν ἱδρώτα. Μπορεῖ νά 'ναι ἡ ψυχὴ τοῦ Ἀρίστου ποὺ τοὺς κλέβει ἀπ' τὸν ὕπνο τους. Μὰ δὲν τὸ ξέρουν.

5. Τὸν καιρὸ τῶν μεγάλων ρουφιάνων

ΕΝΑΣ ΠΑΡΑΚΡΑΤΙΚΟΣ, ΓΕΙΤΟΝΑΣ ΤΟΥ ΑΡΙΣΤΟΥ, ΓΙΑ ΤΗ ΔΡΑΣΗ ΤΟΥ

ΞΕΡΕΙΣ ΤΙ ΘΑ ΠΕΙ ΦΤΩΧΕΙΑ, καρντάση; Ἡ μάνα μου, χήρα, δύο γέροι παπποῦδες, ἐγὼ καὶ τρία πιὸ μικρά. Πίκολα. Τὸ τελευταῖο, νόθο τοῦ πατέρα μου, παρατημένο, τὸ μάζεψε ἡ γιαγιά μου ἀπ' τὰ σοκάκια. Κι ἐγὼ νόθο εἶμαι, ἔλεγαν στὸ μπὶζ μπιζὲ[1] οἱ γειτόνισσες, μ' ἔκανε, λέει, μὲ τὸν χασάπη ἡ μάνα μου ἀλλὰ ὁ γέρος δὲν τὴν ἀνθίστηκε τὴ δουλειά.[2] Τρέχα γύρευε, ὁ χασάπης εἶχε ἀλλάξει γειτονιὰ ἐδῶ καὶ χρόνια. Δὲν τὸν ἔμοιαζα κιόλας τὸ γέρο, τὸν ἔμοιαζα; Τούμπα Θεσσαλονίκης, καρντασάκι μου, ξεροκόμματο, παγωνιὰ καὶ πάλι «Δόξα τῷ Γιαραμπῇ». Ἀλλὰ δὲν βγαίναμε. Τὸ '55 ἤμουνα εἰκοσιπέντε χρονῶν. Καθόμασταν ἀκόμα στὶς παράγκες. Προσφυγόκοσμος. Οἱ παπποῦδες εἶχαν συχωρεθεῖ, τὰ μωρὰ τὰ εἴχαμε δώσει, τὸ ἕνα ψυχοπαίδι, τὰ ἄλλα ὀρφανοτροφεῖο, ξεμπερδέψαμε.

Θὰ ἤτανε χειμώνας ἐκείνης τῆς χρονιᾶς. Καταφτάνει ἕνας μυστήριος στὴ γειτονιά μας. Μόλις εἶχε χαράξει. Εἶ - πα νὰ πάω ὣς τὸ καφενεῖο πρῶτα κι ἀπὸ κεῖ νὰ πεταχτῶ μέχρι τὸ μπακάλικο νὰ ψωνίσω. Ἀναστατωμένοι ἤμασταν ἀποβραδίς, εἴχαμε κηδεία. Ὅλος ὁ μαχαλὰς φαρμακωμένος ἤτανε. Ἕνα ἀγοράκι τὸ βγάλανε πεθαμένο μέσα ἀπὸ ἕνα ξεροπήγαδο. Ἀφύλαχτο ἤτανε, πῆγε νὰ παίξει τὸ παιδὶ μόνο του, ἔπεσε, βαθὺ πηγάδι, πιὸ παλιὰ ἀνεβάζαμε ὅλοι

1. *Μπὶζ μπιζέ* (λαϊκὴ ἔκφρ., δάνειο ἀπὸ τὴν τουρκ. λαϊκὴ ἔκφραση *biz bize*): Μεταξύ μας.

2. *Ἀνθίζομαι* (ἀργκό): Ὑποψιάζομαι, καταλαβαίνω.

νερὸ μὲ τὸν κουβά, πέντε λεπτὰ κάναμε νὰ φέρουμε τὸ νερό, τόσο βαθύ, τὸ παιδὶ πάει, πνίγηκε. Τὸ ψάχνανε δυὸ μερόνυχτα, μὲ τὰ πολλὰ ὑποψιάστηκαν, κατέβηκε ἕνας γείτονας τολμηρὸς ὣς τὸν πάτο, βρέθηκε, ὅπως βρέθηκε. Ὅλη τὴ νύχτα τὸ κλαίγανε, μάνα, πατέρας, θειάδες καὶ δύο γιαγιάδες. Ἤτανε Καππαδόκες, ἀπὸ τὴ Νίγδη, Νιγδέληδες. Μαζεύτηκε ἡ γειτονιὰ μέχρι ἔξω στὸ δρόμο, ὄρθιοι, τὸ ξενυχτοῦσαν. Θρηνοῦσαν μέχρι τὸν οὐρανὸ οἱ γριές, μισὰ ἑλληνικά, μισὰ τούρκικα: «Ἀμάν, γιαβράκι μου, νὲ ὀλντού[1], ὀγλούμ[2]; Οἱ ἀγγέλοι ἀποσταλμένοι τοῦ Γιαραμπῆ εἶναι, νὰ σὲ λυπηθοῦν, κουζοὺμ μπενίμ[3], κουζουτζούμ[4], νὰ σὲ φέρουν πίσω; Ὁ Πατριάρχης Ἀβραὰμ πῶς νὰ σὲ πάρει στὴν ἀγκαλιά του, μελεγίμ[5];» Δὲν τὰ μπορῶ τὰ κλάματα καὶ τὰ ψυχοπονέματα, δὲν μ' ἄφησαν νὰ κλείσω μάτι ὅλη νύχτα, καταλάβαινα καὶ τὰ τούρκικα, τά 'χα μάθει ἀπ' τὴ γιαγιά μου –καὶ μεῖς τουρκομερίτες ἤμασταν–, πῆρα τοὺς δρόμους νὰ μὴν ἀκούω. Ἔρχεται, λοιπόν, πρωὶ πρωὶ ὁ μυστήριος ὁ τύπος, ψηλοκρεμαστός, γραβατωμένος, μὲ κουστουμιὰ τσίλικια. Ἐπίσημος πολύ, ρεπούμπλικα, μὲ κάτι γυαλιά, ἀγέλαστος, πάγος. Τὸν εἶδαν στὴ γειτονιά, παραξενεύτηκαν. – Ποιόν ζητᾶτε, κύριε; – Γυρεύω τὸν Θανάση τὸν Παγουρά, λέει σὲ μιὰ γειτονοπούλα. Παγουρὰ μὲ λέγανε, γιατὶ εἶχα πολλὰ περιστέρια, ράτσας παγούρια, τὰ εἶχα σὲ σπιτάκια, περιστερῶνες αὐτοσχέδιους. Ἦταν ἡ ἀδυναμία μου, τὰ ἐκπαίδευα καὶ κάνανε φιγοῦρες καὶ σχεδιασμοὺς στὸν οὐρανό. Κυριολεκτικὰ χορεύανε στὸν ἀέρα. Μοῦ τὰ κλέβανε κιόλας ἄλλοι περιστεράδες, εἴχαμε ἀντα-

1. *Νὲ ὀλντού;* (τουρκ. *ne oldu?*): Τί ἔγινε;
2. *Ὀγλούμ* (τουρκ. *oğlum*): Γιέ μου, παιδί μου.
3. *Κουζοὺμ μπενίμ* (τουρκ. *kuzum benim*): Ἀρνί μου.
4. *Κουζουτζούμ* (τουρκ. *kyzucum*): Ἀρνάκι μου.
5. *Μελεγίμ* (τουρκ. *meleğim*): Ἄγγελέ μου.

γωνισμὸ μὲ παραδιπλανὲς γειτονιές, ξέρανε κόλπα καὶ τὰ κατεβάζανε στὶς αὐλές τους. Ἀπὸ κεῖ καὶ πέρα δὲν τὰ ξανάβλεπες, σοῦ λέει «τούρκεψαν». – Τὸν Θανάση θέλω, λέει ὁ τύπος, τὸν Παγουρά. Ποῦ μένει ὁ Θανάσης; – Ἀπέναντι κάθεται, τοῦ λέει ἡ κοπέλα, θὰ ἀνοίξετε τὴν αὐλόπορτα καὶ θὰ χτυπήσετε δυνατὰ τὴν πόρτα. Πολὺ δυνατά. Θὰ βγεῖ ἡ μάνα του, δὲν ἀκούει καλά, εἶναι καὶ ἀνάπηρη στὸ δεξὶ πόδι, δὲν μπορεῖ νὰ περπατήσει καὶ κάθεται ὅλο μέσα. Βαράει αὐτός, ξαναβαράει, τὸν ἀνοίγει ἡ μάνα μου. – Καλημέρα σας, εἶναι μέσα ὁ Θανάσης; – Ὁ Θανάσης βγῆκε νὰ ψωνίσει. Σὲ καμιὰ ὥρα θὰ γυρίσει. Καθίστε νὰ ξαποστάσετε. – Ὄχι, ἔχω δουλειά. Πές του, θὰ ξανάρθω. Ἐπέστρεψα, ἐνημερώθηκα. Ταράχτηκα, βέβαια. Ἕνας ἄγνωστος, τί, γιὰ μπελὰ θὰ κουβαλήθηκε. Σὲ καμιὰ ὥρα ξαναγύρισε. Χτύπησε, βγῆκα αὐτοπροσώπως. Ξένος, παγερός, σκιάχτηκα. – Πᾶμε ἔξω νὰ μιλήσουμε. Τὰ κλάματα ἀπ' τὸ σπίτι ποὺ πενθοῦσε εἶχαν δυναμώσει. Ἐρχόταν ὁ παπάς, ἔφτασε ἡ ὥρα ποὺ θὰ σηκώνανε τὸ παιδί. Περπατήσαμε ὅσο ν' ἀπομακρυνθοῦμε ἀρκετά. Χωθήκαμε σ' ἕνα καφενεῖο. – Δὲν ἤθελα ν' ἀκούσει ἡ μάνα σου, μοῦ λέει, οὔτε ἄλλος κανείς. Καὶ δὲν θὰ ἐμφανιστῶ ποτὲ ξανὰ στὰ μέρη σου. Εἶμαι σὲ ὑπηρεσία. – Τί ὑπηρεσία; – Θὰ σοῦ ἐξηγήσω. Θέλω νὰ ἀναλάβεις μία ὑπόθεση. – Τί ὑπόθεση; – Σοβαρὴ ὑπόθεση. Θὰ σοῦ δώσουμε τὸ περίπτερο ἐδῶ παρακάτω στὴ γωνία. Δῆθεν ἀνάπηρος πολέμου θὰ λέει ἡ ἄδεια, ποῦ ξέρουνε, θύμα πολέμου. Μὲ ζώσανε τὰ φίδια. – Δὲν γίνεται, δὲν πολέμησα, λέω, στὴν Ἀλβανία, ἤμουνα μικρὸς τότε. Οὔτε σκοτώθηκε κανεὶς ἀπ' τὴν οἰκογένεια. – Δὲν ἔχει σημασία, μοῦ λέει ἐπίμονα, θὰ σοῦ βγάλουμε χαρτιὰ ὅτι ἔχασες τὸν πατέρα στὸ μέτωπο, ἄκου ἐδῶ προσεκτικά. – Ἐγὼ γιαλαντζὶ περιπτερὰς δὲν γίνομαι, λέω, θὰ μὲ πάρουν πρέφα καὶ θὰ μὲ κόψουνε τὸν κῶλο. – Μὴν ἀνησυχεῖς καθόλου, θὰ σὲ κάνουμε νόμιμο, ὅλα ἐντάξει καὶ παραντάξει. Θὰ περάσεις ζάχαρη.

– Κι ἐγὼ σὲ τί θὰ ἐξυπηρετήσω, τί θὰ κάνω γιὰ σᾶς; – Θά 'χεις τὸ περίπτερο, καλὲς κονομισιές. Θά 'χεις καὶ ἐξτρὰ ρεγάλο. Τὰ μάτια σου τέσσερα, στὴν πελατεία καὶ στὴν περατζάδα. – Καὶ τί ἀκριβῶς θὰ κάνω; – Ὅταν βλέπεις ὕποπτη κίνηση θὰ τὴν ἀναφέρεις ἀμέσως. – Σὰν τί ὕποπτη; – Θά 'χεις τὸ τηλέφωνο. Τέσσερις γραμμὲς ἀνοιχτές: τῆς Ἀσφάλειας στὴ Βαλαωρίτου, τοῦ σπιτιοῦ μου, τοῦ καφενείου ποὺ συχνάζω, τοῦ «Καφαντάρη» τὸ παλιό, ξέρεις, τὸ γνωστό, τὸ μεγάλο, πάνω ἀπ' τὸ Βαρδάρι. Καὶ γιὰ πολὺ ἔκτακτες περιπτώσεις, ἑνὸς ἐνωμοτάρχη δικοῦ μας. Τὸν κύριο Βλάση, θὰ ζητᾶς, ἐγὼ θὰ εἶμαι αὐτός. Ἂν δὲν μιλήσεις μ' ἐμένα, θὰ μὲ εἰδοποιήσουν οἱ ἄλλοι, εἶναι μιλημένοι. – Κι ἅμα μὲ μυριστοῦνε; – Εἶσαι πονηρός. Ἐμεῖς ξέρουμε ποὺ σὲ διαλέξαμε. Ἔχουμε μελετήσει τὸ χαρακτήρα σου. Σὲ παρακολουθοῦμε χρόνια. Καὶ θὰ ἐξακολουθήσουμε τὴν παρακολούθηση. Τὰ μάτια σου ἀνοιχτά, μὴ σὲ πάρουνε μυρωδιά.

Δὲν σήκωνε ἀντίρρηση. Ἔτσι ἀνέλαβα περιπτεράς. Ἀκολούθησα τὶς συμβουλές του. Οὔτε οἱ κολλητοί μου δὲν ἤξεραν πῶς καὶ γιὰ ποιούς δούλευα. Φανερώνονται ποτὲ τὰ μυστικὰ τῆς δουλειᾶς; Νοικιάσαμε τὸ περίπτερο, εἶπα. Ἂν μὲ παίρνανε μυρωδιὰ σὲ τί βρομοδουλειὲς ἤμουνα ἀνακατεμένος, θὰ τὴν πλήρωνα ἄσχημα. Εἴχαμε ἐμεῖς τοὺς δικούς μας, τοὺς μυστικούς, εἶχαν κι ἐκεῖνοι τοὺς δικούς τους, τοὺς κρυφούς. Οὐαὶ κι ἀλίμονο ἂν ἔπεφτες σὲ χέρια ἀριστερῶν ποὺ τοὺς χαφιέδιζες. Ἡ ἐκδίκηση ἦταν σίγουρη. Τὸ '52, θυμᾶμαι, εἴχαμε βρεῖ ἕναν παλιὸ δωσίλογο μισοπεθαμένο ἔξω ἀπό 'να ταβερνάκι. Νομίσαμε ὅτι ἔπαθε κανένα ἐγκεφαλικό. Ἐκ τῶν ὑστέρων, ἀπὸ τὶς ἐξετάσεις τοῦ νοσοκομείου, ἀποκαλύφτηκε ὅτι, ὅταν σηκώθηκε μιὰ στιγμὴ γιὰ τὸ ἀποχωρητήριο, κάποιος τοῦ 'ριξε κρυφὰ φαρμάκι στὸ ποτήρι. Τέτοια παρόμοια εἴχανε γίνει πολλά.

Στὸ περίπτερο συνέβαιναν διάφορα. Τά 'ξερα ὅλα μὲ τὸ νὶ

καὶ μὲ τὸ σίγμα, τί ἐφημερίδα ἀγόραζε ὁ καθένας, τί μάρκα τσιγάρα. Ἀπ' τὸ τηλέφωνο μάθαινα τὰ πάντα, μέχρι τὶς ἐρωτικὲς λεπτομέρειες τοῦ καθενός. Ἔστηνα αὐτὶ στὶς κουβέντες καὶ ἅρπαζα τὰ μυστικά τους. Κι ἀπ' τὰ συνθηματικὰ καὶ τὰ ὑπονοούμενα τὴν ἔπαιρνα χαμπάρι. Ποιός εἶχε τηλέφωνο ἐκεῖνο τὸν καιρὸ στὸ σπίτι του; Τὸ περίπτερο ἦταν τὸ πρακτορεῖο τῆς γειτονιᾶς, τὸ κέντρο. Μὲ ἐμπιστεύτηκαν γρήγορα σχεδὸν ὅλοι. Βοηθοῦσε ἡ φάτσα μου, ἤμουν εὐπαρουσίαστος. Βοηθοῦσε κι ὁ τρόπος μου, ἤμουν μειλίχιος καὶ προσποιητὰ γλυκομίλητος. Σὲ λίγους μῆνες ἤξερα ὅλους τοὺς καθαυτὸ δεξιούς, πά' νὰ πεῖ τοὺς ἰδεολόγους, ἐκείνους ποὺ δουλεύανε γιὰ τὸ δεξιὸ κράτος μὲ ποικίλα ἀνταλλάγματα, αὐτοὺς ποὺ παράσταιναν τοὺς ἀριστεροὺς ἀλλὰ ποὺ δούλευαν γιὰ τὴ δεξιά, τοὺς καθαυτὸ ἀριστερούς, τοὺς φανατικοὺς δηλαδή, κι αὐτοὺς ποὺ ἔκαναν τοὺς ἀδιάφορους ἢ κάποιους ἄλλους ποὺ καμώνονταν ὅτι δὲν χώνευαν τοὺς ἀριστεροὺς ἀλλὰ ἦταν ἀριστεροὶ ὣς τὸ μεδούλι. Ἤτανε κι ἕνα ποσοστὸ στὸ ντεμί, φιλήσυχοι, ποὺ ἀνῆκαν ὄντως στὴν οὐδέτερη ζώνη. Ὕστερα μάθαινα τὰ κληρονομικά, τοὺς καβγάδες γιὰ τὰ ἀδερφομοίρια. Ὁ ἕνας ἀδερφὸς ἔριχνε τὸν ἄλλον γιὰ πέντε παράδες. Τὰ μυστικὰ τῶν γυναικῶν, ποιές ἀπατοῦσαν τὸν ἄντρα τους. Ἡ ἄλλη εἶχε ἕναν ὡραιότατο ἄντρα, ἤτανε κάλφας καὶ ψηνότανε στὰ γιαπιὰ ὅλη μέρα στὸ λιοπύρι, ἕνας παλικαράς, κι ἐκείνη τραβιότανε μὲ ἕναν βρομιάρη, μ' ἕναν ράφτη ἄχρηστο, σερσερή[1], ποὺ δὲν γύριζες νὰ τὸν φτύσεις. Ποιοί ἄντρες στὴ γειτονιὰ ἦταν μουρντάρηδες, καβαλοῦσαν κρυφὰ χῆρες καὶ ζωντοχῆρες. Κορίτσια ποὺ πήγαιναν ἀπὸ ἀνάγκη. Ἕνας γέρος μανάβης εἶχε μιὰ γκόμενα δεκαεξάρα, κούκλα, τὴ χαρτζιλίκωνε. Αἱμομειξίες ἄγριες. Ἕνας παππούς ἀσελγοῦσε στὴν ἐγγόνα του. Δυὸ πρῶτα ξαδέρφια τὰ

1. *Σερσερής* (τουρκ. *serseri*): Ἀλήτης, λεχρίτης.

εἶχαν ἀπὸ δώδεκα χρονῶν παιδάκια, τὸ πῆρε χαμπάρι ἡ μία μάνα, ἔγινε σαματάς, στὸ φινάλε παντρεύτηκαν. Χειρότερα, ἕνας βίαζε τὸν γιό του, ἡ γυναίκα ἤξερε, ἂν καὶ μάνα, τὰ κουκούλωνε. Ὄργια κάτω ἀπ' τὴ μύτη μας. Μιὰ μπαμπόγρια, χήρα, ἑβδομήντα τόσο χρονῶν καί, μὲ τὸ φακιόλι τὸ μαῦρο, ποὺ τῆς σκέπαζε τὸ μέτωπο, εἶχε ἐραστὴ ἕνα ἀγόρι, ποδοσφαιριστὴ στὴν ὁμάδα νέων, πήγαινε μὲ τὴ θέλησή του, χωρὶς παράδες, τοῦ ἄρεσαν οἱ ἡλικιωμένες. Πολλὰ γίνονταν ἐπὶ χρήμασι. Ἀλλὰ καὶ γοῦστα, ἀνωμαλίες. Κοντὰ σ' αὐτά, ἡ μαύρη ἀνέχεια τοῦ κόσμου, τὸ μεροδούλι.

Ἐγώ, ψυχὴ γιὰ κανέναν, τίποτα. Εἶμαι ἀπ' τὴ φύση μου σκληρόπετσος, κρύα πάστα. Νὰ μοῦ χαράξεις φλέβα, αἷμα δὲν θὰ στάξει. Κανέναν δὲν λυπόμουνα. Ἦρθε μιὰ μέρα κι αὐτός, ὁ Ἀρίστος. Γειτονάκι μου, τὸν ξέραμε σὰν « Γουρούνα ». Χωνόταν μὲς στὰ βρομόνερα καὶ στὸ σκουπιδομάνι. Τὴ μάνα του θὰ τὴν ἔβλεπες τὸ σούρουπο, ἐπέστρεφε, παραδουλεύτρα στὰ ἀριστοκρατικὰ τὰ σπίτια, φουκαριάρα. Καμιὰ δεκαπενταριὰ χρονῶν παιδὶ ἤτανε, γύρεψε τσιγάρα. Παραξενεύτηκα. – Δῶσε μου τσιγάρα χύμα, θεῖο, μοῦ λέει. – Γιὰ ποιόν εἶναι ; – Τὰ θέλει ὁ μπαρμπα-Ἀναστάσης, θὰ τὰ πάω στὸ καφενεῖο, παίζουνε ξερή. Χάνει καὶ εἶναι σεκλετισμένος. Πλήρωσε, τὰ πῆρε. Τὴν ἄλλη μέρα, τὰ ἴδια. – Δῶσε μου τσιγάρα, τὰ θέλει ὁ μπαρμπα-Ἀναστάσης. Νὰ τὸν δώσω ἢ νὰ μὴ τὸν δώσω ξανά, τὸ ζύγιζα. Κάτι δὲν μ' ἄρεσε, τὸν εἶχα σταμπάρει γιὰ ἀλητάκι. Ἡ φάτσα του μὲ ὑποψίαζε. Κάνω νὰ σκύψω γιὰ νὰ βρῶ τσιγάρα, σηκώνω τὸ κεφάλι ἀπότομα, ἀπ' τὴ μιά, εἶχε ἁρπάξει μὲ τὸ ἀριστερὸ δύο παστίλιες καραμέλες, ἀπ' τὴν ἄλλη, μὲ τὸ δεξί, μαστίχες μπαζούκα, ἀπ' αὐτὲς ποὺ ἀγοράζαμε σὲ σωλήνα χρώματος ρόζ, τὶς κόβαμε μὲ τὸ μαχαίρι καὶ τὶς πουλούσαμε μὲ τὸ κομμάτι. – Ἔπ, κάνω. Βγαίνω ἔξω ἀπ' τὸ περίπτερο, γίνεται Λούης. Ποῦ νὰ τὸ προλάβεις ; Σβέλτο παιδί, σαΐτα ! Ἐγὼ καταπόδι του. Τρεχάλα, ἔ! Βάζω τὶς φωνές: «Ἔ, ρὲ Γουρούνα, θὰ σοῦ τσακίσω τὰ παΐδια»· μαζευτήκανε πολλοὶ περίεργοι. Τὸν προλάβαμε, τὸν ζαμακώνω. Ὅπως τὸν ἔπιασα ἀπ' τὸ μπράτσο τὸν τσόγλανο, τὸν ἀρχίζω στὶς γροθιές, στὸ κεφάλι, στὰ μάγουλα, στὰ μάτια, παντοῦ. Φοροῦσα ἕνα δαχτυλίδι χρυσό, στὸ δεξὶ χέρι, εἶχε φύγει τὸ πετράδι καὶ ἦταν κούφιο. Ὅπου τὸν βαροῦσα ἔμενε παντοῦ τὸ ἀποτύπωμα. Εἶχε γεμίσει τὸ πρόσωπό του σημάδια σὰν κεντήματα τοῦ τατουάζ. Τὶς ἅρπαζε ἀλλὰ χτυποῦσε κι αὐτός, ὅσο μποροῦσε, κλοτσιὲς ἔριχνε. Ὅσο τὸν κοπανοῦσα τόσο μὲ κλοτσοῦσε στὴ γάμπα μου καὶ μ' ἔβριζε. Πολεμοῦσε νὰ μοῦ ρίξει καμιὰ γερὴ στ' ἀρχίδια, νὰ μ' ἐξουδετερώσει, ἤξερε τὸ κόλπο, ἀλλὰ δὲν μ' ἔφτανε. Μὲ τὰ πολλὰ τὸν μαγκώσανε καὶ δυὸ ἄλλοι, τὸν γονατίσαμε. – Γιατί μὲ κλέβεις, ρὲ κωλόπαιδο; Πόσες φορὲς τό 'χεις ξανακάνει; Θὰ μοῦ ξάφρισες ἕνα σωρὸ σοκολάτες καὶ καραμέλες μέχρι τώρα. Πὲς ἥμαρτον, ἥμαρτον. – Τί ἥμαρτον; – Ἥμαρτον, χαϊβάνι! Ὅτι ἔκανες σφάλμα καὶ μετανοεῖς. Ἐκτὸς ἂν τὸ θεωρεῖς κατόρθωμα. Νὰ μὴ σὲ στείλω στὸ τμῆμα, τσογλαναρά. – Ἐντάξει, μοῦ λέει, ἥμαρτον. – Δρόμο, τοῦ λέω, παλιομπινέ, θὰ σὲ ξεσκίσω. Καλὰ σὲ λένε «Γουρούνα». Φύγε, γιοῦφτο, καὶ μὴν ξαναπατήσεις. Ἔβαλε τὴν οὐρὰ στὰ σκέλια, ἔφυγε ματωμένος.

Τὴν ἄλλη μέρα ἦρθε ἡ μάνα του. – Φτού σου, παλιοτόμαρο, ἀπροστάτευτο εἶναι. Ἔκανε μιὰ χαζομάρα κι ἐσὺ κόντεψες νὰ τὸ σκοτώσεις. Παιδιὰ εἶναι, βρὲ ἄνθρωπε. Γυρίζω καὶ τὴν λέω: – Ἄκου ἐδῶ, κυρά μου, φεύγα, γιατὶ θὰ βρεῖς τὸν μπελά σου. Μοῦ λέει: – Ἀνταρτόπληκτη εἶμαι. Τὸ ξέρεις ποὺ καθαρίσανε οἱ Ἐλασίτες τὸν ἄντρα μου. Δὲν πῆρα σύνταξη, τίποτα. Ὀρφανὰ εἶναι. Ποῦ θὰ βροῦμε προστασία; Τῆς λέω: – Νὰ πᾶς στοὺς κουμμουνιστὲς νὰ σ' ἀποζημιώσουνε. Αὐτοὶ δὲν λὲς ὅτι τὸν φάγανε; Μοῦ λέει: – Ἀπ' αὐτοὺς τὴν πάθαμε. Οἱ ἀντάρτες τὸν σφάξανε τὸν πατέρα του. Εἴπαμε κι ἐμεῖς νὰ στηριχτοῦμε σὲ σᾶς. Τώρα ποὺ γυρίσανε τὰ πράματα ἔπρεπε νὰ μᾶς βοηθήσετε. Ἐσεῖς ὅπως πᾶτε θὰ μᾶς κάνετε ἐχθρούς. –Ἔτσι εἶναι τώρα ἡ κατάσταση, ἀπαντάω. Ὅποιος σκοτώθηκε, σκοτώθηκε, ὅποιος ἔζησε, ἔζησε. Τώρα κοίτα νὰ δουλέψεις, νὰ τὰ βγάλεις πέρα. Κι ὄχι νὰ βάζεις τὸν γιό σου νὰ κλέβει ἐμένα. – Ὅλη μέρα τρίβω καὶ ξελεκιάζω μάρμαρα καὶ μωσαϊκά, τὰ χεράκια μου λειώσανε. Ἐσὺ ἔχεις γνωριμίες, βοήθα μας λιγάκι. Εἶσαι στὰ πράγματα. Περίπτερο σοῦ δώσανε. Νά 'χα κι ἐγὼ ἕνα περίπτερο, νὰ δεῖς. – Νὰ σὲ βοηθήσει ὁ Θεός, ὄχι ἡ ἀφεντιά μου. – Μὴ μᾶς βοηθᾶτε, μὴ μᾶς χτυπᾶτε τουλάχιστον.

Ἤμουνα ξερός, σὲ ὅλα. Κι ἐγὼ ἀπ' τῆς μαύρης πείνας τὸ χωριὸ ἤμουνα. Ἐμένα ποιός μὲ βοήθησε; Ἡ δικιά μας παράταξη δὲν ἤξερε ἀπὸ τέτοια πράματα. Ὅποιος εἶχε, εἶχε. Εἶχε καὶ αὐγάταινε. Οἱ ἀριστεροὶ τὰ κάνουν αὐτά. Σύντροφοι καὶ συντρόφισσες! Νὰ βοηθιοῦνται καὶ νὰ τὰ μοιράζονται! Κολχόζ, συγκεντρώσεις! Ἄς πήγαινε σ' αὐτούς.

Ἔ, περάσανε μερικὰ χρόνια. Μᾶλλον τὸ '59 θὰ ἤτανε. Μπερμπαντεύαμε καὶ μεῖς. Μπεκιάρης[1] ἤμουνα. Πέθανε κι ἡ γριά, τά 'βγαζα πέρα μονάχος μου. Πλύση, φαΐ, μόνος. Κουτσὰ-στραβά. Ἀπ' τοὺς ἐργένηδες πολλὰ χαΐρια μὴν περιμένεις. Ἄμα δὲν μπεῖ γυναίκα σ' ἕνα σπίτι νὰ βάλει τάξη, χέσ' τα καὶ κουκούλωσ' τα. Νεαροὶ ἤμασταν, μὲ τὴν πάσα εὐκαιρία τὸ γλεντούσαμε. Ἕνα Σαββατόβραδο πάω στὸ καφενεῖο τῆς γειτονιᾶς, ἐκεῖ ποὺ συναντιόμασταν μὲ τὰ φιλαράκια τὴν ἴδια ὥρα. Ἔρχεται ἕνας δικός μου, κουτσαβάκι καλό. Κρατοῦσε ἐπάνω του καὶ μαχαίρι. Ὁ Μηνάς. Συνεργαζόταν κι αὐτὸς μὲ τὴν Ἀσφάλεια. Ὄχι πολλὰ πράματα, πάντως ἔδινε κάποιες πληροφορίες. Μὲ τὸ ἀζημίωτο βέβαια. Πολὺ κρυφός. Κάνανε κι αὐτοὶ στὶς λοβιτοῦρες του τὰ στραβὰ μάτια. Τραβᾶμε κάνα-δυὸ οὐ-

1. *Μπεκιάρης* (τουρκ. *bekâr*): Ἀνύπαντρος, ἐργένης.

ζάκια στὰ γρήγορα. Μανάβης ἤτανε, πουλοῦσε ζαρζαβατικά. Κονομοῦσε. Μὲ παρότρυνε νὰ πᾶμε σὲ μιὰ ταβέρνα, ἔχει πολὺ γοῦστο, εἶπε ὁ Μηνάς. – Ἐκεῖ μέσα, λέει, γίνονται πολλὰ περίεργα. – Τί περίεργα; Παραξενεύτηκα. – Πᾶμε καὶ θὰ δεῖς. Θὰ σοῦ φύγει τὸ τσερβέλο. Τὸν ἀκολούθησα μὲ μισὴ καρδιά. Μὲ φοβίζει τὸ ἄγνωστο. Φυλαγόμασταν κιόλας. Ἀπ' τὶς κακοτοπιές. Μπαίνουμε στὸ τρικυκλάκι τῆς μαναβικῆς καὶ πᾶμε. Φτάνουμε μὲ τὰ πολλά. Ταβέρνα «Ἡ πεθερά». Εἶχε μιὰ ταμπέλα ἀπ' ἔξω, ξύλινη, χειροποίητη, τότε τὰ περισσότερα ἐπαγγέλματα τέτοιες ταμπέλες κάνανε παραγγελιὰ σὲ μαστόρια καλλιτέχνες, κουρεῖα, ραφεῖα, καφενεῖα, μπακάλικα, ὅλα τὰ ἰσνάφια.[1] Καὶ μερικοί, γυάλινες ταμπέλες σὲ κορνίζα, μὲ ζωγραφισμένα τὰ γράμματα, ἄλλη τεχνικὴ αὐτή. Κατεβαίνουμε. Τρία σκαλοπάτια ἀπ' τὸ ἔδαφος, σχεδὸν ἡμιυπόγειο. Ἀνακαλύψαμε μὲ τὸ ζόρι ἕνα τραπεζάκι. Χάβρα γινότανε. Ἀποκριὲς ἦταν, Τσικνοπέμπτη. Στολισμένα τὰ ταβάνια μὲ σερπαντίνες καὶ καρναβαλίστικες γιρλάντες, τὰ ντουβάρια μὲ μάσκες καὶ τὰ ρέστα, ἀπ' τὴ μιὰ ἄκρη στὴν ἄλλη. Τὸ πάτωμα ἤτανε στρωμένο μὲ πολύχρωμα κομφετί. Ἔπαιζε τὸ τζοὺκ μπὸξ τραγούδια τῆς ἐποχῆς. Λαϊκά, στὴν ἀρχή, καζαντζιδικά, ὕστερα, ἐπὶ τὸ πλεῖστον τσιφτετέλια. Καὶ εὐρωπαϊκὰ φὸξ τρότ, χούλα χούπ, ποὺ ἦταν στὴ μόδα. Στὸ τέλος τὸ ρίξανε καὶ στὸ τανγκό. Χορεύανε οἱ πελάτες, τοὺς πετοῦσαν οἱ ἄλλοι ἀπὸ κάτω κομφετὶ μὲ τὴ χούφτα, ὑπῆρχε ἐνθουσιασμὸς μεγάλος. Περίμενα κι ἐγὼ νὰ δῶ καμιὰ πεθερὰ ἐκεῖ μέσα, καμιὰ γριούλα, ξέρω γώ, ταβερνιάρισσα. Ἀφοῦ ἔγραφε ἀπ' ἔξω «Ἡ πεθερά». Ὅλο πούστηδες ἦταν ἐκεῖ, ὅλο πουστόγριες. Ἀγαπητιλίκια, γαμπρίσματα, καμάκια, ζευγαρώματα. Εἶχε καὶ δυὸ-τρεῖς γυναῖκες, τοῦ σκοι-

1. *Ἰσνάφι καὶ σινάφι* (τουρκ. *esnaf*): Τάξη, συντεχνία.

νιοῦ καὶ τοῦ παλουκιοῦ. Ἀρκετοὶ ἦταν ντυμένοι μασκαράδες. Πολλοὶ μὲ γυναικεῖα ροῦχα. Ἡ λουλουδού, μὲ λέει ὁ Μηνάς, ἐκείνη ἡ γύφτισσα ποὺ βλέπεις, ἔχει γιὸ τὸ γκαρσόνι τοῦ μαγαζιοῦ, αὐτὴ τὴν κουνιστὴ ἀδερφή, δουλεύουνε κι οἱ δύο, μάνα καὶ γιός, μαζὶ στὴ νύχτα. Πολλοὶ καβγάδες, μὲ λέει ὁ Μηνάς, γίνονται ἐδῶ, δὲν ὑπάρχει βράδυ ποὺ νὰ μὴν ἀνοίξει ρουθούνι. Λογοφέρανε δύο μάγκες, πήγανε νὰ πλακωθοῦνε, ταραχτήκαμε. Οἱ ἄλλοι δὲν φάνηκε νὰ σκιάζονται, ἦταν συνηθισμένοι σὲ τέτοια. Κατὰ τὰ ἄλλα ὡραῖα περνούσαμε. Πλάκα εἶχε, χάζι εἶχε, ὅλα κυλοῦσαν νορμάλ. Γιὰ μιὰ στιγμὴ καρφώνομαι στὸ ἀπέναντι τραπέζι, ὁ ἕνας σὰν γνωστός. Ὡραῖο παιδί, λεπτός, μελαχρινός. Τὸν εἶχε ἀγκαζάρει ἕνας, βαμμένος ἔντονα, πολὺ ἀδερφή. Ὄμορφη ὅμως, ξεχώριζε μὲς στὰ σκατά. Κάθε τόσο ἔσκυβε καὶ τὸν ἀγκάλιαζε καὶ τὸν φιλοῦσε στὸ σβέρκο ἢ πίσω ἀπ'τ'αὐτί. Δὲν χάιδευε ἐκεῖνος, δὲν φιλοῦσε. Χαμογελοῦσε μόνο. Τὸν ἀναγνώρισα ἀμέσως. Ἦταν ἐκεῖνο τὸ παιδὶ τῆς γειτονιᾶς μου ποὺ ἔτρωγε τὸ πολὺ τὸ ξύλο, ὁ Ἀρίστος, ἡ «Γουρούνα», ποὺ τὸν πλάκωσα κι ἐγὼ γιὰ τὶς μαστίχες. Ἀμάν, λέω, αὐτὸς πολὺ ἐξελίχτηκε. Τέτοιο δρόμο πῆρε, στραβό. Ἅμα εἶσαι χωρὶς προστάτη στὴ ζωὴ νὰ σ' ὁρμηνέψει δυὸ λόγια! Ἐδῶ ἄλλος εἶναι γιὸς ἀστυνομικοῦ, ἄλλος ἐμπόρου, ἄλλος ἐφέτου, ἄλλος καθηγητοῦ! Καὶ πᾶνε καὶ ξεφτιλίζονται στὰ χειρότερα μέρη μὲ τοὺς χειρότερους τύπους. Δίνει καὶ παίρνει ἡ ἀνωμαλία. Στὸ κάτω κάτω αὐτὸν ὁ δρόμος τὸν μεγάλωσε, ὁ δρόμος ἦταν ὁ δάσκαλός του. Τὸν πασπάτευε ὁ δεσμός του, τὸν χαϊδολογοῦσε. Δὲν ἔδωσα βάση. Ἀπὸ κεῖ γίνεται μιὰ φασαρία, ἕνας σαματάς, στὸ κέντρο τῆς πίστας. Καρέκλες, χτυπήματα, βρισιές. Μαχαίρια δὲν βγήκανε. Οὔτε χωροφύλακας φάνηκε οὔτε περιπολικά. Ὁρμάει ἕνας μακαντάσης[1]

1. *Μακαντάσης* (ἀργκό): Ἄτομο ποὺ κάνει ὄμορφη παρέα, ἄτομο ποὺ φέρεται «ξηγημένα».

ντεμὲκ [2] πάνω στὸν Ἀρίστο, κουτουλιὲς τὸν βαροῦσε, σὰν ταῦρος. Πάρ' τον κάτω. «Δὲν θὰ μοῦ πάρεις τὴ γυναίκα, ρὲ καριόλη» τοῦ φώναζε. Σηκώθηκε, τοῦ 'ριξε κι ἐκεῖνος. Γυναίκα ἐννοοῦσε τὴν ἀδερφὴ ποὺ προστάτευε ὁ Ἀρίστος. Λολὸ ἄκουσα ποὺ τὴ φωνάζανε. Λολό, ἡ Λολό. Πολὺ κούκλα, ψηλή, σοῦπερ κόμματος, δὲν ξεχώριζε ἀπὸ γυναίκα. Τὴν περνοῦσες ἄνετα γιὰ στὰρ τοῦ σινεμᾶ.

Δὲν πέρασε κανένα τέταρτο, ἐκεῖ ποὺ πῆγαν νὰ ἡσυχάσουν τὰ πράματα, νά σου κι ἄλλο ἐπεισόδιο. Ἕνας μαγκίτης μπούκαρε μεθυσμένος. Νὰ στρίβουμε, μοῦ λέει ὁ Μηνάς, θὰ μακελλευτοῦνε ἐδῶ μέσα καὶ θὰ βροῦμε κάνα μπελὰ στὰ καλὰ καθούμενα. Ὁ μαγκίτης νὰ σφάξει τὸν ἀδελφό του ἤθελε, ἡ Λολό, ἡ γκόμενα τοῦ Ἀρίστου ἦταν τὸ καρντάσι του, πῆγε νὰ κρυφτεῖ στὴ λάντζα, τὸν βρῆκε, τὸν ἔσυρε ἔξω τραβώντας τον ἀπ' τ' αὐτί. «Θὰ σὲ κάνω νὰ γίνεις ἄντρας, ρὲ πούστη, θ' ἀφήσεις τὰ κουνήματα, αὐτὰ σοῦ μάθαμε ἐμεῖς; Ὅλοι στὴν οἰκογένεια ἄντρες εἴμαστε, βέροι ρὲ καριολόπουστα. Ὁ παππούς μας στὸ Ἐσκὶ Σεχὶρ εἶχε τέσσερις γυναῖκες, ρὲ μαλάκα. Κάθε νύχτα γαμοῦσε τέσσερα μουνιὰ σὰν τοὺς Τουρκαλάδες καὶ σὺ μοῦ βγῆκες ντιγκιντάνγκας; Καὶ Τουρκάλα γυναίκα εἶχε». Ἔκλαιγε ἡ Λολὸ μὲ μαῦρο δάκρυ. Ἀπὸ κεῖ, πέσανε στὴ μέση κάτι ἄλλοι, φίλοι τοῦ μαγαζάτορα, τοὺς συγκρατήσανε, ἡρεμήσανε κάπως τὰ πράγματα. Εἶδα καὶ κάτι μοῦτρα ἀνακατωμένα ἐκεῖ μέσα, δικά μας. Τὴν κρύψανε τὴ Λολό, τὴ φυγαδέψανε τὴ Λολό. Δυὸ ἐπεισόδια σὲ μία νύχτα ἔγιναν γιὰ πάρτη της. Τώρα ποῦ νὰ θυμᾶμαι –σουρωμένος ἤμουνα–, πρῶτα ἔγινε ὁ καβγὰς μὲ τὸν Ἀρίστο κι ὕστερα τὸ ρεζιλίκι τῆς Λολὸ μὲ τὸ καρντάσι της ἢ τὸ ἀνάποδο;

Ἀναγνώρισα δύο ἄτομα σὲ μιὰ παρέα. Ἀπὸ μιὰ ἐπίσκε-

1. *Ντεμέκ* (ἰδιωμ. Θεσσαλονίκης): Τάχα, παραφθορὰ ἀπὸ τὸ τουρκ. *demek* = δηλαδή.

ψη ποὺ εἶχα κάνει κάποτε στὴν Ἀσφάλεια. Ὁ ἕνας τοῦ κόσμου τὰ κουνήματα ἔκανε ἐκεῖ μέσα, ποῦ νὰ τὸ φανταστεῖς. Ἄλλος ἔχει τ' ὄνομα κι ἄλλος ἔχει τὴ χάρη. Φαλακρίτσα, μουστακάκι χιτλερικό, ἅμα τὸν ἔβλεπες κοστουμαρισμένο καὶ μὲ τὴ γραβατίτσα, θαρρεῖς καὶ ἤτανε δὲν ξέρω ποιός, περνιότανε γιὰ μορφονιός, ἡ νυφίτσα. Τελικὰ σηκώθηκε κάποιος ἀπὸ μιὰ παρέα, τὸν πῆρε τὸν Ἀρίστο ἀλὰ μπρατσέτα, τὸν συνέτισε, φαίνεται, κι ἐκεῖνος λιγάκι καὶ τὸν κατευόδωσε ὣς τὴν πόρτα. Εἶχε κατεβασμένο τὸ κεφάλι, πεσμένα τὰ φτερά. Τὸ καρναβάλι συνεχίστηκε, οἱ μασκαράδες τὸ ρίξανε μὲ μανία στὸ χορό. Πολλοὶ ζευγαρώσανε ἐκεῖνο τὸ βράδυ τῆς Τσικνοπέμπτης καὶ φύγανε μετὰ τὶς τρεῖς ἀγκαζὲ γιὰ νὰ τὴ βροῦνε. Ἐκεῖνος, ὁ Ἀρίστος, χόρεψε ἕνα ζεϊμπέκικο προτοῦ νὰ φύγει, ἔπαιζε τὸ τζοὺκ μπὸξ ἐκεῖνο τὸ βαρὺ τοῦ Μάρκου, «Τί πάθος ἀτελείωτο ποὺ εἶναι τὸ δικό μου, ὅλοι νὰ θέλουν τὴ ζωὴ κι ἐγὼ τὸ θάνατό μου», κι ἔπειτα ἔφυγε γυρτός, μὲ τὴν οὐρὰ στὰ σκέλια καὶ χάθηκε μὲς στὸ σκοτάδι καὶ στὸ χιονιά.

Τὸν ξαναβρῆκα πιά, ἐκεῖ ποὺ τὸν εἶδαν μοστραρισμένο ὅλοι, ὅλη ἡ Ἑλλάδα. Ἔγινε πρώτη φίρμα. Ἀλλὰ πῶς; Σὰν ὁ μεγαλύτερος ἐγκληματίας, σὰν ὁ «Δράκος τοῦ Σέιχ Σού». Καὶ καλὰ αὐτό, ἀλλὰ δὲν ὑπάρχει καὶ καμιὰ ἄσχημη ἰδιότητα ποὺ νὰ μὴν τοῦ τὴ φορτώσανε. Ψεύτης, κλέφτης, ἐφαψίας, πούστης, μπεκρής, καταχραστὴς χασίς. Καὶ ἄλλα πολλά. «Ἡ πιὸ διεστραμμένη ψυχὴ μὲ τὰ πιὸ ἀβυσσαλέα πάθη» γράψανε στὴν *Ἀκρόπολη*. Τώρα ἦταν αὐτὸς ὁ πραγματικὸς δράκος τῆς Θεσσαλονίκης; Ἦταν ἄλλος; Μήπως δὲν ἦταν ἕνας ἀλλὰ ἦταν πολλοὶ καὶ διαφορετικοὶ οἱ δράκοι; Γιατὶ πολλὰ στοιχεῖα δὲν ἔδεναν σ' αὐτὴν τὴν ὑπόθεση. Οὔτε καὶ τὰ ἐγκλήματα ἔμοιαζε νὰ τά 'κανε ὁ ἴδιος ἄνθρωπος. Ποιός μπορεῖ νὰ πάρει ὅρκο; Φαίνεται πὼς τὴν ἀλήθεια δὲν θὰ τὴ μάθουμε ποτέ.

6. Στὸ κρατητήριο

ΕΝΑΣ ΧΩΡΟΦΥΛΑΚΑΣ ΔΗΜΟΚΡΑΤΙΚΩΝ ΦΡΟΝΗΜΑΤΩΝ ΓΙΑ ΤΗΝ ΕΠΟΧΗ

ΜΕ ΛΕΝΕ ΑΛΕΚΟ ΒΑΛΣΑΜΙΔΗ καὶ κατοικῶ στὴν περιοχὴ Χαριλάου. Τὸν πατέρα μου τὸν λέγανε Μηνὰ καὶ τὴ μάνα μου Μαργαρὼ καὶ ἤτανε καπνεργάτες. Τόσο ὁ πατέρας μου ὅσο καὶ ὁ παππούς μου ἀπὸ τὴ μεριὰ τῆς μάνας μου, ὁ μπάρμπα-Νικολάκης, ἦταν κρυπτοκομμουνιστές. Ὁ παππούς μου, ὁ Σαμιώτης, ἦταν σύνδεσμος. Ἀνῆκε σὲ κλιμάκιο τοῦ ΕΛΑΝ, τὸ ναυτικὸ τμῆμα τοῦ ΕΛΑΣ, βοηθοῦσε ἀντάρτες στὴν Κατοχὴ καὶ ἔστελνε Ἐγγλέζους συμμάχους ἀπ' τὴ Σάμο στὴ Μικρασία. Τοὺς φυγάδευε μὲ τὴ βάρκα του ἀπ' τὸ Πυθαγόρειο σὲ Ἔφεσο - Κουσάντασι, ἀπέναντι. Εἶχαν σύνδεσμο Τοῦρκο. Ἡ Τουρκία στὸν Δεύτερο Παγκόσμιο πόλεμο κράτησε δῆθεν οὐδέτερη στάση. Δὲν τὴν καταλαβαίνω τὴν οὐδετερότητα σὲ τέτοιες περιστάσεις. Ἅμα ὁ ἄλλος, ὁ ἀνισόρροπος, ὁ Χίτλερ, βάλθηκε νὰ ἐξολοθρέψει ὅλη τὴν οἰκουμένη καὶ σὺ κάνεις τὸ κορόιδο, τότε κατὰ βάθος εἶσαι μὲ τὸ μέρος του. Ὡστόσο βρέθηκαν Τοῦρκοι ἀριστεροὶ ποὺ συμπαραστάθηκαν στοὺς λαϊκούς μας ἀγῶνες. Κι ἔτσι πολλοὶ Ἐγγλέζοι περνοῦσαν ἀπέναντι κι ἀπὸ κεῖ γιὰ Μέση Ἀνατολή. Ὁ πατέρας μου πάλι συνεργαζόταν κρυφὰ μὲ πατριῶτες τοῦ ΕΑΜ. Πεθερὸς καὶ γαμπρὸς ὁμονοοῦσαν. Φυλάγονταν ὅμως πολύ. Κάποιους ποὺ δούλευαν προσεκτικὰ μὲ τὴ μέθοδο τοῦ καμουφλὰζ εὐτυχῶς δὲν τοὺς ἔπαιρναν μυρωδιά.

Δὲν ἔγιναν ἀντιληπτὰ τὰ φρονήματα τοῦ σογιοῦ μου κι ἔτσι μπόρεσα νὰ γίνω χωροφύλακας. Ὄχι πὼς τὸ διάλεξα.

Ἡ ἀνάγκη βλέπεις. Χωροφύλακες διαλέγανε πάντοτε ἀπὸ σπίτια δεξιά. Ἤξερα πὼς θὰ ἤμουνα σὰν τὴ μύγα μὲς στὸ γάλα. Μὲ προσέλαβαν στὸ Σῶμα τὸ 1953 καὶ ὑπηρέτησα τὰ χρόνια της παντοκρατορίας τοῦ στρατάρχη Παπάγου ἐπὶ Ἑλληνικοῦ Συναγερμοῦ, τὴν ἑπόμενη καραμανλικὴ περίοδο, ποὺ ἀνέβηκε πολὺ ἡ φήμη τοῦ Καραμανλῆ καὶ ὅλοι περίμεναν νὰ ἀναμορφώσει τὴν Ἑλλάδα, ἔπειτα ἔζησα καὶ τὴν ἐποχὴ τοῦ Γέρου τῆς Δημοκρατίας, ἀπὸ τὸ 1963 ποὺ νίκησε τὸν Καραμανλὴ στὶς ἐκλογὲς ἡ Ἕνωση Κέντρου μέχρι τὰ πρῶτα χρόνια της δικτατορίας. Ἄγριες ἐποχές. Ἔπαιρνα τὰ μέτρα μου, φυλαγόμουν. Δὲν ἤμουνα μπουνταλάς, νὰ πάω μὲ τὸ σταυρὸ στὸ χέρι. Ἔτσι καὶ καταλάβαιναν τὴν κλίση μου, θὰ μὲ ἐξουδετέρωναν. Τὰ μάτια μου καὶ τί δὲν εἴδανε τόσα χρόνια στὴν ὑπηρεσία. Ἀδικία μὲ τὸ τσουβάλι. Στοὺς φτωχοὺς πατριῶτες μας. Ξύλο μὲ τὸ βούρδουλα. Τιμωρίες, χειροδικίες, προσβολές, μὲ τὸ παραμικρό. Σὲ φουκαράδες, σὲ ζητιάνους, σὲ κάτι ἀλητάκια, ποὺ ἔκαναν μικροζημιές, μικροκλεψιές. Ἀλλὰ καὶ παρενοχλήσεις σὲ καταστηματάρχες, εἰδικὰ σὲ ἐλεύθερους ἐπαγγελματίες, σὲ κουρεῖς, σὲ ραφτάδες, σὲ χασάπηδες, σὲ ἑστιάτορες. Πολλά. Ἀκόμη καὶ γιὰ τὸ κέφι τους σοῦ ἔκαναν τὴ ζωὴ δύσκολη. Τὸ ξύλο στοὺς ἀριστερούς, χώρια. Τὸ ’53, τὸ ’54 γίνονταν μεγάλες διαδηλώσεις γιὰ τὴν Κύπρο. Τὴν ὑπόθεση τῆς ἀπελευθέρωσης τῆς Μεγαλονήσου ὁ ἑλληνικὸς λαὸς τὴν εἶχε πάρει πολὺ πατριωτικά. Ὅταν ἔφταναν τίποτα εἰδήσεις γιὰ ἐκτέλεση κανενὸς Κύπριου πατριώτη ἀπ’ τοὺς Ἐγγλέζους, καιγόταν ἡ καρδιά μας. Μὲ τὸν Αὐξεντίου καὶ τὸν Εὐαγόρα ἔγινε σάλος. Ἡ ἄνωθεν ἐντολὴ ἦταν νὰ βαρᾶνε ἀλύπητα ὥστε νὰ διαλύονται οἱ διαδηλωτὲς καὶ νὰ ἀποθαρρύνονται. Τὸ ’57, τὸ ’58, ποὺ σφίξανε πάρα πολὺ τὰ πράγματα καὶ σὲ μᾶς, στὴν ἀστυνομία, γιατὶ μᾶς ζητοῦσαν νὰ εἴμαστε ἀμείλικτοι, οἱ φυλακὲς ἦταν γεμάτες κομμουνιστὲς καὶ φιλοκομμουνιστές. Περνοῦσαν στρατοδικεῖο καὶ τοὺς ἔστελναν ἀμέσως φυλακή. Οἱ καταδότες τῆς Ἀσφάλειας εἴχανε φισκάρει τοὺς συνοικισμοὺς καὶ τὰ χωριά. Ἐκεῖ ἦταν πιὸ εὔκολο νὰ σπιουνέψεις κάποιον, γιατὶ ὅλοι μεταξύ τους γνωρίζονταν. Πόσοι σταμπαρισμένοι δὲν κρύβονταν σὲ κατώγια, σὲ σπίτια ποὺ διέθεταν γκλαβανή[1], σὲ καμουφλαρισμένα πατάρια, σὲ ἀποθῆκες, σὲ κοτέτσια καὶ σὲ στάβλους. Λούφαζαν ἐκεῖ, ὅλη μέρα, σουφρωμένοι, ἀκίνητοι, κι ἔβγαιναν στὰ μουλωχτὰ τὶς μικρὲς ὧρες νὰ ξεμουδιάσουν λιγάκι. Στὴν ὕπαιθρο κατέφευγαν σὲ σπηλιές, σὲ στάνες, σὲ ὀρειβατικὰ καταφύγια, σὲ παρατημένες καλύβες, σὲ ἀπομακρυσμένα ξωκλήσια. «Μαύρη ζωὴ ποὺ κάνουμε ἐμεῖς οἱ μαῦροι κλέφτες»!

Σπάνια γινόσουνα χαφιὲς ἐξ ἰδίας βουλήσεως. Ἐκτὸς ἂν ἤσουν δασκαλεμένος ἀπὸ σπίτι ποὺ εἶχε παλιὰ παράδοση ἀπὸ δωσίλογους καὶ μαυραγορίτες. Βέβαια τοὺς πίεζαν ἢ τοὺς δελέαζαν. Παρόλο ποὺ δὲν ἔλειπαν καὶ οἱ ἐκ φύσεως κόπροι. Παραμύθια, τώρα! Ἄμα δὲν θὲς ἐσύ, ἅμα δὲν τό 'χεις στὸ αἷμα σου, ρουφιάνος δὲν γίνεσαι. Τί; Μὲ τὸ ζόρι; Τί θὰ σὲ κάνουνε; Θὰ σὲ πάρουνε τὸ κεφάλι; Νὰ εἶσαι παλικάρι. Πὲς ρέ: «Δὲν μπορῶ. Δὲν μοῦ κάνει καρδιὰ νὰ προδώσω ἄνθρωπο. Τὸν γείτονά μου, τὸν ἀδελφό μου, τὸν φίλο μου. Μὲ κανένα ἀντάλλαγμα». Ἂν δὲν εἴχαμε ἐκείνους τοὺς καταδότες, τοὺς ἀδίστακτους, δὲν θά 'μαστε σήμερα σ' αὐτὸ τὸ χάλι. Ἐγκληματίες ἤτανε. Πατήσανε ἐπὶ πτωμάτων καὶ βρέθηκαν μετὰ τὴν ἀπελευθέρωση μὲ λίρες χρυσές, μὲ διαμερίσματα καὶ καταστήματα. Πῶς φύτρωσαν ὅλοι αὐτοὶ οἱ παλιάνθρωποι, οἱ ἐκμεταλλευτές, οἱ τζογαδόροι, οἱ ἐνεχυροδανειστές, οἱ αἱμομεῖκτες, οἱ παιδερα-

1. *Γκλαβανή* (λαϊκότρ.): Καταπακτή.

στές, οἱ ρουφιάνοι, ἀνάμεσα στοὺς ἀγαθοὺς φαμελιάρηδες, μπαγιάτηδες τῆς παλιᾶς Σαλονίκης καὶ τὰ προσφυγάκια τῆς πρώτης καὶ τῆς δεύτερης γενεᾶς; Ὅπως φυτρώνει τὸ ζιζάνιο πλάι στὴν ἀνεμώνα κι ἡ τσουκνίδα δίπλα στὴν παπαρούνα. Τὸ θέμα εἶναι ὅτι θέλει νὰ τὴν πνίξει, νὰ τὴ μαράνει. Κι ἀκόμη πιὸ πολὺ τὸ θέμα εἶναι πὼς ἔχουμε κι ἐμεῖς τὴν εὐθύνη μας. Γιατὶ τοὺς ἀνεχόμασταν βουβὰ ὅλους αὐτούς, τὴν παρουσία τους καὶ τὶς πράξεις τους. Δὲν ἀγανακτούσαμε, δὲν ἀντιδρούσαμε, δὲν τοὺς καταγγέλλαμε, δὲν τοὺς πλακώναμε στὸ ξύλο. Ἔτσι, μὲ τὴν ἀπαράδεκτη ἀπραξία μας, ἔπνιγαν τὰ ζιζάνια τὶς ἀνεμῶνες καὶ μάραιναν οἱ τσουκνίδες τὶς παπαροῦνες. Ἔτσι ξεραίνονταν κι οἱ δικές μας ζωές. Κι ἡ ἀνοχή μας γινόταν –ἔστω καὶ ἀργὰ– ἐνοχή.

Πάντως ὑπῆρχε σύστημα, ὀργάνωση γερή. Αὐτὸ ποὺ εἴπανε ἀργότερα παρακράτος, ἤτανε στὴν οὐσία ἕνα ὁλόκληρο δίκτυο ποὺ εἶχε στὴν κεφαλή του ὑψηλὰ ἱστάμενους στὴν κρατικὴ ἐξουσία ἢ οἰκονομικὰ ἐπιφανεῖς ποὺ συνεργάζονταν μαζί της γιατὶ εἶχαν διάφορο, εἶχε τοὺς ἐνδιάμεσους, τοὺς ἐκτελεστές, ποὺ ἦταν ἀξιωματικοὶ τῆς χωροφυλακῆς καὶ στὴ βάση του, χαμηλά, εἶχε διαθέσιμους λαϊκούς, φτωχαδάκια. Αὐτοὶ οἱ λαϊκοί, οἱ φουκαράδες, ἀναφέρονταν στοὺς ἐκτελεστές, τὶς κεφαλὲς δὲν τὶς ἔβλεπαν ποτέ, καὶ οἱ περισσότεροι σίγουρα τὶς ἀγνοοῦσαν, ὅμως οἱ ἴδιοι ἔλυναν καὶ ἔδεναν. Ντρέπεσαι ποὺ τὸ λές, ὅμως ὅλος ἐκεῖνος ὁ παρακρατικὸς ἱστὸς στηριζόταν σὲ λαϊκοὺς τύπους, νοικοκυραίους καὶ ἀνέργους. Αὐτοὶ οἱ παρακατιανοί, οἱ χαμηλὰ ἱστάμενοι ἦταν ὅπως οἱ λοχίες στὸν στρατό. Πιὸ γρήγορα σοῦ λύνει τὸ πρόβλημα ἕνας δεκανέας ὑπηρεσίας ἢ σὲ θάβει ἀναλόγως, παρὰ ὁ ταξίαρχος, ποὺ ἐξάλλου δὲν μπορεῖς καὶ νὰ τὸν δεῖς ποτέ. Τὸν ὑπόκοσμο ἡ Ἀσφάλεια τὸν εἶχε στὸ χέρι. Ἦταν σὲ θέση νὰ ξέρουν ὅλες τὶς πομπὲς καὶ τὶς παρανομίες τους, τὰ εἶχαν ὅλα αὐτὰ φακελωμένα ἀλλὰ γιὰ δική τους ἀποκλειστικὴ χρήση. Δὲν τὰ βγάζανε ποτὲ στὸ φῶς. Σοῦ λέει, σὲ ξέρουμε ἀπ' τὴν Κατοχή, ἤσουνα μὲ τὸν ἐχθρό, ἀπ' τὸν Ἐμφύλιο, «ἔδινες» συμπολίτες σου, ἀπ' τὸν ἐπίσημο φάκελό σου, δικάστηκες γιὰ ἀπόπειρα βιασμοῦ, κύριε τάδε, π.χ., ἢ γιὰ ἀποπλάνηση ἀνηλίκου, κύριε δείνα, λέμε τώρα. Ξέρουμε ὅτι εἶστε ἀνακατεμένοι σὲ χίλιες δυὸ σκατοδουλειές. Ὑπάρχουν καὶ καταγγελίες. Ἐμεῖς θὰ τὶς παραβλέψουμε. Ἂς πάρει ὁ ἕνας ἄδεια μικροπωλητῆ, γιὰ νὰ μὴν τὸν ἐνοχλεῖ κανείς. Ἂς βγάλουμε καὶ στὸν ἄλλον μία ἄδεια τρικυκλᾶ γιὰ μεταφορές. Ἔτσι τοὺς ἔχουμε στὸ χέρι. Κι ὅποτε χρειαστεῖ, δίνουμε ἐμεῖς τὸ σύνθημα κι ἂν μποροῦν ἂς μὴ μᾶς ὑπακούσουν. Τοὺς ἔχουμε κάτω ἀπ' τὶς διαταγές μας ἀνὰ πάσα στιγμή, σκυλάκια ὑπάκουα. Κι ἔτσι οἱ παρακρατικοὶ καὶ οἱ χαφιέδες τὴν ἔβγαζαν ζάχαρη. Εἶχαν βρεῖ κι ἕναν τρόπο νὰ ἀναγνωρίζονται μεταξύ τους γιὰ νὰ μὴν μπερδεύονται. Λὲς καὶ ὑπῆρχε περίπτωση νὰ μπερδευτοῦν. Ἐκεῖνοι ἀπ' τὰ μοῦτρα τους φαίνονταν, ἔκαναν μπὰμ ἀπὸ μακριά. Πάντως φοροῦσαν μιὰ καρφίτσα στὸ πέτο. Περίοδος τρομοκρατίας. Δὲν ἦταν ἀνάγκη νὰ ἤσουν κομμουνιστής. Τραμποῦκοι ἦταν. Ἄνοιγες μαγαζὶ μὲ ψιλικά; Ἂν ἤθελε ἡ «Καρφίτσα» ἐρχόταν καὶ τὸ ἔκανε γιάγμα.[1] Ἄνοιγες μιὰ ταβέρνα; Θρονιάζονταν καὶ τρωγοπίνανε τζάμπα. Ἤσουνα δημοκρατικὸς καὶ φιλήσυχος ἄνθρωπος; Ἐνοχλοῦσες. Δὲν σὲ θεωροῦσαν δικό τους; Ἔ, σοῦ κατεβάζανε τὴν τζαμαρία. Ὀργανωμένα ἔστελναν ὁμάδες τριῶν τεσσάρων νοματαίων καὶ ἀπειλοῦσαν. Πουλοῦσαν, τρόπον τινά, προστασία. Ἢ χαλοῦσαν τὶς παρέες. Ἂν εἶχε ἕνα κέντρο μουσική, μπουζούκια, καὶ τό 'χανε βάλει στὸ μάτι, ἔρχονταν

1. *Γιάγμα* (τουρκ. *yağma*): Λεηλασία, διαγούμισμα.

σὰν πελάτες καὶ προβάλλανε ἀπαιτήσεις. Ζητοῦσαν ἄλλα τραγούδια ἀπ' αὐτὰ ποὺ παίζανε, ἔτσι γιὰ νὰ τὴ σπάσουν καὶ στὴν ὀρχήστρα καὶ στὸν μαγαζάτορα. Ὑπῆρχε περίπτωση ποὺ ἄνοιξε κάποιος μαγαζὶ στὴ Μενεμένη, τοῦ κάνανε ζημιές, τὸ μετέφερε στὸ Ὡραιόκαστρο, τὸν ἀναγκάζανε πάλι νὰ τὸ κλείσει, πήγαινε ἀλλοῦ, τοῦ τὸ χαλνούσανε ξανὰ καὶ πάει λέγοντας. Ἡ «Καρφίτσα» ἦταν ἡ βαριὰ σκιὰ πάνω ἀπ' τὴν πόλη. Ἐκτὸς ἀπ' αὐτὴ τὴν τρομοκρατικὴ ὀργάνωση ὑπῆρχαν καὶ κάτι ἄλλοι μικροσπιοῦνοι, κάτι σκουλήκια. Αὐτοὶ ἦταν οἱ καταδότες τῆς γειτονιᾶς οἱ ὁποῖοι μᾶς ξέσκιζαν. Γι' αὐτό, μούγκα. Ἐκείνη τὴν ἐποχὴ δὲν μποροῦσε νὰ κρατηθεῖ μυστικὸ ἔξω ἀπ' τὸ σπίτι σου. Καὶ οἱ πιὸ προσεκτικοὶ ἦταν μὲ τὸν ἄλφα ἢ τὸν βήτα τρόπο ἐκτεθειμένοι. Ὅλοι τοὺς γνώριζαν τοὺς κερατάδες αὐτοῦ τοῦ φυράματος. Δὲν φοροῦσαν δὰ κουκούλα, ὅπως τ' ἀδελφάκια τους, οἱ συνεργάτες τῶν Γερμανῶν. Τοὺς ὀνομάτιζαν ὅμως ψιθυριστὰ στὰ καφενεῖα. Καὶ δὲν τοὺς ἔκαναν παρέα, τοὺς ἀπέφευγαν συστηματικά, ὅπως ὁ διάβολος τὸ λιβάνι.

Ἐμᾶς τότε δὲν μᾶς ἔλεγαν μπάτσους. Ἤμασταν τῆς Ἀστυνομίας τῶν Πόλεων. «Μὲ συγχωρεῖτε, κύριε πόλισμαν»! Τρίχες! Εὐγενικὰ μᾶς ἀποκαλοῦσαν πολισμάνους. Ἦταν γελοῖο. Ὁ λαὸς δὲν μᾶς χώνευε. Μᾶς συμπεριφέρονταν καλά, γιατὶ εἶχαν τὴν ἀνάγκη μας γιὰ ἕνα χαρτὶ ποὺ χρειάζονταν νὰ βγάλουν ἀπ' τὸ Τμῆμα γιὰ τὴ δουλειά τους καὶ γιατὶ μᾶς φοβόντουσαν. Ἀστυνομικὸς καὶ χωροφύλακας σήμαινε τρόμος. Κρυφά, ὄχι φανερὰ –γιατὶ στὸ ἄκουσμα αὐτῆς τῆς λέξης ἐξοργιζόμασταν– μᾶς ἔλεγαν «μπασκίνες». Γιατί; Ἐπειδή, κατὰ μία ἐκδοχή, κυνηγούσαμε τὸν κόσμο κι ὅταν ψάχναμε κάποιον, κάναν ὀργανωμένο κομμουνιστή, ξέρω γώ, ἀναρωτιόμασταν οἱ ἴδιοι καὶ ρωτούσαμε καὶ τοὺς πολίτες: «Μπὰς κι εἶν' ἐδῶ; Μπὰς κι εἶν' ἐκεῖ;» Μπάς, μπάς, μπάς, αὐτοὶ ποὺ κυνηγιόντουσαν μᾶς βγάλανε «μπασκίνες».

Ἤρθανε μιὰ μέρα δύο χωροφύλακες, ἦταν ὄργανα, μᾶς φέρανε δυὸ παιδιά, μὲ τοὺς κελεψέδες[1] στὰ χέρια, θὰ ἤτανε τὸ πολὺ δεκαέξι χρονῶν. Γιὰ τόσο τοὺς ἔκοβα, ἐπειδὴ εἶμαι φυσιογνωμιστής. Γιατὶ ἔμοιαζαν μεγαλύτεροι, περνοῦσαν καὶ γιὰ εἰκοσάρηδες. Φωτιὰ ἔβγαζε τὸ βλέμμα τους. Ἡ πιάτσα σὲ ψήνει, πῶς νὰ τὸ κάνουμε. Τὸν ἕναν χρόνο τὸν ζεῖς γιὰ δέκα. Ἄμα σὲ κρατάει μὲ τὸ ζόρι ἡ μαμὰ μέσα στὸ σπίτι, βγαίνεις ἄψητο πράμα, βουτυρόπαιδο. Καθόμουνα στὸ γραφεῖο ὑπηρεσίας ὅταν μπήκανε. Τὸ '56 πρέπει νὰ ἦταν. Μὲ κάνανε γραφέα, ἤμουν ὁ γραμματικὸς τοῦ Τμήματος, ὅλα τὰ χαρτιὰ ἀπ' τὰ χέρια μου περνούσανε. Εἶχα βγάλει τὴν τρίτη γυμνασίου, τέτοιο χαρτί, ἀπολυτήριο, ἐκεῖνα τὰ χρόνια λογαριαζότανε πολύ, ἤτανε χρυσὸ βραχιόλι. Εἰδικὰ στὴν ἀστυνομία ποὺ δὲν ξέρανε οἱ περισσότεροι καλὰ καλὰ τὴν ἀλφαβήτα. Κάτι ψευτοκαθαρευουσιάνικα χρησιμοποιούσανε φτιαχτά. Κάτι ἑλληνικοῦρες ξεγυρισμένες πετοῦσαν, ἐπειδὴ δὲν τὰ κατέχανε, καὶ ἦταν οἱ ἄνθρωποι γιὰ γέλια καὶ γιὰ κλάματα. Ἡ ἄγνοια φέρνει πανικὸ κι ἡ ἡμιμάθεια τσαντίλα. Ὁ προϊστάμενός μας, κέρβερος. Δὲν χρειαζόταν νὰ πεῖ κουβέντα, μὲ μιὰ ἐπιτακτικὴ ματιὰ ἡ δουλειά του γινότανε στὸ ἄψε-σβῆσε. Τὸ Τμῆμα, στὴν Κάτω Τούμπα, πίσω ἀπ' τὸν Ἅγιο Θεράποντα. Ἕνα δωμάτιο, σὲ χρῶμα γκρὶ ἀνοιχτό, τέσσερα ἐπὶ τρία, χαμηλοτάβανο. Μέσα ἕνα γραφεῖο καὶ δύο καρέκλες ἀπέναντι. Ἕνας καλόγερος νὰ κρεμᾶμε καμιὰ καμπαρτίνα, κανένα πηλήκιο. Δεξιὰ ἕνας φωριαμὸς μὲ τὰ ἀπαραίτητα, ἐπικουρικὲς στολές, καὶ διάφορα ὄργανα χρήσιμα γιὰ τὴ δουλειά μας. Χαρτὶ ὑπηρεσίας, κονδυλοφόρος, με-

1. *Κελεψέδες* (τουρκ. *kelepse*): Χειροπέδες.

λάνι «Μενοῦνος». Διπλοκλειδωμένος γιὰ κάθε περίπτωση. Σὲ εἰδικὸ συρτάρι ὄργανα σωφρονισμοῦ, χειροπέδες, βούρδουλας. Καὶ τὰ περίστροφα. Ἀριστερά, στὸν τοῖχο, μιὰ ἐταζέρα ξύλινη, χειροποίητη, ἀπ' αὐτὲς ποὺ φιλοτεχνοῦσαν τότε τὰ παιδάκια τοῦ δημοτικοῦ στὸ μάθημα τῆς χειροτεχνίας. Ἦταν ἔργο τοῦ γιοῦ τοῦ μοίραρχου. Ἕνα μαμμόθρεφτο ἤτανε, κακομαθημένο, ἕνα κωλόπαιδο, μὰ ἐκεῖνος τὸ εἶχε πιὸ ψηλὰ κι ἀπ' τὸν Θεό. Πάνω στὴν ἐταζέρα ἕνα ραδιάκι, καρφωμένο στὸ σταθμὸ Ἐνόπλων Δυνάμεων, τὸ βάζαμε σὲ πολὺ χαμηλὴ ἔνταση, τὸ δυναμώναμε λίγο τὸ μεσημέρι γιὰ τὶς εἰδήσεις. Πάνω ἀπ' τὸ γραφεῖο στημένα δύο κάδρα. Τὸ ἕνα εἶχε φωτογραφία τοῦ βασιλιᾶ Παύλου, τὸ ἄλλο τῆς βασίλισσας Φρειδερίκης μὲ στέμμα. Ἀπέναντι ἀκριβῶς ἀπ' τὸ γραφεῖο εἴχανε τοποθετήσει μία ἀφισούλα, καδραρισμένη, μὲ τὸ φυτὸ τῆς χασισιᾶς ζωγραφισμένο ἔγχρωμο, ὅπως τὸ βλέπουμε στὶς ἐγκυκλοπαίδειες, καὶ ἡ λεζάντα ἀπὸ κάτω ἔγραφε «ὄπιον». Παραδίπλα εἶχε ἕνα δασκαλίστικο σκίτσο, ποὺ εἶχε πολὺ γοῦστο, μὲ ἕναν τύπο σὲ κατάσταση χαύνωσης ἀπ' τὰ ναρκωτικά, ποὺ εἶχε τὸν γαλλικὸ τίτλο opiomane, δηλαδὴ ὁ ὀπιομανής. Γιὰ νὰ γνωρίζουμε τί λογιῶ εἶναι τὸ χασισόδεντρο, νὰ τὸ ξεχωρίζουμε ἐμεῖς οἱ χωροφύλακες, τοποθετοῦσαν τὴν εἰκόνα αὐτὴ σ' ἐκεῖνο τὸ σημεῖο, φάτσα στὸ γραφεῖο ὑπηρεσίας. Ὥστε ὅταν τὸ βλέπαμε σὲ καμιὰν αὐλὴ φυτεμένο, νὰ συλλαμβάναμε τὸν ἰδιοκτήτη ὡς ὕποπτο χασισοκαλλιέργειας. Πολλὲς φορὲς ὅμως βρίσκανε τὸν μπελά τους καὶ κάποιοι ἐπαγγελματίες, κανένας ράφτης ἢ κανένας καφετζής. Εἴχανε γιὰ τὸ γοῦστο τους κλουβιὰ μὲ καναρίνια ἢ σκαθιὰ καὶ τὰ ταΐζανε, οἱ ἄνθρωποι, κανναβούρι. Τὸ κανναβούρι ἔπεφτε στὸ χῶμα, φύτρωνε ἡ χασισιά, περνοῦσε τὸ ὄργανο, ἀναγνώριζε τὸ φυτὸ καὶ τοὺς καλοῦσε ἡ Ἀσφάλεια γιὰ ἀνάκριση. Ὕστερα ἐξηγοῦσαν οἱ φουκαράδες τὴν περίπτωση –λὲς καὶ οἱ δικοί μας δὲν ἤξεραν– καὶ ἡ παρεξήγηση συνήθως λυνόταν.

Ἔ, μᾶς ἔφεραν τὰ παιδιά. Ὁ ἕνας ξανθός, ψηλός, ἀγριωπός, τσαμπουκάς. Ὁ ἄλλος μελαχρινός, μέτριος, γλυκός, τοῦ χεριοῦ μας. – Πῶς λέγεστε; ρωτάω. – Σταμάτης Σερντάρης, λέει ὁ ἀνοιχτόχρωμος θαρρετά. – Ἀριστείδης Παγκρατίδης, λέει ὁ σκοῦρος, ξέπνοα. – Τί ἔκαναν καὶ τοὺς συνέλαβες; ρωτάω τὸ ὄργανο. – Κλέψανε. – Στὸ κρατητήριο, μέχρι νὰ ἔρθει ὁ κύριος μοίραρχος. Τσούπ, στὴν ὥρα, ὁ μοίραρχος. – Τί ἔγινε ρὲ καλόπαιδα; ρωτάει μὲ ἐπιδεικτικὴ εἰρωνεία. – Νά, κυρ-Διοικητά, πήραμε ἕνα τσουρέκι καὶ δυὸ κουλούρια ἀπὸ ἕναν φοῦρνο, ἀπ' τὴν Πυλαία. Πεινούσαμε, λεφτὰ δὲν εἴχαμε καθόλου. Ἀλλὰ μᾶς κυνήγησε ὁ φούρναρης καὶ μᾶς ἔπιασαν οἱ χωροφύλακες, ἀπολογήθηκε ὁ ξανθός. Ὁ μελαχρινός, τσιμουδιά.

–Τσογλάνια, γνωστὰ μοῦτρα μοῦ φαίνεστε. Πήρατε δυὸ κουλούρια! Παλιὰ δουλειά μας κόσκινο! Θὰ σᾶς κάνω νὰ φτύσετε αἷμα, ἐδῶ θὰ γίνει ὁ τάφος σας. Μέσα! Κρατητήριο! Δέκα μέρες φυλακή! Καὶ ξύλο! Δῶστε τους νὰ καταλάβουν!

Πολὺ ἀνάποδος ἄνθρωπος, στριμμένο ἄντερο. Ἔδινε ξύλο, δῆθεν γιὰ νὰ τοὺς κάνει ἀνθρώπους. Κολοκύθια. Τὰ σπασμένα του ἔβγαζε. Εἶχε μιὰ κόρη, τοῦ βγῆκε παστρικιά, τὴν εἶχαν καβαλήσει ὅλοι οἱ ἀληταράδες τῆς γειτονιᾶς. Ἡ γυναίκα του, ξεμπροστιασμένη, κάθε τόσο τὸν κεράτωνε, πότε μὲ τὸν ἕναν, πότε μὲ τὸν ἄλλον ὑφιστάμενο. Καὶ τὸ ἀγοράκι του, εἴπαμε, χαϊβάνι.

– Δέον νὰ συνταχθεῖ ἐπίσημο ἔγγραφο περὶ τῆς συλλήψεως τῶν δύο ἀλητῶν, ἀμόλησε στὸν ἀέρα. – Διατάξτε, ἀρχηγέ. – Γράφε: Συνελήφθησαν σήμερον ἐν τῇ περιοχῇ Πυλαίᾳ (πρώην Καμντζίδα) Θεσσαλονίκης τὴν πρωίαν καὶ ὥραν ἑνδεκάτην οἱ κάτωθι νεαροὶ παραβάτες τοῦ νόμου περὶ κλοπῆς ἀλλοτρίων ἀντικειμένων καὶ καταχράσεως ἀλλοτρίας περιουσίας, Ἀριστείδης Παγκρατίδης τοῦ Χαραλάμπους καὶ τῆς Ἑλένης, ἐτῶν δεκαεπτά, καὶ ὁ Σταμάτης Σερντάρης τοῦ Νικολάου καὶ τῆς Ἀρετῆς, ἐτῶν δεκαέξι, ἀμφότεροι ἀνήλικοι καὶ κάτοικοι Θεσσαλονίκης, μὲ τὸ αἰτιολογικὸν ὅτι προέβησαν εἰς κλοπὴν ἀρτοπαρασκευασμάτων ἐκ τοῦ κεντρικοῦ φούρνου τοῦ Ἐπαμεινώνδα Νικολαΐδη. Οἱ νεαροὶ ἀλητόπαιδες ἔχουν ἀπασχολήσει ἅπαξ εἰς τὸ παρελθὸν τὴν ἀστυνομίαν διὰ παρομοίαν μικροκλοπήν. Τὸ συνταχθὲν κείμενον νὰ κοινοποιηθεῖ εἰς τὴν κεντρικὴν Διοίκησιν καὶ εἰς ἅπαντα τὰ ἀστυνομικὰ τμήματα τῆς πόλεως καὶ δέον ὅπως ἐπιδοθεῖ πρὸς δημοσίευσιν εἰς τὸν τοπικὸν Τύπον.

Ἦταν σὲ χρήση ὁ νόμος ποὺ ἐπέβαλλε τὴ δημόσια διαπόμπευση τῶν παραβατικῶν νέων πρὸς παραδειγματισμὸ τῶν ἄλλων. Τὴν ἀλητεία δὲν τὴν ἀποκαλοῦσαν ἀκόμη τεντυμποϋσμό. Οὔτε τοὺς ἀνήλικους παραβάτες τεντυμπόυδες. Ἤμασταν στὸ ’57. Δύο χρόνια ἀργότερα, τὸν Ὀκτώβριο τοῦ ’59, θεσπίστηκε ὁ νόμος περὶ τεντυμποϋσμοῦ, ὁ γνωστὸς σὲ ὅλους τοὺς Ἕλληνες ὡς «νόμος 4000», ποὺ ἦταν ἀμείλικτος καὶ σὲ τιμωροῦσε ἀπὸ τρεῖς μῆνες μέχρι πέντε χρόνια. Ἀναλόγως μὲ τὸ παράπτωμα καὶ ἀναλόγως μὲ τὸ δικαστήριο. Ἅμα ἤσουν κάτω ἀπὸ δεκαεφτὰ σὲ στέλνανε σὲ σωφρονιστήριο. Ἀλλιῶς, μέσα, στὸ γκιζντάνι[1], στὴν ψειρού.

Κι ἀρχίζει τὸ μαρτύριο. Τοὺς παραλαμβάνει τὸ ὄργανο καὶ τοὺς μεταφέρει στὸ κρατητήριο. Κρατητήριο νὰ τὸ κάνει ὁ Θεός. Ἕνα στρῶμα πεταμένο καταγῆς, μέσα στὴν ψεῖρα καὶ στὴ λίγδα. Βρομοκοποῦσε ἀμμωνία ἀπ’ τὸ κάτουρο καὶ γιὰ στολίδια εἶχε ἀπολιθωμένες ροχάλες καὶ

1. *Γκιζντάνι* (τουρκ. *zindan*): Φυλακή.

ἀποξηραμένα αἵματα. Χωρὶς παράθυρο. Ἐγὼ τό ᾿βλεπα ἄδειο, δίχως κρατουμένους καὶ σκιαζόμουνα. Οὔτε ποὺ πατοῦσα τὸ κατώφλι του. Παίρνει στὸ χέρι του τὸ βούρδουλα καὶ «ποῦ σὲ τρώει, ποῦ σὲ πονεῖ». Γιὰ καμιὰ ὥρα, κατὰ τὸ κέφι του, χτυποῦσε καὶ σταματοῦσε ἀναλόγως. Στὶς παύσεις πονοῦσαν πιὸ πολύ, γιατὶ κρύωναν οἱ πληγές. Κάθε τόσο ἀκούγονταν βογκητὰ καὶ παράπονα. Ὁ Ἀριστείδης νὰ φωνάζει: «Μή, μή, Θεέ μου, δὲν ἀντέχω, ἀφῆστε με». Ὁ δήμιος ἀντέλεγε: «Σκάσε, μπάσταρδε, τὸ μουνὶ ποὺ σὲ πέταγε». Ὁ Σταμάτης ἄφηνε μόνο νὰ τοῦ φύγουν κάτι μουγκρητὰ κι ἐκεῖνα συγκρατημένα. Οὔρλιαζε ὁ Ἀριστείδης: «Μανούλα μου, βοήθεια, δὲν θὰ τὸ ξανακάνω. Σῶστε μας».

«Μανούλα μου, εἶμαι ἀθῶος» φώναζε καὶ μπροστὰ στὸ ἀπόσπασμα. Ἔτσι γράψανε οἱ ἐφημερίδες. «Νὰ στοχεύσετε καλά», παρακάλεσε τὸ ἀπόσπασμα, «νὰ πεθάνω ἀμέσως, νὰ μὴν τυραννιστῶ». Τὸν ἐκτελέσανε τὸν Ἀριστείδη Παγκρατίδη ὡς τὸν πιθανότερο δράκο τοῦ Σέιχ Σού. Δὲν τὸν ὀνόμασαν ἐκεῖνοι, δὲν τὸν χαρακτήρισαν τὸν πιθανότερο, ἔτσι τὸν παρουσίασαν στὸν κόσμο οἱ ἴδιοι. Δὲν ἔδεναν τὰ στοιχεῖα μεταξύ τους, δὲν ἦταν πειστικὲς οἱ ἀποδείξεις οὔτε γι᾿ αὐτὸ τὸ πιθανότερο ποὺ ἄφησαν νὰ ἐννοήσει ὁ κόσμος. Θὰ μποροῦσε νὰ εἶναι ἕνας πιθανὸς δράκος. Ἔστω ἕνας ἀπ᾿ τοὺς πιθανοὺς δράκους, ἂν ὁ δολοφόνος δὲν ἦταν ἕνας ἀλλὰ διαφορετικὰ ἄτομα. Τὰ βίτσια του δικάσανε, τὸ χαρακτήρα καὶ τὶς μικροπαρανομίες του. Τώρα ποὺ τὸν φέρνω στὸ νοῦ μου ἐκεῖ στὴν ἀνάκριση καὶ στὸ βασανιστήριο, θυμᾶμαι τὰ μάτια του. Δὲν μοῦ κάθεται καλὰ γιὰ δολοφόνος. Γιὰ κλεφτρόνι, ναί, γιὰ νὰ σὲ φλομώσει στὸ ψέμα προκειμένου νὰ τὴ βγάλει καθαρὴ καὶ νὰ ἐπιβιώσει, ναί. Γιὰ ἐκδιδόμενος νεαρὸς προκειμένου νὰ βγάλει χαρτζιλίκι, ναί. Ἀλλὰ ἡ εἰκόνα του δὲν μὲ ἔπειθε γιὰ πιθανοῦ δολοφόνου. Οὔτε θυμᾶμαι καὶ κανέναν νὰ συμφωνοῦσε μὲ τὸ δικαστήριο. «Αἶσχος» φώναζε ὁ κόσμος στὸ ἄκουσμα τῆς καταδικαστικῆς ἀπόφασης, «αἶσχος». Αὐτὸ τὸ «αἶσχος» ὑπάρχουν ἄνθρωποι ποὺ τὸ λένε ἀκόμη καὶ τώρα. Κι ὅποτε σκαλίσω τὴν ὑπόθεση μὲ τίποτε παλιοὺς φίλους, μέχρι σήμερα –πέρασαν πάνω ἀπὸ σαράντα χρόνια ἀπ' τὴν ἐκτέλεση–, βλέπω ὅτι κανείς μας δὲν τὸ πίστεψε. Παρόλο ποὺ μαρτύρησε ἡ Θεσσαλονίκη γιὰ χρόνια ἀπ' τὸ φόβο τοῦ δράκου. Καὶ δὲν εἶναι μόνο ἡ Θεσσαλονίκη, πῆραν τὰ σκάγια καὶ τὴν Ἀθήνα. Σχεδὸν ὅλη τὴ χώρα ἐκτὸς ἀπ' τὰ νησιά. Τοὺς ἔπιασε ὅλους μιὰ δρακολογία καὶ μιὰ δρακομανία, ἀγόρασαν μπαλτάδες καὶ τσεκούρια, φράζανε τὶς πόρτες τους μὲ σιδεριὲς καὶ μερικοὶ ἔβλεπαν παντοῦ κάποιον δράκο. Κι ἕνα παλικάρι γνωστό μου ποὺ ἦταν φοιτητὴς τὸν καιρὸ ἐκεῖνο στὴ Θεσσαλονίκη, ἐπειδὴ κοιτοῦσε πονηρὰ τὶς γυναῖκες καὶ τὶς φερόταν κάπως ἄγρια, τὸν βγάλανε Παγκρατίδη κι ἔτσι τὸν ξέρουν ἀκόμη καὶ σήμερα στὸ χωριό του, στὸ νομὸ Λάρισας.

«Αἶσχος», εἶπα κι ἐγὼ μέσ' ἀπ' τὰ δόντια μου καθὼς τὸν τυραννοῦσε ὁ ἄλλος μπάτσος. «Ἀφῆστε με, ἀφῆστε με, δὲν θὰ τὸ ξανακάνω» οὔρλιαζε ὁ Ἀρίστος ὅσο ὁ ἄλλος τὸν βασάνιζε. Ἦταν κι ἀπὸ κείνους τοὺς περίεργους ὁ συνάδελφος, ὁ δήμιος μὲ τὸ βούρδουλα δηλαδὴ –τό 'χουν αὐτὸ μερικοὶ τοῦ σιναφιοῦ μας–, ἐκεῖ ποὺ βαρᾶνε παριστάνουν καὶ τὸν πονετικό. «Νὰ σὲ κάψω Γιάννη, νὰ σ' ἀλείψω νὰ γιάνει». Ἔκανε γιὰ λίγο διάλειμμα καὶ τὸν ἔπιασαν δῆθεν οἱ γλύκες. Πῆγε μάλιστα κάποια στιγμὴ νὰ τοὺς κάνει τὸν πατέρα. Τοῦ ψευτοχάιδεψε τοῦ Ἀριστείδη τὸ μαλλί. – Γιατί, ρὲ παιδιά, δὲν βάζετε μυαλὸ καὶ θέλετε τὸ κακό σας; Σὲ Θεὸ δὲν πιστεύετε; Ἐκεῖ ποὺ ξεγελάστηκαν λιγάκι τὰ παιδιά, δῶσ' του ἀπ' τὴν ἀρχή. Σὰν τὸν Χριστὸ μαρτυρήσανε. Ἀφοῦ τοὺς πόνεσε ἡ ψυχή μου. Πῆγα νὰ μεσολαβήσω νὰ μαλακώσει ὁ δήμιος. – Μὴν τὸ παρακάνουμε! – Εἶναι ἐντολὴ αὐστηρὰ τοῦ κυρίου Διοικητοῦ, ἡ τιμωρία πρέπει νὰ εἶναι παραδειγματική. Νὰ πήξει τὸ μυαλό τους. Νὰ μὴ σοῦ πῶ ὅτι θὰ δώσει ἐντολὴ νὰ τοὺς περάσουμε χειροπέδες καὶ νὰ τοὺς βγάλουμε στὸ σεργιάνι στὴν πλατεία στὴ Χαριλάου. Νὰ ἐφαρμόσει τὸ νόμο περὶ ἀλητείας. Ἄμα ἔχουνε καμιὰ γνωριμία νὰ μεσολαβήσει, μπορεῖ καὶ σὲ δυὸ-τρεῖς μέρες νὰ τοὺς ἀπολύσουμε, εἶπε ὁ βασανιστής. Ἀλλιῶς θὰ τοὺς ἀναλάβει ὁ ἀνακριτής, ἀπὸ κεῖ ὁ εἰσαγγελέας νὰ τοὺς δικάσει. Θὰ φᾶνε κάνα δίμηνο στὸ Γεντί. Πιὸ καλά, μοῦ λέει, νὰ ξεσπαθώσει ἡ μανία τοῦ διοικητῆ τώρα, νὰ τοῦ περάσει. Ἀφοῦ ξέρεις, εἶναι βιτσιόζος, διψάει γιὰ ξύλο. Ἡδονίζεται ὁ ἄνθρωπος μὲ τὰ βασανιστήρια.

Μιλοῦσε ἔτσι γιὰ τὸν προϊστάμενο, λὲς κι ὁ ἴδιος ἦταν καλύτερη πάστα.

Μὰ κι ἐμένα ποὺ ἔχω ἀντίθετη τοποθέτηση σὲ θέματα βασανιστηρίων –ἀκόμη καὶ ἡ πιὸ ἁπλὴ πράξη καταπίεσης τῶν συμπολιτῶν μου μὲ ἐνοχλεῖ– ἴσως νὰ μὴ μὲ πιστέψουν ἔξω, ἂν τὰ πῶ ὅλα αὐτά, γιατὶ δὲν ὑπάρχει τὸ προηγούμενο στὴν Ἀσφάλεια, ὁ ἕνας νὰ κάνει τὸν κακὸ κι ὁ ἄλλος τὸν καλό.

7. Ἀποστροφὴ τῆς χαμηλῆς ζωῆς

ΕΝΑΣ ΑΣΤΟΣ ΤΗΣ ΠΑΡΑΛΙΑΣ ΓΙΑ ΤΗΝ ΠΟΛΗ

ΕΙΜΑΙ ΚΑΤΟΙΚΟΣ διαμερίσματος ρετιρέ, πολυκατοικίας ἐπὶ τῆς παραλιακῆς λεωφόρου Νίκης, γνωστῆς εἰς τοὺς παλαιότερους καὶ ὡς «Παλιὰ Παραλία». Εἶναι τὸ ὡραιότερον σημεῖον τῆς Θεσσαλονίκης καὶ διαθέτει εἰς τὰς πλέον ὑψηλὰς τιμὰς πρὸς πώλησιν ἢ ἐνοικίασιν διαμερίσματα, ἐφάμιλλα ἐκείνων τοῦ ἐν Ἀθήναις ἀριστοκρατικοῦ Κολωνακίου. Οἱ νεότεροι ὁδηγοὶ ὀχημάτων ταξί, ἀστοιχείωτοι ἐπὶ τὸ πολὺ ὄντες, ἀγνοοῦν σήμερον τὰς ὀνομασίας τῶν ὁδῶν καὶ τῶν παρόδων τῆς πόλεώς μας. Ἔτσι, ἂν τοὺς ζητήσεις νὰ σὲ μεταφέρουν εἰς τὴν «Παλιὰ Παραλία», σὲ ἀτενίζουν ἐκστατικοί. Γνωρίζουν μόνον «Παραλία».

Εἶμαι συμβολαιογράφος τὸ ἐπάγγελμα. Καταγωγῆς πάππου πρὸς πάππον, «ἀναντὰν μπαμπαντὰν» ὡς οἱ Ἀνατολῖται πρόσφυγες συνηθίζουν νὰ λέγουν, Θεσσαλονικεύς, μὲ οἰκογενειακὰς ρίζας, αἱ ὁποῖαι ἀνάγονται εἰς τὸν καιρὸν κατὰ τὸν ὁποῖον ἡ πόλις μας ἦτο ἡ δευτέρα εἰς πληθυσμὸν καὶ αἴγλην βυζαντινὴ πολιτεία, πρὸ δηλαδὴ τῆς ἁλώσεως ὑπὸ τοῦ Ὀθωμανοῦ σουλτάνου Μουρὰτ τοῦ Β΄ ἐν ἔτει 1430. Ἐμεῖς ἱστορικῶς θεωρούμεθα ὡς οἱ ἀρχαιότεροι τῶν αὐτοχθόνων Θεσσαλονικέων, οἱ καὶ κοινῶς λεγόμενοι «Μπαγιάτηδες». Οἱ νεότεροι Θεσσαλονικεῖς, οἱ ὁποῖοι ὁμολογουμένως ἐνεπλούτισαν τὸν πολιτισμὸν καὶ τὴν κοινωνικὴν ζωὴν τῆς πόλεως ἐντασσόμενοι μὲ προθυμίαν εἰς τοὺς κόλπους της καὶ τὴν ἀπεδέχθησαν μὲ ἄπειρον ἀγάπην ὡς νεοτέραν πατρίδα, εἶναι οἱ ποικίλων προελεύσεων Μικρασιᾶται καὶ Θρακιῶται πρόσφυγες, ἐπὶ τὸ πλεῖστον ἔντιμοι καὶ ἐργασιομανεῖς. Βεβαίως οἱ παλαιότεροι αὐτῶν Θεσσαλονικεῖς τυγχάνουν οἱ ἐναπομείναντες Ἑβραῖοι, διασωθέντες τοῦ τραγικοῦ καὶ ἐπονειδίστου ὁλοκαυτώματος. Ἡ πόλις αὐτή, ἡ Θεσσαλονίκη, ἐλευθερωθεῖσα ὑπὸ τοῦ τουρκικοῦ ζυγοῦ ὀγδόντα καὶ πλέον ἔτη μετὰ τὴν δημιουργίαν τοῦ κράτους τῆς Ἑλλάδος, ἐνταχθεῖσα εἰς τὸν χάρτην τοῦ νεοελληνικοῦ χώρου μὲ τὴν ἐνσωμάτωσιν τῶν φερομένων ὡς «Νέων Χωρῶν», θεωρουμένη ἐκ τῶν ἐπισήμων Ἀρχῶν ὡς «προσφυγομάνα», οὐδέποτε ἔτυχεν ἰσχυρᾶς προστασίας καὶ ἐπιμελείας ἐκ μέρους τοῦ κράτους. Ὑπῆρξεν διαχρονικῶς μία ἀνοχύρωτος πόλις. Ἡ γειτνίασις μὲ ραδιούργους καὶ ἀδιστάκτους λαοὺς καθιστᾶ τὴν θέσιν τῆς Θεσσαλονίκης μας ἐπισφαλή. Οἱ Τοῦρκοι, πρῶτον, προαιώνιοι πολέμιοι ἀλλὰ ἐγνωσμένης ἐπικινδυνότητος. Οἱ ὑπὸ κομμουνιστικὸν ζυγὸν Βούλγαροι, οἱ ὁποῖοι καὶ ἀπεδείχθησαν ἄκρως τυραννικοὶ ἐπὶ Κατοχῆς πρὸς τοὺς Μακεδόνας, ὧς καὶ οἱ ὑπὸ φιλοκομμουνιστικὸν καθεστὼς Σλαβογενεῖς ὑπήκοοι τοῦ Τίτο οἱ ἐποφθαλμιοῦντες τὴν Θεσσαλονίκην ὡς τὴν μόνην ὑπάρχουσαν σημαντικὴν παραλίαν πόλιν τῆς Βαλκανικῆς χερσονήσου, ὀνομάσαντες αὐτὴν Σολοὺν καὶ Σολούνκα. Ἐχθροὶ ἐλογίζοντο καὶ οἱ ἀπηνεῖς Ἀλβανοὶ τοῦ στυγνοῦ κομμουνιστοῦ δικτάτορος Ἐμβὲρ Χότζα, ὄχι τόσον διὰ τὴν Θεσσαλονίκην ἀλλὰ συνολικῶς διὰ τὴν πατρίδα, διεκδικοῦντες τὴν περιοχὴν τῶν ἐκδιωχθέντων Τσάμηδων. Αἱ κατὰ καιροὺς σημειούμεναι ἰσχναὶ διαμαρτυρίαι πολιτικῶν τινων, ἐνίοτε δὲ καὶ κραταιῶν πολιτῶν, μὲ ἀφορμὴν ἀναβολὴν ἐνάρξεως ἢ πολυετεῖς καθυστερήσεις ἐκτελέσεως δημοσίων ἔργων εἰς τὴν συμπρωτεύουσαν ἐξελαμβάνοντο ὑπὸ τῶν ἁρμοδίων κύκλων τῆς πρωτευούσης ὡς ὀχλήσεις ἀναρμόστου ὕφους, γεννώμεναι ἐξ ἐπαρχιακοῦ συνδρόμου. Καί, ἄρα, κατὰ τὸ εἰωθός, ἀμελητέαι. Ἐπριμοδοτοῦντο πάντοτε αἱ Ἀθῆναι. Πάντοτε, ἀπὸ τῆς ἱδρύσεως τοῦ νεοελληνικοῦ κράτους. Ἡ ἀμεριμνησία τῆς πολιτείας ἔχει ὡς ἀποτέλεσμα τὴν κακὴν διοίκησιν καὶ τὴν συγκέντρωσιν ἰδίως εἰς τὰς συνοικίας τῆς συμπρωτευούσης ποικίλων ἐπικινδύνων περιθωριακῶν στοιχείων, τὰ ὁποῖα καὶ τὴν ἐλυμαίνοντο.

Κατὰ τὴν διάρκειαν τοῦ νεανικοῦ καὶ τοῦ ὡρίμου βίου μου ἀνέπτυξα ἔντονον κοινωνικὴν δρᾶσιν. Ἐνήργησα μὲ προσωπικὴν πρωτοβουλίαν διὰ τὴν ὀργάνωσιν συσσιτίων κατὰ τοὺς χρόνους τῆς γερμανικῆς Κατοχῆς. Συνηργάσθην κατὰ περιόδους μὲ τοὺς προγενεστέρους ἀποδημήσαντας εἰς Κύριον μητροπολίτας Θεσσαλονίκης, Γεννάδιον Ἀλεξιάδην καὶ Παντελεήμονα Παπαγεωργίου, εἰς τὴν σύστασιν φιλοπτώχων σωματείων. Ὑπῆρξα δὲ προσωπικὸς φίλος τοῦ ἄκρως ἐλεήμονος καὶ σεβασμίου μακαριστοῦ μητροπολίτου, πατρὸς Λεωνίδου Παρασκευοπούλου, καθ' ὅλην τὴν διάρκειαν τῆς ποιμαντορίας του, ἤτοι ἀπὸ τὸ 1967 ἕως τὸ 1974, ἔτος ἀποβιώσεώς του. Ἐπὶ σειρὰν ἐτῶν ἤμην προεδρεύων τῆς ἐκκλησιαστικῆς ἐπιτροπῆς τῆς κεντρικῆς ἐνορίας τῆς Μητροπόλεως Γρηγορίου τοῦ Παλαμᾶ. Διετέλεσα, ἐπίσης, μέλος τῆς ἐφορευτικῆς ἐπιτροπῆς τῆς ΧΑΝΘ. Εἶμαι ἐνεργὸν μέλος τῶν ΑΧΕΠΑΝΣ. Εἶμαι, προσέτι, μέλος τῶν ὑποστηρικτῶν τοῦ ἐν τῇ συμπρωτευούσῃ παραρτήματος τοῦ Ἐρυθροῦ Σταυροῦ. Ἀκόμη εἶμαι μέλος τῆς ἐπιτροπῆς ὀργανώσεως θερινῶν κατασκηνώσεων τῶν Ναυτοπροσκόπων Κεντρικῆς Θεσσαλονίκης. Τυγχάνω συστηματικὸς ἀναγνώστης σοβαρῶν καὶ ἐγκύρων καθημερινῶν ἐντύπων, ὅπως αἱ ἐφημερίδες τῆς πρωτευούσης *Ἀκρόπολις* καὶ *Ἑστία* ὡς καὶ ἡ ἐν Θεσσαλονίκῃ ἐκδιδομένη *Ἑλληνικὸς Βορρᾶς*. Θὰ ἐθεωρούμην λαϊκιστὶ «ἐφημεριδοφάγος». Ἡ μόνη μου ἀδυναμία εἶναι ἡ ἐν εἴδει «χόμπυ» προσωπική μου ἐνασχόλησις μὲ τὰ χαρτοπαίγνια, τὴν γνωστὴν χαρτοπαιξίαν, στὴν ὁποίαν ἐνίοτε ἐπιδίδομαι ἐπισκεπτόμενος τὴν ἐπὶ τῆς λεωφόρου Νίκης κραταιὰν χαρτοπαικτικὴν λέσχην Θεσσαλονίκης.

Ἓν ἐκ τῶν ζητημάτων τὰ ὁποῖα οἱονεὶ μὲ ἀπασχολοῦν εἶναι ἐκεῖνο τῆς Διοικήσεως τῆς Ἀστυνομίας. Ὑποδειγματικὸς ὡς ἀνώτατον ἀστυνομικὸν στέλεχος ἦτο ὁ στρατηγὸς Μήτσου. Αὐτός, μάλιστα. Διαπρεπὴς ἀξιωματοῦχος καὶ γνήσιος πατριώτης. Ἐπάξιος διάδοχος τοῦ πρότερον διατελέσαντος Διοικητοῦ Ἀσφαλείας, ἐκείνου τοῦ Μουσχουντῆ. Τοῦ καὶ περιβοήτου. Ἦτο, δὲν λέγω, εὐφυὴς ὁ ἀείμνηστος. Καὶ καθὼς πρέπει, τρόπος εἰπεῖν, εἰς τὰ τυπικά του καθήκοντα. Καὶ γενικῶς εἰς τὰ διοικητικά. Φρονῶ δέ, ἀληθῶς, ὅτι κατέβαλε ἱκανὴν προσπάθειαν, οὕτως ὥστε τὰ τίμια νοικοκυριά, τὰ καλὰ σπίτια, νὰ φυλάγονται ἀπὸ τοὺς διαρρήκτας καὶ τὰς ποικίλας μορφὰς τῆς ἐνδημικῆς ἀλητείας. Ἡ ὁποία πρὸς τὰ τέλη τῆς δεκαετίας τοῦ '50 ραγδαίως ἐκάλπαζεν. Ὁμιλῶ δι' ὀλιγομελεῖς ἀλλ' ὀργανωμένας, οὕτως εἰπεῖν, συμμορίας κατὰ τὰ πρότυπα τῶν Εὐρωπαίων κλεπτῶν. Στελεχωμένας ἀπὸ δραπέτας ἢ ἀποφοίτους τῶν φυλακῶν, στυγνοὺς ἐγκληματίας. Ἀλλὰ καὶ ἀπὸ τυχαίους ἀλήτας. Ἀνατρέχω κάποτε εἰς παλαιότερα φύλλα τοῦ *Ἑλληνικοῦ Βορρᾶ*, ὅπου σημειώνονται παρόμοιαι ἀναφοραὶ τῆς ἀστυνομίας. Εἰς τὸ φύλλον, ἐπὶ παραδείγματι, τῆς 19-8-1953 τὸ ἀστυνομικὸν δελτίον ἀναφέρει: «Διεπιστώθη κροῦσμα διαρρήξεως εἰς κατάστημα ὑαλικῶν ἐπὶ τῆς Ἐλευθερίου Βενιζέλου, ἰδιοκτησίας Ἰσραηλίτου, ἐπιφανοῦς ἐμπόρου καὶ ἐξόχου συμπολίτου μας. Διασωθέντος μάλιστα ἀπὸ τὰ κάτεργα τοῦ Μπέλσεν. Τοῦ Ἐλιέζερ Μπενβενίστε». Ποῖος ξεύρει καὶ ποῖος εἶναι εἰς θέσιν νὰ ἐρευνήσει τίνι τρόπῳ κατόρθωσαν νὰ διαλάθουν, νὰ «σκάψουν λαγούμι» καὶ νὰ «περάσουν» ἀπὸ τὸ διπλανὸ κατάστημα ἐδωδίμων-ἀποικιακῶν εἰς τὸ πολυτελέστατον ὑαλοπωλεῖον! Συνελήφθησαν ὅμως καὶ ὡμολόγησαν. Τὰ «κατάφεραν» διὰ τῆς μεθόδου τοῦ γνωστοῦ ριφιφί, ὡς οἱ ἴδιοι κατέθεσαν. «Ξεσήκωναν», φαίνεται, ἀπὸ τὰς γαλλικὰς ταινίας τοιαύτας μεθόδους. Προεβάλλοντο ἀνὰ δευτέραν συνήθως ἑβδομάδα ἐπιτυχῆ ἀστυνομικῆς φύσεως περιπετειώδη κινηματογραφικὰ ἔργα μὲ ἀρίστους ἠθοποιούς, οἱ Γάλλοι ἀστέρες Ζὰν Μαραὶ καὶ Ζὰν Γκαμπέν. Ὡσαύτως ὁ ἐν λόγῳ Μουσχουντὴς ἠκολουθεῖτο ὑπὸ τῆς φήμης τοῦ ἀπηνοῦς διώκτου τῶν ἀριστερῶν, τῶν βδελυγμάτων. Ἦτο, καθὼς εὐρέως ἠκούετο, μέγας «κομμουνιστοφάγος». Εὖγε. Ἀλλὰ μὲ ἐκείνους τοὺς «ρεμπέτες» λεγομένους ἢ μὲ τοὺς ἄλλους περιθωριακούς, τοὺς ναρκομανεῖς, τί ἔμελλε γενέσθαι; Συγχαρητήρια, καὶ πάλιν εὖγε εἰς τὸν Μουσχουντήν, ὁ ὁποῖος ἐπεδίδετο ἐπιτυχῶς εἰς ἄγραν τῶν ἐπιβιωμάτων τῶν ληστοσυμμοριτῶν, λάθος ὅμως μέγιστον, διότι «ἔκανε πλάτες» εἰς ρεμπέτας καὶ χασισοπότας. Δὲν ξεύρω, ἴσως νὰ εἶχον μεταξύ των συνάψει καὶ εἰδικὰς συμφωνίας, ἀπόρρητα τῆς Ἀσφαλείας εἶναι αὐτά. Προστάτευε ἄραγε καὶ τὴν ἀλητείαν, τὰ περιφερόμενα «ἀλάνια» τῆς πλατείας Μεταξᾶ καὶ τῶν παρόδων αὐτῆς; Ὡσαύτως δὲ καὶ τὰς ποικίλας ἐκδηλώσεις τῆς ἐνδημικῆς πορνείας; Ἀπορῶ δὲ καὶ ἐξίσταμαι γιατί ἐνίοτε μετεδίδοντο τοιούτου εἴδους ποταπὰ ἄσματα ἀπὸ ραδιοφώνου! Ἀνήθικα, χθαμαλά. Ὁ χαμερπὴς Βαμβακάρης, ὁ ἀνατολιστὴς Παπαϊωάννου καὶ ἀργότερον ὁ ἐκ Τρικάλων μπουζουκτσὴς Τσιτσάνης, ἰδίως δὲ αὐτός, εἶναι εὐρέως γνωστὸν καὶ πανθομολογούμενον ὅτι ἐπροστατεύοντο ὑπὸ τοῦ κυκλώματος Μουσχουντῆ. Ἔστω. Μολοντοῦτο ὑπῆρξεν μέγας. Παράδοξος πόλις! Πῶς ἐτίμησαν αὐτὸν τὸν πατριώτην; Συλλογᾶται κανεὶς πόσον ἀπερίσκεπτοι καὶ ἀνιστόρητοι προκύπτουν τοῦτοι οἱ τελευταίως ἐκλεγέντες δήμαρχοι! Τολμοῦν καὶ συνδέουν τὰ ἀσύνδετα. Συσχετίζουν τὰ μὴ σχετικά. Τί ἔπραξαν, λοιπόν, αἱ δημοτικαὶ ἀρχαί! Εἰς τὴν συνοικίαν τῆς Σταυρουπόλεως, εἰς τὴν ὁδόν, ἡ ὁποία ἀρχίζει ἀπὸ τὸ ἐπὶ τῆς λεωφόρου Λαγκαδᾶ Δημοτικὸν Θέατρον ἔχει δοθεῖ τὸ ὄνομα τοῦ κατὰ τοὺς κομμουνιστὰς «δολοφονηθέντος» βουλευτοῦ τῆς ΕΔΑ Γρηγορίου Λαμπράκη. Καὶ πῶς ἐθρασύνθησαν οἱ ἰθύνοντες νὰ ὀνομάσουν –γιά σκέψου– ἀργότερα τὴν συνέχειαν τῆς ὁδοῦ ταύτης; Νικολάου Μουσχουντῆ!

Καὶ ἰδού! Κατὰ τὴν ἀνάγνωσιν τῆς παλαιᾶς ἐφημερίδος δευτερεύουσαι εἰδήσεις ἀποκαλύπτουν τὴν ἐπικινδυνότητα τῶν ἡμερῶν ἐκείνων: Θεσσαλονίκη, Χαριλάου. Ἐκ τῆς διευθύνσεως τῆς ἀστυνομίας τοῦ συνοικισμοῦ Χαριλάου ἀνεκοινώθη ὅτι τὴν ἑσπέραν τῆς προηγουμένης συνελήφθη νεαρὸν ἄτομον, τὸ ὁποῖον ὡμολόγησε εἰς τὰς ἀρχὰς ὅτι διέρρηξε κατάστημα, ἐκ τοῦ ὁποίου ἀφήρεσε τρία ποδήλατα. Ὁ νεαρός, ἐρασιτέχνης κατὰ τὰ φαινόμενα, ἐκκολαπτόμενος διαρρήκτης, εἶχεν ἐπιπολαίως τοποθετήσει τὰ δύο ἐκ τῶν κλαπέντων ποδηλάτων ἐντὸς παρακειμένης κρυψώνας (καβάντζας). Ὁ κλέπτης, ὀνόματι Γεώργιος Τζιβάνης, ὑπεβοηθεῖτο ὑπὸ τοῦ συνεργάτου του, Ἀριστείδου Παγκρατίδου, κατοίκου Θεσσαλονίκης, ὅστις «φύλαγε τσίλιες». Ἀμφότεροι, δράστης καὶ «τσιλιαδόρος», κρατοῦνται μέχρις ὅτου ἀπολογηθοῦν εἰς τὸν ἀνακριτήν. Ἰδού, κύριοι, ὁρίστε, διεκυβεύετο καθημερινῶς ἡ ζωὴ καὶ ἡ περιουσία μας ἀπὸ τοιούτου φυράματος τύπους καὶ ποικίλα ἄλλων κατηγοριῶν «ἀλητάκια».

Τὴν Μαρίνα τὴν εἴχαμε στὸ σπίτι ἀπὸ δεκαέξι ἐτῶν. Ἦτο ὀρφανή, ὁ πατήρ της εἶχε σκοτωθεῖ εἰς συμπλοκὴν μεταξὺ ἐθνικοῦ στρατοῦ καὶ συμμοριτῶν, μὲ τὰς ὁμάδας τῶν ὁποίων ἐμάχετο εἰς τὸν Γράμμον. Ἦτο κομμουνιστής, ἢ φίλος ἔστω, μαχόμενος εἰς τὰς ἐπάλξεις τῶν συμμοριτῶν ἀλλὰ ἡ ἴδια ἦτο συμπαθεστάτη καὶ τὴν εἴχαμε τὰ μάλα εὐσπλαχνισθεῖ. Μᾶς τὴν παρέδωσε ὁ ἐκ μητρὸς θεῖος της μὲ σκοπὸν νὰ ἐργαστεῖ ὡς ἐσωτερικὴ οἰκιακὴ βοηθὸς κοντά μας. Μερικοὺς κομμουνιστάς, παρὰ τὴν ριζικὴν ἰδεολογικὴν διαφωνίαν μου μὲ ὅσα οἱ ἴδιοι θεωρητικῶς πρεσβεύουν, ὑπεχρεώθην ἐκ τῶν πραγμάτων νὰ τοὺς ἐκτιμήσω, διότι εἶναι μορφωμένοι, βαθύτατα μάλιστα μορφωμένοι. Καὶ δή, λαϊκοὶ τύποι, ἡμιμαθεῖς ἢ καὶ ἐντελῶς ἀγράμματοι ὄντες, ἀξιοποίησαν θετικῶς τὸν χρόνον, καθ' ὃν ἐξέτιναν τὴν ποινήν των εἰς τὰς φυλακὰς τῆς χώρας μας, καὶ ἐξῆλθαν εἰς τὴν κοινωνίαν ἐλεύθεροι, βαθεῖς μάλιστα γνῶσται πολλῶν περιοχῶν τοῦ ἐπιστητοῦ. Παρελάβαμε λοιπὸν ἔμπλεοι αἰσθημάτων στοργῆς τὴν δυστυχὴ κορασίδα Μαρίνα καὶ τὴν περιεβάλαμε μὲ εἰλικρινὴ ἀγάπην. Εἴχαμε τὴν πεποίθησιν ὅτι ἐντὸς τεσσάρων ἐτῶν, κατόπιν ἐπιπόνου μόχθου καὶ αὐστηρὰς διαπαιδαγωγήσεως, κατορθώσαμε νὰ μεταποιήσουμε ἓν ἄξεστον καὶ ἀμαθὲς «χωριατοκόριτσο» εἰς εὐπρεπεστάτην πρώτης τάξεως δεσποινίδα. Ὁποία οὐτοπία! Καθ' ἑκάστην Κυριακὴν τῆς ἐδίδαμε ἑσπερινὴν ἔξοδον. Ὑποτίθεται ὅτι ἐπεσκέπτετο τὴν πρωτοεξαδέλφην της εἰς τὴν Πυλαίαν. Ἐξήρχετο τῆς οἰκίας περὶ τὰς τέσσερις μετὰ μεσημβρίας καὶ ἐπέστρεφε περὶ τὴν δεκάτην βραδινήν. Ὥσπου... Ὥσπου κάποιο βράδυ...

Τὴν ἐν λόγῳ ἑσπέραν πρὸς τὸ πέρας τοῦ περιπάτου μου –κατὰ τὴν καθημερινήν μου συνήθειαν– συνοδευόμενος ὑπὸ τοῦ οἰκοδιαίτου σκύλου μας Ἀζὸρ διηρχόμην μέσῳ τοῦ κεντρικοῦ ἀλσυλλίου τοῦ Λευκοῦ Πύργου μὲ σκοπὸν νὰ ἐπιστρέψω εἰς τὴν οἰκίαν μου. Τὰς ἡμέρας καθ' ἃς διήρκει ἡ Διεθνὴς Ἔκθεσις Θεσσαλονίκης συνεκεντρώνοντο ἐντὸς ἀλλὰ καὶ πέριξ τοῦ ὁρισθέντος ὡς χώρου φιλοξενίας της ποικίλα λαϊκὰ ἀναψυκτήρια, ὡς καὶ κέντρα μαζικῆς ψυχαγωγίας. Ἀναρίθμητοι δὲ κάτοικοι τῶν πέριξ ἐπαρχιακῶν χωρίων ἐπεσκέπτοντο τὴν συμπρωτεύουσαν κατὰ τὸ εἰωθός. Συνήθως ἀποφεύγω σκοπίμως τὴν διέλευσιν μέσῳ τῶν γνωστῶν, λαϊκιστὶ λεγομένων, πάρκων, ἔνθα πλεῖστα ὅσα περιθωριακὰ στοιχεῖα κατὰ τὰς νυκτερινὰς ὥρας συναλλάσσονται. Ἀλλ' ὅλως τυχαίως ἐκείνη τὴν θερμὴν νύκτα, καθὼς διέσχιζα τὸ πάρκον, ἐν μέσῳ καὶ ἄλλων περιπατούντων ἢ καθημένων εἰς τὰ παρακείμενα «παγκάκια» ἤκουσα ἔντονον θόρυβον προκαλούμενον ἀπὸ μελιστάλακτα ἐρωτόλογα καὶ ἡδονικοὺς παφλασμούς. Ἐστράφην ἐνστικτωδῶς καὶ ὄχι λόγῳ περιεργείας πρὸς τὰ ἐκεῖ καί, ὢ τῆς ἀπορίας, διέκρινα τὴν ὑπηρέτριά μας. Ἐκάθητο σὲ ἕνα «παγκάκι» εἰς στάσιν περιπτύξεως μετά τινος νεανίου. – Μαρίνα, παιδί μου, τί εἶναι αὐτά; ἀνεφώνησα. Αὐτὴν τὴν ἀγωγὴν σοῦ ἐδώκαμε; Νὰ τριγυρίζεις μὲ τοὺς ἀλιτηρίους στὰ σκοτεινὰ καὶ στὰ ὕποπτα μέρη; Μέσα στὰ πάρκα τὰ ἐπικίνδυνα; Ἡ Μαρίνα προσβληθεῖσα ἠγέρθη αὐτομάτως, κύψασα δὲ τὴν κεφαλὴν ἐψέλλισε: «Μὲ συγχωρεῖτε, κύριε», ἔπειτα ἀπευθυνόμενη εἰς τὸν συνοδόν της ἐψιθύρισεν: «Ἀντίο, Ἀρίστο» καὶ ἐξηφανίσθη τρέχουσα πρὸς τὴν παραλίαν. «Γιατί ἐνοχλεῖς τὴν κοπέλα, ἀλήτη;» τὸν ἐπετίμησα. «Θὰ καλέσω τὴν ἀστυνομία» τὸν ἀπείλησα. Ὁ νεαρὸς ἐρωτύλος, χωρὶς νὰ μοῦ ἀπευθύνει κἂν τὸν λόγο, ἤρχισε νὰ μοῦ ἐπιτίθεται φραστικῶς, εἶτα δὲ διὰ γρόνθων. Εἰς τὰς ἐπανειλημμένας ἐκκλήσεις μου πρὸς βοήθειαν ἔσπευσαν δύο χωροφύλακες, οἱ ὁποῖοι διεσκέδαζαν ἐν ὥρᾳ σχόλης εἰς παρακειμένην τοῦ πάρκου μπιραρίαν. Ὁ νεαρὸς ἀλιτήριος, πρὶν προλάβει νὰ «τὸ σκάσει», συνελήφθη συντόμως κατόπιν ταχίστης διώξεως ὑπὸ τῶν ὀργάνων τῆς τάξεως. Τοῦ «ἐπέρασαν» χειροπέδας.

Προσαχθέντος τοῦ νεαροῦ εἰς τὴν Ἀσφάλειαν, ἐκλήθην προσωπικῶς διὰ κατάθεσιν. Ἡ παρουσία μου ἐκρίθη ἀπαραίτητος. Ἐκεῖ ἔλαβον γνῶσιν περὶ τοῦ ὀνόματος καὶ τοῦ ποιοῦ τοῦ Ἀριστείδη. Ἐνεθυμήθην, ἦτο ὁ ἴδιος νεαρὸς ὁ ὁποῖος συμμετεῖχε παλαιότερον εἰς τὴν ληστείαν τῶν ποδηλάτων. Ἦτο ἀδύναμος ἀλλὰ νευρικός. Διενεργήθη ὑποτυπώδης ἀνάκρισις. Δὲν τὸν ἐκράτησαν. Μετὰ τὸ πέρας τῆς ἀνακρίσεως ἀφέθη ἐλεύθερος. Ἦτο ἀρκετὰ συμπαθής. Ἐφαίνετο ψυχολογικῶς πολὺ ἀνασφαλὴς καὶ ἐμφανῶς θὰ ἔλεγα «ραγισμένος». Ἦτο μᾶλλον ἔμπλεος τύψεων διὰ τὸ γεγονὸς τῆς ἐπιθέσεως καὶ ἐφαίνετο ἕτοιμος νὰ ἀναλάβει τὴν εὐθύνην τῶν πράξεών του. Μεταμεληθεὶς ἐμελαγχόλησεν καὶ ὡμίλει ἠρέμως. Τοῦ ἐφέρθησαν εὐγενέστατα. Διάφορα περὶ ἀγενοῦς συμπεριφορᾶς καὶ περὶ μεθόδων δῆθεν πιέσεως, ἐνίοτε, μάλιστα, ἄχρι βασανισμοῦ ἀνακρινομένων πολιτῶν ἐντὸς τῶν ἀστυνομικῶν τμημάτων, τὰ ὁποῖα κατὰ καιροὺς σκοπίμως διασπείρονται καὶ δυσφημοῦν τὴν ἀστυνομίαν ἀμαυροῦντα τὴν δημοσίαν εἰκόνα της, ὀφείλονται ἀσφαλῶς εἰς καταχθονίους ἐχθρούς, οἱ ὁποῖοι συστηματικῶς καὶ κρυφίως περὶ τούτου ἐργάζονται. Ἴσως καὶ νὰ ὀφείλονται εἰς «ἐσωτερικὸν» κομμουνιστικὸν δάκτυλον.

Ἦτο Σεπτέμβριος τοῦ 1958. Δὲν ἦτο μία «χρονιὰ» τυχαία. Ἡ Ἑλλὰς διήνυε ἐπιτυχῶς τὴν σπουδαίαν καραμανλικὴν περίοδον, ἀρχομένην πρὸ δύο ἐτῶν, ἤτοι ἀπὸ τὸ 1956, ἔτος καθ' ὃν ὁ ἐπιφανὴς Σερραῖος πολιτευτής, ἔχων καταστεῖ ἰδιαιτέρως δημοφιλής, διατελέσας ἤδη ὑπουργὸς Δημοσίων Ἔργων ἐπὶ κυβερνήσεως Ἑλληνικοῦ Συναγερμοῦ, πρωθυπουργεύοντος τοῦ Στρατάρχου Παπάγου, ἵδρυσε τὸ κόμμα τῆς ΕΡΕ. Ἡ δημοσία εἰκὼν τοῦ Κωνσταντίνου Καραμανλῆ ἐξέφραζε τὴν ἐπιτομὴν τοῦ ἐπιτακτικοῦ κοινωνικοῦ αἰτήματος πρὸς ἀνανέωσιν. Ὑπῆρξεν ὁ πλέον φέρελπις καὶ ἱκανὸς πολιτικὸς τῆς μεταπολεμικῆς Ἑλλάδος καὶ μὲ ἰσχυρὰν εἰς τὸ ἐξωτερικὸν ὑποστήριξιν. Ἡττήθη, δυστυχῶς, ἀργότερον κατὰ τὰς βουλευτικὰς ἐκλογὰς τοῦ 1963 ὑπὸ τοῦ ἀντιπάλου του, Γεωργίου Παπανδρέου, τῆς Ἑνώσεως Κέντρου, τοῦ εὐφήμως ὑπὸ τῶν ὀπαδῶν τοῦ ἐπονομαζομένου καὶ «Γέρου τῆς Δημοκρατίας», καὶ οὕτως ἀνεκόπη ἡ πρόοδος τοῦ μεγαλοφυοῦς ἔργου του. Τὸ '58, λοιπόν, εὑρέθημεν πρὸ δυσαρέστου ἐκπλήξεως. Ἐσημειώθη κατὰ τὰς ἐκλογὰς ἐντυπωσιακὴ ἄνοδος τῆς ΕΔΑ. Ἔλαβεν 24,4 τοῖς ἑκατὸν τῶν ψήφων τοῦ ἑλληνικοῦ λαοῦ καὶ κατέλαβεν ἑβδομήκοντα ἐννέα ἕδρας εἰς τὸ Κοινοβούλιον ἀναδειχθεῖσα εἰς ἀξιωματικὴν ἀντιπολίτευσιν. Ἡ πολιτικὴ κατάστασις ἐνέπνεε φόβον. Ἡ ἐπικράτεια ἔβριθεν ἀρνησιπατρίδων καὶ ἀρνησιθρήσκων. Εἰς τὰς Ἀθήνας εἶχον ὀργανωθεῖ ἕως καὶ δράκες Ἰακωβίνων. Συνεσπειρώθησαν οἱ παλαιοὶ Ἐαμῖται. Διεκυβεύετο ἡ πολιτικὴ ὁμαλότης τῆς χώρας. Χρέος τῶν ὑγιῶς σκεπτομένων Ἑλλήνων ἦτο ἡ ἀπαλοιφὴ τοῦ κομμουνιστικοῦ κινδύνου, ὁ ὁποῖος ἦτο πλέον προφανής.

Ὁ Παγκρατίδης καὶ οἱ τοῦ ὁμοίου φυράματος ἀνήκουν εἰς τοὺς κόλπους τῶν ἀθλίων, εἰς τὴν κοινωνικὴν τάξιν ἡ ὁποία ἀναπτύσσεται εἰς τὸ περιθώριον τῶν ἄλλων, ἐκείνην τὴν ὁποίαν ἐπιτυχῶς ὁ ἰδιοφυὴς Κὰρλ Μὰρξ ἀνέλυσε καὶ ἐχαρακτήρισε «λοῦμπεν».

Μέσῳ τῆς ἀνακρίσεως ἤρχισα νὰ ἀντιλαμβάνομαι τί ἠμπορεῖ, πιθανόν, νὰ συμβαίνει εἰς τὴν ψυχὴν αὐτῶν τῶν περιθωριακῶν τύπων. Ὁ συλληφθεὶς νεαρὸς διεμαρτύρετο. Ἡ ζωή των δι' ἐμὲ ἦτο ἐντελῶς terra incognita. – Δὲν αἰσθάνομαι καλά. – Γιατί; τὸν ἐρώτησε ὁ ἀναλαβὼν τὴν ἐξέτασιν τῆς ὑποθέσεως ἀξιωματικὸς ὑπηρεσίας. – Γιατὶ τὸ πρωὶ ἔχασα αἷμα. – Μήπως χτύπησες; – Ἔδωσα αἷμα σήμερα κατὰ τὶς ἔντεκα. Ἴσως γι' αὐτὸ νὰ ζαλίζομαι. Πηγαίνω συχνὰ στὴν τράπεζα αἵματος «Ζωοδόχος Πηγή». Κερδίζω χρήματα ἀπὸ κεῖ. Δὲν ἔχω δουλειὰ αὐτὸν τὸν καιρό, δὲν ἔχω νὰ ζήσω. – Δὲν σᾶς ἔδωσαν κάτι νὰ πιεῖτε; – Μᾶς ἔδωσαν ἀπὸ μία πορτοκαλάδα. Ἴσως ἔπρεπε νὰ μᾶς δώσουν κι ἄλλη. Δὲν ἤμασταν καὶ πολλοὶ αἱμοδότες. – Σᾶς ἔκαναν ἰατρικὸ ἔλεγχο, μήπως ἔχετε περάσει κάποια σοβαρὴ ἀσθένεια; – Μᾶς ἔκαναν τὲστ ἠπατίτιδος. Μᾶς βρῆκαν γερούς. Ἀλλὰ ἤμασταν ὅλοι μας ἀδύνατοι. Δὲν θυμᾶμαι νὰ εἶδα κανέναν αἱμοδότη χοντρό! – Ἀφοῦ εἶσθε αἱμοδότης, γιατί ἔχετε αὐτὴν τὴν ἐπιθετικότητα; ἐτόλμησα νὰ τὸν ἐρωτήσω εἰς τὸν πληθυντικὸν ἀριθμὸν διακόπτων τὴν πορείαν τῆς ἀνακρίσεως. – Ἔχει δίκιο ὁ κύριος, οἱ αἱμοδόται εἶναι φιλάνθρωποι, συμπλήρωσε ὁ ἀνακρίνων. Ὁ γιατρὸς Πολυχρονίδης, ἐπιστημονικὸς διευθυντὴς τοῦ ὑποκαταστήματος τῆς τραπέζης αἵματος εἰς τὴν Θεσσαλονίκην, ἦτο οἰκογενειακός μας φίλος. Ἐγνώριζα ἐκ τοῦ σύνεγγυς τὰ σχετικὰ ἐπὶ τοῦ θέματος. Ἡ αἱμοδοσία θεωρεῖται διεθνῶς πράξις ὑψηλοῦ ἤθους καὶ δεῖγμα ἁγνῆς καὶ ἀνυστεροβούλου προθέσεως, ἅμα καὶ ὑπόδειγμα ἀλτρουιστικῆς συμπεριφορᾶς. Διάφοροι κοινωνικοὶ φορεῖς παροτρύνουν τοὺς συμπολίτας μας νὰ γίνουν συστηματικοὶ αἱμοδόται. – Γιατί ἔγινες αἱμοδότης; τὸν ἐρώτησεν ὁ ἀξιωματικός. – Ποιός θέλει νὰ τρέχει καὶ νὰ δίνει αἷμα; εἶπε ὁ ἀπολογούμενος. Μὲ τὸ ζόρι τὸ κάνω, ἀπὸ ἀνάγκη. – Πληρώνεσαι; – Γιὰ κάθε φιάλη αἵματος τριακοσίων γραμμαρίων μοῦ δίνουν διακόσιες πενήντα μὲ τριακόσιες δραχμές. – Τέλος πάντων, ὅπως καὶ νά 'χει, εἶπε ὁ ἀνακριτής, αὐτὴ εἶναι μία θετικὴ πράξις. Ἐδῶ ὅμως ὑπάρχει στὸ ἀρχεῖο δικός σου προσωπικὸς φάκελος. Κι ἀπ' ὅ,τι φαίνεται ἔχεις ἀρκετὰ ἁμαρτήματα, ἀρκετὰ ἀνομήματα κατὰ τὸ παρελθόν. Ὁ φάκελός σου εἶναι φουσκωμένος. Προσφάτως, ἀπ' ὅ,τι βλέπω, εἶχες τὴν ἐμπειρία τοῦ ἀναμορφωτηρίου. Ἐκεῖ δὲν σὲ βοήθησαν οἱ συμβουλὲς τῶν ὑπευθύνων νὰ ἀλλάξεις νοοτροπία; – Μὲ ἔκλεισαν στὸ σωφρονιστήριο, στὴν Κέρκυρα. Ἀναμορφωτήριο Βίδου λέγεται. Δὲν πέρασα καὶ ἄσχημα. Δὲν εἴχαμε κλέψει. Εἴχαμε βάλει ἐνέχυρο ἕνα σακάκι μ' ἕναν φίλο μου καὶ δανειστήκαμε ἕνα ποδήλατο. – Πάλι μὲ ποδήλατα μπλέξαμε; τὸν ἐπετίμησε ὁ ἀξιωματικός. – Σᾶς εἶπα, κύριε, δὲν τὸ κλέψαμε. Φτάσαμε μέχρι τὴ Βέροια. Δὲν ἀντέξαμε παραπάνω. Ἐξαντληθήκαμε. Παραδοθήκαμε στὴν ἀστυνομία γιὰ νὰ μᾶς γυρίσει πίσω μὲ κάποιο μέσον γιατὶ δὲν εἴχαμε δυνάμεις. Ὁ εἰσαγγελέας δὲν μᾶς βρῆκε σφάλμα καὶ μᾶς ἄφησε ἐλεύθερους. Ἀλλὰ ἡ μάνα μου εἶχε μπαφιάσει πιὰ ἀπ' τὰ κατορθώματά μου καὶ ζήτησε νὰ μὲ κλείσουν στὸ σωφρονιστήριο. – Ὑπῆρχε ἐπιμελητὴς ἀνηλίκων; – Ὑπῆρχε. Ἦταν καλός. Προσπαθοῦσε νὰ μᾶς στηρίξει ψυχολογικά. Ἤθελαν νὰ μᾶς κάνουν ἠθικὰ ἄτομα. Νὰ μὴ λέμε ψέματα, νὰ μὴν εἴμαστε ὑβριστὲς τῶν συνανθρώπων μας, νὰ μὴ βλαστημοῦμε τὰ θεῖα, νὰ μὴν κλέβουμε. – Τί ἔχεις νὰ πεῖς γιὰ τὰ ἄλλα παιδιὰ ποὺ ἦταν κλεισμένα στὸ ἀναμορφωτήριο; Ἦταν ὅλα ἐκεῖ μέσα ταλαιπωρημένα παιδιά, ἀπροσάρμοστα. Ἄλλον τὸν παράτησε ἡ μάνα του, ἄλλον ὁ πατέρας του. Παιδιὰ χωρισμένων, ὀρφανὰ καὶ χωρὶς λεφτά. Ἐκεῖ μέσα γνώρισα κάθε καρυδιᾶς καρύδι. Ἔκανα πολλοὺς φίλους. Ὁ καλύτερος φίλος μου ἦταν πολὺ πληγωμένος. Δὲν τὰ πήγαινε καλὰ μὲ τὴ μάνα του. Ἔπαιρνε χάπια γιὰ τὰ νεῦρα. Ἦταν γιὸς δηλωμένης πόρνης. – Δὲν σᾶς ἔδιναν ἄλλες συμβουλές; – Πῶς! Νὰ σεβόμαστε τοὺς ἀνωτέρους μας, νὰ ἀγαπᾶμε τὸν βασιλέα Παῦλο, τὴ βασίλισσα Φρειδερίκη, ὅπως καὶ ὅλη τὴ βασιλικὴ οἰκογένεια. – Ἄλλα; – Νὰ σεβόμαστε τοὺς ἱερεῖς, τοὺς γέροντες, τοὺς ἀσθενεῖς, τοὺς ἀνάπηρους, τὶς ἔγκυες γυναῖκες. – Σᾶς ἔμαθαν γράμματα; – Μαθαίναμε ἀριθμητικὴ καὶ ἀνάγνωση καὶ μᾶς ἔκανε τακτικὰ μαθήματα Ἠθικῆς καὶ Κατήχησης ὁ ἱερέας. Ἔμαθα ἀρκετὰ ἀρχαῖα. Πάνω ἀπ' τὴν εἴσοδο τοῦ κοιτώνα μας ὑπῆρχε κρεμασμένη μία ταμπέλα μὲ μεγάλα γράμματα «Πᾶν μέτρον ἄριστον» καὶ στοὺς τοίχους λόγια του Εὐαγγελίου. Θυμᾶμαι ἐκεῖνο ποὺ λέει: «Αἰτεῖτε, καὶ δοθήσεται ὑμῖν, ζητεῖτε, καὶ εὑρήσεται, κρούετε, καὶ ἀνοιγήσεται ὑμῖν». Πέντε φορὲς τὴ μέρα τὸ διάβαζα, ὥσπου τό 'μαθα ἀπέξω. – Ὑπῆρχαν κάποιοι ποὺ σᾶς βοηθοῦσαν; – Ὑπῆρχε παιδονόμος. Ὑπῆρχε καὶ ψυχολόγος. – Σᾶς μεταχειρίζονταν καλά; – Δὲν μᾶς χτυποῦσαν. Μᾶς τιμωροῦσαν μόνο ὅταν κάναμε κάτι ἀνήθικο. Οἱ πιὸ πολλοὶ κρατούσαμε χαρακτήρα ἀπὸ φόβο. Ἀποφάσισα μέσα μου νὰ βγῶ ὅσο γίνεται πιὸ νωρὶς ἀπὸ κεῖ, γι' αὐτὸ καὶ ἔδειξα τὴν καλύτερη διαγωγή. Ἤμουν ἀνήλικος. Μὲ ἔβαλαν στὸ πρόγραμμα ἐπιμελητείας γιὰ νὰ μὴν ὑποτροπιάσω. Προσφέραμε κοινωνικὴ ἐργασία. Ἔγινα καλὸς κηπουρός. Μοῦ ἔδιναν συγχαρητήρια. Μ' ἐκτιμοῦσαν ὅλοι ἐκεῖ. – Μήπως ἔκανες καμιὰ ἀταξία σὲ κάποια ἄδεια; – Ποιά ἄδεια; Ἤμασταν ἔγκλειστοι, δὲν βγαίναμε ἔξω. Ἤμουν φρόνιμος. Ἦταν σὰ φυλακή, δὲν πῆρα καμία ἄδεια. Ἐπιτρέπονταν οἱ ἐπισκέψεις. Ἐμένα ποιός νὰ μ' ἐπισκεφτεῖ; – Τὰ ἐν Ἑλλάδι ἀναμορφωτήρια ἱδρύθησαν τὸ 1940 μὲ στόχον τὴν μέριμναν διὰ τὴν προσαρμογὴν τῶν ἀνηλίκων καὶ δὴ ἐφήβων, οἱ ὁποῖοι παρουσιάζουν παραβατικὴν συμπεριφοράν, ἐπενέβην ἐγώ. Διαδραματίζουν ρυθμιστικὸν ρόλον ὡς πρὸς τὴν θετικὴν μορφοποίησιν τῆς προσωπικότητος τῶν νεαρῶν τοὺς ὁποίους φιλοξενοῦν. – Προσωπικῶς, φίλτατε, δὲν πιστεύω ὅτι τὰ ἱδρύματα αὐτὰ μποροῦν νὰ κάνουν θαύματα. Ἡ μορφοποίησις τοῦ ἐφήβου ἔχει κατὰ τὸ μᾶλλον ὁλοκληρωθεῖ ἤδη διὰ τῆς ἰσχυρᾶς ἐπιδράσεως τοῦ οἰκογενειακοῦ καὶ στενοῦ κοινωνικοῦ του περιβάλλοντος, εἶπεν ὁ ἀξιωματικός. Πιστεύετε ὅτι ὁ νεαρὸς Παγκρατίδης δύναται νὰ ἀλλάξει τακτική;

Ἐντὸς ὀλίγου ἡ ἀνάκρισις, ἡ ὁποία ἐν τέλει εἶχε λάβει μᾶλλον φίλιον χαρακτήρα καὶ ἔβαινε ὑπὲρ τοῦ κατηγορουμένου, ἔληξε καὶ ὁ ἀξιωματικὸς εὐσπλαχνικῶς φερόμενος τὸν ἄφησε ἐλεύθερον καὶ τὸν ἐξεπροβόδισε τῇ συνοδείᾳ διαφόρων πατρικῶν παραινέσεων καὶ συστάσεων. – Πρόσεχε, παιδί μου, ἔχεις δώσει καὶ ἄλλες ἀφορμές. Λογικέψου.

Νὰ μὴ μάθω ξανὰ ὅτι χρειάστηκε νὰ διαβεῖς τὸ κατώφλι τῆς ἀστυνομίας. Πήγαινε τώρα. Καὶ φρόνιμα.

Ἀλλ' αἱ ἐξελίξεις καὶ αἱ ἐκπλήξεις προλαμβάνουν καὶ αἰφνιδιάζουν, ὄχι πάντοτε μὲ εὐχαρίστησιν, ἀκόμη καὶ ἀνθρώπους προνοητικοὺς καὶ ὀξύνους. Καὶ ἀποδεικνύεται, βεβαίως, τὸ οἱονεὶ αὐταπόδεικτον, ὅτι δηλαδὴ ἡ πορεία ἐν τῇ ζωῇ ἑκάστου ἐξ ἡμῶν εἶναι κατὰ πολὺ προδιαγεγραμμένη, τῇ ἐπιδράσει ἰσχυρῶν τινων παραγόντων, ὡς ἡ διάπλασις τοῦ χαρακτῆρος, ἡ ἀγωγή, ἡ μόρφωσις, αἱ ἔμφυτοι κλίσεις, ἡ καλλιέργεια τῶν ποικίλων ἕξεων, ὡς καὶ ἄλλων ἐπιρροῶν, αἱ ὁποῖαι συντελοῦν εἰς τὴν δόμησιν τῆς συνόλου προσωπικότητος τοῦ παιδὸς καὶ τοῦ ἐφήβου.

Μετὰ τὴν ἐλευθέρωσιν τοῦ νεανίου ἀνελογιζόμην κατὰ καιροὺς σύννους καὶ μετὰ βαθείας περισκέψεως τὴν ἰδιαιτέραν περίπτωσίν του καθὼς εἶχε λάβει ἤδη περγαμηνὰς εἰς τὸ πανεπιστήμιον τῶν κακοφήμων δρόμων. Ἐθλίβην βαθύτατα ὅτε ἐπληροφορήθην ἀργότερον ὅτι ἀπὸ τῆς πρωΐμου ἤδη ἐφηβείας του διῆγε κατὰ τὰ φαινόμενα βίον πλάνητος συναγελαζόμενος μετὰ ποικίλων κοινωνικῶν καθαρμάτων ἐκμαυλιζόμενος καὶ ἐκμαυλίζων. Ἐπέπρωτο καὶ ὁ περὶ οὗ ὁ λόγος πλανηθεὶς καὶ ἀπολωλὼς Ἀριστείδης Παγκρατίδης νὰ διαπρέψει ἀργότερον πρωταγωνιστῶν εἰς τὴν κεντρικὴν σκηνὴν τῆς κοινωνικῆς ζωῆς τῆς Θεσσαλονίκης καὶ συνεκδοχικῶς ἁπάσης τῆς ἐπικρατείας, φερόμενος ὡς δράστης φευκταίων καὶ ἄκρως ἀντικοινωνικῶν, ἀξιοποίνων καὶ ἀπανθρώπων πράξεων, καὶ νὰ καταστεῖ ἐν τέλει ἡ περίπτωσίς του ἀποφράς. Προεβλήθη ὑπὸ τοῦ πανελληνίου Τύπου ἡ εἰκὼν τοῦ πλέον διεστραμμένου νοός, ὁ ὁποῖος συνέλαβεν τὸ σατανικὸν σχέδιον ἐξοντώσεως ἀθώων συμπολιτῶν μας. Θὰ ἠδυνάμην, πιθανόν, νὰ ὑποψιαστῶ –μετ' ἀμφιβολιῶν, βεβαίως– ὅτι ἄτομον τοιούτων προδιαγραφῶν, ὡς ὁ νεαρὸς Παγκρατίδης, θὰ ἠδύνατο νὰ προβεῖ καὶ εἰς ἐκτέλεσιν πράξεων ἄκρως ἐπιθετικῶν καὶ μὴ συνήθων διὰ συμπεριφορὰν ἀτόμων μέσης ψυχολογίας. Εἷς ἔφηβος εὐέξαπτος καὶ ὀργίλος, ἔχων πλῆθος τραυματικῶν παιδικῶν καὶ ἐφηβικῶν ἐμπειριῶν εἰς τὰς ἀποσκευάς του, θὰ ἐγίγνετο μετ' ὀλίγον διάσημος εἰς τὸ πανελλήνιον διὰ τὰ ἀπεχθῆ ἔργα του συλληφθεὶς καὶ ὑπόδικος ὡς ὁ πιθανότερος ὑποψήφιος «Δράκος τοῦ Σέιχ Σού». Ἀλλὰ ποῖος ἠμπορεῖ νὰ ὁρκισθεῖ εἰς τὸ ἱερὸν Εὐαγγέλιον περὶ τῆς βεβαιότητος ὅτι ὁ Παγκρατίδης ἦτο ὄντως ὁ ἐγκληματήσας τοιούτων στυγερῶν ἐγκλημάτων καὶ ἁπάντων συνοδευομένων ὑπὸ ἀποπείρας βιασμοῦ καὶ λαφυραγωγίας τῶν θυμάτων; Ἀρκοῦν αἱ σεξουαλικαὶ παρεκκλίσεις τῆς νεότητος, ὁ κατὰ σύστημα χρηματισμὸς δι' ἐρωτικάς, πορνικάς, θὰ ἔλεγον, ὑπηρεσίας, ἡ διὰ μαρτυριῶν ἐπιβεβαίωσις ἑνὸς φαύλου παρελθόντος καὶ ὁ συσχετισμός των μὲ κάποια μᾶλλον ἀναπόδεικτα στοιχεῖα πρὸς τὴν στοιχειοθέτησιν τόσων εἰδεχθῶν κατηγοριῶν; Τίς πταίει; Ἡ καταγωγή; Ἡ οἰκογενειακὴ κατάστασις; Ἡ στέρησις πατρικῆς κηδεμονίας; Τὰ τῆς παιδικῆς ἡλικίας καὶ προσδιοριστικὰ τοῦ μέλλοντος βιώματα; Αἱ πρώιμοι κοινωνικαὶ ἐμπειρίαι; Ἡ ἐλλιπὴς ἐκπαίδευσις; Πιθανὰ οἰκονομικὰ κίνητρα; Τὰ βαθύτερα ἔνστικτα, ὡς πλεῖστοι ψυχαναλυταὶ διατείνονται; Ἡμεῖς οἱ ἡλικιακῶς ὡριμότεροι, εἰς τοὺς ὁποίους ἓν ἱκανὸν ποσοστὸν εὐθύνης διὰ τὴν ἀγωγὴν τῶν ἐφήβων ἀναλογεῖ; Ἢ μήπως –τὸ πλέον ἄφευκτον καὶ ἄνωθεν ἀποφασισμένον– ἡ ἀδυσώπητος τῶν ἀνθρωπίνων πλασμάτων μοίρα, ἡ εἱμαρμένη, τὸ πεπρωμένον, τὸ καὶ τουρκιστὶ «κισμὲτ» ἀποκαλούμενον, εἰς τὸ ὁποῖον μετὰ περισσοῦ πάθους οἱ ἀνατολικοὶ λαοὶ ὡς θεήλατον θύουσιν;

Ἀναμιμνήσκομαι δὲ πολλάκις τὴν στιχομυθίαν, ἡ ὁποία διημείφθη μεταξὺ τοῦ ἀξιωματικοῦ ὑπηρεσίας καὶ τοῦ νεαροῦ Παγκρατίδη κατὰ τὸ πέρας τῆς ἀνακρίσεως εἰς τὴν ὁποίαν καὶ παριστάμην. – Πιστεύετε ὅτι ὁ νεαρὸς Παγκρατίδης δύναται νὰ ἀλλάξει χαρακτήρα; μὲ ἠρώτησε εὐθέως ὁ ἀνακριτής. – Θὰ προσπαθήσω, κύριε, προσπαθῶ, ἀπήντησε ἀντ' ἐμοῦ ὁ νεαρὸς Ἀριστείδης. Ἂν βρεθεῖ κάποια δουλειά. Ξέρω νὰ κάνω χίλια δυὸ πράγματα. Μιὰ σταθερὴ ἐργασία ζητῶ. Εἶμαι στὸ δρόμο. Παραδέρνω ἀπὸ δῶ καὶ ἀπὸ κεῖ. Ἂν μὲ βοηθήσουν στὸ θέμα τῆς δουλειᾶς... Ἡ πείνα σὲ φέρνει στὸ ἀμήν, κύριε. Τὸν περασμένο μήνα στὰ Κουφάλια ἔκανα νούμερα κάθε Κυριακὴ ἀπόγευμα στὸ κέντρο τῆς πλατείας, δηλαδὴ ξάπλωνα πάνω σὲ καρφιὰ καὶ πατοῦσαν δύο ἄτομα πάνω στὸ στῆθος μου. Ἢ ἔκανα ἕνα ἄλλο νούμερο ποὺ τὸ λένε ὁ «ἄνθρωπος-φλογοβόλο». Τὸ ἔχετε δεῖ, κύριε; Ἂν μὲ βοηθήσουν στὸ θέμα τῆς δουλειᾶς, θὰ ἀλλάξουν πολλά. Εἶναι κι ἕνα ἄλλο, νὰ μὴ μοῦ χώνονται. Ὅταν μοῦ χώνονται καὶ μπλέκονται διάφοροι ξένοι στὰ πόδια μου, μὲ πιάνει τρέλα. Ἀμόκ. Τοὺς βλέπω σὰν ἐχθρούς. Καὶ τότε δὲν ξέρω τί μπορεῖ νὰ γίνει. Δὲν ἐγγυῶμαι γιὰ τίποτα.

8. Τὸ βαρέλι τοῦ θανάτου

ΤΟ ΑΦΕΝΤΙΚΟ ΤΟΥ ΑΡΙΣΤΟΥ ΣΤΟΝ ΓΝΩΣΤΟ «ΓΥΡΟ ΤΟΥ ΘΑΝΑΤΟΥ»

ΕΙΜΑΙ ΤΡΙΓΥΡΙΣΤΡΑΣ, ΠΟΛΥΜΗΧΑΝΟΣ. Εἶμαι πολυτεχνίτης, νταραβέρατζης. Μὲ ξέρουνε ὅλοι στὴν πιάτσα. Μικροὶ καὶ μεγάλοι, πλούσιοι καὶ φτωχοί, δεξιοὶ κι ἀριστεροί. Ἀπὸ τὸ 1955 ἔχω δικό μου μεγάλο ἀκροβατικὸ συγκρότημα. Τὸ βαρέλι τὸ δούλευα ἀπὸ χρόνια σὰ βοηθός. Εἶναι ἡ ἀδυναμία μου. Καὶ ποῦ δὲν γυρίσαμε! Ὅλη τὴν Ἑλλάδα. Θεσσαλονίκη, νομὸ Ἠμαθίας, Κατερίνη, Δραπετσώνα καὶ Ταμπούρια Πειραιῶς. Ἀραιὰ καὶ ποῦ στὰ νησιά. Σὰν τοὺς τσιγγάνους ζούσαμε. Ἀλλάζαμε τόπο ἀνάλογα μὲ τὶς γιορτές, τὰ πανηγύρια καὶ τὴν ἐμπειρία ποὺ εἴχαμε ἀπὸ τὶς εἰσπράξεις τῆς προηγούμενης χρονιᾶς. Δουλεύαμε ἀπὸ Μάιο μέχρι Ὀκτώβριο συνήθως. Πληρώναμε νοίκι στὴν κοινότητα ἢ στὸ δῆμο ποὺ μᾶς φιλοξενοῦσε σύμφωνα μὲ τὸ πόσα τετραγωνικὰ καταλάμβανε ἡ περιοχὴ ποὺ ὅριζαν γιὰ τὴν ἐγκατάστασή μας. Μὲ τόσα μαραφέτια ποὺ κουβαλούσαμε, μέχρι νὰ ὁλοκληρώσουμε τὴν προετοιμασία μας, μπορεῖ νὰ μᾶς ἔπαιρνε καὶ δύο μερόνυχτα. Γι' αὐτό, τὸ καραβάνι μας ἔφτανε στὸ μέρος ποὺ θὰ δουλεύαμε δύο μὲ τρεῖς μέρες πιὸ μπροστὰ ἀπ' τὴν παραμονὴ τῆς γιορτῆς. Οἱ Ἀρχὲς μᾶς ὑποχρέωναν νὰ στήνουμε τὸν ξύλινο πύργο μας στὴν ἄκρη τοῦ πανηγυριοῦ, καμιὰ φορὰ καὶ σὲ κανένα λίγο πιὸ ἀπομακρυσμένο χωράφι. Παραπονιόμασταν ἀλλὰ εἶχαν δίκιο, ἐπειδὴ ὁ κόσμος ἀγανακτοῦσε γιὰ τὸ σαματὰ ποὺ προκαλοῦσαν τὰ ἀπανωτὰ μαρσαρίσματα καὶ τὰ στριγκλίσματα τῶν φρένων τῆς μοτοσυκλέτας, ποὺ πραγματικὰ σὲ ξεκούφαινε. Ἡ πίστα μας ἦταν κυκλική. Ἦταν ἕνα τεράστιο λυόμενο ξύλινο βαρέλι ποὺ εἶχε διάμετρο δέκα μέτρα καὶ βάθος ἕξι μέτρα περίπου. Στὸ χεῖλος τοῦ βαρελιοῦ μοντάραμε[1] τὶς ξύλινες ἐξέδρες μὲ τὰ κιγκλιδώματα, ἀπ᾽ ὅπου παρακολουθοῦσαν ἐκστασιασμένοι οἱ θεατὲς τὸ ὑπερθέαμα.

Ἤμασταν λίγο ἔξω ἀπ᾽ τὰ Τρίκαλα. Σ᾽ ἕνα πανηγύρι, παραμονὴ τῆς Παναγιᾶς. 1958, Δεκαπενταύγουστος. Νομὸς Τρικάλων, ἀγροτιά, ὡραῖα χωριά. Καλαμπάκα, Σαρακήνα, Φαρκαδώνα, Φήκη, Μουζάκι, Μαυρομάτι. Καρπερὴ χώρα, μ᾽ ὅλα τ᾽ ἀγαθὰ τοῦ Θεοῦ. Νοικοκυραῖοι καλοί. Ξύπνιοι, γλεντζέδες, δουλευταράδες, ξοδευταράδες. Τώρα δὲν ξέρω τί γίνεται, τότε, ἀπὸ χουβαρνταλίκια, πολλά, κι ἀπὸ πελατεία, χαμός. Λεφούσια τὴν παραμονὴ τῆς γιορτῆς. Μαζεύονταν σὲ μᾶς. Γύρω στὶς ἑφτὰ τὸ ἀπόγεμα, κόβαμε εἰσιτήρια, ἡ γυναίκα μου στὸ ταμεῖο, κάναμε τὴν πρώτη παράσταση, οὔτε δέκα λεπτὰ δὲν κρατοῦσε ἡ κούρσα, κι ἄλλοι πελάτες στὸν ἑπόμενο γύρο, δεύτερο πρόγραμμα στὶς ἑπτάμισι, Σαββατοκύριακο ἄλλες δέκα παραστάσεις, στὶς ὀχτὼ τρίτο γύρο, στὶς ὀχτώμισι τέταρτο, καὶ οὕτω καθ᾽ ἑξῆς. Ἤμασταν πάντοτε φίσκα. Πολλοὶ δὲν ἔβγαιναν ἔξω καὶ ξαναέκοβαν εἰσιτήριο, τὸ ἔβλεπαν δύο καὶ τρεῖς φορές. Ἔρχονταν σὰν ἀφιονισμένοι, καρφώνονταν ἐπάνω μας, ζαλίζονταν ἀπ᾽ τὸ ὑπερθέαμα ποὺ παρουσιάζαμε, ἔφευγαν ξεμυαλισμένοι, λαγγεμένοι.

Ὕστερα τραβοῦσαν στὶς μπουγάτσες, στοὺς λουκουμάδες. Οἱ λαχταριστοὶ λουκουμάδες μὲ μέλι σερβίρονταν ζεστοὶ στὸ δρόμο σὲ κάτι αὐτοσχέδιες παράγκες ξύλινες, μὲ λαμαρίνα γιὰ στέγη, χωρὶς τραπέζια καὶ καρέκλες, στὸ πόδι τοὺς ἔτρωγαν. Τὸ ἴδιο καὶ οἱ μπουγάτσες, οἱ τυρόπι-

1. *Μοντάρω* (ἀπὸ τὸ ἰταλ. *montare* ἢ τὸ γαλλ. *monter*): Συναρμολογῶ, στήνω.

τες καὶ τὰ σουβλάκια μὲ τὴ ρίγανη. Σὲ πάγκους, στὴν ὕπαιθρο, πουλοῦσαν καὶ τὸν ξακουστὸ χαλβὰ Φαρσάλων, ποὺ τὸν κόβανε μὲ τὸ φαρδὺ τὸ κουζινομάχαιρο σὲ κομματάρες, τὸν ζύγιζαν καὶ τὸν τύλιγαν στὴ λαδόκολλα.

Οἱ πιὸ μερακλῆδες, ζωηρὲς ἀντροπαρέες ἀλλὰ καὶ ζευγαράκια καὶ οἰκογένειες τραβοῦσαν γιὰ τὰ ταβερνάκια, ὅπου χορεύανε καὶ τραγουδοῦσαν οἱ τραγουδίστριες ἀλλὰ καὶ οἱ ντιζέζ. Οἱ τραγουδίστριες, δευτεράντζες συνήθως. Οἱ καημένες οἱ ντιζέζ, φτωχομπινοῦδες. Θερίζανε τότε τὴν ἐπαρχία. Θυμᾶμαι μία, ἡ Καίτη, ψηλή, κοκαλιάρα, ξεχαρβαλωμένη, μὲ ζαρωμένα τὰ μοῦτρα της, μπόλικο ροὺζ στὰ μάγουλα, χτυπητὰ κραγιόνια, μακρὺ μαλλὶ κατάξανθο. Φοροῦσε ἕνα φουσκωτὸ φουστάνι ὣς τὸ γόνατο μὲ φαρμπαλάδες, πλουμιστό, μὲ πούλιες, μὲ στρὰς κεντημένα πάνω στὰ τούλια τὰ ἀραχνοΰφαντα, πράσινο χτυπητό, μπαλωμένο ἐδῶ κι ἐκεῖ. Ἀλλὰ τὰ μπαλώματα τὰ εἶχε περιποιηθεῖ, τὰ εἶχε κόψει ἀπὸ ἕνα ὡραῖο ὕφασμα, ἀτλαζένιο, πάλι σὲ πράσινο, λίγο πιὸ σκοῦρο, κι ἔτσι ἀντὶ νὰ ξενίζουν καὶ νὰ φτωχαίνουν τὸ παρουσιαστικό της, φαίνονταν σὰ διακοσμητικὰ καὶ ἔκαναν αἴσθηση. Οἱ κολιέδες κόκκινοι, ἡ ζώνη κόκκινη, τὰ σκουλαρίκια κίτρινα, τὰ τακούνια ἀσορτί, κίτρινα, μυτερά. Στοὺς ὤμους ἔριχνε ἕνα σάλι ἀπὸ σιφόν, σιὲλ-πράσινο. Ὅποτε γούσταρε, τὸ ἔβγαζε καὶ τὸ κουνοῦσε ἢ τὸ τύλιγε στὴ μέση της. Ἀραιὰ καὶ ποῦ τὸ σήκωνε ψηλὰ καὶ τὸ ἀνέμιζε κάνοντας μιὰ κίνηση ἀποχαιρετισμοῦ, ὅπως ἔκαναν στὰ τρένα αὐτοὶ ποὺ φεύγουν σ' αὐτοὺς ποὺ μένουν. Ἄμα δὲν κάνει κόλπα, τσαλίμια ἡ ντιζέζ, ἄμα δὲν εἶναι καὶ λιγάκι ἠθοποιός, πῶς θὰ πιάσει τοὺς πελάτες; Ἡ Καίτη ἔβγαινε καὶ ἔκανε τὸ καλλιτεχνικὸ μέρος της στὴν πίστα, κάτω ἀπ' τὸ τσαρδάκι τοῦ θερινοῦ κέντρου, κάθε μία ὥρα περίπου κι ἔτσι ἔσπαγε τὴ μονοτονία τῆς ὀρχήστρας καὶ ἄφηνε τὸν κόσμο μὲ τὴ λαχτάρα νὰ τὴν ξαναδεῖ. Ὅλα τὰ λεφτὰ ἦταν τὸ τελευταῖο νούμερο, ἀργά, ὅπου οἱ θαμῶνες ἔδιναν τὰ ρέστα τους. Σειόταν ὁλόκληρη, χόρευε σὰν ἀφιονισμένη κι ἔκανε κάτι τσακίσματα, κάτι τσαλίμια, Παναγιά μου. «Σινανάι, γιαβρούμ, σινανάι, νάι, ἡ καρδιά μου σὲ πονάει». Παράφορα λικνιζόταν ἀπ' τὴ μιὰ ἄκρη τῆς πίστας ὣς τὴν ἄλλη φέρνοντας κύκλους, ὥστε νὰ κάνει ζωηρὴ ἐντύπωση. «Ἀπόψε εἶσαι γιὰ φιλί», ἅμα τραγουδοῦσε, τὸ ἐννοοῦσε, τό 'λεγε μὲ τὴν ψυχή της. Ἡ πίστα τσιμεντένια, τὸ τσαρδάκι ξύλινο, οἱ καρέκλες ψάθινες. Ὁ ταβερνιάρης μὲ τὸ γκαρσόνι, ἄσπρες ποδιές, κόντρα ξύρισμα καὶ μούσκεμα στὸν ἱδρώτα. Ὁ βοηθός, σαΐτα, νὰ προλάβει τὶς ρετσίνες καὶ τὰ νερά. Κάπου κάπου ἀποξεχνιόταν μὲ τὰ καμώματα τῆς ντιζὲζ κι ἀργοποροῦσε. «Ἄσε τὸ μάτι καὶ τρέχα μέσα! Σβέλτα!» μούγκριζε τὸ ἀφεντικό. Τὰ πιτσιρίκια μαζεύονταν κι ἔκαναν χάζι ἢ καὶ μπούγιο. Ὅταν τὸ παρατραβοῦσαν μὲ τὴν καζούρα, οἱ μεγάλοι ἐνοχλημένοι τὰ ἔδιωχναν μὲ ἄγριες φωνές. Οἱ γυναῖκες τοῦ μαγαζιοῦ τσιγαρίζονταν στὴν κουζίνα. Ἡ ντιζέζ, πλάσμα τοῦ παραμυθιοῦ καὶ τῆς ἁμαρτίας, γιὰ σεργιάνι καὶ γιὰ γλέντισμα. Οἱ κυράδες διασκέδαζαν μὲ τὰ καμώματά της καὶ ταυτοχρόνως τὴ ζήλευαν, γιατὶ ἦταν σίγουρες ὅτι μ' αὐτὴν ὁ ἄντρας τους θὰ τὴν ἔβρισκε πιὸ πολύ, θὰ τὴν ἔβρισκε σίγουρα καὶ θὰ τὴν ἔβρισκε κι ἀλλιῶς, κι ἂς ἦταν σιτεμένη. Ὅλοι κι ὅλες τὴν εἶχαν γιὰ πρόχειρη, γιὰ εὔκολη. Ὅλες τὶς ντιζὲζ γιὰ πουτάνες τὶς εἴχανε. Τὴ νύχτα, ὅταν τελείωνε τὸ πρόγραμμα, ξαπόσταινε ἡ καψερὴ πάνω στὰ καφάσια –μαῦρος ὕπνος– ἢ ἔστρωνε κουρελοὺ μέσα στὸ μαγαζί, στὰ μωσαϊκά. Κουβαλιόνταν ἀπ' ἔξω οἱ μουστερῆδες τὴ νύχτα καὶ τὴν ἐνοχλοῦσαν. Πετοῦσαν πετραδάκια, σφύριζαν δῆθεν συνθηματικὰ ἢ ἔπαιζαν κάποιο γνωστὸ λαϊκὸ σκοπὸ μὲ τὸ τσιγαρόχαρτο στὸ στόμα σὰ φυσαρμόνικα ἢ σὰ σιγανὴ φλογέρα. «Στοῦ γιαλοῦ τὰ βοτσαλάκια» παίζανε. Τοὺς βλαστημοῦσε ἡ Καίτη. «Ξούτ! Ξούτ! Λεχρίτες!» Εἶχε ἐκείνη ἀγαπητικό. Οἱ ντιζὲζ ἀν-ταποκρίνονταν ἀναλόγως. Οἱ νοικοκυρὲς δὲν εἶχαν πάντα δίκιο. Δὲν ἦταν ὅλες τους εὔκολες.

Σὲ κάνα-δυὸ μαγαζιὰ κελαηδοῦσαν καὶ πιὸ καλὰ μπουζούκια. Παιχνίδια τὰ λέγαμε, πᾶμε στὰ παιχνίδια. Στοὺς παιχνιδιάτορες. Ἔχουν παράδοση στὰ μπουζούκια σ' ἐκεῖνες τὶς περιοχές. Ὄχι ὅτι δὲν εἶχε καὶ κλαρίνα. Κατέβαιναν οἱ μαστόροι τοῦ κλαρίνου ἀπ' τὴν Ἤπειρο, Σουκαῖοι καὶ Χαλκιάδες, οἱ τρανοὶ καὶ οἱ ἄλλοι. Ἐρχόντανε οἱ Μεσολογγίτες μὲ τὴ ζυγιά, δυὸ ζουρνάδες κι ἕνα νταούλι, ἄλλοι ζηλευτοὶ μουσικοὶ κι αὐτοί. Ὅλοι οἱ παραδοσιακοὶ κονομούσανε πολὺ καλὰ λεφτὰ ἀπ' τὴ χαρτούρα. Μὰ τὸ μπουζούκι τό 'χανε πιὸ ψηλὰ σ' αὐτὰ τὰ μέρη. Ἀπὸ κεῖ κρατοῦσαν Τσιτσάνηδες, Καλδάρηδες καὶ βάλε. Ἐρχόντανε ὡραῖες μπάντες τότε, συγκροτήματα ἀπ' τὴν Ἀθήνα. Ἐκτὸς ἀπ' τοὺς δευτεροκλασάτους, καλοῦσαν καὶ ὀνόματα. Ὁ Μητσάκης μὲ τὴ Χρυσάφη, θυμᾶμαι. Κι ἀργότερα, Χρηστάκης, Περπινιάδης, Μπάμπης Μαρκάκης - Κατερίνα Κάρολ, Οὔλα Μπάμπα. Καὶ ἡ Μπέμπα Μπλάνς. Μέχρι κι ὁ μπερμπάντης ὁ Ζαμπέτας.

Ὅλοι τους πρῶτα ἀπὸ μᾶς περνοῦσαν. Ἀκόμη κι οἱ μουζικάντηδες. Ἀπὸ τὸν κυκλικὸ ξύλινο στίβο τοῦ ἀγωνίσματος καὶ τῆς ἀγωνίας. Ἀπ' τὸ «γύρο τοῦ θανάτου». Ἂν καὶ τὸ εἰσιτήριο ἦταν ἁλμυρούτσικο καὶ θεωροῦνταν ἀπ' ὅλους τὸ πιὸ ἀκριβὸ θέαμα ἀπ' ὅσα προσφέρονταν στὰ πανηγύρια. Ψώνιο ποὺ ἔχει ὁ κοσμάκης, μὲ τί λαχτάρα, ρὲ παιδί, νὰ καρδιοχτυπάει σ' αὐτὸ τὸ θέαμα! Γριὲς μὲ τὰ μαῦρα τὰ φακιόλια καὶ τὰ ἐγγονάκια ἀπ' τὸ χέρι. Ντελικανλῆδες[1] μὲ τὸ

1. *Ντελικανλὴς* καὶ *ντεληκανής* (τουρκ. *delikanlı* = τρελοαίματος): Νέος παράτολμος, παλικαράς.

μουστακάκι τὸ λεπτό, τὸ ἀσίκικο, παλικάρια λιγνὰ μὰ γεροχτισμένα. Κοπελίτσες κουφέτα, ἄβαφες, χωρὶς μακιγιὰζ καὶ σοβαντίσματα. Τότε, ἅμα ἤσουνα ὄμορφος, ἀρσενικός, θηλυκός, ἔλαμπες ἐκ τοῦ φυσικοῦ, μ' ἕνα λούσιμο. Οὔτε μὲ λούσιμο. Καὶ μὲ τὰ ροῦχα τῆς δουλειᾶς. «Τὸ καλὸ τὸ ἄτι», λέει, «καὶ κάτω ἀπ' τὰ κουρέλια φαντάζει». Ὅλος ὁ λαὸς τῶν Τρικάλων, λοιπόν, στὸ βαρέλι μας. Μεγάλη προσέλευση! Κι ἀπὸ Λάρισα, ἀκόμη κι ἀπὸ Καρδίτσα μεριὰ ἔρχονταν. Ἀπὸ Σοφάδες, ἀπὸ Ζάρκο, ἀπὸ Παλαμά, ὡς κι ἀπὸ Τύρναβο, ὡς κι ἀπ' τὰ μέρη τοῦ Βόλου, Ἁλμυρό, Πτελεό. Προσφέραμε ζωντανὸ θέαμα. Ἐπικίνδυνο. Νὰ βαράει ἡ καρδιὰ τὴν ὥρα τοῦ γύρου, ντούκου ντούκου, ντούκου ντούκου. Ἱδροκοπούσανε, ἀλλὰ δὲν βγάζανε τσιμουδιά, θαρρεῖς καὶ παρακολουθούσανε σεμνὰ κυριακάτικη λειτουργία! Αὐτὸ τὸ ἄγριο σπὸρ μᾶς ἦρθε ἀπ' τὸ ἐξωτερικό, ἄλλοι λέγανε ἀπ' τὴν Ἰταλία καὶ ἄλλοι ἀπ' τὴ Γερμανία. Ἀπ' τὴν Ἰταλία, ξέρω ἐγώ. Ἐκεῖ θριάμβευσε. Ὁ γύρος τοῦ θανάτου ἦταν στὴ μόδα τὶς δεκαετίες τοῦ '50 καὶ τοῦ '60, σὲ ὅλη τὴν οἰκουμένη, εἶχε πιάσει τὸν παλμὸ τοῦ κόσμου κι ἦταν ἀπ' τὰ πιὸ ἀγαπητὰ λαϊκὰ θεάματα.

Ἡ δουλειὰ ἐκείνη ποὺ γιὰ μᾶς ἦταν δύσκολη καὶ ριψοκίνδυνη, γιατὶ πατούσαμε στὴν κόψη τοῦ ξυραφιοῦ καὶ ρισκάραμε κάθε νύχτα τὴ ζωή μας, γιὰ τοὺς πιὸ πολλούς, γιὰ τὸ κοινό, φαινόταν ἀκατόρθωτη. Γι' αὐτὸ καὶ μᾶς ἔβλεπαν σὰν πρόσωπα τοῦ παραμυθιοῦ, σὰ θρύλους. Τὸ παλικάρι ποὺ ἀνεβαίνει στὴ μηχανὴ βάζει τὸ κεφάλι του στὸν ντορβά. Στὴν ἀρχή, γιὰ νὰ προετοιμάσουμε τὸ θέαμα, ἀνοίγαμε τέρμα τὸ μαγνητόφωνο καὶ γέμιζε ὁ χῶρος γιὰ πέντε λεπτὰ μὲ μουσικὴ γεμάτη ἔνταση καὶ δυναμισμό. Ξένη μουσική, χωρὶς λόγια. Οἱ ὁδηγοὶ-ἀκροβάτες ἐμφανίζονται καὶ χαιρετοῦν τὸ κοινό. Μετά, γιὰ λίγα λεπτὰ ἀφοσιώνονται στὸν ἑαυτό τους, ἀμίλητοι, σὰ νὰ προσεύχονται μὲ κατάνυξη. Κάποιοι κάνουν φανερὰ τὸ σταυρό τους, ἄλλοι ἀποφεύγουν γιὰ νὰ μὴ φανοῦν δειλοί. Σὲ τέτοιο ἐπιδεικτικὸ ἄθλημα, ἔτσι καὶ φέρεις τὸ κοινὸ στὸ σημεῖο νὰ σὲ λυπηθεῖ, τοὺς χάνεις ἀπὸ θαυμαστές, καὶ τοὺς χάνεις κι ἀπὸ πελάτες. Πρέπει νὰ δείχνεις ἀτρόμητος καὶ νὰ βγαίνεις στὴν πίστα ἐξαρχῆς μὲ τὸν ἀέρα τοῦ βέβαιου θριαμβευτῆ. Τὰ ἴδια ἰσχύουν καὶ γιὰ τοὺς παλαιστὲς καὶ γιὰ τοὺς σχοινοβάτες. Κάποια στιγμή, λοιπόν, τὴ στιγμὴ ποὺ ὅλοι περιμένουν, βάζουνε μπρὸς τὴ μηχανὴ καὶ ἀρχίζουν τὴν παράσταση, ἡ ὁποία στηρίζεται στὶς περιστροφικὲς κινήσεις ποὺ θὰ διαγράψει ἡ μηχανὴ στὴν κοιλιὰ τοῦ ξύλινου κυλίνδρου. Ἡ μηχανὴ ἑτοιμάζεται νὰ ἀκολουθήσει τὴ φορὰ στὴν ὁποία θὰ τὴ σπρώξει ἡ φυγόκεντρη δύναμη. Σκαρφαλώνουν μάγκικα καὶ βάζουν μπρὸς μαρσάροντας ἄγρια. Ὁ φόβος καὶ ὁ τρόμος. Ἀνεβαίνουν ἀπότομα κάνοντας γρήγορους κύκλους στὸ κενό, ἔτσι ποὺ φτάνουν πολλὲς φορὲς μέχρι τὸ χεῖλος τοῦ βαρελιοῦ, ἐνῶ οἱ ἐξατμίσεις ποὺ εἶναι κομμένες προκαλοῦν κοσμοχαλασιὰ μὲ τὴ φασαρία ποὺ σηκώνουν. Οἱ κοπελίτσες ποὺ παρακολουθοῦν, νὰ τρέμει τὸ φυλλοκάρδι τους ἀπὸ ἀγωνία ἀλλὰ ἴσως κι ἀπὸ ἐρωτικὸ πόθο καὶ ἔγνοια γιὰ τὴν τύχη τῶν ἀκροβατῶν. Τὰ ἀγόρια ζηλεύουν κρυφὰ τοὺς μοτοσυκλετιστές. Θέλουν νὰ τοὺς μιμηθοῦν κατὰ βάθος. Ἀλλὰ τοὺς πλημμυρίζει ὁ φόβος, γιατὶ καταλαβαίνουν πὼς ἡ μηχανὴ ποὺ συνήθως ὑπακούει τὸν ὁδηγό της ὅπως τὸ προπονημένο ἄλογο τὸν καβαλάρη του, μπορεῖ ξαφνικὰ νὰ σὲ ἀφήσει καὶ νὰ σακατευτεῖς γιὰ πάντα ἢ νὰ σὲ στείλει στὸν ἄλλο κόσμο.

Ἡ ὁμάδα μας ἕξι ἄτομα. Ἐγώ, ποὺ ἤμουνα τὸ ἀφεντικό, ἡ γυναίκα μου, ποὺ δούλευε κι αὐτὴ σκληρὰ στὸ πλάι μου, μαγείρεμα, καθαριότητα, ταμεῖο, ἡ ἀνιψιά μου, δεκαοχτὼ χρονῶν, ποὺ μᾶς βοηθοῦσε σὲ ὅλα κι ἀπὸ λίγο, ὁ

Ἀρίστος, τσιράκι μου σὲ ὅ,τι δουλειὰ καταπιανόμουνα, καὶ δυὸ παλικάρια, οἱ μοτοσυκλετιστές, ἄσσοι στὴ μοτοσυκλέτα καὶ στὴν ἰσορροπία.

Ὁ ἕνας, ὁ Σταυράκης. Σταυράκης Σεβνταλής, ἀπὸ τὴν Καισαριανή, προσφυγοπούλι, εἰκοσιτριῶν ἐτῶν, καστανόξανθος, μὲ σῶμα δεμένο, ἀγαλμάτινο, σὰν ἀρχαῖος θεός, πολὺ τσίφτης. Ὁ Σταῦρος μὲ τ' ὄνομα. Ἤτανε καὶ τζαμπάζης, πά' νὰ πεῖ ἰσορροπιστής, σχοινοβάτης. Ἡ δουλειὰ τοῦ σχοινοβάτη –δὲν εἶναι δουλειά, τέχνη εἶναι– ἔχει ὁρισμένα μυστικά. Μυστικὰ τοῦ ἐπαγγέλματος, ποὺ λένε, ποὺ τὰ παραδίνει ὁ ἕνας στὸν ἄλλον. Ὁ Σταῦρος ἔδινε καὶ χωριστὲς παραστάσεις, μόνος του, σὲ χωριά, σὲ γιορτὲς καὶ πανηγύρια, μεσημεριανές. Μαζευότανε ὁ κόσμος γύρω νὰ τὸν χαζέψει, τὸ νούμερο ποὺ ἔκανε. Στὴ σβελτάδα αἴλουρος καὶ στὸ μπόι βουνό, δύο μέτρα ἀκριβῶς, οὔτε πόντο λιγότερο. Ἀνάμεσα σὲ δύο στύλους ἢ σὲ δύο δέντρα ἔδενε ἕνα σκοινί, ὄχι ἰδιαίτερα χοντρό, εἰδικῆς κατασκευῆς καὶ ἀντοχῆς, ποὺ νταγιαντοῦσε[1] τὸ ὕψος του καὶ τὸ βάρος του. Ἐκεῖ πάνω σκαρφάλωνε ὁ Σταυράκης καὶ σχοινοβατοῦσε ἐκτελώντας ἐπικίνδυνους ἀκροβατικοὺς σχεδιασμούς.

Αὐτὸς ὁ Σεβνταλὴς ἦταν ὄνομα καὶ πράμα καὶ ὅπου πηγαίναμε ξεμυαλίζονταν οἱ κοπέλες. Ἡ λαιμαριά του ἤτανε συνέχεια δαγκαμένη καὶ ρουφηγμένη, ὅλο μελανιὲς καὶ ξυσίματα. Ἀφήνανε μανικιούρ, οἱ ἄτιμες, καὶ σὲ γδέρνανε ἀπ' τὴ λύσσα τους σὰν τὸν τίγρη. Τὶς ἔπαιρνε τὰ μυαλά. Καὶ πολλές, τί πολλές, οἱ πιὸ πολλές, παντρεμένες. Κυνηγητὰ ἀπ' τοὺς χωριάτες. Κυνηγητὰ ἀπ' τὰ σόγια. Κυνηγητὰ ἀπ' τὴ γειτονιά. Κυνηγητὰ ἀπ' τὴν μπασκιναρία.

Βρήκαμε τὸν μπελά μας, ἕναν καιρό, στὸ Ναύπλιο.

1. *Νταγιαντῶ* (ἀπὸ τὸ τουρκ. *dayanmak*): Ἀντέχω, βαστάω.

Ἔμπαινε κάθε μεσάνυχτα σ' ἕνα σπίτι, δεύτερο πάτωμα, ἀνελλιπῶς γιὰ ὅσο διάστημα κάτσαμε. Δύο βδομάδες. Ἡ νοικοκυρά, παντρεμένη, εἶχε ἕναν ἄντρα ψαρά. Τὰ εἴχανε συμφωνημένα κι ὅταν ἄφηνε δίπλα στὴν ἐξώπορτα ἡ προκομμένη τὶς γαλότσες, τὰ ποδήματα τῆς δουλειᾶς τοῦ συζύγου της, περνοῦσε ἀπ' ἔξω ὁ Σταῦρος καὶ πά' νὰ πεῖ « ὁ ψαρὰς λείπει στὴν τράτα, ἔλα, ὄμορφη φρεγάτα ». Χά, χά! Ἀνέβαινε ὁ καλός σου καὶ τὴν περνοῦσαν ὅλη νύχτα ζάχαρη. Ἀλλὰ ἡ κουνιάδα, ἡ ἀδελφὴ τοῦ ψαρᾶ, ποὺ ἔμενε δίπλα, τὴν ἀνθίστηκε τὴ δουλειὰ καὶ τὰ κάρφωσε τοῦ ἀδελφοῦ της. Μπούκαρε ὁ κερατὰς στὴν κάμαρα καὶ τὰ τσάκωσε ἀγκαλίτσα τὰ πιτσουνάκια στὴν καριόλα. Καβαλλερία ρουστικάνα. Ὕστερα, ἀστυνομίες, τσακωμοί, δικαστήρια. Ἀπὸ κεῖνο τὸ μέρος κι ἐγὼ δὲν ξέρω ἀπὸ ποιό δρόμο φύγαμε καὶ πῶς τὴ σκαπουλάραμε.

Ἦταν παίδαρος ὁ Σταυράκης. Κι ἔκανε ἐκπληκτικὰ νούμερα πάνω στὸ μοτοσακὸ καθὼς στροφάριζε μὲ τέχνη ἄφταστη καὶ ἔφερνε γύρω γύρω βόλτες τὸ βαρέλι ἀπὸ τὸν πάτο του μέχρι τὶς ἄκρες τοῦ χείλους του, ψηλά, ἐκεῖ ποὺ στεκόταν ὁ κόσμος καὶ τὸν σεργιανοῦσε. Πρῶτα ἔκανε ἐπιδεικτικὰ τὸ σταυρό του, σὰν ἕνα σύντομο θεατρικὸ σκετσάκι, προτοῦ περάσει στὴν κυρίως παράσταση, πρὶν δηλαδὴ νὰ καβαλήσει τὴ μηχανή, ποὺ τὴ χάιδευε τρυφερὰ γιὰ λίγο σὰν λατρεμένη ἀγαπητικιά. Πιστὴ ἀγαπητικιὰ ποὺ δὲν τὸν πρόδωσε ποτέ. Ὁδηγοῦσε στὴν ἀρχὴ κλασικά, καθισμένος ἄνετα στὴ σέλα. Σιγὰ σιγὰ ξεθάρρευε καὶ ἔκανε ἐπίδειξη τῆς ταλεντάρας του. Ἄφηνε τὸ τιμόνι καὶ σήκωνε τὰ χέρια ψηλά, καθότανε κεντραρισμένος πάνω στὴ σέλα ὀκλαδὸν καὶ πολὺ σπάνια ἔκανε πρὸς τὸ τέλος τῆς γύρας λεζάντα ὄρθιος τὸ σοῦπερ νούμερο. Πολὺ σπάνια ἔδενε στὸν τελευταῖο γύρο τὰ μάτια του κι ἔκανε κύκλους προκαλώντας ρίγη ἀγωνίας. Οἱ κραδασμοὶ ἀπὸ τὸ πέρασμα τῆς καλολαδωμένης τεράστιας μηχανῆς του ποὺ μούγκριζε σὰν νηστικὸ λιοντάρι μπροστὰ στὸ θήραμα, ἔκαναν τὸ κορμὶ τοῦ θεατῆ νὰ τραντάζεται καθὼς τὸ βαρέλι παλλόταν μ' ἕνα συνεχόμενο ἀνατριχιαστικὸ τρέμουλο. Ἡ ἀδρεναλίνη στὸ φοὺλ τοῦ ὀργασμοῦ της. Δὲν εἶχε καμιὰ ἀσφάλεια ὁ ἀκροβάτης, κρεμόταν ἀπὸ τὴ μαεστρία του κι ἀπὸ τὸ κέφι τῆς μοίρας καὶ τοῦ Θεοῦ. Σ' αὐτὴ τὴ δουλειὰ μαθαίνεις νὰ ζεῖς μαζὶ μὲ τὸ φόβο καὶ στὸ τέλος νὰ ζεῖς γιὰ τὸν ἴδιο τὸ φόβο. Νὰ λατρεύεις τὴ λεπτομέρεια τοῦ φόβου κι ὅσο πιὸ μεγάλο ρίσκο παίρνεις μὲ τὰ ἐπικίνδυνα νούμερα τόσο πιὸ πολὺ νὰ τὴ βρίσκεις. Ἴσως νά 'ταν κι ὁ καλύτερος σὲ ὅλη τὴ χώρα. Ὁ γύρος τοῦ θανάτου! Τὴ ζωή σου κορόνα-γράμματα κάθε βράδυ. Πόσοι δοκίμασαν, δούλεψαν γιὰ λίγο καὶ τὰ παρατήσανε. Πόσοι φύγανε ἀπ' αὐτὸ μισοί, πόσοι σακατεμένοι. Αὐτὸς δὲν ἔπαθε οὔτε γρατσουνιὰ τρία χρόνια συνεχόμενα ποὺ δούλεψε μαζί μου. Ἔφτανε, εἴπαμε, μέχρι τὸ χεῖλος, μιὰ πιθαμὴ ἀπ' τὰ πρόσωπα τῶν πελατῶν, φαντάσου. Βέβαια εἶχε γίνει ἕνα μὲ τὴ σταθερὴ γκόμενά του, τὴν ἐπίσημη ἀγαπημένη του, μία Norton κόκκινη, τετρακοσίων πενήντα κυβικῶν, ποὺ τὴ διατηροῦσε τσίλικη, ὅπως τοῦ τὴν παρέδωσα πρὶν ἀπὸ δύο χρόνια. Κι ἀλώνιζε τὸ βαρέλι μὲ ἄνεση, σὰν νὰ ἔβγαινε γιὰ τσάρκα. Πανζουρλισμὸς γινόταν ὅταν στρίγκλιζαν τὰ φρένα. Ἔβγαινε καὶ μιὰ βαριὰ ἀφόρητη μυρωδιὰ ἀπὸ τὰ καυσαέρια καὶ τὰ καμένα λάδια, ποὺ μαζὶ μὲ τὴν μπόλικη σκόνη καὶ τὴ χρωματικὴ ἀλλαγὴ τῶν λαμπιονιῶν ποὺ φώτιζαν τὸ βαρέλι, δημιουργοῦσαν μιὰ κατάσταση μυστήρια ποὺ σοῦ ἔπαιρνε τὸ μυαλό. Μόλις τὸ νούμερό του τελείωνε, ἔσβηνε τὴ μοτοσυκλέτα, σηκωνόταν ὁ γίγας ὄρθιος στὸν πάτο τοῦ βαρελιοῦ, στὴ μέση ἀκριβῶς, ἄνοιγε ἐλαφρὰ καὶ λύγιζε τὰ σκέλια του, σήκωνε τὰ χέρια του ψηλὰ καὶ τὰ κουνοῦσε σὰ νὰ τραβοῦσε γρήγορο κουπὶ στὴ βάρκα, ἔφερνε τὶς χεροῦκλες του στὸ στόμα κι ἔστελνε μὲ ἀργὲς κινήσεις τὰ ὡραῖα φιλιά του στοὺς θεατές του. Μεγάλος θεατρίνος. Μεγάλη αἴγλη. Εἶχε τὴν πρωτιὰ στὸ σώου τοῦ ἰλίγγου καὶ σὲ μιὰ ζωὴ ποὺ περνοῦσε παρὰ τρίχα ἀπ' τὸ θάνατο. Ἦταν μαγεμένος κι ὁ ἴδιος ἀπ' τὴ θεαματικὴ παράσταση ποὺ ἔδινε. Μὰ ἦταν καὶ μάγος. Ἂν τὸν εἴχανε πάρει χαμπάρι καὶ τὸν ἀνεβάζανε σὲ καμιὰ σκηνὴ θεάτρου, σὰν ἠθοποιὸς θὰ τοὺς ἔτρωγε ὅλους, θὰ τοὺς σάρωνε. Ἴσαμε δέκα λεπτὰ τὸν χειροκροτοῦσαν καὶ τὸν ἀποθέωναν. Διέκρινες πολλὰ χείλη νὰ τρέμουν ἢ νὰ ψιθυρίζουν προσευχές. Ἄλλοι σταυροκοπιοῦνταν φανερά. Κραυγές, σφυρίγματα, ἐπιφωνήματα, χειροκροτήματα, φιλιά, ἐγκώμια, πανηγυρισμοί. Χαμός! Ἦταν τὸ φινάλε τοῦ Σεβνταλῆ ἡ πιὸ δυνατὴ στιγμὴ τῆς παράστασης. Ἱεροτελεστία! Θαρρεῖς καὶ ἔπαιρνε τὴ δόξα ἀπ' τοὺς παλιοὺς θριαμβευτές, τοὺς ἀθλητὲς τῆς ἀρχαίας Ἀθήνας καὶ τῆς Ρώμης. Ὁ κόσμος ἐκστασιαζόταν, ἄντρες, γυναῖκες τὸν λάτρευαν.

Ὁ ἄλλος καβαλάρης, ὁ Λάκης, Μανωλάκης Γιαβουκλάκης ὀνόματι, ἀπὸ τὴν ἐπαρχία Ρεθύμνης, εἰκοσιέξι χρονῶν, μελαχρινός, ἐπίσης σαΐνι. Δυὸ χρόνια στὴ δουλειά. Τσάκαλος στὴ μηχανή. Αὐτός, πάλι, εἶχε τετρακοσίων πενήντα κυβικῶν μηχανὴ μάρκας BSA. Μιὰ φορὰ ἔπεσε. Βαριὰ ἔπεσε, ἄσχημα χτύπησε στὸ κεφάλι, πίσω. Ἅγιο εἶχε τὸ παιδί, ἔγιανε, ἐπέζησε. Πολὺ ἔξυπνο καὶ συνεργάσιμο παλικάρι. Εἶχε κάνει καὶ δυὸ χρόνια ναυτικὸς στὰ μεγάλα τὰ καράβια. Εἶχε θερίσει τοὺς ὠκεανούς. Ἐρωτιάρης κι αὐτός, ὁ νοῦς του ὅλο στὸ κεχρί. Ὄχι σὰν τὸν ἄλλον, τὸν Σταυράκη, ἐκεῖνον τὸν κυνηγοῦσαν οἱ ἄλλες. Αὐτὸς τὰ προκαλοῦσε ὁ ἴδιος. Τὸν ἔφαγαν τὰ μπερμπαντέματα. Κολλοῦσε τὸν κόσμο. Ἐρωτιάρης ἀλλὰ διφορούμενος. Πρέπει νὰ πήγαινε καὶ μὲ γυναῖκες καὶ μὲ άντρες. Κάτι κινήσεις ἔβλεπα καμιὰ φορά, κάτι κύριοι μεσόκοποι, καλοντυμένοι, ἐπισκέψεις ἀργὰ τὰ μεσάνυχτα, στὰ μουλωχτά, τέλος πάντων. Ἔχω μιὰ ἀρχή, δὲν μπερδεύομαι στὰ προσωπικὰ τῶν συνεργατῶν μου. Θὰ πρέπει ἐπὶ χρήμασι νὰ πήγαινε, ἦταν πολὺ παραδόπιστος.

Ἐγὼ κι ἡ γυναίκα μου τακτοποιούσαμε τὸ νοικοκυριό μας μὲ τὴ βοήθεια τοῦ κοριτσιοῦ καὶ τοῦ Ἀρίστου. Ὁ Ἀρίστος ἦταν ἀδύνατο ἀλλὰ γερὸ παιδὶ καὶ βοηθοῦσε πολὺ καὶ στὸ μοντάρισμα καὶ στὸ ξεμοντάρισμα τοῦ ξύλινου βαρελιοῦ ποὺ ἦταν μιὰ δουλειὰ ἰδιαίτερα δύσκολη καὶ ἰδιότροπη. Γιατὶ ἔπρεπε νὰ στηθοῦν τὰ ξύλα σταθερά, σὲ ἀπόλυτη ἁρμονία, τὸ δέσιμο μεταξύ τους νὰ εἶναι τέλειο, γιὰ νὰ μὴν κινδυνέψει ἡ ζωὴ τῶν θεατῶν ἀλλὰ καὶ τῶν ἀκροβατῶν. Στρώναμε τὰ ράντζα μας στὰ παραπήγματα ποὺ εἴχαμε στήσει δίπλα στὸ βαρέλι. Ἄλλες φορὲς κοιμόμασταν καὶ μέσα στὸ βαρέλι. Ἡ γυναίκα ἔβαζε καζάνι, ἔπλενε, ἑτοίμαζε μεζέδες, φαγητά. Οἱ ἄλλοι δὲν ἀνακατώνονταν σ' αὐτά. Τοὺς εἴχαμε καὶ τοὺς πληρώναμε μόνο γιὰ τὴν παράσταση.

Στὰ πανηγύρια τότε δὲν πηγαίναμε μόνο ἐμεῖς ἀλλὰ μαζεύονταν ὅλα τὰ παράξενα τοῦ κόσμου. Φακίρηδες μὲ ἰνδικὰ σαρίκια ἀπὸ ὡραῖο μεταξωτὸ ὕφασμα καὶ λαμπερὴ καρφίτσα στὴν κορυφὴ ἀπὸ ψεύτικα πολύχρωμα διαμάντια, ἔπεφταν ἀργὰ ἀργὰ καὶ ξαπλώνονταν γιὰ μιὰ καὶ δυὸ ὧρες ἀνάσκελα πάνω στὰ καρφιά. Μάγοι ξανθοὶ καὶ μάγοι μαῦροι, μακρυμάλληδες, ποὺ ἦταν σοφοὶ καὶ διαβάζανε τὴ στρογγυλὴ γυάλα τῆς μοίρας κι ἔτρεχε ὁ κοσμάκης σ' αὐτοὺς μὲ δυὸ δραχμὲς νὰ μάθει τὰ μελλούμενα. Ἡ «ἀσώματος κεφαλή», ἕνα παμπόνηρο τρὺκ μὲ καθρέφτες καὶ κομμάτια ἀπὸ γυαλί, κομμένα ἐπιδέξια μὲ διαμάντι, ποὺ σὲ ξεγελοῦσε καὶ πίστευες ὅτι στέκεσαι μπροστὰ σ' ἕνα κεφάλι οὐρανοκατέβατο, ἀνεξάρτητο, δίχως σῶμα. Χαρτορίχτρες καὶ χαρτομάντισσες, ἐπὶ τὸ πλεῖστον μαντιλοδεμένες τσιγγάνες μὲ φαρδιὲς φουστάνες καὶ μὲ σαλβάρια χρωματιστά, ποὺ τάζανε πὼς θὰ σοῦ φέρνανε πίσω τάχα τὸν χαμένο ἀγαπητικὸ ἢ τὴν ἀγαπητικιά σου. Μοιρατζοῦδες τουρκογύφτισσες, ποὺ μιλούσανε μιὰ μπάσταρδη διάλεκτο μὲ τούρκικα, ἑλληνικὰ καὶ τσιγγάνικα ἀνακατωμένα καὶ τὶς ἀσήμωνες γιὰ νὰ σοῦ ποῦνε τὴ μοίρα. Τὰ περιστέρια τῆς τύχης ποὺ τὰ εἶχαν τ' ἀφεντικά τους ἐξασκημένα νὰ τσιμπᾶνε μὲ τὸ ράμφος τους χαρτάκια ἀπὸ ἕνα κουτὶ καὶ σοῦ διαλέγανε ἕνα φακελάκι μικρό, σὰ ραβασάκι, μέσα ἀπ' τὸ σωρὸ κι ἔδινες ἐσὺ μισὸ φράγκο καὶ ἄνοιγες τὸ γράμμα καὶ διάβαζες πόσα χρόνια θὰ ζήσεις κι ἂν θὰ παντρευτεῖς καὶ πόσα παιδιὰ θὰ κάνεις. Καὶ φυσικὰ ὅλοι ζοῦσαν κοντὰ στὰ ἑκατό, ἔκαναν πολλὰ καὶ καλὰ παιδιά, κι εὐτυχισμένα –ὅλοι γιατροὶ θὰ βγαίνανε καὶ θὰ δουλεύανε στὴν πόλη–, κι ἔτσι οἱ ἐπιτήδειοι πήζανε στὸ τάλιρο. Τὰ μεγάλα κορμιά, οἱ πυγμάχοι, ἄντρες τρομεροὶ μὲ παρατσούκλια, ποὺ δίνανε κανονικὴ παράσταση, ὅπως ὁ Τζὶμ Ἄτλας, ὁ Καραγιάννης, ὁ Τρομάρας καὶ ὁ Φραγκούλης. Τὸ κορίτσι-λάστιχο. Ἡ Ζαμάγια μὲ τὰ μάγια. Ὁ ἄνθρωπος-γορίλας. Τὸ τρενάκι τοῦ τρόμου. Τὸ κανόνι. Λούνα πάρκ. Κούνιες. Συγκρουόμενα. Ταχυδακτυλουργοί. Κουκλοθέατρο. Τὸ βιοὺ μάστερ, ποὺ τὸ εἶχαν τότε ἀνακαλύψει κι ἔκανε στοὺς ἀνθρώπους πολὺ μεγάλη ἐντύπωση, γιατὶ ἦταν ἕνα μικρὸ ἰδιωτικὸ σινεμὰ καὶ γιατὶ ἔβγαινε ἀπὸ κεῖ μέσα ὁ Ταρζὰν μὲ τὴ συντρόφισσά του, τὴ μαϊμού, κι ἐσὺ χάζευες ἔκπληκτος ἐνῶ τὸ ἀφεντικό του, τουρκομερίτης, ποὺ τσέπωνε καὶ τὸ παραδάκι, σχολίαζε τὴν κάθε εἰκόνα : « Ὁ Ταρζὰν τὸν Τσίτον πιστὸν φίλον εἶχε. Γλιέπ'ς, τζάνεμ ; » Καὶ ὕστερα : « Μία ξανθιὰ πεντάμορφη, γκιουζελίμ[1], τὴν λένε Τζέην, τὸν Ταρζὰν εἶδε στὴ ζούγκλα καὶ τὸν γύρεψε νὰ τὸν κάνει ἄντρα της ἢ χανούμ. Γλιέπ'ς, γιαβρούμ ; Ἄιντε

1. *Γκιουζελίμ* (τουρκ. *güzelim*) : Ὡραία μου.

τώρα, πιτσιρίκο, ἄφεριν[1], πέσε μισὸ φράγκο». Τὸ βιοὺ μάστερ, γερὴ κονομισιὰ ἀπ' τὴν πιτσιρικαρία. Μόνο τὸ θέατρο σκιῶν, ποὺ τὸ συντηροῦν κι αὐτὸ ἀπ' τὰ παιδάκια, ἐρχόταν πιὸ σπάνια. Ὁ Καραγκιόζης, δυστυχῶς, αὐτὴ ἡ σπουδαία λαϊκὴ τέχνη, εἶχε ἀρχίσει νὰ πέφτει καὶ οἱ καραγκιοζοπαῖχτες νὰ ψωμολυσσᾶνε. Ἔρχονταν καὶ μικροπωλητές, προπαντὸς πωλητὲς παιχνιδιῶν γιὰ παιδάκια. Γλειφιτζούρια, κοκοράκια, τῆς γριᾶς τὸ μαλλί. Ὑπαίθρια βιβλιοπωλεῖα, ξηροὶ καρποί, μπιραρίες. Ὁ ἀρκουδιάρης, ὁ τσιγγάνος, μὲ τὴ Μαρίτσα, τὴν ἀρκούδα. Τὴν εἶχε ἐξασκημένη κι ἔκανε καμώματα καὶ μάζευε τὸ παραδάκι μὲ τὸ ντέφι ἀπ' τοὺς περίεργους. Καμιὰ φορὰ τὴ βάζανε καὶ πατοῦσε ἀνθρώπους, τοὺς ἔκανε μασάζ. Ἔδινε κανονικὴ παράσταση ἡ Μαρίτσα. Πολλὰ κόλπα τῆς ἔμαθε ὁ ἀρκουδιάρης μετὰ τὸ '60, πῶς νὰ παριστάνει τὰ καμώματα τῶν ἠθοποιῶν. Πῶς κάνει ὁ Μπάρκουλης τὴν Καρέζη ὅταν τὴν παίρνει ἀγκαλιά. Πῶς κοιτιέται ἡ Βουγιουκλάκη στὸν καθρέφτη. Γύφτισσες, εἴπαμε, πολλές. Γύφτισσες, ἀπὸ ὅλα τὰ τσιγγάνικα μιλέτια.[2] Μάντισσες, χειρομάντισσες, χαρτομάντισσες, φαλτζοῦδες[3] κάθε λογῆς. Ἔμ, γνήσιες, ἔμ γιαλαντζί.[4] Μὲ τρακτέρια, μὲ κάρα, μὲ τὰ πόδια κουβαλιόταν ἐκεῖ τὸ γυφτομάνι. Ὕπνο στὰ χράμια[5], καταγῆς. Καὶ τὴ νύχτα, ἀβέρτα καβάλα. Δὲν τό 'χουνε σὲ τίποτα οἱ γύφτοι νὰ ἀνασκελώσουνε τὴ γυναίκα τους κάθε βράδυ μπροστὰ στὰ βλαστάρια τους καὶ νὰ κάνουνε στὰ ἴσια τὴ δουλειά. Χούι τό 'χουνε ν' ἀμολᾶνε παιδιὰ τσοῦρμο.

Μαζεύονταν Τοῦρκοι καὶ κατσίβελοι, πεχλιβάνηδες[6],

1. *Ἄφεριν* (τουρκ. *aferin* καὶ *aferim*): Νά 'σαι καλά, νὰ ζήσεις.
2. *Μιλέτι* (τουρκ. *milet*): Ἔθνος.
3. *Φαλτζού* (τουρκ. *falcı*): Μοιρατζού.
4. *Γιαλαντζί* (τουρκ. *yalancı*): Ψεύτικος.
5. *Χράμι* (τουρκ. *ihram*): Σκέπασμα.
6. *Πεχλιβάνης* (τουρκ. *pehlivan*): Παλαιστής.

ἄσσοι τῆς πάλης. Παλεύανε στὰ ἴσια, ὄχι στὰ ψέματα. Ἄντρες ψωμωμένοι, μέχρι ἐκεῖ πάνω, νὰ τοὺς κοιτᾶς καὶ νὰ τρέμεις, λαϊκοὶ παλαιστές. Οἱ πεχλιβάνηδες δίνανε μεγάλες παραστάσεις στὰ πανηγύρια ὅλης της χώρας. Κι ὁ Τσαουσάκης ὁ Πρόδρομος, ὁ πιὸ βαρὺς λαϊκὸς τραγουδιστής, ἤτανε πεχλιβάνης. Ἀπ' τοὺς καλοὺς πεχλιβάνηδες. Κάπου τὸν βρῆκε ὁ Τσιτσάνης σὲ μιὰ περιοδεία του νὰ παλεύει καὶ τὸν ἄκουσε νὰ μιλάει. Γάτα ὁ « Βλάχος », τὸν δοκίμασε στὸ τραγούδι, τὸν τσίμπησε καὶ τὸν κατέβασε στὴν Ἀθήνα, στὶς δισκογραφικές. Οἱ πεχλιβάνηδες, οἱ πιὸ πολλοί, ἤτανε καθαυτὸ Τοῦρκοι ἀπ' τὴν Τουρκία ἢ μουσουλμάνοι ἀπ' τὴ Δυτικὴ Θράκη. Ἔχουν παράδοση οἱ Τοῦρκοι, μιὰ πανάρχαια θρακιώτικη παράδοση, στὰ μέρη τῆς Ἀδριανούπολης, στὸ Κὶρκ Πινάρ, ὅπου γίνονται οἱ ἀγῶνες. Κάθε χρόνο, τὸν Ἰούνιο, ἅμα θὰ βρεθεῖ κανεὶς πρὸς τὰ κεῖ, νὰ μὴ χάσει αὐτὸ τὸ ξεχωριστὸ θέαμα, ποὺ εἶναι ἱεροτελεστία πραγματική. Παρόμοιοι διαγωνισμοὶ ὀργανώνονται καὶ σὲ μέρη τῆς ἑλληνικῆς Θράκης, ὅπως ἡ Νιγρίτα Σερρῶν, ὁ Σοχὸς Θεσσαλονίκης καὶ ἡ Δράμα.

Δὲν γινότανε πανηγύρι τῆς προκοπῆς χωρὶς ἕνα σπουδαῖο τσίρκο μὲ ζῶα τῆς ζούγκλας. Καὶ δὲν δείχνανε τόσο πολὺ νούμερα μὲ ἐκπαιδευμένα ζῶα στὰ τσίρκα τῶν πανηγυριῶν. Ἁπλῶς ἔκανες μιὰ κοντινὴ γνωριμία μὲ τὰ ἄγρια ζῶα ποὺ περνοῦσες μπροστὰ ἀπ' τὰ κλουβιά τους καὶ τὰ περιεργαζόσουνα. Δίπλα μας, λοιπόν, στὰ Τρίκαλα, εἶχαν στήσει ἕνα μεγάλο τσίρκο. Μὲ φίδια τῆς Βραζιλίας, μὲ τίγρεις τῆς Ἰνδίας, μὲ καμῆλες τῆς Ἀραβίας, μὲ οὐραγκοτάγκους, καὶ χιμπατζῆδες τῆς Ἀφρικῆς. Ὅλη νύχτα τὰ πιθήκια τσύριζαν καὶ οὔρλιαζαν καὶ δὲν ἡσυχάζαμε ντίπ. Οἱ χιμπατζῆδες εἶναι ζῶα πολὺ εὔστροφα καὶ παμπόνηρα. Μισοὶ ἄνθρωποι καὶ παραπάνω. Ἅμα τοὺς πλησίαζες στὸ κλουβί, σὲ αἰφνιδίαζαν. Ὁρμοῦσαν καὶ σοῦ ἅρπαζαν τὴν τραγιάσκα ἢ τὴ σακούλα μὲ τὰ φιστίκια. Ἀκόμα, ἅπλωναν τὰ τριχωτὰ χεράκια τους καὶ σὲ τσιμποῦσαν ἢ σὲ ἔφτυναν. Καμιὰ φορὰ στέκεται μπροστὰ σ' ἕναν χιμπατζή, βιζαβί, μία κυρία ἀνοιχτόχρωμη καὶ ὄμορφη, μὲ ντεκολτὲ πλούσιο καὶ γυμνὰ μπράτσα. Καὶ καθὼς τὸν σεργιανοῦσε, γιὰ πότε τραβάει μὲ δυὸ-τρεῖς κινήσεις τοῦ δεξιοῦ του χεριοῦ μιὰ γρήγορη μαλακία ὁ πίθηκας καὶ τὴν περιχύνει μὲ τὰ ζουμιά του στὸ στῆθος της καὶ στὴ φάτσα! Τῆς πασάλειψε τὰ μοῦτρα ὁ κερατούκλης, δίπλα στὸν κύριό της καὶ μπρὸς στοὺς συγχωριανούς της, φαντάσου ρεζίλι ἡ κοπέλα. Ἦταν καὶ ἐγγράμματη γυναίκα: «Βοήθεια, αὐνανίστηκε, αὐνανίστηκε, ὁ πίθηκος αὐνανίστηκε» ἄρχισε νὰ οὐρλιάζει μπροστὰ στὸ ἔκπληκτο πλῆθος ποὺ δὲν εἶχε ἰδέα τί θὰ πεῖ «αὐνανίστηκε» παρὰ τὴν πλούσια πείρα του πάνω στὴν αἰώνια πράξη. Πατροπαράδοτα. Κι ἐνῶ ἐκείνη, ντροπιασμένη, τό 'βαλε στὰ πόδια, ἄρχισαν ὅλοι –ποὺ τὴν ἔμαθαν γιὰ τὰ καλά, γιατὶ τοὺς ἔμεινε γιὰ πάντα αὐτὴ ἡ κουβέντα– νὰ χαχανίζουν καὶ νὰ γελοῦν σπαραξικάρδια φωνάζοντας μὲ τὴ σειρά τους: «Ἒ ρὲ τί ἔπαθε ἡ μαντάμ, αὐνανίστηκε, αὐνανίστηκε, βοήθεια, ὁ πίθηκας αὐνανίστηκε».

Ὁ Ἀρίστος δὲν ἀνέβαινε στὴ μηχανὴ καὶ δὲν ἔκανε ἀκροβατικὲς ἐπιδείξεις στὶς παραστάσεις ποὺ παρουσιάζαμε. Οἱ δουλειές του ἦταν βοηθητικές. Σκούπισμα, καθαριότητα, βαψίματα, καμιὰ φορὰ ἔκανε καὶ τὸν παρουσιαστὴ τοῦ προγράμματος, ἔκανε δηλαδὴ τὸν κονφερανσιὲ ἢ ἀναλάμβανε τὴ διαφήμιση μιλώντας δυνατὰ καὶ πειστικὰ στὸ χωνὶ σύμφωνα μὲ τὶς ὁδηγίες ποὺ τοῦ ἔδινα, γιὰ νὰ τραβήξει πελατεία. Μὰ προπαντὸς ἦταν ἀφοσιωμένος στὸ κύριο καθῆκον του ποὺ χρειαζόταν νὰ ἔχει τὸ νοῦ του ἐκεῖ καθημερινῶς, νὰ μὴν ξεχνιέται, δηλαδὴ ποτέ, νὰ λαδώνει συχνὰ καὶ ἔγκαιρα τὴ μοτοσυκλέτα, νὰ τὴ γυαλίζει ὁλόκληρη ὥστε νὰ λαμποκοπάει. Τὴν ἐποχὴ ποὺ δούλευε σπαστὰ κατὰ διαστήματα στὸ ἀκροβατικό μου συγκρότημα, δηλαδὴ κυρίως τὸ 1959, ἦταν δεκαεννιὰ χρονῶν παλικαράς. Κοντά μας λάδωσε τὸ ἀντεράκι του καὶ συνῆλθε. Ὅταν τὸν γνώρισα ἦταν ἀδύναμος καὶ ταλαιπωρημένος. Ἦταν ἕνα παιδὶ συμπαθέστατο. Ἔτρεχε καὶ χάζευε ὅλα αὐτὰ τὰ θεάματα στὰ πανηγύρια. Τυπικὸς στὰ καθήκοντα ποὺ τοῦ ἀνέθετα, μὲ προθυμία, δραστήριος. Καματερὸς καὶ προκομμένος. Ἦταν δουλεμένο παιδὶ καὶ ψημένο στὴν πιάτσα. Ὅλα τὰ νταραβέρια τῆς ἀγορᾶς τὰ ἤξερε, γιατὶ εἶχε φάει τὸ πεζοδρόμιο μὲ τὸ κουτάλι. Πολυτεχνίτης κι ἐρημοσπίτης ἦταν. Ἀπ' ὅ,τι μοῦ εἶπε δὲν ὑπῆρχε δουλειὰ νὰ μὴν τὴν εἶχε κάνει μέχρι τότε. Σὲ γιαπιά, σὲ τσαγκαράδικο, σὲ παντοφλάδικο, στὴ λαχαναγορά, σὲ χρυσοχοεῖο, μικροπωλητής, χαμάλης, λοῦστρος, μάγειρας, γκαρσόνι, πουλοῦσε λεμόνια, πουλοῦσε περιοδικὰ κι ἐφημερίδες μὲ τὸ κιλό. Πουλοῦσε πασατέμπο καὶ ἀναψυκτικὰ τὶς Κυριακὲς στὸ γήπεδο τοῦ ΠΑΟΚ. Ἦτανε καὶ κάργα παοκτσὴς σὰν παιδὶ τῆς Τούμπας. Χώρια ποὺ δούλευε στὶς κούνιες, στὰ συγκρουόμενα, στὸ λούνα πὰρκ καὶ στὸ κανονάκι, στὰ πανηγύρια.

Τὸν πλήρωνα τέλη ἑβδομάδας, σούμα ὅλα τὰ μεροκάματα. Ὅ,τι συμφωνήσαμε δὲν τὸ παραβίαζε οὔτε καὶ ζητοῦσε παραπανίσια λεφτά. Ἔτρωγε, ἔπινε μαζί μας, καλαμπούρι, κουβεντολόι, μιὰ συντροφιά, μιὰ οἰκογένεια. Κοιμόμασταν, εἴπαμε, συνήθως μέσα στὸ βαρέλι καμιὰ φορὰ καὶ στρωματσάδα, κατάχαμα. Δὲν εἶδα νὰ παραπονεθεῖ ὅτι πιάστηκε τὸ κορμί του ἢ νὰ ἔχει παράλογες ἀπαιτήσεις καὶ νὰ κάνει νάζια καὶ καμώματα, ὅπως μᾶς ἔκαναν ἄλλοι. Ἤρεμος, ζάρωνε στὸ πλάι μας. Κανέναν δὲν θυμᾶμαι νὰ πείραζε. Στὴ φαμίλια μου σεβασμὸς θρησκευτικός. Στὴ γυναίκα μου ὑποταγὴ σὰν γιὸς στὴ μάνα. Στὴν ἀνιψιά μου τὰ μάτια χαμηλὰ καὶ προστασία, σὰν ἀδελφὸς σὲ ἀδελφή. Καὶ ψυχὴ μάλαμα. Ἔφτασε κάποτε μιὰ ζητιάνα κουρελού, ζάβαλη[1], καὶ γύρευε παραδάκι. Ἡ κυρά μου τὴν ἔδιωχνε, φοβόταν, γιατὶ μερικὲς ζητιάνες ἦταν κλέφτρες. Ἐκείνη: «Μὴ μὲ διώχνεις μανίτσα, κάνε ψυχικὸ στὰ πεθαμένα σου». Ὁ Ἀρίστος παρατάει τὴ φασίνα, τὰ δίνει ὅλα μία μούντζα, πετάγεται ἀπὸ μέσα: «Μή, καλὲ θεία», στὴ γυναίκα μου. «Νά, πάρε γιαγιά», τῆς ἔδωσε φροῦτα, ψωμί. Καὶ φράγκα. Εἶχε τὸ μασουράκι του στὴν ἄκρη, γλεντοῦσε καὶ σὰν παιδί. Τὸ χαρτζιλίκι του, ὅταν ἄδειαζε ἀπὸ δουλειές, τὸ ἔτρωγε, κατὰ ἕνα μέρος. Στὴ σκοποβολή, στὸ λούνα πὰρκ μὲ τὶς κούνιες. Στὰ γλυκά, στὰ σουβλάκια, στῆς «γριᾶς τὸ μαλλί». Στὴ μηχανὴ ποὺ μετράει τὴ δύναμη καὶ συναγωνίζονταν τὰ μπρατσωμένα παλικάρια ποιός θὰ πάρει πιὸ πολλοὺς πόντους στὸ κοντέρ. Ἔπινε καὶ μαύρη μπίρα χύμα ἀπ' τὴν κάνουλα, στὰ ψηλὰ ποτήρια, τὰ κρίκερ.[2] Μόνο ποὺ φοβόταν τὸ αἷμα. Μιὰ πληγὴ ματωμένη νὰ ἔβλεπε, ἀνατρίχιαζε. Κάποιος νὰ χτυποῦσε στὸ γόνατο καὶ νά 'τρεχε αἷμα, ἔπαιρνε δρόμο. Ἔπαθα κάποτε μία ζημιὰ ἀπ' τὴ φούρια μου, χτύπησα σ' ἕνα αἰχμηρὸ σίδερο καὶ πετάχτηκε τὸ αἷμα σὰν πίδακας ἀπ' τὴν πληγή. Ἐκεῖ νὰ δεῖς τὸν Ἀρίστο! Πῆρε τὸ χρῶμα τοῦ φλουριοῦ, ἔπεσε στὸ στρῶμα ξερὸς γιὰ δυὸ μέρες.

Νομίζω πῆγε κάμποσες φορὲς καὶ στὰ κορίτσια ὁ Ἄρης. Τὶς ἐπισκέφτηκε στὰ Τρίκαλα. Μοῦ τὸ εἶχε πεῖ μιὰ φορά. Μοῦ λέει: «Ἔμαθα, ἔχει σπίτια ἐδῶ καὶ ὡραῖες κοπέλες». Τοῦ λέω: «Νὰ πᾶς, νὰ περάσεις καλά». Τοῦ ἔδωσα ἄδεια, μὲ ρωτοῦσαν τὰ παιδιά, ἂν ἦταν νὰ ἀπουσιάσουν. Καὶ σ' ἄλλα μέρη ποὺ περιοδεύσαμε, ὅπου εἶχε κοπέλες

1. *Ζάβαλης* (ἀπὸ τὸ τουρκ. *zavallı*): Δυστυχισμένος.
2. *Κρίκερ* (γερμ.): Εἰδικὸ ποτήρι γιὰ τὴν μπίρα.

τῆς δουλειᾶς, πήγαινε. Εἴχανε καμιὰ δεκαριὰ πουτάνες στὰ Τρίκαλα, ἴσως καὶ περισσότερες. Ἐμεῖς δουλέψαμε ἐκεῖ καὶ τὸ '57, καὶ τὸ '58, καὶ τὸ '59. Ὅλο τὸν κόσμο γυρίζαμε ἐμεῖς, ὅλη τὴ χώρα. Ἀπὸ Καστοριά, Ἀμύνταιο, Βελβενδό, μέχρι Ρόδο, Χάλκη, Σύμη. Τὸ '59 ἤτανε, στὶς 26 Ὀκτωβρίου, Ἁγίου Δημητρίου ἀνήμερα, βγῆκε διαταγὴ καὶ ἔβαλε λουκέτο σὲ ὅλα τὰ μπουρδέλα τὸ κράτος. Τὰ μαγείρευαν ἀπὸ καιρό. Πανελληνίως ἡ διαταγή, γιὰ τὰ ἐπίσημα, τὰ νόμιμα. Ὅπου ξεσκίστηκαν στὸ νταραβέρι οἱ κρυφὲς καὶ οἱ καλντεριμιτζοῦδες. Καὶ κάτι ἄλλες, ποὺ δὲν τὶς πιάνει τὸ μάτι σου, κρυφές. Καὶ τὸν καιρὸ ποὺ δουλεύανε μὲ χαρτιὰ καὶ μὲ τὸ νόμο, μέχρι τὴν ἡμερομηνία ποὺ εἶπα, ἐξαρτιόταν κι ἀπὸ τὴ βούληση καὶ τὰ κέφια τοῦ ἑκάστοτε μητροπολίτη, ἂν θὰ δούλευαν. Ἐδῶ, στὰ Τρίκαλα, ὁ Δεσπότης, φάνηκε φιλάνθρωπος, τὸ ἐπέτρεπε, ἀλλοῦ πότε τὰ ἀνοίγανε, πότε τὰ κλείνανε. Στὴ Φλώρινα ἀπ' τὴν ἀγαμία σαλεύανε τὰ φανταράκια, ἕνεκα ὁ μητροπολίτης. Καὶ στὴ Μυτιλήνη, τὰ κλείσανε, εἶχε ὁλόκληρο συνοικισμὸ μὲ μπουρδέλα, στὸ πιὸ ὡραῖο μέρος, στὴν Ἀπάνω Σκάλα, στὸ Κάστρο. «Καστρινὲς» τὶς λέγανε. Ἀνηφόριζαν τὰ σαββατόβραδα οἱ παντρεμένοι ἔπειτα ἀπ' τὰ γλεντοκόπια μὲ τοὺς φίλους. Εἶναι μερακλῆδες οἱ Μυτιληνιοί. Οἱ γυναῖκες τους, οἱ νοικοκυρὲς οἱ παντρεμένες ἐν τέλει τὰ κλείσανε. Ἔβγαιναν παραπονούμενες κάθε τόσο στὸν δεσπότη καὶ στὸν νομάρχη. Στὸ ἀρχαῖο λιμάνι τῆς Μυτιλήνης, τί ζωή! Γίνανε κάτι φασαρίες, μαχαιρώσανε ἕνα παλικαράκι οἱ ἀγαπητικοί, ἀναστατώθηκε ὁ κόσμος, μπῆκε στὴ μέση ὁ μητροπολίτης καὶ τ' ἀδειάσανε τὰ σπίτια. Τὸ φονικὸ ἦταν ἡ ἀφορμή. Χρόνια τὰ μαγειρεύανε ὁ δήμαρχος μὲ τοὺς προύχοντες. Τὰ γκρεμίσανε. Πολὺ ὡραῖα σπίτια. Ἦταν ἕνα ἀρχοντικό, σὰν μικρὸ σεράι, εἶχε ζωγραφισμένο τὸν Ἔρωτα, τὸν ἀρχαῖο θεὸ μὲ τὰ φτερά, στὸ δάπεδο. Βάλανε λουκέτο στὰ μπουρδέλα κι ἤρθανε τὰ φανταράκια καὶ κάνανε παλαβομάρες ἀπ' τὴν ἀγαμία, κι ἔγινε ἄνω-κάτω τὸ νησί. Μακριὰ ἀπὸ μητροπολιτάδες. Οἱ δεσποτάδες κι οἱ μητροπολιτάδες ἅμα πάρουνε ἀέρα ἀπὸ τοὺς νομάρχες καὶ τοὺς ὑπουργοὺς μπορεῖ νὰ μὴ μᾶς ἀφήνουνε νὰ βγοῦμε ἔξω ἀπ' τὸ σπίτι μας. Δούλευε πρόσθετα καὶ σὲ ἄλλες δουλειὲς ὁ Ἀρίστος. Ἦρθε μιὰ μέρα ἕνας νοικοκύρης, γύρευε ἠλεκτρολόγο. Πρόθυμος. Πῆγε, μαστόρεψε, ἔβγαλε παράδες. Ἄλλη μέρα ἦρθε ἄλλος, γύρευε μπογιατζή. Πῆγε, ἔβαψε, κονόμησε. Στὰ ρεπά, ποὺ δὲν δουλεύαμε, πήγαινε. Ἢ τὰ πρωινὰ ποὺ ξεκουραζόμασταν. Τυραννισμένο παιδί, χτυπημένο, ὀρφανό. Κλειστός, δὲν ἀνοιγόταν στὸν καθένα. Ἔβαζε μεράκι μέσα του εὔκολα. Στενάχωρος, ὅλα τὸν πείραζαν. Ἅμα τὸν μάλωνα, κατέβαζε τὸ κεφάλι στὰ σκέλια, σὰν σκυλὶ δαρμένο. Παραπονιάρης, ἔκλαιγε. Ἔκανε κάτι στραβὸ κάποτε, μὲ νευρίασε, τὸν εἶπα «τσογλάνι» καὶ τὸ μετάνιωσα. Ἔφταιγε καὶ τὸ κατάλαβε. Ἥμαρτον, μοῦ λέει, δὲν τὸ ξανακάνω. Τὸ πῆρα πίσω. Ἔκλαιγε, ὅμως, γιὰ ὥρα, μὲ καυτὰ δάκρυα, ἀληθινά. Ἀφοῦ κι ἐγώ, ποὺ δὲν εἶμαι εὐσυγκίνητος, βαλάντωσα. Τὸ ἀπροστάτευτο, τώρα!

Αὐτὸς ἦταν ὁ Ἀρίστος. Στὰ μάτια του διάβαζα τὸν πόνο. Τὸν πόνο τὸ βαθύ. Τὴν ἀνασφάλεια. Καὶ ἴσως κάποια ντροπή. Σὰ νὰ ἀκροβατοῦσε αὐτὸς σ' ἕνα ἄλλο σχοινί, ὄχι πραγματικό, σὰν τοῦ Σταυράκη, σ' ἕνα σχοινὶ φανταστικό, ἀόρατο, κι ἦταν ἀνὰ πάσα στιγμὴ ἕτοιμος νὰ τσακιστεῖ. Μιὰ ζωὴ κορόνα-γράμματα. Ἕνα γλυκὸ παιδί, ἕνα μωρὸ παιδὶ στὸ βάθος, πλήρωνε ποιός ξέρει ποιανῶν κερατάδων ἁμαρτίες.

Δὲν θὰ μποροῦσα νὰ φανταστῶ ποτὲ ὅτι, λιγότερο ἀπὸ δέκα χρόνια ἀργότερα, αὐτὸ τὸ πληγωμένο ἀγρίμι μὲ τὰ σκοῦρα ζωντανὰ μάτια καὶ τὰ βασανισμένα παιδικὰ χρόνια θὰ σερνόταν ἀπὸ τὴν Ἀσφάλεια Θεσσαλονίκης σὲ μιὰ ἀλυσίδα ἀνακρίσεων, πιέσεων καὶ ἐξαναγκασμῶν ὥστε νὰ φτάσει στὸ τέρμα τῆς ἀντοχῆς του καὶ νὰ παραδεχτεῖ ὅτι ντὲ καὶ καλὰ αὐτὸς ἦταν ὁ δράστης τῶν φρικτῶν ἐγκλημάτων ποὺ ταράξανε τὴ ζωὴ τῶν Θεσσαλονικιῶν καὶ ἔκαναν εἰδικὰ τὶς κοπέλες στὶς μακρινὲς συνοικίες τῆς πόλης νὰ κοιμοῦνται μὲ σφαλιστὰ παντζούρια, κλειδαμπαρωμένες καὶ μ' ἕνα σφυρὶ στὸ προσκεφάλι καὶ ἕναν μπαλτὰ κάτω ἀπ' τὸ κρεβάτι τους. «Ἀπόβρασμα τῆς κοινωνίας» τὸν εἴπανε. «Τί περίμενες», λέει ὁ κατήγορος, «ἀπὸ ἕναν ἀνέστιο, ἀστοιχείωτο, ρακοσυλλέκτη, ἀχθοφόρο, αἱμοδότη κατ' ἐπάγγελμα, ἐκδιδόμενο παθητικὸ ὁμοφυλόφιλο, ἐνεργητικὸ ὁμοφυλόφιλο, διψομανή, ἡδονοβλεψία καὶ ἄλλα πολλὰ καὶ ἀνείπωτα;» «Ἄτομον ἰδιαιτέρως ἐπικίνδυνον εἰς τὴν δημοσίαν ἀσφάλειαν» εἶπε. Τὸν πετάξανε πάνω σὲ μιὰ βρεγμένη κουβέρτα στὸ ἀπομονωτήριο. Καὶ ἄρχισε τὸ μαρτύριο. Παξιμάδι χωρὶς νερό. Καὶ ἁλμυρὰ ψάρια. Χωρὶς σταγόνα νερό. Τὸ μαρτύριο τῆς δίψας. Γιὰ ὅποιον ξέρει. Κι ἅμα δὲν ξέρει, ἂς τὸ φανταστεῖ. Ἔγλειφε τὰ νερὰ ἀπ' τοὺς ξεχαρβαλωμένους σωλῆνες τῆς τουαλέτας καὶ τὶς σαπουνάδες ἀπ' τὴν μπουγάδα τῆς καθαρίστριας. «Μὴν εἶσαι βλάκας, ἂν μαρτυρήσεις, θὰ τὴ βγάλεις καθαρὴ μὲ δυό-τρία χρονάκια στὶς ἀγροτικὲς φυλακές. Στὴν Κασσάνδρα, ρὲ κορόιδο, εἶναι σὰν παλάτι. Ἂν δὲν ὁμολογήσεις, θὰ σκοτώσουμε τὴ μάνα σου καὶ τὸν ἀδελφό σου καὶ θὰ σὲ πετάξουμε ἀπ' τὸ παράθυρο. Θὰ σὲ αὐτοκτονήσουμε» τὸν ἀπείλησαν. Ὁμολόγησε, ἀναίρεσε, φώναξε: «Εἶμαι ἀθῶος». Ἔτρεξε ὁ δόλιος ὁ Παγκράτης νὰ τὸν σώσει. «Ὁμολόγησε, Ἀρίστο, τώρα, θὰ χώσουμε τὸν ἀδελφό σου φυλακὴ» τοῦ εἶπαν. Ὁ εἰσαγγελέας πρότεινε ἰσόβια. Μὰ ἦταν, φαίνεται, προαποφασισμένα τὰ πράγματα. Τὸ δικαστήριο ἀνακοίνωσε: «Τετράκις εἰς θάνατον». Τὸν πῆραν, τὸν ἐκτέλεσαν. Δὲν εἰδοποίησαν κανέναν δικό του. Τὸν ἔθαψαν στὴ ζούλα.

Λοιπόν, ἐκεῖνοι ποὺ ἔτσι ἀποφάσισαν, σκοτώσανε αὐτὸν ποὺ κρίνανε ὡς δολοφόνο καὶ ἀπέδωσαν ὑποτίθεται δικαιοσύνη. Ἐμεῖς ὅμως, ἡ κοινὴ γνώμη, μείναμε μὲ τὴν ἀπορία. Καὶ μὲ τὴν ἀγανάκτηση. Κανείς μας δὲν πίστεψε μέχρι σήμερα ὅτι ὁ Παγκρατίδης ἦταν ὁ περιβόητος «δράκος τοῦ Σέιχ Σού». Ἐμεῖς ποὺ τὸν πονέσαμε τὸν κλάψαμε κρυφὰ τὸν Ἀρίστο. Καὶ μόνοι μας καὶ μεταξύ μας. Πῆγαν ἀπ' τὴν οἰκογένεια στὸν τόπο τῆς ἐκτελέσεως καὶ τοῦ κάνανε τρισάγιο. «Τό 'ξερα πὼς θὰ γίνει τὸ κακό, χθὲς τὸ βράδυ τὸ καντήλι μου σκίστηκε στὰ δυὸ» εἶπε ἡ μάνα του, ἡ κυρα-Ἑλένη.

9. Στὴν ἄκρη τῆς ζωῆς

Η «ΛΟΛΟ» ΓΙΑ ΤΗΝ ΠΙΑΤΣΑ

ΦΤΩΧΕΙΑ, ΤΡΕΛΑ ΚΑΙ ΠΟΥΣΤΙΑ. Τὰ τρία κακὰ τῆς μαύρης μοίρας μου τῆς θεόκουλης.[1] Πῶς ἔμπλεξα ἐγώ, παιδάκι ἀπὸ σπίτι νοικοκυρεμένο μ' αὐτοὺς τοὺς ἄχαλους[2]; Ἕνα ἀγοράκι μὲ καλοὺς τρόπους ἤμουνα, πρῶτος μαθητὴς στὸ σχολεῖο μου καὶ λατσὸ[3] μπισκετάκι.[4] Δὲν ἤμουνα τζασλότεκνο.[5] Μὲ τζίναψε[6] ὁ καλός μου ὁ ντικοστὸς[7] πὼς ἔπαιρνα τὰ γράμματα καὶ μὲ εἶχε ἀπὸ κοντά. – Τζινάβεις, κυρ-δάσκαλε; – Καὶ τζινάβω καὶ μπενάβω.[8] Γουστάριζα τὴν τεκνοζαλίστρα.[9] Πολὺ διαβαστερός, μὲ τὸν Καζαντζάκη καὶ προπαντὸς μὲ τὸν «Ζορμπά» του μανία νὰ δεῖς. Μποὺτ[10] προχωρημένα πράματα. Τὸ '41 γεννηθεὶς εἶμαι, γενιὰ τῆς Κατοχῆς μᾶς λένε. Τὰ πιὸ πολλὰ παιδάκια τῆς ἡλικίας μου μένανε τότε τελείως ἀγράμματα. Οὔτε δημοτικὸ δὲν τέλειωναν. Ἄλλο ἔβγαζε τὴ δευτέρα, ἄλλο τὴν τρίτη, ἄλλο δὲν πήγαινε καθόλου. Τοὺς τὶς ἔβρεχαν γερὰ γιὰ νὰ μελετοῦν, τὰ ντουπάρανε[11] γιὰ νὰ πά-

1. *Θεόκουλη* (καλιαρ.): Φρικτή, ἀπαίσια.
2. *Ἄχαλος* (καλιαρ.): Ἀποκρουστικός, ἀπαίσιος.
3. *Λατσό* (καλιαρ.): Ὡραῖο.
4. *Μπισκετάκι* καὶ *μπισκέτο* (καλιαρ.): Ὡραῖο ἀγοράκι.
5. *Τζασλότεκνο* (καλιαρ.): Τρελόπαιδο.
6. *Τζινάβω* (καλιαρ.): Καταλαβαίνω, πονηρεύομαι.
7. *Ντικοστός* (καλιαρ.): Δάσκαλος.
8. *Μπενάβω* (καλιαρ.): Μιλάω.
9. *Τεκνοζαλίστρα* (καλιαρ.): Ἡ διδασκαλία, γιατὶ ζαλίζει τὰ τεκνά.
10. *Μπούτ* (καλιαρ.): Πολύ.
11. *Ντουπάρω* (καλιαρ.): Δέρνω.

ρουν τὸ ἀπολυτήριο τουλάχιστον, ξύλο νὰ δοῦν τὰ μάτια σου. Ἄλλοι, γονεῖς, πάλι, δὲν μποροῦσαν νὰ τὰ στείλουν, λόγῳ οἰκονομικοῦ σφιξίματος καὶ τὰ ἔβαζαν ἀπὸ μικρὰ στὴ δουλειά. Ἤμουνα στοὺς τυφλοὺς ὁ μονόφθαλμος.

Πῶς βρέθηκε στὸ δρόμο μου ἐκεῖνος ὁ βρομιάρης, ὁ καριολόπουστας, καὶ μὲ ξελόγιασε. Τσαγκάρης ἤτανε, ὁ μαλάκας, τσαγκάρης τῆς γειτονιᾶς. Παντρεμένος μὲ παιδιὰ μεγαλύτερά μου. Ἀποπλάνηση ἀνηλίκου. Ἑφτὰ χρονῶν ἤμουνα, ξανθό, σγουρομάλλικο, σὰν τ' ἀγγελάκια στὶς χαλκομανίες. Γκιουζελίμ, λατσὸ μωρό. Καὶ ἔφηβος ἤμουνα κουκλί, μπισκέτο. Μ' ἔστειλε σ' αὐτὸν ἡ μάνα μου γιὰ νὰ περάσει σόλες σ' ἕνα ζευγάρι παπούτσια προπέρσινα φθαρμένα. Εἶχα ξαναπεράσει ἀπὸ κεῖ. «Ἔμπα μέσα, θὲς σοκολάτα;» «Θέλω» εἶπα. Μὲ τὰ μπινελίκια[1] τὰ ξεγελᾶνε τὰ μωρὰ οἱ μπινέδες.[2] Γιὰ πότε μὲ κάθισε στὰ γόνατά του, μοῦ χάιδεψε τὰ μαλλάκια καὶ λίγο τὸ μάγουλο; Οὔτε ποὺ κατάλαβα. Κάνει μία ἔτσι ὁ κατέ[3], ξεκουμπώνει τὸ παντελόνι του καὶ βγάζει τὴν ξερή του. Δὲν εἶχαν φερμουὰρ τὰ παντελόνια τότε, σπάνια. Κοντὸ παντελονάκι φοροῦσα, ποιό παιδὶ φοροῦσε μακριὰ ἐκεῖνο τὸν καιρό, δὲν φτάνανε τὰ λεφτὰ γιὰ τὸ ὕφασμα ἢ ἔτσι τὸ εἴχανε. Ἔβγαζες μαλλὶ στὰ ποδάρια καὶ μετὰ σοῦ ἀγοράζανε μακριὰ παντελόνια. Τὸ πουλί του, τώρα ποὺ τὸ θυμᾶμαι δὲν ἤτανε σκληρό, σὰν μισομαραμένη, μελάτη ἤτανε ἡ μαλαπέρδα[4] τοῦ τζιναβωτοῦ.[5] Τὴ δουλειά του ὅμως ἤξερε νὰ τὴν κάνει καλὰ τὸ μπαλαμό.[6] Μοῦ φαινόταν

---

1. *Μπινελίκι* (καλιαρ.): Γλύκισμα καὶ βρισιά.
2. *Μπινές* (μάγκ.): Ἐνεργητικὸς καὶ ταυτόχρονα παθητικὸς ὁμοφυλόφιλος, ἀπὸ τὸ τουρκ. *binmek* = ἀνεβαίνω, καβαλικεύω.
3. *Κατέ* (καλιαρ.): Αὐτός.
4. *Μαλαπέρδα* (καλιαρ.): Τὸ πέος.
5. *Τζιναβωτός* (καλιαρ.): Πονηρός, μπασμένος.
6. *Μπαλαμό* (καλιαρ.): Μεσόκοπος παιδεραστής.

ὅμως μεγάλο τσουτσούνι. Μπορεῖ νά 'χω καὶ λάθος, γιατὶ στοὺς μικροὺς ὅλα τῶν μεγάλων μεγάλα φαίνονται, ἡ φαντασία τους τὰ διογκώνει. Μοῦ πῆρε τὸ χεράκι μου καὶ τό 'βαλε ἐκεῖ, ὕστερα μὲ κάθισε πάνω του, λίγο μοῦ τὴν ἀκούμπησε στὰ μπούτια ὁ πουρὸς[1] καὶ μὲ πασάλειψε μὲ τὰ φλόκια[2] του. Μπουλκουμέ.[3] 'Εντάξει ὁ κατὲ αὐτὸ γουστάριζε, νὰ ξεφλοκάρει[4] ἤθελε. Πῆρε μετὰ μία παλιοπατσαβούρα καὶ τὰ καθάρισε. Δὲν πρέπει νά 'τανε βρεμένη, γιατὶ θυμᾶμαι εἶχα ἐρεθιστεῖ στὰ σημεῖα ποὺ μὲ ἔχυσε. Αὐτὸ τὸ ὑγρό, τὸ χύσι, θέλει ἀμέσως καλὸ καθάρισμα, εἶναι πολὺ καυστικὸ τὸ φλόκι, ἔτσι καὶ τ' ἀφήσεις ὅλη μέρα ἐκεῖ ποὺ θὰ πέσει, φαγουρίζεσαι καὶ ξύνεσαι συνέχεια. Ἔσκυψε πάνω μου, βρομοῦσαν τὰ χνότα του. «Δὲν θὰ μιλήσεις πουθενά, νὰ μείνει μυστικὸ μεταξύ μας». Μοῦ 'δωσε κι ἄλλες δύο σοκολάτες. Κάτι μάτια γουρλωμένα κι ἕνα μουστακάκι ποντικοουρά, μποὺτ καλιαρντός[5], τί νὰ πῶ. Σιχαμερὸς ἦταν. Δὲν ἔβγαλα ἄχνα καθόλου, σὲ κανέναν. Μέσα μου τὰ συλλογιόμουν ὅμως. Δὲν εἶναι καλὸ πράμα αὐτό. Ἀπ' τὴν ἄλλη κάτι μὲ τραβοῦσε, ψαχνόμουν, ἄραγε οἱ νέοι, οἱ μεγαλύτεροί μου, οἱ δεκαεξάρηδες, ἂς ποῦμε, δὲν θά 'ναι καλύτεροι ἀπ' αὐτὸν τὸν κουλό; Εἶχα φαίνεται τὴν κλίση, μ' ἔβαλε χέρι κι ὁ μπαλός[6], ὁ ἄχαλος καὶ μοῦ 'γινε χούι. Μὲ κατέστρεψε τὸ τομάρι. Ἀπ' τὸν Θεὸ νὰ τὸ βρεῖ, ὁ κωλόγερος.

Μεγάλωνα, δὲν τά 'βρισκα μὲ τοὺς ἄλλους. Δὲν ἔκανα καὶ πολλὴ προσπάθεια, τζίναψα ὅμως, ἄλλη γλώσσα μι-

1. *Πουρός* (καλιαρ.): Ἡλικιωμένος.
2. *Φλόκι* (καλιαρ.): Σπέρμα, σπερματικὸ ὑγρό.
3. *Μπουλκουμέ* (καλιαρ.): Σπερματικὸ ὑγρό.
4. *Ξεφλοκάρω* (καλιαρ.): Βγάζω τὰ φλόκια μου, χύνω.
5. *Καλιαρντός* (καλιαρ.): Ἄσχημος, κακός.
6. *Μπαλός* (καλιαρ.): Χοντρός.

λοῦσα ἐγὼ καὶ ἄλλη αὐτοί. Καταλάβαινα ἀπὸ νωρὶς πὼς θά 'μουνα ἀπ' τὴ μιὰ μεριὰ ἐγὼ κι ἀπ' τὴν ἄλλη ὁ κόσμος. Δὲν θά 'σκαγα κιόλας, «ἔ, ἡ πούλη[1] μου νά 'ναι καλὰ» εἶπα κι ἐγώ. Τ' ἀδέλφια μου, μεγαλύτερα, δύο ἀγόρια. Ὁ Ἄγης, ἕνας παίδαρος, θεολάτσα[2], οἰκοδόμος, πήγαινε στὴ Γερμανία, μάζευε λίγα μπερντέ[3], ἐρχόταν πίσω στὴν πατρίδα, τὰ ἔτρωγε μὲ τὶς γκόμενες, γιατὶ ἦταν μποὺτ μουτζοτός[4], μποὺτ μουνάκιας, πάλι καβαλοῦσε τὸ τρένο καὶ γύριζε πίσω ἐμιγκρές. Δῶσ' του καυλομαξίλαρο[5] καὶ πάρ' του τὴν ψυχή. Μιὰ δόση ἔβγαλε καλὰ φράγκα καὶ μοῦ πῆγε στὸ μουτζότοπο[6] νὰ τὰ γλεντήσει, τὰ ξόδεψε στὶς σαρμοῦτες[7] καὶ στὶς καρακαλτάκες[8] κι ἔμεινε στὸ φινάλε ταπὶ καὶ ψύχραιμος. Οἱ σοῦπερ ἀντρουὰ[9] λατσεύονται τὸ μουτζότοπο κι ἐμεῖς οἱ καραλουμπίνες[10] τὸν τζιναβότοπο[11], τὸ ἀδερφοχώρι. Καλόψυχο πλάσμα ὁ Ἄγης μας ἀλλὰ ἀπότομος χαρακτήρας. Οὔτε γιὰ στεφάνι ἔκανε, γέρασε κι ἀκόμη μπεκιάρης κάθεται, σολότεκνο.[12] Ἤτανε μπερδεμένος καὶ μὲ τὴν Ἀριστερά, μὲ τοὺς λαϊκοὺς ἀγῶνες. Ὁ δεύτερος, σπούδασε μαθηματικός, ὁ Μιχάλης, ἥσυχο παιδί, μαζεμένο,

---

1. *Πούλη* (καλιαρ.): Πρωκτός.
2. *Θεολάτσα* (καλιαρ.): Πανέμορφος.
3. *Μπερντέ* (καλιαρ.): Τὸ χρῆμα.
4. *Μουτζοτός* (καλιαρ.): Γυναικάς.
5. *Καυλομαξίλαρο* (καλιαρ.): Αἰδοῖο.
6. *Μουτζότοπος* (καλιαρ.): Τὸ Παρίσι, γιατὶ θεωρεῖται πόλη γεμάτη μὲ ὡραῖες γυναῖκες καὶ πόρνες.
7. *Σαρμούτα* (καλιαρ.): Πουτάνα.
8. *Καρακαλτάκα* (τουρκ.): Παλιοπουτάνα.
9. *Ἀντρουά* (καλιαρ.): Ἀρσενικός.
10. *Καραλουμπίνα* (καλιαρ.): Κίναιδος.
11. *Τζιναβότοπος* (καλιαρ.) καὶ *Ἀδερφοχώρι* (καλιαρ.): Τὸ Λονδίνο.
12. *Σολότεκνο* (καλιαρ.): Ἐργένης, μπεκιάρης.

τοῦ Θεοῦ. Τῆς προσευχῆς καὶ τῆς μετανοίας. Τὰ κατάφερε αὐτός, διορίστηκε, μήνας μπαίνει, μήνας βγαίνει, πέφτει τὸ παραδάκι, ἀσφαλίστηκε, ἔκανε καὶ μιὰ λατσὴ κρεμάλα[1] μὲ μιὰ μούτζα[2] μὲ μπερντέ, τὴ νύφη μου, τὴ Γαριφαλιά. Ἡ νύφη μου εἶναι ψυχικιάρα, τοῦ Κυργιελέησον κι αὐτὴ καὶ μὲ συμπονᾶ. Τὰ πᾶμε καλά, μοῦ στέκεται στὰ δύσκολα. Στὸ τέλος ἔγινε παπὰς τὸ θεόπαιδο. Τρία ἀδέλφια, τὸ καθένα κι ἄλλο μπαϊράκι. Ὁ πρῶτος καππακάππας[3], ὁ δεύτερος βακουλοπουρός[4], ὁ τρίτος καραλούγκρα.[5] Τὸ γυμνάσιο δὲν τὸ τελείωσα, στὴν τελευταία τάξη ἔπιασα ἀμόρε, ἕνα γειτονόπουλό μου, καρακαψούρα. Λατσότεκνο.[6] Δὲν φυλαγόμασταν καθόλου, μὲ ἄβελε κοντροσόλ[7] στὰ σοκάκια, ὅπου νά 'ναι παιρνόμασταν, ἀκουστήκαμε, βγῆκαν τὰ σκατά μας στὸ μεϊντάνι[8], ἡ μάνα του, καραπόντια, τῆς τὸ σφυρίξανε, στεκότανε στὴ μέση στὸ μαχαλὰ καὶ καταριόταν. Μᾶς ἔκραζε τὸ πόπολο, κουσκουσεύανε[9] οἱ κουλοί. Εἴχαμε στὴ γειτονιὰ καὶ μιὰ λουμπουνιά[10], μιὰ ἄχαλη ψωραδερφή[11], ὁ Τάκης, ἡ Τακοὺ ἡ μπακάλισσα, μποὺτ φόλα[12], καὶ

1. *Κρεμάλα* (καλιαρ.): Γάμος.

2. *Μούτζα* (καλιαρ.): Γυναίκα.

3. *Καππακάππας* (καλιαρ.): Κουκουές, κομμουνιστής.

4. *Βακουλοπουρός* (καλιαρ.): Παπάς.

5. *Καραλούγκρα* (καλιαρ.): Ἀρχιπουστάρα.

6. *Λατσότεκνο* (καλιαρ.): Ὡραῖο παιδί.

7. *Ἀβέλω κοντροσόλ* (καλιαρ.): Φιλάω.

8. *Βγαίνουν τὰ σκατὰ στὸ μεϊντάνι* (λαϊκὴ ἔκφρ.): Βγαίνουν τὰ ἄπλυτα στὴ φόρα.

9. *Κουσκουσεύω* (λαϊκὴ ἔκφρ. γαλλικῆς προέλευσης καὶ καλιαρ.): Κουτσομπολεύω, κουσελεύω.

10. *Λουμπουνιά* (καλιαρ.): Ἀδερφή.

11. *Ψωραδερφή* (καλιαρ.): Λαϊκὸς κίναιδος.

12. *Φόλα* (καλιαρ.): Κακάσχημη.

μπέναβε κουσέλες.[1] Ἀσφυξία. Στριμοκωλίαση. Δὲν ἤτανε ζωὴ αὐτή. Κουλά, κουλά. Μιὰ νύχτα μάζεψα λίγα ροῦχα σ' ἕνα βαλιτσάκι, τζούρνεψα[2] καὶ μπερντὲ ἀπ' τὸ πορτοφόλι τῆς μάνας μου, τῆς ἄφησα καὶ μιὰ λέτρα[3] καὶ τὴν πούλεψα. Φεύγω καὶ βουέλω σπασίμπες.[4] Ἀριβεντέρτσι Ρόμα.

Τώρα ποῦ θὰ πᾶς, μαρή; Τί τά 'θελες, κυρά μου, τὰ μπικουτί; Ἅμα εἶσαι στὸ δικό μας τὸ στύλ, κάνεις μπάμ. Καὶ σὲ δουλειὲς δὲν σὲ παίρνουνε καὶ τὸν ἀντάμη[5] νὰ κάνεις, δὲν σὲ πιστεύουνε, γιατὶ κάνεις κρά. Καὶ νὰ σὲ πάρουνε, θὰ σὲ ἀβέλουν τζαστικὸ[6] γρήγορα ἢ προτοῦ νὰ σὲ τζάσουνε[7], ἀπὸ μόνη σου, γιὰ νὰ μὴν τοὺς δώσεις τὴν ἱκανοποίηση, τοὺς ἄχαλους, βουέλεις τζὰ[8] ἀπὸ περηφάνια. Πόσα νὰ φᾶς σιχτὶρ-πιλάφια[9]; Καὶ γιὰ ποῦ εἶσαι μετά; Εἶσαι ἢ γιὰ τὸν γκρεμὸ ἢ νὰ τὴν κάνεις γιὰ καυλόγερος στὸ κηφηνότσαρδο.[10] Τὴν ἔβγαζα ἐδῶ κι ἐκεῖ. Τὴ μέρα στὰ τζουρά[11], τὴ νύχτα στὰ πάρκα. Κουλά. Πὰ ντ' ἀρζάν. Νάκα[12] μπερντέ. Οἱ λοῦγκρες εἶναι ὅλες καταδικασμένες ὑπάρξεις, περνάει ἡ ζωή τους κολλημένη σ' ἕνα ψέμα, σ' ἕνα μουσαντό.[13] Εἶναι ζοῦρλες[14] οἱ

---

1. *Μπενάβω κουσέλες* (καλιαρ.): Κουτσομπολεύω.
2. *Τζουρνεύω* (καλιαρ.): Κλέβω.
3. *Λέτρα* (καλιαρ. ἀπὸ τὸ ἰταλ. lettera): Γράμμα, ἐπιστολή.
4. *Βουέλω σπασίμπες* (καλιαρ.): Λέω ἀντίο, φεύγω.
5. *Ἀντάμης* (καλιαρ.): Μάγκας, βαρὺς ἄντρας.
6. *Ἀβέλω τζαστικό* (καλιαρ.): Διώχνω.
7. *Τζάω* (καλιαρ.): Φεύγω, τὸ σκάω, διώχνω.
8. *Βουέλω τζά* (καλιαρ.): Παίρνω δρόμο.
9. *Σιχτὶρ-πιλάφι* (ἀργκὸ ἀπὸ τὸ τουρκ. *siktir* + *πιλάφι*): Ἄγριο βρισίδι.
10. *Κηφηνότσαρδο* (καλιαρ.): Μοναστήρι.
11. *Τζουρά* (καλιαρ.): Οὐρητήρια.
12. *Νάκα* (καλιαρ.): Ὄχι, δέν.
13. *Μουσαντό* (καλιαρ.): Ψέμα.
14. *Ζούρλα* (καλιαρ. ἀπὸ τὸ ζουρλός): Παλαβιάρα.

καψερές. Ἔτσι κι ἐγὼ ζοῦσα μέσα σ' ἕνα τζασλὸ ὄνειρο, περιμένοντας τὸ μιράκλι[1], τὸν πρίγκιπα τοῦ παραμυθιοῦ νὰ μὲ σώσει.

Βρέθηκα ἐκτὸς σπιτιοῦ. Κουλά. Κοπροσκύλιαζα, ἡ λουμπινιά, γυρνοκοποῦσα ἐδῶ κι ἐκεῖ. Τραγουδοῦσε τότε ὁ σοῦπερ σεβντοκατές[2], ὁ Καζάντζος, ἕνα τραγούδι, μόλις εἶχε βγεῖ, πονεμένο: « Εἶμαι ἕνα κορμὶ χαμένο, ἕνας ἄσωτος υἱός », γκρὰν σουξέ. Μέρα-νύχτα δὲν τ' ἄφηνα ἀπ' τὰ χείλη μου. Γιὰ μένα ἤτανε γραμμένο θαρρεῖς. Τὸ τραγουδοῦσα κι ἔκλαιγα.

Ἀπ' τὸ σπίτι μου διωγμένος
κι ἀπ' τὸν τόπο μου μακριά,
στὸν γκρεμὸ κατρακυλάω
κάθε μέρα πιὸ βαθιά.

Μποὺτ τὸ γουστάρω τὸ λαϊκὸ τραγούδι, πολὺ λατσεύομαι[3] τὸ καημόκουτο.[4] Καὶ πιὸ πολὺ τὸν Στελάρα, ποὺ ἦταν τότε ἕνα σεβντότεκνο[5] μούρλια.

Στὰ δεκαοχτὼ ἤμουνα, κοντὰ στὴν ἐνηλικίωση, κατέβηκα στὸν Περαία, ἔβγαλα ναυτικὸ φυλλάδιο, εὔκολο ἤτανε, γιατὶ εἶχα κι ὅλα τὰ σέα. Μάρτης τοῦ '59 ἤτανε ὅταν μπάρκαρα σὲ ποστάλι. Στὸ πλήρωμα μὲ βάλανε, ἀνῆκα στὸ τσοῦρμο. Ἄλλη μεταχείριση ἐκεῖ νὰ δεῖς. Μποὺτ κουλά. Ἔβγαζα μάτι κιόλας ὅτι ἤμουνα σορέλα[6] καὶ μὲ παίρ-

1. *Μιράκλι* (καλιαρ.): Τὸ θαῦμα, ἀπὸ τὸ ἀγγλ. καὶ γαλλ. *miracle*.
2. *Σεβντοκατές* (καλιαρ. ἀπὸ τὸ τουρκ. *sevda* + *κατές*): Λαϊκὸς τραγουδιστής.
3. *Λατσεύομαι* (καλιαρ.): Γουστάρω, μοῦ ἀρέσει.
4. *Καημόκουτο* (καλιαρ.): Μπουζούκι.
5. *Σεβντότεκνο* (καλιαρ. ἀπὸ τὸ τουρκ. *sevda* + *τεκνό*): Νεαρὸς λαϊκὸς τραγουδιστής.
6. *Σορέλα* (καλιαρ. ἀπὸ τὸ ἰταλ. *sorella*): Ἀδερφή.

νανε στὸ ψιλό. Εὐτυχῶς μὲ τζίναψε ὁ ὑποπλοίαρχος, μὲ ἔβαλε κάτω ἀπ' τὴ φτερούγα του, ὁ μάγκας ὁ Καλαματιανός. Λάτσα[1], μποὺτ λάτσα. Τὸν γλυκοκοίταζα ἀλλὰ δὲν μιλοῦσα. Μόκολα.[2] Ἕνα βράδυ, πιωμένος ἤτανε, μοῦ τά 'ριξε. Τί μοῦ τά 'ριξε, ἄλλο ποὺ δὲν ἤθελα. Τακιμιάσαμε. Ὅσο ἔμεινα στὸ πλοῖο, ἕνα ἑξάμηνο περάσαμε ζάχαρη. Θεομπούκουρα.[3] Ταξιδέψαμε ὅλο τὸν κόσμο, Ταϋλάνδη, Φιλιππίνες, Ἰνδικὸ ὠκεανό, Μεσόγειο θάλασσα. Τί Σουὲζ καὶ τί Πὸρτ Σάιντ! Πῶς ἤτανε στὸ Πὸρτ Σάιντ; Βρομιὰ καὶ δυσωδία. Κι ὁμοφυλοφιλία. Οἱ Ἄραβες, καὶ προπαντὸς οἱ Αἰγύπτιοι, κάνουν τὸν ἠθικό. Μποὺτ κουλοί. Ἡ θρησκεία τους τοὺς κάνει κομπλεξικούς, ὅλα τάχαμου τοὺς τ' ἀπαγορεύει. Ἀλλὰ νὰ μὴ βροῦν εὐκαιρία. Ἔτσι καὶ τοὺς ἔρθει βολικά, ὀργιάζουν οἱ καυλιάρηδες. Λατσὰ κουραβάλουν[4] οἱ Ἀραπάδες. Τέλειωσα ἀπ' τὰ καράβια. Σωζότανε ὁ παράς. Πάλι νάκα μπερντέ. Πῆγα γκαρσόνι σ' ἕνα καφενεῖο, ἔκανα καὶ τὸν τρατάρη.[5] Μ' ἐκμεταλλεύτηκε ὁ ἀρχιτσιφούτης ὁ καφετζής. Πουροζελὲ[6] ἤτανε ὁ κατέ. Μὲ τὸ σχόλασμα ἤθελε νὰ μοῦ βάζει χέρι. Τί ἔφταιγε κι ἐκεῖνος ὁ χριστιανός; Ἀφοῦ ἤμουνα φορτωμένη κι ἐγὼ καυλομαγνῆτες![7] Ἔτζασα κι ἀπὸ κεῖ, ἀπ' τὴν πουρομαριονέτα.[8] Κουλὰ κι ἀπὸ δῶ, κουλὰ κι ἀπὸ κεῖ.

Ἔπρεπε νὰ παρουσιαστῶ στὰ στρατά. Ὑποχρέωση ὅλων τῶν ἀρσενικῶν τῆς χώρας. Μποὺτ κουλά. Γιοὺ ἂρ ἲν

1. *Λάτσα* (καλιαρ.): Ὀμορφιά.
2. *Μόκολα* (καλιαρ.): Σιωπή.
3. *Θεομπούκουρα* (καλιαρ.): Ὑπέροχα, λαμπρά.
4. *Κουραβάλω* (καλιαρ.): Γαμάω.
5. *Τρατάρης* (καλιαρ. ἀπὸ τὸ ἰταλ. *trattare* = κερνῶ): Γκαρσόνι.
6. *Πουροζελέ* (καλιαρ.): Ραμολιμέντο.
7. *Καυλομαγνήτης* (καλιαρ.): Σεξουαλικὸ θέλγητρο.
8. *Πουρομαριονέτα* (καλιαρ.): Γεροπαραλυμένος.

δὲ ἄρμυ νάου.[1] Τὰ μαλακιστήρια οἱ φαντάροι ἀρχίσανε τὴν καζούρα ἀπὸ μακριά. Μπορεῖ νὰ μὲ ξεφώνιζαν μιὰ κατὰ βάθος κάνανε κρὰ γιὰ νὰ μείνω. Ἔτσι κι ἀλλιῶς γιὰ ξεκαυλωτήρι μὲ θέλανε. Ἄμ, δὲν σφάξανε! Γιὰ νὰ γλιτώσεις ἀπ' τοὺς στρατόκαυλους[2] ἢ ἰεχωβιάζεις[3] ἢ πουλᾶς τζασλοσύνη[4] ἢ πουλᾶς ἀδερφοσύνη. Προτίμησα τὸ πιὸ ταιριαστὸ γιὰ μένα. Πούλησα ἀδερφοσύνη γιὰ νὰ τὴν πουλέψω. Παρουσιάστηκα σεινάμενη-κουνάμενη μὲ μπανάνες καὶ φτερὰ στὸ κεφάλι, ὅπως ἡ Κάρμεν Μιράντα, ἡ τραγουδίστρια μὲ τὸ ἐξωτικὸ στὺλ ποὺ τὴ βάζανε στὰ ἔργα τὰ βραζιλιάνικα. Ἔπιασε τὸ κόλπο. Μοῦ 'δωσαν ποῦλο.[5] Ἐγὼ εἶμαι ἀδερφὴ καὶ μὲ κράξανε καὶ μὲ τζάσανε δικαίως ὡς ἀδερφή. Δὲν σημαίνει ὅτι δὲν ἤμουν καὶ ἱκανὸς νὰ ὑπηρετήσω. Σιγά! Πήχτρα στοὺς φλώρους καὶ τοὺς λουφαδόρους εἶναι ἡ ἐπικράτεια! Καὶ στὶς κρυφολοῦγκρες! Καὶ στοὺς ἀνίκανους! Ἄσε ποὺ μόνο τὰ κορόιδα ὑπηρετοῦν. Ἂν βρεῖτε ἕναν ἄντρα Ἕλληνα ὑπήκοο νὰ μὴ μετάνιωσε ποὺ ἔκανε φαντάρος, ἐγὼ νὰ γίνω τουρλολιγούρης.[6]

Μετροῦσα πολὺ ἐξωτερικῶς. Ὅπως ἤμουν ἡ δόλια λιγδομπερντές[7], βγῆκα στὰ πάρκα, ἤμουνα παλιὸς γνώριμος ἐκεῖ. Ἕνα βράδυ, ἀργά, γνώρισα στὸ πρεζαντὲ[8] μιὰ ντά-

1. (*You're in the army now*): Εἶσαι στὸν στρατὸ τώρα, ἀπὸ τὸ διάσημο ἀμερικανικὸ πὸπ τραγούδι τοῦ 1981 τῶν Bolland.

2. *Στρατόκαυλος* (λαϊκὴ ἔκφρ.): Στρατιωτικός, μανιακὸς μὲ τὸν στρατό.

3. *Ἰεχωβιάζω* (καλιαρ., ἀπὸ τὸ ὄνομα Ἰεχωβὰ καὶ τὴν πρακτικὴ τῶν ὀπαδῶν τῆς γνωστῆς αἵρεσης) : Πετάω τὸ ὅπλο.

4. *Τζασλοσύνη* (καλιαρ.) : Τρέλα.

5. *Δίνω τὸν ποῦλο* (λαϊκὴ ἔκφρ.) : Διώχνω.

6. *Τουρλολιγούρης* (καλιαρ.) : Κολομπαράς.

7. *Λιγδομπερντές* (καλιαρ.) : Ἄφραγκος, μπατίρης.

8. *Πρεζαντέ* (καλιαρ.) : Πιάτσα, τόπος ὅπου συνήθως ἐμφανίζεσαι, ἀπὸ τὸ γαλλικὸ *présenter* = παρουσιάζω.

να[1], σὰ μισοτρὰνς ἤτανε, μιὰ λουμπίνα[2] τοῦ κερατᾶ. Περπατημένη τσολαδερφή[3], κουασιμόντα[4] ἤτανε ἡ μαντουάνα.[5] «Εἶσαι ἡ πιὸ λατσὴ ἀδερφή, ἅμα ντυθεῖς, θὰ κονομήσεις μποὺτ μπερντὲ» μοῦ λέει. «Τί νὰ ντυθῶ;», ρώτησα, «σάμπως γυμνὴ εἶμαι;» Νόμιζα ἐγὼ θὰ μὲ στείλει νὰ ἀβέλω ντανιές[6], νὰ γίνω μασκαράς, καρναβάλι. Δὲν πῆγε ὁ νοῦς μου. Μοῦ λέει ἔτσι κι ἔτσι. Θὰ ψωνίσεις τὰ κραγιονάκια σου, τὶς μπογίτσες σου, θὰ φορτωθεῖς τὰ μποὺτ ἀρλεκίνια[7], καὶ θὰ βγεῖς αὔριο βράδυ μαζί μου στὴν πιάτσα, ἀρτίστ. – Μήπως πρέπει νὰ κοτσάρω καὶ μουτζαντίβαρα[8]; τὴ ρωτάω. Γιατὶ δὲν γουστάρω. Ἐκείνη εἶχε φουσκώσει τὰ βυζιά της μὲ τὸ γνωστὸ σύστημα καὶ μάζευε πελατάκια. Ζήτω ἡ σιλικόνη!

Μπῆκα ἀμέσως στὸ κόλπο καὶ ξεθάρρεψα γρήγορα. Πρώτη βραδιά, δέκα πελάτες, καλὴ κονόμα. Μποὺτ λατσά. Μὲ πῆγε σὲ μιὰ πιάτσα ὄχι πολὺ γνωστή, ποὺ συχνάζανε ἂς ποῦμε οἱ μυημένοι. Τὸ ψωνιστήρι γινότανε στὴν ἀλάνα, ἀπέναντι ἀπ' τὸ γήπεδο τοῦ ΠΑΟΚ. Μόλις σουρούπωνε, ἄλλαζε τὸ σκηνικὸ καὶ μεταμορφωνόταν. Παρκάρανε ἐκεῖ μεγάλα φορτηγὰ πολλῶν κυβικῶν, νταλίκες. Οἱ νταλικὲρ[9] πολὺ ἐπιρρεπεῖς στὸ κοκό. Κι ὄχι πάντοτε ἐνεργητικοί, πολλοὶ ἤτανε μερακλαντάν[10], ἀπ' ὅλα κάνανε. Ἄλ-

---

1. *Ντάνα* (καλιαρ.): Πουτάνα.
2. *Λουμπίνα* (καλιαρ.): Κίναιδος.
3. *Τσολαδερφή* (λαϊκὴ ἔκφρ.): Ἀδερφὴ καὶ τσόλι ταυτόχρονα.
4. *Κουασιμόντα* (καλιαρ.): Καμπούρα, ἀπὸ τὸν μυθιστορηματικὸ ἥρωα Κουασιμόδο τοῦ Οὐγκό.
5. *Μαντουάνα* (καλιαρ.): Ἄσχημος, ἀσήμαντος.
6. *Ἀβέλω ντανιές* (καλιαρ.): Κάνω νάζια.
7. *Ἀρλεκίνι* (καλιαρ.): Μπιχλιμπίδι.
8. *Μουτζαντίβαρα* (καλιαρ. μουνὶ + ἀντίβαρο): Βυζιά.
9. *Νταλικὲρ*: Νταλικέρης.
10. *Μερακλαντάν* (λαϊκὴ ἔκφρ. ἀπὸ τὸ τουρκ. *merakladan*): Μερακλής, ἀπὸ μεράκι.

λοι πελάτες ἤτανε περαστικοὶ κι ἄλλοι ἐργατικοὶ τῆς γειτονιᾶς, μιλημένοι, στὸ κόλπο ὅλοι τους, πονηροί, τζιναβωτοί. Ἅμα τελείωνε ὁ ἀγώνας στὸ γήπεδο καὶ μετά, μερικοὶ φίλαθλοι πηγαίνανε γιὰ τουρκόσουπα[1] ἢ πίνανε κάνα οὐζάκι καὶ περίμεναν νὰ νυχτώσει. Πίσω ἀπ' τὶς καρότσες τὸ κάναμε ἢ κάτω ἀπὸ κάτι δέντρα. Δὲν συχνάζανε τσόλια[2] ἐκεῖ, σπάνια νὰ περνοῦσε κανένα. Δὲν εἶχε οὔτε κουκουβάγιες.[3] Κρατοῦσαν τσίλιες καὶ κάτι κουλὲς ἀδερφὲς γιὰ τὰ συνθηματικά. Ἡ Βαγγέλω, ἡ δόλια, ποὺ ἦταν ἀμπενάβωτη[4], μοῦ ἔκανε νοήματα ἀπὸ μακριά. Ἂν διέκρινε κίνδυνο, σήκωνε τὸ μαντίλι της καὶ τὸ κούναγε στὸν ἀέρα. Ἅμα ζύγωνε κανένα λατσὸ τεκνό, περπατοῦσε μὲ τσαχπινιὰ καὶ ἔκανε σαντὰ[5] καυλοκουνήματα.[6] Ἡ Τζοκόντα ἡ Κράχτρα, ποὺ μπέναβε πολὺ ἀνθυγιεινὰ[7] ἤτανε τζαζεμένη ἀλλὰ ψυχικιάρα καὶ λειτουργοῦσε σὰν τροχονόμος καὶ ἔδινε σὲ ὅλες στὴν πιάτσα διαταγές. « Ἐσὺ τράβα ἀπὸ δῶ ». « Ἀπὸ κεῖ πέρασε ἕνα τσόλι ». « Ὁ κατὲ ἀβέλει μουσαντά ».[8] Ἂν πλησίαζε κάποιο ὡραῖο τεκνὸ φώναζε δυνατὰ « λάτσα, λάτσα, καραλάτσα ».[9] Ἂν σὲ δίκελλε[10] μὲ κανέναν ἐπικίνδυνο πελάτη, τραγουδοῦσε : « Ντίκ[11], μαρή, τζουρνεύει τὸ κατέ, μποὺτ τζουρνεύει ». Ἡ ταβέρνα ἡ « Πεθερὰ » βρισκόταν

1. *Τουρκόσουπα* (καλιαρ.) : Καφές.

2. *Τσόλι* (καλιαρ.) : Θρασὺς νεαρός, τσόγλανος.

3. *Κουκουβάγια* (καλιαρ.) : Μυστικὸς ἀστυνομικός.

4. *Ἀμπενάβωτη* (καλιαρ.) : Μουγγή.

5. *Σαντά* (καλιαρ.) : Ψεύτικα.

6. *Καυλοκουνήματα* (καλιαρ.) : Παλινδρομικὲς κινήσεις ἐπιβήτορα κατὰ τὴ συνουσία.

7. *Μπενάβω ἀνθυγιεινά* (καλιαρ.) : Κουτσομπολεύω πολύ.

8. *Ὁ κατὲ ἀβέλει μουσαντά* (καλιαρ.) : Αὐτὸς λέει ψέματα.

9. *Καραλάτσα* (καλιαρ.) : Πανέμορφος.

10. *Δικέλλω* (καλιαρ.) : Βλέπω.

11. *Ντίκ* (καλιαρ.) : Πρόσεχε.

ἀπέναντι ἀπ' τὸ γήπεδο. Σύχναζα στὸ στέκι αὐτό, μάζευα κι ἀπὸ κεῖ πελατεία. Εἴπαμε, καλέ, πὼς ἤμουνα καὶ μουράτω.[1] Ἀπὸ τὶς βίζιτες πορευόμουνα, ἀφοῦ δουλειὰ δὲν εἶχα καὶ δουλειὰ δὲν θὰ μοῦ 'δινε κανείς. Εἶχα ἐπιδερμίδα βελούδινη, ἔμοιαζα τὴν Τζίνα Λολομπρίτζιτα, τὰ μάτια της ἔχω τὰ σπανιόλικα καὶ τὰ μαριόλικα, γι' αὐτὸ μὲ βγάλανε οἱ ἄλλες οἱ κατὲ Λολό. Στὸ Παρίσι, ἡ Μπὲ-Μπὲ καὶ στὴ Ρώμη ἡ Λὸ-λό.

Ἡ μπατσαρία, ἅμα ἔβγαινε γιὰ παγανιά, ἔπρεπε ζὸρ ζορνὰ[2] νὰ τσακώσει κανέναν κακομοίρη ἢ νὰ ντουπάρει γιὰ νὰ γουστάρει. Μπὶζ καὶ τζάζ.[3] Μία δόση κάνουν οἱ ροῦνες[4] ἕνα ντού, τσακώνουνε δυὸ ἀπὸ μᾶς, μᾶς χώνουνε στὸ ρουνικὸ[5] καὶ μᾶς πᾶνε στὸ Ἠθῶν γιὰ ἀνάκριση. Κουλά. Πιάσανε μαζί μου καὶ τὴν ἄχαλη, τὴ φίλη μου τὴν Πόντια, τὴ μυταρού. Σούμη, τὸ χαϊδευτικό της ἀπ' τὸ Σουμέλα. Μᾶς πήγαιναν συνοδεία κι αὐτὴ ἔκανε τὴν πλάκα της, ἡ ἄτιμη. «Μάνα μου, θὰ γαμοῦνε μας καὶ ντὸ πολλοὶ πὰ εἶναι» πέταξε τὴν παροιμία της. Δὲν εἶχα ξαναμπεῖ σὲ πούλμαν[6], ἔχω καὶ κλειστοφοβία. Νόμιζα πὼς θὰ τεζάρω. Ταραγμὰν-ταραχάν.[7] Δὲν ρίξανε καθόλου ντούπ[8], πέσαμε σὲ καλὰ παιδιά, μὲ τρόπους. Τελειώσανε τὰ τυπικά, κάνω νὰ φύγω, «ἐλεύθερος, ἀγορίνα» μοῦ λέει ὁ φρουρὸς καὶ «πέρνα νὰ μᾶς βλέπεις καὶ μᾶς». Τὸν δικέλλω, κοῦκλος, θεόλα-

1. *Μουράτω* (καλιαρ.): Ἐπιθυμητή, καυλιάρα, ἀπὸ τὸ τουρκ. *murat* = ἐπιθυμία.

2. *Ζὸρ ζορνά* (λαϊκὴ ἔκφρ.): Μὲ τὸ ζόρι, μὲ τὸ στανιό.

3. *Μπὶζ καὶ τζάζ* (καλιαρ.): Ἄμεση Δράση.

4. *Ρούνα* (καλιαρ.): Ἀστυνομικός.

5. *Ρουνικό* (καλιαρ.): Περιπολικὸ ἀστυνομίας.

6. *Πούλμαν* (καλιαρ.): Κλούβα.

7. *Ταραγμὰν-ταραχάν* (καλιαρ.): Κακὴν κακῶς.

8. *Ντούπ* (καλιαρ.): Ξυλοφόρτωμα.

τσος. Τὰ φτιάχνω μ' αὐτόν, πολὺ τὸν γουστάριζα, κόβω καὶ λίγο ἀπ' τὴν πιάτσα, μὲ τάιζε. Ὅσο ἀρρενωπὸς ἤτανε ὁ μπάτσος μου, ἄλλο τόσο παθιασμένος ἦταν μὲ τὴν πάρτη μου. Δὲν λατσευότανε τὸ κουραβάλιασμα.[1] Βέρος τζιναβωτὸς ἤτανε, μ' εἶχε τρελάνει στὰ τσιμπούκια, αὐτὸς σὲ μένα, ὄχι ἐγὼ σ' αὐτόν. Φιλιὰ στὸ στόμα, ἄγριο κοντροσὸλ μὲ τὴ γλώσσα σὰν τριμπουσὸν κι ἀπὸ κεῖ τσιμπούκια συνέχεια, σὲ σημεῖο νὰ μπουχτίζεις. Δὲν γουστάριζε κουραβέλτα.[2] Μέσα στὸ περιπολικὸ τὰ κάναμε τὰ αἴσχη μας, μᾶς κοίταζε κι ἕνα μωρὸ ἀπὸ μία μικρὴ φωτογραφία δίπλα στὸ τιμόνι. Τέλειωνε τὴν πίπα ὁ καλός μου καὶ ἄβελε κοντροσὸλ ἀπὸ πάνω καὶ στὸ παιδάκι του. Πατέρας, μικροπαντρεμένος ἤτανε. Ποιός ξέρει τί μουσαντὰ θὰ μπέναβε στὴ γυναίκα του.

Ἒ, δὲν κρατᾶνε πολὺ αὐτά. Δὲν εἶμαι δὰ καὶ τῶν δεσμῶν. Οὔτε καὶ τῆς προστασίας, γιατὶ δὲν φοβᾶμαι. Εἶμαι πολὺ δυνατή. Μᾶς ζυγώνανε μερικοὶ καὶ μᾶς κάνανε τὸν κατελάνο.[3] Ἢ τὸν νταβελάκη.[4] Ἒ, δὲν σήκωνα τέτοια. Μιὰ φορὰ ἔδειρα κάποιον νταγλαρὰ στὸ Βαρδάρι, ἕνα κωλόπαιδο, ποὺ μ' ἔψαχνε μὲ τὴν πρόθεση νὰ μὲ χτυπήσει ὁ κατέ. Ἀδερφὴ εἶναι, σοῦ λέει, μαθημένη νὰ τὶς τρώει. Τώρα θὰ δεῖς ποιά εἶν' ἡ ἀδερφὴ καὶ ποιός εἶν' ὁ μάγκας. Ἒ - φαγε ντούπ, καραντούπ, ὁ τσόγλανος, ὁ θεοκάλιαρντος.[5] Πολλὲς φορὲς πλακώθηκα στὸ ξύλο ἀλλὰ ἐκείνη τὴ νύχτα μαζεύτηκε κόσμος περαστικός, ἔγινε γκρὰν ἐπεισόδιο.

1. *Κουραβάλιασμα* (καλιαρ.): Γαμήσι.

2. *Κουραβέλτα* (καλιαρ.): Γαμήσι.

3. *Κατελάνος* (καλιαρ.): Σκληρὸς ἄντρας, σέρτικος, ἀπὸ τὸ ὄνομα τῆς οἰκογένειας τῶν ξακουστῶν αἱμοβόρων νταήδων Κατελάνων.

4. *Νταβελάκης* (καλιαρ.): Ὁ κακοῦργος, ἀπὸ τὸ ὄνομα τοῦ θρυλικοῦ λήσταρχου Νταβέλη.

5. *Θεοκάλιαρντος* (καλιαρ.): Κακάσχημος.

Ταραχή! Σκέψου νὰ βλέπεις ἕναν νταβραντισμένο νεαρό, ντυμένο μὲ γυναικεῖο φόρεμα νὰ βάζει κάτω ἕνα δίμετρο θηρίο. Καὶ νὰ τὸν βρίζει κιόλας ἐλεεινά. Μποὺτ κουλό.

Ὁ Ἀρίστος μὲ πλησίασε μόνος του. Ἔκανα πιάτσα πίσω ἀπ' τὰ φορτηγά. Τὸ '59 ἤτανε· χειμώνας. Ἀργά, κατὰ τὶς δώδεκα. Ἦταν δεκαεννιὰ χρονῶν, ὅπως μοῦ εἶπε, ἀλλὰ θὰ τὸν ἔκανες καὶ εἰκοσιδύο. Ἕναν χρόνο μὲ περνοῦσε. Ἀδύνατος ἦταν. Τελευταῖα εἶχα καλὴ πελατεία σ' αὐτὴ τὴν πιάτσα, γιατὶ δούλευα κυρίως μόνη μου, δὲν εἶχα ἀνταγωνισμό. Εἴχανε ντουπάρει[1] κόσμο καὶ εἴχανε ψιλοεξαφανιστεῖ οἱ λουμπουνιές. Εἴχανε ἀλλάξει στέκι, κατεβαίνανε Βαρδάρη μεριά. Ἦταν σαββατόβραδο. Μὲ σίμωσε πιωμένος. – Γειά σου. Θέλεις παρέα; – Ἐξαρτᾶται. Πόσα θὰ δώσεις; –Δὲν ἦρθα γιὰ νὰ δώσω. – Ἀλλὰ τί, ρὲ μάγκα; Μήπως θὲς νὰ σὲ πληρώσουμε κιόλας; – Τὸ βρῆκες. Ἐγὼ δὲν πληρώνω, πληρώνομαι. – Ἔ, τότε δὲν ταιριάζουμε. – Γιατί; Δὲν μποροῦμε νὰ κάνουμε παρέα χωρὶς νὰ μποῦνε τὰ λεφτὰ στὴ μέση; – Μποροῦμε ἀλλὰ εἶμαι πολὺ κουρασμένη. – Μὴν ἀνησυχεῖς, θὰ σὲ ξεκουράσω ἐγώ. – Πῶς; – Θὰ δεῖς. Ἤτανε πολὺ γλυκός. Δὲν ἤτανε χαρμάνης, οὔτε φράγκα ἤθελε νὰ βγάλει. Ἂν καὶ νάκα μπερντέ.[2] Ἤθελε παρέα, ἀνθρώπινη παρέα. Τὸν ἔτρωγε τὸν ἄμοιρο ἡ μοναξιά.

Αὐτὸς γραπώθηκε, ρὲ παιδί μου, ἀπὸ πάνω μου. Κόλλησε σὰ βδέλλα. Εἶμαι χαρακτήρας μὲ σὶκ ὀριεντάλ.[3] Κάνω ὡραῖο κλίμα, ἀβέλω λατσοὺς τζιλβέδες[4], σ' αὐτὸ θὰ

1. *Ντουπάρω* (καλιαρ.): Ρίχνω ξύλο.

2. *Νάκα μπερντέ* (καλιαρ.): Δὲν ὑπάρχουν χρήματα.

3. *Μὲ σὶκ ὀριεντάλ* (καλιαρ.): Μὲ μεγάλη εὐγένεια, πολὺ προσεκτικός.

4. *Τζιλβές* (ἰδιωμ. ἀπὸ τὸ τουρκ. *cilve* = ἐρωτοτροπία, ἀκκισμός): Πουτανιά.

ὀφείλεται ποὺ τοὺς τραβάω. Σπάνια νὰ κάνει ἄλλος τέτοια ἀτμόσφαιρα. Κι ὄχι μόνο στὴ φάρα μας· γενικά. Μὰ καὶ λατσὰ τὰ μπενάβω[1], μποὺτ λατσά. Ἔξω τὸ κάναμε, ἔβρυ νάιτ, ἀραιὰ καὶ ποῦ σὲ κλειστὸ χῶρο. Εἶμαι καὶ συνηθισμένη. Χρόνια ἀπ' τὴν πιάτσα μὲ τοὺς πελάτες στὶς ἐξοχὲς βγάζαμε τὰ μάτια μας. Ὅλα τὰ τσαΐρια[2] τῆς Θεσσαλονίκης τά 'χω φέρει βόλτα. Εἶχε κάτι καβαντζοῦλες ἡ Σαλόνικα, μούρλια. Στὸ Βασιλικὸ Θέατρο, πίσω ἀπ' τὸ Γ΄ Σῶμα Στρατοῦ, στὴ Ρωμαϊκὴ Ἀγορά, μέσα στὸ πανεπιστήμιο, στὰ Λαδάδικα, στὰ Ξυλάδικα, καὶ πολλὰ γύρω ἀπ' τὸ Βαρδάρη. Ὡραῖο πράμα ἡ τσαϊράδα. Ὡραῖο πράμα νὰ τὸ κάνεις στὴν ὕπαιθρο. Ἀπελευθερώνεσαι. Καβαλούσαμε τὸ μηχανάκι παλιὰ καὶ τρέχαμε νὰ ξεσκιστοῦμε στὶς καβάντζες μας. Ὄχι μὲ τὸν Ἀρίστο, ποῦ ὁ Ἀρίστος μηχανάκι, μὲ ἄλλους. Ἄχ, Σαλόνικα, Σαλόνικα! Ποῦ 'ναι τὰ τζουτζουκλέρια[3] τοῦ παλιοῦ καιροῦ ποὺ δὲν μ' ἀφήνανε νὰ ἡσυχάσω λεπτό; Πέντε πέντε τὰ ἄβελα. Μοῦ 'χε βρεῖ ὁ Ἀρίστος μου μιὰ καλὴ κρυψώνα στὸ λιμάνι, κανεὶς δὲν πατοῦσε, ὅλο ἐκεῖ τὴ βρίσκαμε. Πάντοτε φτιαγμένοι τὸ κάναμε, φτιαγμένοι ἀπὸ πιοτό, συνήθως μπίρες. Ὁ Ἀρίστος, ἡ ἀλήθεια εἶχε γίνει νταμιρατζής[4], τὸν μπάσανε ἀπὸ μικρὸ στὸ κόλπο. Ἀλλὰ κι ἐγὼ καμιὰ φορά, ἅμα τὸ ἔφερνε ἡ περίσταση, φουμάριζα, τὴν ἀγαποῦσα κι ἐγὼ τὴν νταμίρα[5], τὴ ρίγανη, ὅπως λέμε ἐμεῖς συνθηματικά.

Ἔ, πέρασε λίγο διάστημα, ἄρχισε νὰ μοῦ ζητάει καὶ μπερντέ. Τὰ μπερντὲ εἶναι ἀκριβά. Κι ἅμα τὰ βγάζεις κιόλας στὸ πεζοδρόμιο, τὰ πονᾶς πιὸ πολύ. Εἶχα λίγα λεφτὰ

1. *Λατσὰ τὰ μπενάβω* (καλιαρ.): Τὰ λέω ὡραῖα.
2. *Τσαΐρια* (τουρκ. *çayır*): Λιβάδια.
3. *Τζουτζουκλέρια* (ἀπὸ τὸ τουρκ. *çocuk*): Παιδιά.
4. *Νταμιρατζής* (καλιαρ.): Χασικλής.
5. *Νταμίρα* (ἰδιωμ. καὶ καλιαρ.): Τὸ χασίσι.

στὸν κουμπαρά, δὲν τά 'χα γιὰ νὰ μοῦ τὰ φᾶνε οἱ νταβατζῆδες. Τώρα, νταβατζῆς ὁ Ἀρίστος δὲν ἤτανε, ἀστεῖα πράματα. Αὐτὸς φοβόταν καὶ τὴ σκιά του. Παραδάκι δὲν εἶχε βέβαια. Νάκα μπερντέ. Ποῦ νὰ τὸ βρεῖ; Ὅ,τι ἔβγαζε ἐκεῖνα τὰ φεγγάρια ἀπὸ δουλειὲς τοῦ ποδαριοῦ κι ἀπ' τὰ πανηγύρια, ὅ,τι μπαγιόκο[1] μάζευε, τὸ ἔτρωγε γρήγορα. Δούλευε κάνα-δυὸ μῆνες στὸν Πειραιά, στὸ γύρο τοῦ θανάτου, στὶς κούνιες, ξέρω γώ, γύριζε πίσω στὴ Σαλόνικα, τὰ ἔκανε τὰ λεφτά του σκόνη. Ποιός νὰ τοῦ 'δινε; Ποιός νὰ τὸν ζοῦσε; Ἡ μάνα του πού 'τανε πλύστρα ἢ φουκαρού; Ὁ πατριός του; Τὸν χαρτζιλίκωνα κάπου κάπου γιὰ νά 'ναι λίγο σουλουπωμένος. Ἀφοῦ τά 'χαμε ταιριάξει. Σὰν ἀρραβώνας ἦταν αὐτό, ἐφόσον τὸν εἶχα γιὰ ντalκαρέτεκνο.[2] Ἔπρεπε νὰ βγαίνει σένιος στὴν πιάτσα. Γιατὶ μᾶς ἀρέσει κι ἡ φιγούρα. Θέλουμε νὰ εἴμαστε μπάνικοι, νὰ μᾶς γουστάρουνε οἱ φίλοι μας, νὰ μᾶς ζηλεύουνε οἱ ἐχθροί μας. Λατσά!

Πέντε μῆνες τὰ εἴχαμε. Πηγαίναμε στὴν «Πεθερά». Αὐτὸ ἦταν τὸ στέκι μας. Σ' αὐτὸ τὸ ταβερνάκι συχνάζανε πολλὰ ζευγάρια ἀντρικά. Μερικοὶ παντρεμένοι. Τὸ ἕνα μέλος κάθε ζεύγους μὲ ὄνομα μουτζοτό.[3] Κουλὰ ὀνόματα συνήθως, κοριτσίστικα λαϊκά. Σούλα, Νίτσα, Μαίρη, Ἀννέτα. Καὶ μερικὲς ξενικά. Τζέσσυ, Λούσυ, Μαίρυλιν, Γκρέτα. Καὶ λίγες, καλιαρντὰ ὀνόματα. Σαρμέλα, Πλακομουνού, Ἀφροδισία, Κουδουνίστρα. Σκέτο Λουγκριστάν. Οἱ πιὸ πολλοὶ τὴ μέρα πηγαίνανε κανονικὰ στὴ δουλειά τους, παριστάνανε τὶς ἀντρικές, ὅμως τὸ βράδυ ἀλλάζανε τελείως στύλ. «Τὴ μέρα παλικάρι, τὸ βράδυ μαξιλάρι». Ἡ Ντό-

1. *Μπαγιόκο* (ἀργκό): Κομπόδεμα.

2. *Νταλκαρέτεκνο* (καλιαρ.): Μόνιμος ἐραστής, ἀπὸ τὸ μάγκικο νταλκάς, τουρκ. *dalga* + *τεκνό*.

3. *Μουτζοτό* (καλιαρ.): Γυναικεῖο.

κτορ Τζέκυλ καὶ Μίστερ Χάυντ. Ὅπως τὸ πάρεις, ὅπως θέλεις πές το. Ἡ Σαγιονάρα, μία φίλη μου, Καζαμπλάνκα[1], εἶχε κάποτε ταξιδέψει στὸ Τόκιο, γιατὶ εἶχε ἀδελφὴ παντρεμένη καὶ ἔμεινε δύο μῆνες ἐκεῖ, γι' αὐτὸ τὴ φωνάζανε Σαγιονάρα ἢ Γιαπωνέζα. Αὐτὴ τὰ μπέναβε πολὺ λατσὰ καὶ ἔλεγε τὸ ἑξῆς, ποὺ εἶχε γίνει τσιτάτο : Ὅλοι οἱ πούστηδες πούστηδες εἶναι. Ὅλοι τὸ ἴδιο. Ὅμως ἄλλο νά 'σαι ἄντρας ποὺ ἀγαπάει ἁπλῶς τοὺς ἄντρες, ἄλλο νά 'σαι ἄντρας ποὺ γαμάει τοὺς ἄντρες, ἄλλο νά 'σαι ἄντρας ποὺ τὸν γαμᾶνε οἱ ἄντρες, ἄλλο νά 'σαι ἀδερφούλα, ἄλλο νά 'σαι ἀδερφή, ἄλλο καραδερφή, ἄλλο προϊσταμένη. Ἄλλο πούστης μὲ πατέντα, ἄλλο ἀρχοντόπουστας, ἄλλο φτωχόπουστας, ἄλλο κωλόπουστας, ἄλλο ἀγριόπουστας. Κι ἄλλο νά 'σαι σὰν αὐτὴ τὴ βλογιοκομμένη τὴ Φαλκονέρα. Καὶ ἔδειχνε πρὸς τὸ μέρος τοῦ Λάκη, δηλαδὴ τῆς κακομοίρας τῆς Φαλκονέρας, τῆς ἄχαλης, τῆς καρακουδούνας. Ἡ ἐν λόγῳ ἦταν μιὰ πολὺ μικρόσωμη, ἄσχημη καὶ θεόχαζη ἀδερφή, ποὺ δὲν εἶχε ταίρι. Κουλή, θεόκουλη. Καὶ ἦταν καὶ πολὺ κακιά, τὸ χειρότερο. Καὶ μονίμως ἄπαρτη, ἀκουράβελτη[2] ἡ κατέ.

Ἤρθανε οἱ ἄλλες, οἱ κατέ, ἀπ' τὸ μαγαζὶ « Ἡ πεθερὰ » καὶ μοῦ τὸ σφυρίξανε. Πιὸ μπροστὰ ὁ Ἀρίστος εἶχε ζευγαρώσει καὶ μὲ ἄλλες σορέλες. Ἡ μία ζήλευε τὴν ἄλλη, μὲ τὸ παραμικρὸ φαγώνονταν. Τὰ εἶχε, λέει, μὲ τὴν Ἀλέκα. Ἔ, καί ; Μπροστά μου δὲν ἔπιανε χαρτωσιά.[3] Οὔτε οἱ ὑπόλοιπες χαζολοῦγκρες, καμιὰ δὲν εἶχε τὴ λατσοσύνη[4] τὴ δικιά μου. Τὰ εἶχε μπλέξει μὲ τὴν τζαζεμένη τὴ Δημητρούλα,

1. *Καζαμπλάνκα* (καλιαρ.) : Ἐγχειρισμένη.
2. *Ἀκουράβελτη* (καλιαρ.) : Ἀγάμητη.
3. *Δὲν πιάνει χαρτωσιὰ μπροστά μου* : Εἶναι πολὺ κατώτερος ἀπὸ μένα.
4. *Λατσοσύνη* (καλιαρ.) : Ὀμορφιά.

τὴν ὑψομετρού.[1] Καὶ μὲ τὴ Σαλώμη. Αὐτὴ ἡ Σαλώμη ἤτανε καπάτσα, καλίγωνε τὸν ψύλλο. Τὸν διεκδικοῦσε. Ἦταν τραβηχτικὸς ὁ μπαγλαμάς.

Ὁ Ἀρίστος εἶχε πολὺ ὡραία βραχνὴ φωνή. Μὲ τὴν μπασαδούρα κάτι παθαίνω, μ' ἀρέσει ἡ μπάσα φωνή, ἡ βραχνάδα της, τὸ βάρος της, μοῦ ἐπιβάλλεται. Τοὺς ρεμπέτες τοὺς παλιοὺς τοὺς πάω πολύ, καθόμουνα μὲ τὶς ὧρες καὶ τοὺς ἄκουγα. Λατσεύομαι μποὺτ τὰ τουρκοσουσούμια.[2] Τὸν Παπαϊωάννου τὸν Γιάννη. Σὰ νὰ μοῦ κάνει μάθημα ὁ δάσκαλος. «Πέντε Ἕλληνες στὸν Ἅδη» ὅταν λέει, πεθαίνω. Ἢ τὸν Μάρκο. Αὐτὲς εἶναι οἱ φωνὲς τῶν πατέρων μας. Οἱ ἄλλες, οἱ ψιλές, μοῦ φαίνονται κάλπικες. Ἴσως γιατὶ κι ἡ δικιά μου εἶναι λεπτή, γυναικουλίστικη, δὲν τὴν κάνω ἐπίτηδες, ἔτσι γεννήθηκα. Χάλια! Τὸ ἀντίθετο ἀπὸ μᾶς, ἐκεῖνο ποὺ μᾶς λείπει, θαυμάζουμε. Πολὺ γλυκομίλητος ὁ Ἀρίστος, γλυκόπιοτος. Ἔβαζα τὸ χέρι μου μέσα στὸ χέρι του, ζεσταινόταν ἡ ψυχή μου καὶ ἔχυνα. Ἔχυνα, ξερόχυνα, ρὲ παιδί μου. Φχαριστιόταν ἡ ψυχή μου. Αὐτὰ τὰ μάτια του, τὰ μάτια του! Ἀθῶο πλάσμα. Πολλὲς κουτουράντζες[3] καὶ τζασλοσύνες ἔκανε, ὅπως κάνουν ὅλα τὰ ζωηρὰ ὅμως ἀθῶα παιδιά. Γρήγορα ξεκόλλησε. Γιατί; Γιατὶ ἦταν ἀσταθής. Ἐπὶ ξύλου κρεμάμενος. Ὅλα τὰ ἐπαγγέλματα ἄλλαξε, γκαρσόνι, μάγειρας, χτίστης, μπογιατζής, τσαγκάρης, παντοφλάς, ἠλεκτρολόγος, οἰκοδόμος, ἀχθοφόρος, χρυσοχόος, βοηθὸς στὸ γύρο τοῦ θανάτου. Δὲν ἔμενε πολὺ σὲ κανένα. Ὅσο γρήγορα καψουρευόταν τόσο γρήγορα τοῦ περνοῦσε. Τὸν κυνηγοῦσαν, ἀπὸ παντοῦ τὸν κυνηγοῦσαν. Ἀκόμη καὶ τὰ φαντάσματα.

1. *Ὑψομετρού* (καλιαρ.): Ἀδερφὴ μὲ καταγωγὴ ἀπὸ βουνίσιο χωριό.
2. *Τουρκοσουσούμι* (καλιαρ.): Ρεμπέτικο τραγούδι.
3. *Κουτουράντζα* (καλιαρ.): Κουτουράδα, κουταμάρα.

Ἄχ, αὐτὴ ἡ καλιαρντοσύνη τῆς ἐποχῆς! Τὸ φονικὸ τοῦ πατέρα του τὸν βασάνιζε, ἡ φτώχεια τὸν κατέτρεχε, ἡ ὀρφάνια τὸν τυραννοῦσε. Ἡ γειτονιά του τὸν ἀπόπαιρνε. Οἱ φίλοι του τὸν ἔριχναν. Ὁ κόσμος τὸν κουσέλευε. Οἱ χασικλῆδες τὸν χρησιμοποιοῦσαν. Οἱ μπάτσοι τὸν παρακολουθοῦσαν. Ἡ ψυχή του τὸν ἔτρωγε. Τὸν εἶχε στὸ μάτι ὁ ἄχαλος ὁ Μαυρονταβάς.[1] Στὸ γύρο τοῦ θανάτου δὲν δούλευε; Ἒ αὐτὸ ἦταν ἡ ζωή του. Ὁ γύρος τοῦ θανάτου ἤτανε.

Μιὰ Τσικνοπέμπτη, παραλίγο νὰ χάσω τὴ ζωή μου. Στὴν « Πεθερά ». Καθόμασταν μὲ τὸν Ἀρίστο, οἱ δυό μας σ' ἕνα τραπεζάκι καὶ χαμουρευόμασταν. Ἤτανε σὲ μιὰ ἄλλη παρέα ἕνας παλιὸς ἀγαπητικός μου μὲ κάτι κολλητούς. Μοῦ τὰ ψιλοέπαιρνε αὐτὸς παλιά, ὅταν ἤμουνα τεκνίτσα [2], τζασλή. Ζήλεψε καὶ τὸν Ἀρίστο μου καὶ « τὰ πῆρε ». Σοῦ λέει, θὰ χάσουμε τὸ χρυσὸ αὐγό. Μπορεῖ νὰ μᾶς ξανακάτσει. Μὰ ἐγὼ τὸν εἶχα τζάσει πρόσφατα, δὲν εἶχε ἀπάνω μου δικαιώματα. Ἀπότομα ὅρμησε πάνω στὸν Ἀρίστο, « θὲς νὰ μοῦ φᾶς τὴ γυναίκα, τὸ γυναικάκι εἶναι δικό μου, τσόγλανε ». Γροθιές, κλοτσιές, τοῦ τὶς ἔβρεξε ὁ Ἀρίστος, ἔφαγε κι αὐτὸς μερικές, ἔγινε σαματάς, μαζευτήκανε πολλοὶ γιὰ νὰ τοὺς χωρίσουν. Τὸν ντουπάρισε ἄγρια ὁ Ἀρίστος, τὸν μαζέψανε, χάλασε ἡ καρδιά μου, δὲν ἤθελα στὸ μαγαζὶ νὰ δίνω καὶ ἀφορμές. Ἡρεμήσαμε ἐν τέλει, ξανακαθίσαμε. Συνεχίσαμε τὴ διασκέδασή μας.

Δὲν πέρασε κανένα τέταρτο, βλέπω –καθόμουνα φάτσα στὴν εἴσοδο– ἀναμαλλιασμένο κάποιον, ἔμοιαζε τὸν ἀδελφό μου, τὸν Ἄγη μας. Ἀγησίλαο τὸν λέγανε, τὸν παππού μου τὸν τσιφλικά. Ὁ ἀδελφός μου ὁ μεγάλος, αὐτὸς ἦταν, ποὺ μπούκαρε στὸ μαγαζί, πιωμένος, μὲ ἄγριες διαθέσεις,

1. *Μαυρονταβάς* (καλιαρ.) : Ὁ Χάρος.
2. *Τεκνίτσα* (καλιαρ.) : Μικρή.

θὰ μ' ἔσφαζε. Εἶχα νὰ τὸν δῶ χρόνια. Παρέμενε ἕνα γοητευτικὸ θηρίο, ἕνας ἀνήμερος θεός. Πῶς μ' ἀνακάλυψε! Ἀπ' τὴν πιάτσα, λέω. Θὰ μὲ ρουφιάνεψε καμιὰ δικιά μας, καμιὰ κουλή. Καμιὰ ἀκουράβελτη ἢ καμιὰ ποὺ βουέλει μουνόπασχα.[1] Μὲ τὶς λοῦγκρες δὲν βγάζεις ἄκρη. Δὲν σοῦ φτάνει ποὺ ἔγινες πούστης, μωρὴ παλιαδερφή, πρέπει νὰ πᾶς καὶ στὰ χειρότερα, νὰ γίνεις καὶ ρουφιάνος; Καὶ τώρα πῶς θὰ τὴν πουλέψουμε μέσα ἀπὸ κείνη τὴν τρούπα, δὲν εἴχανε τότε τὰ λαϊκὰ μαγαζιὰ ἔξοδο κινδύνου γιὰ πυρκαγιὲς καὶ γιὰ ὥρα ἀνάγκης. Μόλις εἶχε γίνει ὁ χαμὸς μὲ τὸν Ἀρίστο, εἴχαμε ἡσυχάσει, πλάι πλάι καθόμασταν καὶ τὰ πίναμε, τὸν χάιδευα καὶ ζαχάρωνα. Ζοῦσα ἕνα λατσὸ ὄνειρο. Εἴχαμε σχεδιάσει νὰ πᾶμε σὲ μιὰ καβάντζα νὰ τὴ βροῦμε, εἶχα κονομήσει καὶ δύο τσιγάρα ἀπὸ μιὰν ἀδερφή, νταμίρα. Νταμίρα ἢ Μακαρόνα, μπαινόβγαινε στὴ φυλακή. Μακαρόνα, γιατὶ ἤτανε ἀδύνατη καὶ λεπτή, ντερέκα, ἢ κατέ, καὶ ψηλιά, ἕνα κι ἐνενήντα καὶ ὁλόισια, στέκα. Κάνω τὴν πάπια καὶ γυρίζω τὴν πλάτη σὰν νὰ μὴν τρέχει τίποτα. Τραβάω γιὰ τὴν κουζίνα, χώνομαι μέσα στὴ λάντζα νὰ κάνω πὼς πλένω πιάτα, τὸν δικέλλω, μὲ ψάχνει, κάνω νὰ κρυφτῶ στὸ πατάρι. «Κάνε τὴν κορόιδα» λέω στὸν μάγειρα. Μὲ εἶχε κιαλάρει ὁ Ἄγης. Μὲ ἁρπάζει ἀπ' τὸ μαλλὶ καὶ μὲ σούρνει. Μὲ βγάζει στὴ σέντρα, μέσα στὸν κόσμο, μπροστὰ στοὺς πελάτες. «Μή, Ἄγη, μὴ ἀδελφάκι μου» τὸν παρακάλεσα ἱκετευτικά. Τί φταίγανε κι ἐκεῖνοι οἱ πελάτες νὰ διαλύσουν τὸ καρναβάλι τους; Τοὺς τὴ χαλάσαμε μιά, νὰ τοὺς τὴ χαλάσουμε καὶ δεύτερη; Ἡ οἰκογένεια μέχρι τέλους δὲν μοῦ ἔδωσε ἄφεση ἁμαρτιῶν. Ὁ πατέρας μου ποτέ, συχωρέθηκε, καὶ στὸν τάφο του πῆγα νὰ κλάψω κρυφὰ μέσα στὰ ἄγρια χαράματα, νὰ μὴ μὲ πάρει μάτι.

1. *Βουέλω μουνόπασχα* (καλιαρ.): Ἔχω ἔμμηνα.

Καλὸς ἦταν ὁ ἄνθρωπος κατὰ βάθος, μὰ τέτοια καμώματα ποὺ τοὺς ἔκανα, τέτοια χουνέρια! «Μωρὴ πουστάρα», νὰ φωνάζει ὁ Ἄγης, «γίναμε βούκινο ἐξαιτίας σου. Ἡ μάνα μας τὰ τίναξε ἀπ' τὴν ντροπή της. Γίνε ἄντρας, ρέ. Θὰ σὲ σφάξω, παλιόπουστα». Ἔτρεχα γύρω γύρω ἀπ' τὰ τραπέζια νὰ γλιτώσω. «Τὸ σόι μας εἶναι ἄντρες, γαμιάδες ἑκατὸ στὰ ἑκατό. Ὁ παπποὺς γαμοῦσε κι ἔδερνε στὴν Ἀνατολή. Πῶς βγῆκες ἐσὺ κουνίστρα;» Οἱ συγγενεῖς μου ὅλοι ἤτανε ἀντροῦκλες ἀπ' τὸν καιρὸ τῶν παππούδων μας. Μὲ ὅλη τὴ σημασία τῆς λέξεως. Ὁ πατέρας τοῦ πατέρα μου ἤτανε πολυγαμικὸς τύπος, τὸ νοῦ τὸν εἶχε στὴν κουραβέλτα, τρεῖς οἰκογένειες εἶχε στὴν Ἀνατολή. Μία οἰκογένεια μὲ τὴ γιαγιά μου, ἐπίσημη καὶ μὲ μία χήρα κρυφά, τί κρυφά, τὸ ξέρανε ὅλοι στὸ Ἐσκὶ Σεχίρ. Χήρα γυναίκα, ἀμόλησε καὶ δύο μούλικα τοῦ Ἀγησίλαου. Εἶχε καὶ μία Τουρκάλα, λέγανε οἱ παλιοὶ στὸ μαχαλά μας, παστρικιά, τῆς ἔκανε κάνα-δύο κι αὐτηνῆς. Νταὴς ἤτανε, δὲν θὰ γλίτωνα ἀπ' τὸν Ἄγη. Ἀπὸ κάποια τραπέζια δύο-τρεῖς σηκώθηκαν ὄρθιοι. Πλησίασε ἕνας κολόμβος[1], ἀπ' αὐτοὺς ποὺ κάνανε τὸν ἀγαπητικό, τὸν πιπιλογατούλη[2] στὶς ἀδερφές. Κονομοῦσαν ἀπὸ κεῖ. Εἴχανε κάθε συμφέρον νὰ σταματήσουν τὴ φασαρία γιὰ νὰ μὴν μπουκάρουν οἱ ροῦνες. Ἔπεσε πάνω του ἡ Σούμη, ἡ Πόντια φιλενάδα μου, ποὺ ἦταν χεροδύναμη. Τύφλα νά 'χουν οἱ ζόρικοι ἄντρες. «Καλέ, θὰ τὴν πετσαχαλίσει[3] ἀτὸς[4] τὴν κατὲ τὴ Λολὸ» φώναξε καὶ ὅρμηξε ἐπάνω του. «Παλάωσεν ὁ σαπσάλ'ς[5]». Τὸν συγκράτησε κι ὁ Ἀρίστος –ἐμένα εἴχανε μπεῖ μπροστά μου, κάνανε ἀσπίδα καὶ μὲ

1. *Κολόμβος* (καλιαρ.): Κολομπαράς.
2. *Πιπιλογατούλης* (καλιαρ.): Τρυφερὸς ἐραστής.
3. *Πετσαχαλίζω* (ποντ.): Πετσοκόβω.
4. *Ἀτός*: Αὐτός, ἐν εὐρείᾳ χρήσει στὴν ποντιακὴ διάλεκτο.
5. *Παλάωσεν ἡ σαπσάλ'ς* (ποντ.): Παλάβωσε ὁ χαζός.

κρύψανε–, τὸν τραβήξανε τὸν ἀδελφό μου ἔξω μὲ ἀπειλὲς καὶ μὲ φοβέρες οἱ ἄνθρωποι τοῦ μαγαζιοῦ κι ἔτσι τὴ γλίτωσα.

Δὲν εἶμαι, εἴπαμε, τῶν δεσμῶν ἀλλὰ τέτοιο καρασεβντὰ σὰν αὐτὸν τοῦ Ἀρίστου δὲν εἶχα ξαναζήσει. Ἀπ' αὐτὰ τὰ παιδιά, τὰ σακάτικα, ποὺ τὰ πετάει ἡ ζωὴ στὴν ἄκρη σὰν τὰ σπουργίτια στὴν ἀνεμοδούρα καὶ δὲν ἔχουν ποτὲ στὸν ἥλιο μοίρα, ἔ, ἀπ' αὐτὰ τὰ παιδιὰ μπορεῖ κάτι νὰ πάρεις. Ὄχι ἀπ' τὰ χορτασμένα, τὰ σαλονίσια, τὰ φλωρίστικα! Πῶς χάθηκε; Πῶς νὰ ζήσω πιὰ χωρὶς τὰ φλογισμένα μάτια του; Ὁ χωρισμός, καλέ, εἶναι μισὸς θάνατος. Δὲν εἶμαι τῆς κλαψομουνιάσεως ἀλλὰ βαλάντωσα στὸ λάκριμο[1] ἡ καψερή. Ποῦ χάθηκε; Ἄνοιξε ἡ γῆ καὶ τὸν κατάπιε.

Πέντε-ἕξι χρόνια ἀργότερα, ὅταν πιὰ τὸ αἴσθημά μου εἶχε σβήσει, τότε ξανάμαθα γι' αὐτόν. Γιὰ τὴν τύχη του τὴν κουλή. Ἀπὸ ποῦ; Ἀπ' τὶς ἐφημερίδες. Τὸν παρουσιάζανε σὰν τέρας τῆς φύσεως. Ὅτι ἔκλεψε, βίασε καὶ ἔσφαξε. Ἄ, μπά, μπά, μποὺτ σαντά.[2] Ἄλλος φταίει, κι ἄλλος πληρώνει. Τσακίστηκα. Δὲν πίστεψα τίποτα. Τὸν εἶχα ζήσει τὸν ἄνθρωπο. Ἕνα τρακαρισμένο παιδὶ ἦταν, ἕνα φοβισμένο ζωάκι. Τὸν ἀγαποῦσα, τὸν ἀγαποῦσα βαθιά. Τί καλὰ νὰ ξανασμίγαμε! Νὰ τὸν ἀποφυλάκιζαν καὶ νὰ τὰ βρίσκαμε πάλι. Τί λατσὰ ποὺ θὰ περνούσαμε! Μὰ ἦταν πιὰ πολὺ ἀργά. Καὶ γιὰ μένα καὶ γι' αὐτόν. Καὶ προπαντὸς γι' αὐτόν, ποὺ ἡ μοίρα του τὸν ἔστειλε ἴσια στὴν κόλαση.

Ἕνα πρωὶ ξύπνησα ἀπότομα. Χρόνια μετὰ τὸ θάνατό του. Τὸν εἶδα στὸ ὕπνο μου. Ἔπαθα ζαλούζα.[3] Ἦταν, λέει,

1. *Λάκριμο* (καλιαρ.): Τὸ δάκρυ, ἀπὸ τὸ λατιν. *lacrimum*, ἰταλ. *lacrima*.

2. *Σαντά* (καλιαρ.): Ψέματα.

3. *Ζαλούζα* (καλιαρ.): Ζάλη.

καθισμένος στὸ κελί του τὴν τελευταία νύχτα πρὶν τὸν ἐκτελέσουν καὶ συλλογιόταν: «Τὸν πατέρα μου τὸν ἔσφαξαν μπροστά μου. Κάποιος καπετὰν Λεωνίδας. Δὲν θέλω νὰ θυμᾶμαι. Ἀπὸ τότε φοβᾶμαι τὸ αἷμα. Καὶ μία σταγόνα νὰ δῶ, ἀναγουλιάζω καὶ φεύγω. Τί θὰ μοῦ κάνουν; Πῶς θ' ἀντικρύσω τὸ δικό μου αἷμα νὰ τρέχει σὰν ποτάμι; Ἢ μήπως ἐκείνη τὴν ὥρα δὲν καταλαβαίνεις τίποτα; Μπὰμ καὶ κάτω; Ἡ ὥρα εἶναι τέσσερις. Σὲ δυὸ ὧρες... Χειμώνας εἶναι. Ἔξω σφυρίζει ὁ Βαρδάρης. Ποιός νά 'ναι ξάγρυπνος τέτοια ὥρα; Τί ὥρα ἔπλασε ὁ Θεὸς τὸν κόσμο; Οἱ νυχτοφύλακες, οἱ φαροφύλακες, οἱ σκοπιὲς στὸν στρατό, στὸ ναυτικό, στὴν ἀεροπορία. Στὰ σύνορα. Αὐτοὶ ποὺ φυλᾶνε ἐργοστάσια, δικαστήρια, διοικητήρια. Οἱ νυχτερινοὶ στὴ δουλειά. Ποὺ κάνουνε βραδινὴ βάρδια. Οἱ φαροφύλακες. Αὐτοὶ ξαγρυπνοῦν σὰν καὶ μένα τὸν μελλοθάνατο.

»Εἴχαμε πάει ἐκδρομὴ στὸ φάρο, στὸ Ἀγγελοχώρι. Στὸ Μεγάλο Καράμπουρνου. Ὄχι τὸ Καραμπουρνάκι, στὴν Ἀρετσού. Ἐκεῖ στὴ μύτη, ποὺ φυλάει τὸν κόλπο τὸν Θερμαϊκό, ἐκεῖ εἶναι ὁ φάρος καὶ δίπλα του εἴχανε χτίσει οἱ Γερμανοὶ πολυβολεῖα. Νὰ φυλᾶνε τὸν τόπο. Λὲς κι ἤτανε δικός τους. Ἡ παρέα ἦταν ἕνας γείτονας μὲ τὰ παιδιά του κι ἕνας ἄλλος μὲ μᾶς, τὰ ἀδέλφια μου, δηλαδή, φορτωμένα στὴ βέσπα, στὴν καλαθούνα. Εἴχαμε μαζὶ κεφτεδάκια, ψωμί, λεμονάδες. Πρωτομαγιὰ καὶ μαζέψαμε μαργαρίτες, παπαροῦνες. Ἡ ἀδελφή μου ἔπλεξε στεφάνι. Οἱ μεγάλοι ψάρευαν στὸ γιαλό. Εἶχε, νομίζω, μιὰ μικρὴ ἰχθυόσκαλα κάτω. Τὸ μέρος μοῦ ἔκανε ἐντύπωση, γιατὶ πίσω ἀπ' τὰ πολυβολεῖα εἶχε χτισμένα ὀχυρώματα κι ἐμεῖς παίζαμε πόλεμο μὲ ξύλα ποὺ τὰ κάναμε ντουφέκια. Ἰνδιάνοι καὶ καουμπόυδες. Σουρούπωνε καὶ ἦρθε ὁ φαροφύλακας, "φύγετε", λέει, "νυχτώνει καὶ ἀπαγορεύεται ἐδῶ". Εἶχε γενειάδα, τὸν παρομοίασα μὲ τὸν Ἅι-Βασίλη. "Εἶμαι νυχτερινὸς" εἶπε. "Ξέρετε τί πράμα εἶναι νὰ φυλᾶς ὅλη νύχτα; Εἶναι εὐθύνη. Εἶναι τσιβὶ" εἶπε. "Τί θὰ πεῖ τσιβί;" ρωτήσαμε. "Τσιβὶ θὰ πεῖ καρφί, σφίξιμο, ζόρι". Αὐτοὶ φυλᾶνε, οἱ φάροι εἶναι ἀνοιχτοὶ τὴ νύχτα. Τὰ μπουρδέλα εἶναι κλειστά. Ἕνα-δυὸ διανυκτερεύουν γιὰ τοὺς χαρμάνηδες. Φοβοῦνται κιόλας οἱ γυναῖκες τὴ νύχτα. Τὰ πατσατζίδικα εἶναι ἀνοιχτά, ἡ "Κωνσταντινούπολις", ὁ "Λευθέρης", ὁ "Ἠλίας" στὴν Ἐγνατία. Στὸ Βαρδάρη, ἕνα μπουγατσατζίδικο, ἕνα περίπτερο. Κι ἕνα περίπτερο στὸ πάρκο. Οἱ φορτηγατζῆδες ποὺ κουβαλᾶνε ἐμπορεύματα. Οἱ νταλικέρηδες γιὰ Σερβία. Οἱ καλόγεροι ποὺ ἔχουν ἀγρυπνία. Οἱ μοναχές. Τώρα καταλαβαίνω τὸν φαροφύλακα. Πόσος καιρὸς μοῦ μένει ἀκόμα; Εἶναι τσιβί. Μὲ πονάει πολὺ καὶ μιὰ παλιὰ πληγὴ στὸ χέρι. Εἶναι ἀπ' τὸ στέμμα. Ἀπ' τὸν τσαμπουκὰ ποὺ ἔκανα μὲ τὸ βασιλικὸ στέμμα ποὺ φορούσαμε στὸν μπερέ, ὅταν ὑπηρετοῦσα φαντάρος, γιὰ νὰ πάρω ἀπολυτήριο. Τρέμω. Εἶναι τσιβί. Τελειώνουν ὅλα. Σὲ λίγο τελειώνουν ὅλα. Ἡ μάνα μου, ἡ κυρα-Ἑλένη. Τ' ἀδέλφια μου. Οἱ παλιοί μου φίλοι. Οἱ συγκρατούμενοι. Εἶμαι ἀθῶος. Κλείνω τὰ μάτια νὰ μὴ σκέφτομαι τίποτα πιά. Ἂν ὑπάρχει Θεός, θὰ τοὺς τιμωρήσει. Ἐμένα ἔλαχε νὰ μὲ κόψει χέρι ἀνθρώπινο. Δὲν εἶν' αὐτὸ τὸ χέρι τοῦ Θεοῦ».

10. Ἡ ἁμαρτία ἔχει χρῶμα λαϊκὸ

ΜΙΑ ΤΡΑΓΟΥΔΙΣΤΡΙΑ ΓΙΑ ΤΗ ΓΝΩΡΙΜΙΑ ΤΗΣ ΜΕ ΤΟΝ ΑΡΙΣΤΟ

> Ἢ μήπως, τέλος πάντων, τὸν δέχτηκαν ὡς ξεχωριστὸ στὶς τάξεις τους ὅλα τὰ ἐξιλαστήρια θύματα ἀπὸ καταβολῆς κόσμου;
>
> ΖΥΡΑΝΝΑ ΖΑΤΕΛΗ, *Ὁ δικός της ἀέρας*

ΜΕ ΛΕΝΕ ΣΥΛΒΑ. Τὸ καλλιτεχνικό. Τὸ πραγματικὸ δὲν χρειάζεται. Εἶμαι Σαλονικιά, ἀπὸ τὸν Ἑπτάλοφο, ἀπὸ γονεῖς, παπποῦδες, Ἀνατολίτες, πρόσφυγες ἀπὸ τὸ Κάρς. Ἐκεῖ εἶναι γεννημένοι ὅλοι τους, στὴν πατρίδα. Καὶ «πατρίδα» ὅταν λέγανε ἐκεῖνοι οἱ ἄνθρωποι, καρντάση, ἀφήνανε ἕναν ἀναστεναγμό, τί νὰ σὲ πῶ, θαρρεῖς καὶ θά 'βγαινε ἡ ψυχή τους. Εἶχαν αἷμα ρούσικο, ἀπὸ τὴ Ρωσία τραβᾶνε. Τὰ μαλλιά μου, ποὺ τὰ βλέπεις ξανθά, εἶναι πραγματικὰ ξανθά, χρυσάφι ἀτόφιο, δὲν τὰ βάφω. Μερικὲς ποὺ μὲ ζηλεύουνε μὲ χώνονται καὶ μὲ λένε «βαμμένα τά 'χεις, δὲν σὲ πιστεύουμε». Εἶναι γνήσια, ἀφοῦ. Ὁ Ἑπτάλοφος εἶναι μιὰ μικρὴ προσφυγούπολη πάνω καὶ δυτικὰ ἀπὸ τὸν σιδηροδρομικὸ σταθμό. Οἱ πιὸ πολλοὶ ἦρθαν ἀπ' τὴν Πόλη, γι' αὐτὸ καὶ στοὺς δρόμους μας ἔδωσαν ὀνόματα ἴδια μὲ τοὺς δρόμους τῆς Κωνσταντινούπολης. Γιὰ νὰ τὴ θυμοῦνται, καρντάση. Ὁδὸς Πέραν, ὁδὸς Ταταούλων, ὁδὸς Ξηροκρήνης καὶ λοιπά. Στενὰ δρομάκια, χαμηλὰ σπιτάκια μὲ μπαχτσέδες, κάνα-δυὸ μπακάλικα, ἕνα μανάβικο, λίγα κουρεῖα, ραφεῖα, τσαγκαράδικα, αὐτὸς πάνω-κάτω ἦτανε ὁ συνοικισμός. Εἶχε καὶ μιὰ μικρὴ πλατεία καὶ δυὸ-τρεῖς δρόμους ποὺ βγάζανε ἐκεῖ. Ἐμεῖς καθόμασταν κάτω ἀπ' τὴν πλατεία, ἀκριβῶς δίπλα στὰ τρένα, περνοῦσαν κάθε τόσο καὶ σφύριζαν καὶ μᾶς χαλοῦσαν τὴν ἡσυχία. Εἶχαν ὅμως καὶ τὸ γοῦστο τους, βλέπαμε κάθε μέρα τόσα τσεσίτια[1] ἀνθρώπους νὰ ταξιδεύουν καὶ μαθαίναμε τὸν κόσμο. Τὸ σπίτι μας ἦταν φάτσα στὸ τέρμα τοῦ δρόμου ποὺ εἶναι στρωμένος μὲ πέτρα, τὸ μοναδικὸ καλντερίμι στὴν περιοχή. Ὁδὸς Γιάννη Χαλκίδη τὸν ὀνομάσανε, τὸν δώσανε τὸ ὄνομα τοῦ Γιαννάκη, τοῦ ἥρωα. Γειτονάκι μου ἦτανε ὁ Χαλκίδης, ἕνα ἀγόρι ὄμορφο καὶ σεμνό, τί νὰ σὲ πῶ. Μὲ μιὰ ματιὰ ἀετίσια. Ἕνα παλικαράκι, Πόντιος ἦτανε, ἀνῆκε σὲ ὁμάδα ἀντίστασης. Ἔκανε πόλεμο στὴ χούντα μὲ τοὺς φίλους του, τὸ 1967 ἦτανε, 5 Σεπτεμβρίου, μόλις εἴχανε γίνει τὰ ἐγκαίνια τῆς Διεθνοῦς Ἐκθέσεως. Τοὺς ἀνακάλυψαν οἱ χαφιέδες τῆς Ἀσφάλειας, τοὺς κυνηγήσανε καὶ τὸν Γιάννη τὸν στριμώξανε σ' ἕνα ἀδιέξοδο καὶ τὸν χτύπησαν ἐκεῖ. Τὸν σακατέψανε στὸ ξύλο. Μὲ τά 'λεγε ἡ ξαδέλφη του, καρντάση μου, μέχρι νὰ ξεψυχήσει, λέει, τὸν βασανίζανε ἐκεῖ μέσα στὴν αὐλή, στὴ μικρὴ ἀλάνα τῆς πιλοτῆς, τὰ κτήνη, οἱ ἀσφαλίτες. Τὰ μαθαίναμε κι ἀπ' τὶς ἐφημερίδες, βέβαια, μισὰ καὶ νέσωστα.[2] Συμμορία ἀναρχοκομμουνιστῶν ντεμέκ, ποὺ τὴν ὀργάνωσαν μὲ σκοπὸ νὰ διαλύσουν τὸ κράτος. Διάβαζα πολὺ τὴν ἐφημερίδα, ἰδίως τὴ *Μακεδονία* ἔπαιρνα. Τί τὸ βγάλαμε τὸ δημοτικό, γιά, καρντάση; Τί τὸ πήραμε τὸ ἀπολυτήριο; Στήσανε κάτι δίκες, γιαλαντζὶ δίκες, καὶ βγάλανε τοὺς δολοφόνους ἀθῶες περιστερές. Χούντα γιά! Ἔτσι ζούσαμε. Μὲ τὸ φόβο. Κατὰ τὰ ἄλλα, τί νὰ σὲ πῶ! Ζωὴ ἦταν αὐτὴ καρντάση;

1. *Τσεσίτι* (τουρκ. *çeşit*): Λογῆς λογῆς.
2. *Μισὰ καὶ νέσωστα* (λαϊκὴ ἔκφρ.): Μισὰ καὶ ὄχι σωστά.

Ματζιριά[1] καὶ μαυρίλα! Καὶ πολὺ κουτσομπολιό. Ἀνάσα δὲν ἔπαιρνες, πνιγόσουν, τί νὰ σὲ πῶ. Λίγο ἀνοιχτόκαρδος τύπος νὰ ἤσουνα, σὲ παρεξηγοῦσαν. Λίγο ζωηρὴ κοπέλα νὰ ἤσουνα, σὲ ἔβγαινε τὸ ὄνομα καὶ σὲ ἔμενε ἡ ρετσινιά, καρντάση, ἡ στάμπα, ὁ λεκές, ποὺ λένε. Ποῦ νὰ ξεγελιόσουνα καὶ νὰ ἔκανες καὶ τίποτα μὲ κανέναν· τὴν ἄλλη μέρα τὸ πρωὶ μάζευε ὁ καλοθελητὴς τοὺς ἄλλους στὸν καφενὲ καὶ ἔβγαζε ντουντούκα. Κι ἔλεγε κι ἔλεγε καὶ παράλεγε καὶ τὰ φούσκωνε! «Ἡ τάδε εἶναι σκυλί», λέγανε, «σέρνει σὰ σκύλα». Ἀμολοῦσαν βρισιὲς καὶ βρομόλογα καὶ ἡδονίζονταν οἱ ἐλεεινοί. Ἅμα περνοῦσες ἔξω ἀπ' τὸ καφενεῖο, ἀπ' τὰ χαχανητά τους τὸ καταλάβαινες. Κι ἄκουγες σφυρίγματα καὶ προστυχόλογα. Ἄντρες! Ἔτσι εἶναι οἱ ἄντρες, καρντάση; Οἱ ἄντρες οἱ πραγματικοὶ δὲν λένε τίποτα πουθενά, καὶ τῆς κοπέλας τὴν τιμὴ προστατεύουνε καὶ τὸ λόγο τους τὸν κρατοῦνε.

Ἀπὸ τὸ σπίτι μου ἔφυγα μικρή, μὲ ξεγέλασε ἕνας νεαρός, πολὺ περπατημένος, αὐτὸς θὰ ἦταν δεκαεφτά, ἐγὼ δεκατέσσερα. Μικρὸς ἀλλὰ παιδὶ τῆς πιάτσας, μόρτης. Εἶχε πολλὰ μαγκάκια τότε στὴ γειτονιά μας. Τσακαλάκια. Ἔπεφτε κολλητήρι, τί νὰ σὲ πῶ. Ἀπὸ ἄλλη γειτονιὰ ἦταν αὐτός, στὴ Χαριλάου ἔμενε, στὴν ἄλλη ἄκρη τῆς πόλης, ποῦ νὰ μᾶς βροῦνε! Δούλευε σὲ φαναρτζίδικο, μὲ συντηροῦσε, τὸ ρίξαμε στὸν ἔρωτα. Ὀμορφόπαιδο ἤτανε. Ἤμουνα φύση ἀνήμερη καὶ τύπος περιπετειώδης, ξεμυαλίστηκα κι ἐγώ. Μὲ εἶχε στὴ μάνα του, τὸ ἀλάνι. Ἀνήλικη ξεανήλικη μὲ δέχτηκαν οἱ δικοί του. Ἦταν ρίσκο, μποροῦσαν νὰ τοὺς χώσουν μέσα. Ἤμουν ἀνήσυχη. «Μὴ στεναχωριέσαι, κορίτσι μου, θὰ τὸν πῶ ἐγὼ νὰ σὲ πάρει» μὲ εἶπε ἡ μάνα του. Στὴν οἰκογένειά μου δὲν ξαναπάτησα, θὰ

1. *Ματζιριά* (ἀπὸ τὸ τουρκ. *muacir* = πρόσφυγας): Κακομοιριά.

μὲ ἔσφαζε ὁ πατέρας μου κι ὁ παππούς μου, ἦταν αὐστηροὶ γιά, θρησκόληπτοι. Ἀνατολίτες, εἴπαμε. «Καὶ στοῦ βοδιοῦ τὸ κέρατο νὰ κρυφτεῖς, θὰ σὲ βρῶ καὶ θὰ σὲ σφάξω στὸ κατώφλι, κουρμπάνι[1] θὰ γίνεις» μὲ ἔστειλε μήνυμα ὁ ἀδερφός μου. Δὲν μὲ βρῆκαν, ὕστερα ἀπὸ χρόνια φανερώθηκα, μαλακώσανε, λύγισαν. Ὁ μικρός, τὸν ἔτρωγε τὸ μικρόβιο τῆς ζήλιας, ὄχι πὼς ἔκανα τίποτα. Μιὰ ματιὰ νὰ ἔριχνα ἀπέναντι, «τὸν κάνεις τὰ γλυκὰ μάτια ἐκεῖνον τὸν μπουνταλὰ[2]» μὲ ἔλεγε. Ἀκοῦς, καρντάση; Βγαίναμε καμιὰ βόλτα, γυρνώντας γιὰ τὸ σπίτι, μέχρι νὰ φτάσουμε, στὸ δρόμο, μὲ χτυποῦσε ἀλύπητα. Γιὰ χαστούκια μιλᾶμε, καρντάση, γιὰ κλοτσιές! Χώρια ἡ ἀνάκριση. Τί νὰ ἔκανα γιά; Δὲν εἶμαι ὁ τύπος ποὺ θὰ κάτσει νὰ τὶς τρώει, μιά, δυό, τὴν τρίτη, ἔφυγα. Εἶχα δίκιο, ἀφοῦ. Τὴν κοπάνησα ἀπ' αὐτὸν τὸν σατράπη. Εἶχα διαβάσει καὶ δυὸ-τρία καλὰ βιβλία, καρντάση. Εἶχα κατεβεῖ μία φορὰ στὸ κέντρο, στὴν Τσιμισκῆ καὶ τὰ εἶχα ἀγοράσει. Κρυφὰ ἀπ' τοὺς δικούς μου. Ἀπ' αὐτὰ τὰ περίφημα βιβλία ἄνοιξε τὸ μυαλό μου. Τὴ *Νανὰ* τοῦ Ζολὰ καὶ τὸν *Ἐραστὴ τῆς λαίδης Τσάττερλυ*, ἂν ἔχεις ἀκούσει. Περιγράφανε πολὺ ἐξελιγμένες καταστάσεις καὶ μὲ ξύπνησαν. Κατάλαβα ἀπὸ κεῖ ὅτι ἡ γυναίκα ἔχει κάποιες ἐντελῶς δικές της ἀνάγκες ποὺ πρέπει νὰ τὶς ἱκανοποιεῖ. Καὶ κάποια δικαιώματα. Εἶχα δεῖ καὶ σὲ μιὰ ἐγκυκλοπαίδεια πῶς ζοῦσαν οἱ ἑταῖρες τῆς ἀρχαιότητος. Ὄργια τῶν ὀργίων, τί νὰ σὲ πῶ. Εἶχα γίνει πιὰ δεκαοχτὼ χρονῶν. Γι' αὐτὸ καὶ τό 'σκασα καὶ πῆγα νὰ βρῶ τὴν τύχη μου. Τί, καλύτερες ἦταν οἱ ἀρχαῖες, καρντάση; Ἢ μήπως οἱ Γαλλίδες καὶ οἱ Ἀγγλίδες ἦταν πιὸ ξύπνιες; Μὲ κυνήγησε ὁ ἀλητарάς, μὲ ἀπειλοῦσε. Πάνω στὴν κρίσιμη

1. *Κουρμπάνι* (τουρκ. *kurban*): Θυσία.
2. *Μπουνταλάς* (τουρκ. *budala*): Ἀδέξιος, ἀφελής.

στιγμὴ βρῆκα προστάτη ἕναν φαμελιάρη ἄνθρωπο, μὲ πήρανε κοντά τους, ψυχικὸ κάνανε οἱ ἄνθρωποι, σώθηκα.

Τραγουδοῦσα ὄμορφα, ἤμουνα ζωηρή, εὔκολη στὶς γνωριμίες καὶ πολὺ καταδεχτική. Πόσοι μὲ γουστάρανε, τί νὰ σὲ πῶ! Ὅπου νὰ στεκόμουνα, μὲ τὴν πέφτανε, στὸ λεωφορεῖο νά 'μπαινα, ἐρεθίζονταν, ἀκουμποῦσαν ἐπάνω μου. Ἐκεῖ στὰ καπούλια μου κολλοῦσαν, μέσα στὸ στριμωξίδι, τρίβονταν κάνα-δυὸ φορὲς καὶ ἔχυναν. Μὲ πασαλείβανε, τὸ καταλάβαινα ἀλλὰ δὲν μιλοῦσα, μοῦ ἄρεσε. Κατέβαινα ἀπ' τὸ ἀστικὸ καὶ κοίταζα τὴ φούστα μου, λερωμένη, μὲ στάμπες. Κυνηγοῦσα τὸ τραγούδι. Βρέθηκα στὰ κέντρα, στὶς πίστες, δεύτερο ὄνομα, ὄχι ἀπ' τὰ γνωστά, ποτὲ πρῶτο, ποτὲ στὴ δισκογραφία. Ἀλλὰ καὶ ποτὲ κομπάρσα. Στὰ κέντρα ὅμως ποὺ τραγουδοῦσα ἤμουνα βασίλισσα. Σύλβα, Σύλβα, μὲ ξέρανε, πᾶμε στὴ Σύλβα, στὴ Συλβάνα. Εἶχε βγάλει ἕνα τραγούδι ὁ Ἀγγελόπουλος, «Συλβάνα», ὁ τσιγγάνος ὁ γλυκός. Ἕνα διάστημα, καρντάση, τότε ποὺ παίζανε στὸ σινεμὰ τὰ ἰνδικὰ καὶ τὰ τούρκικα ἔργα τὰ κλαψιάρικα, ἔπιασε μιὰ μανία τοὺς συνθέτες καὶ τοὺς τραγουδιστὲς καὶ βγάζανε τραγούδια ὅλο μὲ ὀνόματα ἐξωτικῶν γυναικῶν. Μαριτάνα, Ἐλβίρα, Ἀζίζα, Ναριμάν, Μαραμπού, Ἐμιρέ, Σοράγια, Ἀμίνα, Ἄιντα, Μαντανίνι, Μοχίκα, Τοπάζια, Φλώρα, Μανταλένα, Μαχαρανή. Μόδα ἤτανε. Τὰ εἶχα τὰ πιὸ πολλὰ δισκάκια, τὰ μάζευα ὅλα, τὰ ἔπαιζα στὸ πικαπάκι μου, πάθαινα πλάκα μὲ τὸ λαϊκὸ τραγούδι. Προπαντὸς μὲ τ' ἀνατολίτικα. Πολλὲς θέλανε νὰ μοιάσουν στὴ Ναργκίς, ποὺ ἦταν πανέμορφη καὶ παθιάρα γυναίκα, ἡ στὰρ τῶν Ἰνδιῶν, καὶ οἱ Ἕλληνες τὴν εἴχανε λατρέψει καὶ δὲν χάνανε κανένα ἔργο της. Τσοῦρμο μαζευόταν στὶς ταινίες της, οὐρὲς ἀτέλειωτες. Πόσες μελαχρινὲς τὴ μιμοῦνταν καὶ φτιάχνανε ψεύτικη ἐλιὰ στὸ μέτωπο! Καὶ πιὸ μπροστὰ μὲ τὴ «Μισιρλού», ποὺ τότε τὴν ἔλεγε ἡ Βέμπο, εἶχε γίνει πάλι μεγάλος χαμός. Δὲν ξέρω κι ἐγὼ πόσες Μισιρλοῦδες κυκλοφορήσανε σὲ ὅλο τὸν πλανήτη. Τί νὰ σὲ πῶ! Καὶ ποιός δὲν τὴν τραγούδησε!

Εἶμαι τραγουδίστρια, γνήσια λαϊκιὰ τραγουδίστρια, πολλὰ χρόνια δουλεύω σ' αὐτὸ τὸ ἐπάγγελμα. Ὡραῖα μαγαζιά, ἀτμοσφαιρικά, γλεντζέδικα, μερικὰ λίγο κακόφημα. Ὄχι μὲ γυναῖκες, δὲν δουλεύανε μὲ γυναῖκες, ἀλλὰ κάπου κάπου γίνονταν καὶ φασαρίες. Φυσικὰ γιὰ γυναίκα, γιὰ ποιόν νὰ γίνει ὁ καβγάς, ἢ γιὰ καμιὰ πελάτισσα συνοδευόμενη ἢ γιὰ καμιὰ ἀρτίστα. Ἀπ' τὸ '50 ἐργάζομαι, μόνο Θεσσαλονίκη καὶ καμιὰ φορὰ περιφέρεια, ἐξτρά, Κιλκίς, Ἔδεσσα, Κατερίνη. Ἀθήνα δὲν δούλεψα, μόνο μιὰ φορὰ πῆγα ἐπίσκεψη ἐκεῖνο τὸν καιρὸ γιὰ τουρισμό, Πλάκα, Ἀκρόπολη, καὶ γιὰ ν' ἀκούσω τὴν πενιὰ τοῦ Χιώτη, γιατὶ ὁ Μανόλης, καρντάση μου, μὲ τὰ μαγικά του δάχτυλα πάντοτε μὲ φτιάχνει.

Ἔρχονταν πολλοὶ στὰ κέντρα, κάθε λογῆς ἄνθρωποι. Ἀπὸ τὴν καλὴ κοινωνία, ποὺ λένε, τῆς Θεσσαλονίκης. Χοντρέμποροι, ὑφασματέμποροι, καταστηματάρχες, ἐργολάβοι, μεγαλομπακάληδες, δικηγόροι, γιατροί, βουλευτές, πιὸ πολὺ τοῦ δεξιοῦ κόμματος, τοῦ Συναγερμοῦ – ἀργότερα ΕΡΕ. Κάθε Σάββατο, ὁ κουμπάρος τοῦ Τσιτσάνη, ἀστυνόμος Μουσχουντής, πρῶτος καὶ καλύτερος. Ἀλλὰ καὶ καθημερινές. Ἀπροόπτως. Ἀνειδοποίητα μποροῦσε πρὸς τὸ φινάλε τοῦ προγράμματος νὰ σκάσει μύτη. Σὲ ὅλα τὰ λαϊκὰ κέντρα θὰ τὸν ἔβρισκες. Αὐτὸς πιὰ εἶχε μεγάλο πάθος, τί πάθος, ἀρρώστια εἶχε μὲ τὰ μπουζούκια καὶ τοὺς τραγουδιστές, τοὺς λαϊκοὺς καὶ ρεμπέτηδες. Σκέτη τρέλα εἶχε, τί νὰ σὲ πῶ! Μᾶς ἔκανε πολλὰ χατίρια. Ποτά, κεράσματα, εὐγένειες, τσιριμόνιες. Μᾶς ἐπισκέπτονταν κι ἄλλοι χωροφυλάκοι, κατώτεροι, γιὰ ἔλεγχο. Μερικοὶ γλυκοκοίταζαν. Ἦταν, καρντάση μου, ἕνας τριανταπεντάρης, μερακλής, Στάθης ὀνόματι, παντρεμένος, πολύτεκνος, πο-λὺ δερβίσης. Ἐκεῖ ξημερωνόταν. Μὲ τὰ ἔριχνε ἄγρια. Τὸν ἔπαιζα, βέβαια, ἀλλὰ δὲν ἔπεφτα, ἂν καὶ μὲ ἄρεσε πολύ. Ἂν πήγαινα, θὰ πήγαινα μ' ἕναν ἐργένη, εἶχα ἀρχές, τὴν τιμὴ τοῦ γάμου του πρέπει κανεὶς νὰ τὴ σέβεται, ἂν δὲν τὸ πρεσβεύει ὁ ἴδιος, πρέπει νὰ τοῦ τὸ μάθουμε ἐμεῖς. Χάθηκαν τὰ λεύτερα παλικάρια καὶ θὰ πά' νὰ κλέψω τὸ στεφάνι τῆς ἀλλήνῆς, καρντάση μου; Ἄ, μπά! Ἤμασταν καὶ φοβισμένοι τότε. Χωροφύλακας ἴσον κράτος. Τὸ κράτος τὸ μισούσαμε καὶ τὸ φοβόμασταν, τόσα εἴχαμε πάθει στὴ γειτονιά, δὲν ἦταν μόνο τοῦ Χαλκίδη τὸ μακέλλεμα ἀργότερα. Καὶ πόσα ἄλλα πιὸ μπροστά, καρντάση, τί νὰ σὲ πῶ! Ἐγώ, ἀπ' τὸ πάλκο, καραούλι, τὰ μάτια μου δεκατέσσερα, νὰ μὴ γίνει καμιὰ στραβή. Διευθυντὴς ἀστυνομίας ἤτανε ὁ ἕνας, ὁ ἄλλος ὄργανο, τί διάβολο, τοὺς πιστεύω ἐγώ; Πιάνομαι κότσος; Πιὸ πολὺ ἀπ' τὴν ἀλητaρία τοὺς σκιαζόμουνα αὐτουνούς. Ἂν γελαστεῖς κι ἀρχίσεις τὰ πολλὰ πολλὰ μαζί τους, ξέρεις τί θὰ σὲ γυρέψουν αὔριο; Κρατικὴ ὑπηρεσία εἶναι, καρντάση. Ἔχω ἀκούσει γι' αὐτουνοὺς πράματα ἐγώ, τί νὰ σὲ πῶ! Πράματα καὶ θάματα!

Ἔχω δουλέψει σὲ πολλὰ κέντρα. Ἕνα φεγγάρι δούλεψα στὴ «Φαρίντα», στὴ Μενεμένη, καὶ ποιός δὲν πέρασε ἀπὸ κεῖ, τότε εἴχαμε μαζί μας τὸν Μίγγο, ποὺ συνεργαζόταν παλιότερα μὲ τὸν Τσιτσάνη, ὅταν ἦταν ὁ Βλάχος στὴ Θεσσαλονίκη, μεγάλη μορφὴ στὸ πάλκο. Τὸν Τσιτσάνη, κρίμα, δὲν τὸν πρόλαβα. Ἀλλὰ ἂν μὲ πείραζε κανείς, ἤμουνα ἱκανὴ νὰ κατεβῶ νὰ τὸν βρῶ στὴν Ἀθήνα νὰ μεσολαβήσει στὸν Μουσχουντὴ γιὰ νὰ καθαρίσει. Κουμπάροι ἤτανε, γιά! Θὰ μὲ πεῖς, τώρα, τί γύρευε ὁ Βλάχος κι ἔκανε κουμπαριὲς καὶ κολλητιλίκια μὲ τὸν ἀρχιμπάτσο! Ἔλα ντέ! Τί γύρευε! Μέγα μυστήριο καὶ τοῦτο. Ἂν καὶ γιὰ ὅλα ὑπάρχει κάποια ἀπάντηση. Θὰ μὲ πεῖς τώρα, καὶ γιατί δὲν πήγαινες στὸν ἴδιο τὸν Μουσχουντή; Εἴπαμε, καρντάση, φοβόμουνα. Παρὰ τὰ τραταρίσματα καὶ τὶς γαλιφιές. Μέσα στὴ νύχτα ζοῦσα, δὲν πιανόμουν κορόιδο. Ἐδῶ, ἕνα πουλάκι μοῦ εἶπε ὅτι βασάνιζε τοὺς κρατουμένους, κάτι γιὰ πυρωμένες μασιὲς ἔμαθα, τὶς ἔχωνε, λέγανε, ἃ πὰ πά, ξέρεις ποῦ! Ἂν ἀληθεύανε αὐτά, γιατί ν᾽ἀνοιγόμουνα μὲ τὸν Μουσχουντή; Κρατοῦσα, λοιπόν, τοὺς τύπους.

Τί ἔκανε κι αὐτὸς ὁ Μουσχουντής; Ἀπ᾽ τὸ γινάτι του νὰ βρεῖ τὸν δράκο, ἔσκασε. Ἦταν ποὺ ἦταν ἄρρωστος, καρδιοπαθής, καταβεβλημένος! Ναί, ἀλλὰ τὸ ἔβαλε πεῖσμα, σὲ λέει: «Ἐμένα δὲν μὲ γλιτώνει, ἐγὼ θὰ τὸν ξετρυπώσω. Δὲν μὲ τὸ σκάει ἐμένα ὁ δολοφόνος. Καὶ θὰ πάρω καὶ τὴ δόξα». Ἀπορῶ πῶς δὲν σκιαζόταν, μιὰ σταλιὰ ἄνθρωπος; Καὶ κάθε βράδυ, ποὺ λὲς καρντάση, μόλις τελείωνε τὴν ὑπηρεσία του, θέριζε μὲ τὸ τζιπάκι τῆς ἀστυνομίας τὴν περιοχὴ τοῦ Σέιχ Σοὺ καὶ τὰ πέριξ. Πάνω-κάτω, πάνω-κάτω. Νὰ σὲ πῶ, στὴν οὐσία αὐτὸς ποὺ ἔβγαλε τὴ θεωρία περὶ δράκου ἦταν ὁ Μουσχουντής. Μαζὶ μὲ τὶς ἐφημερίδες. Πιὸ μπροστὰ δὲν μιλοῦσε κανεὶς στὴ Θεσσαλονίκη γιὰ δράκους. Μόλις ἔγινε ἡ ἐπίθεση στὸ ζευγαράκι τὸ ’58, τότε τὸν ἔπιασε, καρντάση μου, αὐτὸν ἡ δρακομανία του. Ὥσπου ἕνα βράδυ, ἀπ᾽ τὴν πολλὴ ἀγωνία καὶ τὴν κούραση καὶ τὴ λύσσα νὰ πιάσει τὸν δράκο, καθὼς περιπολοῦσε στὸ δάσος, ὁ μέγας καὶ τρανὸς Μουσχουντής, ὁ φόβος καὶ ὁ τρόμος τῶν κομμουνιστῶν καὶ τῶν κακοποιῶν καὶ προστάτης τῶν ρεμπέτηδων, ἔμεινε στὸν τόπο ἐκεῖ μέσα στὸ Σέιχ Σοὺ κυνηγώντας τὸν δράκο του.

Πάντως γινόντανε καταστάσεις σ᾽ αὐτὸ τὸ κέντρο, στὴ «Φαρίντα», ποὺ δούλεψα. Στοὺς «Χορταζῆδες» ἐπάνω δούλεψα, στὰ κέντρα τῆς Σαλαμίνας δούλεψα. Στὸ «Καλαμάκι» ἀλλὰ καὶ στὴν «Καλαμίτσα» ποὺ βρισκόταν τὸ ἕνα ἀπέναντι στὸ ἄλλο στὸ Καραμπουρνάκι, καὶ εἶχαν καὶ κάποιον ἀνταγωνισμό. Φυσικὰ αὐτὰ ὑπῆρχαν, αὐτὰ ἦταν τὰ καλύτερα, καρντάση. Ἐμεῖς κλείναμε μιὰ σαιζὸν καὶ καλύπταμε τὰ κενά, μέχρι νά 'ρθουνε ἀπ' τὴν Ἀθήνα οἱ φίρμες οἱ λαϊκὲς ποὺ πέρασαν ὅλες μὰ ὅλες ἀπ' αὐτὰ τὰ δυὸ κέντρα. Καὶ τελευταῖα πῆγα στὴν Ἀρετσού, στὸ «Ἀριγκάτο» καὶ σὲ ἄλλα, συνοικιακὰ μαγαζιά, ποὺ ἄνοιξαν ἀργότερα.

Εἶχα κάνει κι ἕνα ὡραῖο βεστιάριο. Ὄχι, δὲν ἔκλεβα ἀπ' τὰ περιοδικά, οὔτε ἔτρεχα στὴ μία καὶ στὴν ἄλλη γιὰ συμβουλές. Ἔκοβε τὸ μάτι μου, παρατηροῦσα τί φοροῦσαν οἱ πιὸ κομψές, ἰδίως οἱ ξένες, καὶ τὰ σχεδίαζα. Τὰ ταγὲρ τῆς Γκραίης Κέλλυ, ἐκεῖνα τὰ ταγὲρ τῆς Γκραίης Κέλλυ! Ἔκατσα δίπλα σὲ μιὰ παλιὰ μοδίστρα, ποὺ ἦταν ἄσσος, κι ἐκείνη μὲ ἔμαθε τὴ μοδιστρικὴ καὶ μὲ χάρισε καὶ μία ραπτομηχανή. Μιὰ Singer. Αὐτὴ ἦταν ἡ καλύτερη μάρκα. Μόνη μου τὰ ἔραβα. Ἔβγαινα στὴν ἀγορὰ κι ἀγόραζα ρετάλια, σὲ ταφτὰ καὶ μουσελίνα, εἶχε συνεχῶς προσφορὲς στὴν Ἐγνατία καὶ στὴ Δραγούμη, τὰ καλύτερα ὑφάσματα τοῦ ἐξωτερικοῦ. Δὲν καταδεχόμουνα ἐγὼ νὰ ντυθῶ μὲ ἀλατζάδες. Μὲ προμήθευε καὶ μιὰ γειτονοπούλα μου μὲ ὡραιότατα κομμάτια. Δούλευε σ' ἕνα παράρτημα τῆς ΟΥΝΡΑ, ἡ χρυσή μου. Μᾶς βοηθοῦσε τότε ἡ Ἀμερική, μὲ τὸ ἀζημίωτο, βέβαια. Φτωχιὰ χώρα ἤμασταν, καρντάση μου, μπαλώναμε τὶς τρύπες τοῦ πολέμου, τὶς πληγὲς τῆς Κατοχῆς γιατρεύαμε. Ἀκόμη χθὲς στὸ βουνὸ πολεμούσανε οἱ ἀντάρτες. Δὲν εἴχαμε προλάβει νὰ στρώσουμε. Καὶ σήμερα ἀκόμη ἔχουμε στρώσει καθόλου; Δὲν ξέρω, καρντάση. Ὅ,τι τὸν περίσσευε τὸν Ἀμερικάνο τό 'στελνε σὲ μᾶς. Ἐκεῖ ποὺ θὰ τὰ πετοῦσε στὰ σκουπίδια! Τὸν ξεσαβουριάζαμε ἐμεῖς. Καὶ τὸν χρωστούσαμε, ντεμέκ, καὶ χάρη! Στέλνανε κονσέρβες, κὸρν μπὴφ καὶ γραβιέρα. Κάτι κασόνια πελώρια ἔφταναν ἐδῶ γεμάτα παπούτσια καὶ ροῦχα μεταχειρισμένα. Μπαχαντέλες ἤτανε, τί νὰ σὲ πῶ. Αὐτὴ ἡ γειτονοπούλα μου –καλή της ὥρα– μὲ βόλευε ἀκόμα καὶ μὲ φουστάνια ὁλόσωμα, τουαλέτες ἀπὸ κάτι Ἀμερικάνες πανύψηλες, κάτι ἀλόγες, σὲ χρώματα πολὺ ζωηρά, ἐντυπωσιακά. Ἔτσι, λοιπόν, καρντάση μου, τὰ μεταποιοῦσα κι ἐγώ, καὶ ἔφτιαξα τὴν γκαρνταρόμπα μου γιὰ τὶς βραδινές μου ἐμφανίσεις. Ἔπρεπε νὰ λάμπω στὴν πίστα, νὰ σκίζω.

Τὸ '59 καὶ τὸ '60 παίζαμε μαζὶ μὲ τὸ Κοκοράκι, τὸν μπουζουξή, σ' ἕνα μαγαζί, στὴ Σαλαμίνα, ἐκεῖ ποὺ ἀνταμώνει ἡ Μπότσαρη τὶς ἀκτὲς τοῦ κόλπου τοῦ Θερμαϊκοῦ. Δὲν εἶχε ἐπεκταθεῖ ἡ παραλία, ἡ θάλασσα ἔφτανε μπροστὰ στὰ πρῶτα σπίτια, στὶς πολυκατοικίες. Ὁδὸς Ἀνθέων τὴ λένε, καρντάση, ἄραγες γιατί; Ἴσως ἐπειδὴ εἶχε πολλὰ σπίτια μὲ κήπους περιποιημένους, μονοκατοικίες ἢ δίπατα, βιλίτσες ὅπου ἔμεναν παλιὲς θεσσαλονικιὲς οἰκογένειες. Ἐμεῖς οὔτε τὰ ξέραμε αὐτά, πρόσφυγες ἤμασταν, τὰ σπιτάκια μας ξέραμε καὶ τὰ κουτουκάκια μας. Θαρρεῖς καὶ ἦταν ἡ κοινωνία χωρισμένη, βρὲ παιδί μου, στὰ δύο. Τί νὰ σὲ πῶ! Ἀπὸ δῶ οἱ ἀγράμματοι, οἱ φτωχοί, οἱ πρόσφυγες καὶ οἱ ἐργάτες, ποὺ συνήθως ὅλα αὐτὰ ἤμασταν οἱ ἴδιοι, ἕνα πακέτο, οἱ δικές μας οἰκογένειες, καὶ ποὺ μέναμε οἱ πιὸ πολλοὶ στὶς δυτικὲς συνοικίες, Νεάπολη, Σταυρούπολη, Πολίχνη, Ἑπτάλοφο, Ἀμπελόκηπους, Εὔοσμο, Μενεμένη καὶ τὰ λοιπά. Καὶ ψηλά, στὴν περιοχὴ Ἑπταπυργίου-Ἀκροπόλεως, βέβαια, ποὺ πιάσανε τὰ προσφυγάκια καὶ χτίσανε δίπλα στὰ βυζαντινὰ τὰ κάστρα παράγκες καὶ τὶς κάνανε καστρόσπιτα. Φάγανε κυνηγητὸ κι αὐτοὶ οἱ ἄμοιροι! Ἀλλὰ κι ἀπ' τὴν ἀνατολικὴ πλευρὰ τῆς πόλης, Τούμπα, Σαράντα Ἐκκλησιές, Τριανδρία, Χαριλάου καὶ τὰ λοιπά. Καὶ οἱ Πόντιοι τῆς Ἀρετσοῦς, καρντάση, δὲν ἦταν σὲ πολὺ καλύτερη μοίρα, μόνο ποὺ ἐκεῖνοι πῆραν πιὸ καλὰ μέρη, κοντὰ στὴ θάλασσα –τὴν Καλαμαριά, Καλὴ Μεριὰ τὴ λέγανε πιὸ παλιά–, παρόλο ποὺ τοὺς πατεράδες τους τοὺς ἔφαγε ἡ ἀρρώστια τὸ '23, ὅταν τοὺς ξεφόρτωσαν ἐδῶ ὡς ἀνταλλάξιμους τῆς Λωζάνης. Λόγῳ ἑλονοσίας ἡ καραντίνα, νὰ μὴ μολυνθεῖ ὅλος ὁ πληθυσμός. Ἀνταλλάξιμους, ντεμέκ, μὰ ὡς φαίνεται θέλανε νὰ τοὺς ξεπαστρέψουν. Ναί, καρντάση μου. Ἀλλὰ μυαλό, οἱ Νομαρχαῖοι κι οἱ Δημαρχαῖοι! Τί νὰ σὲ πῶ! Πήγανε καὶ κάνανε τὸ ἀεροδρόμιο στὴ Μίκρα, παρόλο ποὺ τὸ μέρος χαρακτηρίστηκε ἀκατάλληλο λόγῳ ὁμίχλης. Ἀφοῦ ἤρθανε οἱ εἰδικοὶ ἀπ' τὸ ἐξωτερικὸ καὶ τοὺς εἶπαν: Δὲν κάνει αὐτὸ τὸ μέρος γιὰ ἀεροδρόμιο. Γιατὶ δὲν ἀκοῦν, γιά! Γιατί; Τὰ κονομᾶνε, γι' αὐτό, φῶς φανάρι. Ἡ περιοχὴ Καλαμαριᾶς - Μίκρας ἦταν ὅλο βάλτους καὶ ἕλη κι ἀπ' τὴν ὁμίχλη δὲν μποροῦσες τὸ χειμώνα νὰ ξεχωρίσεις τὸν ἀντικρυνό σου οὔτε στὰ δυὸ βήματα. Αὐτοὶ λοιπὸν ἤμασταν ἐμεῖς, οἱ φουκαράδες. Κι ἀπὸ κεῖ, ἀπ' τὴν ἄλλη μπάντα, οἱ ἄλλοι, ἐκεῖνοι ποὺ ξέρανε γράμματα, ποὺ τὸ φυσοῦσαν τὸ παραδάκι, ποὺ ἦταν πάντα καλοντυμένοι, ποὺ δὲν ἦταν ἐργάτες. Καὶ ποὺ δὲν συχνάζανε καὶ στὰ λαϊκὰ κέντρα. Κι ἂς ἦταν καὶ πολλοὶ ἀπ' αὐτοὺς πρόσφυγες σὰν ἐμᾶς. Τὸ μόνο μας κοινό, καρντάση, ποὺ ἤμασταν πρόσφυγες, ὅλοι μας διωγμένοι ἀπ' τὴν πατρίδα –ὄχι ἐμεῖς, οἱ παπποῦδες κι οἱ γονεῖς μας ἀλλὰ τὸ ἴδιο κάνει–, τίποτ' ἄλλο, τίποτα.

Τέλος πάντων, ὕστερα ἀπ' τὸ '70 τὴν μπαζώσανε τὴν παραλία. Τὸ πιὸ καλὸ κέντρο τῆς Σαλαμίνας τὸ εἶχε ἕνας παλιὸς μαγκίτης. Φημισμένος ταβερνιάρης, ὅλες οἱ φίρμες περνούσανε ἀπὸ κεῖ γιὰ μάσα ἢ γιὰ γλέντι. Ἀργότερα ἀνεβήκανε στὸ πατάρι του πολλοί, Μητσάκης μὲ Χρυσάφη καὶ Ἄννα Μπέλα, Στράτος ὁ Τεμπέλης μὲ Τσαουσάκη Πρόδρομο, ποὺ ἤτανε δικός μας ἀπ' τὰ Κάστρα, Μίγγος-Τσανάκας, Σεβὰς χανούμ, Σουζάνα Ντακάρ. Ἄχ, καρντάση μου! Ἡ Σουζάνα, καρντάση, τί μπριόζα γυναίκα ποὺ ἤτανε, γεννημένη γιὰ τὸ πάλκο, μέχρι νὰ κλείσει τὸ κέντρο, δεκαετία '80, ἐκεῖ δούλευε, τὸ πουλάκι μου. Ἔμενε στὴ Σαλονίκη. Ὅπως κι ἡ Σεβὰς χανοὺμ ποὺ ἤτανε Σαλονικιά, Πόντια, πιάστηκε ἀπ' αὐτὴ τὴ δουλειά – ἤτανε καὶ γυναίκα τῆς ζωῆς, δούλεψε ἔξω, σὲ τουρνέ, καλεσμένη σὲ πολιτεῖες ποὺ κυριαρχοῦσαν μετανάστες ἀπ' τὴν πατρίδα, Γερμανίες, Αὐστραλίες, μὲ τὸν Μπέμπη, τὸν μεγάλο τὸν μπουζουξὴ καὶ μὲ ἄλλους, κονόμησε, καὶ στὰ στερνὰ πιὰ γύρισε Θεσσαλονίκη. Ἀρρώστησε κι αὐτή, δὲν εἶχε τέλος καλό. Ἐκεῖ ἄφησε τὰ κοκαλάκια της, στὴ Νεάπολη. Τὸ Κοκοράκι, ἐπίσης, ἤτανε περίφημος ὀργανοπαίχτης, καλλιτέχνης τῶν νυχτερινῶν κέντρων. Τακτικός μου συνεργάτης, καλός, λαϊκὸς τύπος. Στὸ κέντρο αὐτὸ ἤμασταν τρεῖς χειμῶνες συνέχεια. Παίζαμε, πενταμελὴς ὀρχήστρα, ἐγὼ τραγουδίστρια μὲ τὸ ντέφι, καὶ τὰ κυρίως ὄργανα, κιθάρα, ἀκορντεόν, βιολί, καὶ μπουζούκι τὸ Κοκοράκι. Ὁ βιολιστής μας ἦταν ὄνειρο, τί νὰ σὲ πῶ! Ἤτανε σπουδαγμένος, δούλευε καὶ σὲ ὠδεῖο ἀλλὰ πολὺ παινεψιάρης καὶ οἱ ὑπόλοιποι, καρντάση, ὅλο καζούρα τὸν κάνανε. Τὸν δώσανε τὸ παρατσούκλι Ἀλιστάρ. Αὐτὸς ἔλεγε: «Καλὸς εἶναι καὶ ὁ Κόρος ἀλλὰ ἐγὼ παίζω σὰν τὸν Ἀλιστάρ». Αὐτὸς ὁ Ἀλιστάρ, μᾶς ἐξηγοῦσε μετά, ἦταν θρυλικὸς βιολίστας, δὲν εἶχε βγάλει δίσκους ἀλλὰ εἶναι ὁ ξακουστὸς μύθος τῆς μολδαβικῆς στέππας. Πῶς πῆρε ἀπ' τὸν Ἀλιστάρ, καρντάση, ἀφοῦ δὲν τὸν ἄκουσε ποτὲ νὰ παίζει; Πῶς γιά;

Ἕνα Σαββατόβραδο, ἀρχὲς τοῦ Γενάρη, μὲ ψοφόκρυο, τὸ '60 ἤτανε, παραμονὴ τῶν Φώτων, κατὰ ἡ ὥρα ἐννιὰ μὲ ἐννιάμισι, νωρίς, καλὰ καλὰ δὲν εἴχαμε στρωθεῖ στὸ πάλκο, εἶχε μιὰ-δύο παρέες τὸ πολύ, ἐμφανίστηκαν τρεῖς ἄντρες, νεαροί, οὔτε εἴκοσι χρονῶν, παιδάρια. Λέω παιδάρια, γιατὶ τότε ἐγὼ ἤμουνα γυναίκα ὥριμη γύρω στὰ τριάντα. Ἀλλὰ ἤμουνα ζουμερή, ἤμουνα νταρντάνα γκόμενα, μὲ τὶς χειλάρες μου τὶς σαρκώδεις, μὲ τὶς ματάρες μου τὶς καστανές, γάμπες μακριές, τὸ μαλλί, κατάξανθο εἴπαμε, πάντα κόμμωση τῆς μόδας, κεφάλι περιποιημένο πολύ. Μπανάνα τότε ἡ μόδα, μαλλὶ μπανάνα, οἱ κομμώτριες κάνανε, καρντάση μου, χρυσὲς δουλειές. Μετροῦσα πολὺ σὰν γυναίκα, τί νὰ σὲ πῶ! Ντυνόμουνα, εἴπαμε, καὶ πολὺ ὄμορφα, τολμηρά, μὲ τοὺς ντεκολτέδες μου, μὲ τὴ φούστα μου τὴ σχιστή, μὲ τὰ κολιεδάκια μου, τὰ βραχιολάκια μου, ζώνη, γόβες τῆς μόδας, ἔκανα ἐντύπωση. Τὰ νύχια πάντοτε βαμμένα μὲ ὄζα χρώματος ἔντονα κόκκινου, μὲ ἐλάχιστο μανικιούρ.

«Κούκλα εἶσαι, νὰ μὴ σὲ ματιάσουνε» μὲ λέγανε οἱ γείτονές μου. Ντεμέκ, πιστεύανε στὸ μάτι. Κατέβαινα τὸ Σαββάτο στὴ Μοδιάνο νὰ ψωνίσω, μὲ τρώγανε οἱ χασάπηδες μὲ τὸ βλέμμα τους. Ὅλες τὶς γλῶσσες ἄκουγες ἐκεῖ μέσα, τί νὰ σὲ πῶ. Καὶ ἑβραίικα καὶ γαλλικά. Τὰ ἑβραίικα τὰ μιλούσανε οἱ ἔμποροι ἀπὸ παλιά, γιατὶ εἴχαμε πολλοὺς Ἑβραίους στὴν πόλη καὶ μέσα στὴν ἀγορὰ κάποιοι κουβέντιαζαν σ' αὐτὴ τὴν παράξενη γλώσσα. Εἶχα γνωστὸ ἕνα Ἑβραιόπουλο, παιχνιδιάρικο, τὸν Ἀλμπέρτο, φούρναρης ἤτανε, ποὺ ὅταν τὸν χαιρετοῦσα μοῦ τραγουδοῦσε τσαχπίνικα:

Ἴο ἄμο ἂ τὶ σόλα
ἲ ἄτι τ' ἀλκανσάρε,
δάμε οὖνα παρόλα
σίνο μὲ ματάρε.[1]

Τὰ ἑβραίικα δὲν τὰ ἤξερα, τὰ γαλλικὰ ὅμως τὰ ἔπιανα, ὅλο «μερσί», «ἀλλό, μεσιὲ» καὶ «παρντόν, μαντὰμ» καὶ «μαντεμουαζέλ, σὶλ βοὺ πλέ». Τὰ ἀγγλικὰ σχεδὸν κανεὶς

1. Ἐσένα μόνο λατρεύω,
για σένα τραγουδῶ,
μοῦ στέλνεις ἕνα λόγο,
ἀλλιῶς θὰ σκοτωθῶ.

δὲν τὰ μιλοῦσε. Δὲν ἦταν τόσο στὴ μόδα, ὕστερα ἔπιασαν σὲ ὅλο τὸν κόσμο καὶ τώρα τὰ μιλᾶνε κι οἱ γάτες. Ὅπως περνοῦσα μπροστὰ ἀπ' τὰ καφενεῖα, μερικοὶ νταβραντισμένοι, καθαυτὸ ἄντρες ὅμως, σηκώνονταν ὄρθιοι καὶ μὲ καρφώνανε μέχρι νὰ σβήσει ἀπ' τὰ μάτια τους ἡ σιλουέτα μου. Στὸ Καπάνι πήγαινα γιὰ ζαρζαβατικὰ καὶ φροῦτα. Ὅταν περπατοῦσα ἐκεῖ, γινόταν χαμός, καρντάση. Καὶ μάγκικα μιλούσανε, καὶ τούρκικα μιλούσανε. «Ἄχ, σεκερίμ[1]», «ἄχ, γιαβρούμ[2]», «ἄχ, ἀμὰν τζάνεμ[3]», καὶ «ἀρκαντὰν γκέλ[4]». Πονηρά. Ἀκούγονταν σφυρίγματα ἀπὸ μακριά. Ἀπὸ κοντά, «ἴσα, μωρό μου», «γειά σου, τσολιά μου», «ἄχ, καϊνάρα μου», «θὰ μᾶς πεθάνεις ἐσύ», «ἄσε νὰ σὲ ἀκουμπήσω, ρὲ παίδαρε», «θὰ σὲ φάω ὁλόκληρη, θὰ σὲ φάω». Δὲν ἔπεφτα σὲ τέτοια κολλήματα. Προπαντὸς σιχαινόμουνα τὰ βρομόλογα. Μιὰ φορὰ ἕνα γκαρσόνι, ὡραῖο παιδί, μὲ σταμάτησε καὶ μὲ εἶπε στὰ ἴσια: – Μωρὴ μουνάρα, νά 'γλειφα τὸν ποῦτσο ποὺ σὲ γαμεῖ! Ἀκοῦς, καρντάση; Προσπέρασα κι ἐγὼ χαμογελώντας. Ἔ, τέτοιο κοπλιμέντο!

Στὴν ἀγορὰ μὲ ξέρανε ποὺ τραγουδάω. Πολλοὶ ἀπ' αὐτούς, καρντάση μου, γινόντανε πελάτες μου στὰ μαγαζιὰ καὶ μ' ἀκολουθοῦσαν ὅλα τὰ χρόνια παντοῦ, ὅπου καὶ νὰ τραγουδοῦσα. Ἔμαθα γρήγορα πῶς νὰ τραβάω τοὺς πελάτες. Δουλειά μου εἶναι, ἀφοῦ. Κι οἱ πουτάνες ἔτσι κάνουνε. Ὅλοι τὰ ἴδια κάνουνε. Ὅλοι μία παραμύθα θέλουνε νὰ τοὺς πουλήσεις, νὰ ξεχαστοῦνε. Δὲν ξέρω οἱ πουτάνες. Δὲν ἔχω δουλέψει ἔτσι σχέδιο... Ἀλλὰ ἔχω μιὰν ἀπορία. Ὡς κι αὐτές, ρὲ καρντάση μου, δὲν εἶναι εὐχαριστημένες. Φαίνεται

1. *Σεκερίμ* (τουρκ. *sekerim*): Γλύκα μου.
2. *Γιαβρούμ* (τουρκ. *yavrum*): Πουλί μου, πουλάκι μου.
3. *Τζάνεμ* (τουρκ. *canım*): Ψυχή μου.
4. *Ἀρκαντὰν γκέλ* (τουρκ. *arkadan gel*): Ἔλα ἀπὸ πίσω.

ἀλλοῦ εἶναι τὸ πρόβλημα. Αὐτές, παιδάκι μου, τὰ δοκιμάζουν ὅλα. Καὶ νέους καὶ γέρους. Καὶ ὄμορφους καὶ ἄσχημους. Καὶ γνωστικοὺς καὶ τρελούς. Καὶ πλούσιους καὶ φτωχούς. Καὶ δεξιοὺς καὶ ἀριστερούς. Αὐτὲς μὲ ὅλους νταραβερίζονται, ἀπ' ὅλα ξέρουν. Γνωρίζουν ὅλα τ' ἀρσενικά. Καὶ παίρνουνε ὅλα τὰ μεγέθη. Καὶ σκληρὲς καὶ μαλακές. Καὶ ματσοῦκες καὶ μπάμιες. Καὶ ἴσιες καὶ στραβές. Καὶ ἐργατικὲς καὶ τεμπέλικες. Αὐτὲς τουλάχιστον θά 'πρεπε νά 'ναι εὐχαριστημένες. Καὶ πάλι τὶς ἀκοῦς, ὅλο παραπονούμενες εἶναι.

Ἐγὼ τὸν ἀναζητῶ τὸν ἔρωτα, τὸν ἀπολαμβάνω, καρντάση. Τί, θὰ εἶμαι πάνω στὰ νιάτα μου, στὰ ντουζένια μου, καὶ θὰ παριστάνω τὴν κοιμισμένη βασιλοπούλα; Εἶμαι γυναίκα θερμή, φωτιὲς βγάζω. Οὔτε ποὺ τοὺς ρωτοῦσα τοὺς ἄντρες, ἂν θέλουν κι ἂν δὲν θέλουν. Τοὺς ἔκανα ἐγὼ νὰ θέλουν. Κι ὅταν φεύγανε ἀπ' τὸ κρεβάτι μου, τοὺς ἔκανα νὰ μὲ ἀποζητοῦν, νὰ μὲ ξαναθέλουν. Τοῦ 'δωσα καὶ κατάλαβε, καρντάση! Ὄχι, παίζουμε! Τί νὰ ἔκανα, γιά; Εἶχα πιάσει τὸ νόημα. Μιὰ μέρα χαιρετᾶς τὰ πάντα, ὅλες τὶς ὀμορφιὲς τοῦ ψεύτη κόσμου, κι οἱ ἄλλοι σὲ λένε «αἰωνία ἡ μνήμη». Αἰωνία πιά, τί νὰ σὲ πῶ! Ἔτσι καὶ πεῖς γειὰ χαραντὰν τὸν παλιοντουνιά, ὅσο ἀναπνέει κανένας ποὺ σ' ἀγάπησε πραγματικά, μπορεῖ νὰ χύσει κάνα δάκρυ, ἅμα σὲ θυμηθεῖ. Ἀλλιῶς, σ' ἔφαγε ἡ σκόνη! Γι' αὐτό, σὲ λέω, κι ἐγὼ ἔβαλα μπρὸς τὴ μηχανή. Ὅποιον γουστάριζα, ἔπρεπε νὰ τὸν ρίξω στὰ δίχτυα μου. Ἔδινα τὸν ἀγώνα μου μέχρι νὰ πέσει. Δὲν ἤθελε καὶ πολύ, καρντάση. Εἶχε καὶ μερικοὺς κρυανάλατους. Αὐτοὶ δὲν πέφτανε μὲ τίποτα. Ὅσο εἶναι νέοι καὶ φρέσκοι καὶ τοὺς λιγουρεύονται, κάνουν τὸν δύσκολο. Ὅταν ἀρχίσουν καὶ πουρεύουν καὶ τοὺς ἔχουν στὸ φτύσιμο, σὲ κοιτᾶνε σὰν ξερολούκουμο. «Ὅταν σὲ παρακαλοῦσα, χαϊδευόσουνα, χαδιάρα!». Φάε τώρα σκατοῦλες.

Ἀμ δέ, ποὺ θὰ κάτσω νὰ περάσω τὰ νιάτα μου χωρὶς κοκό! Ἄμα δὲν τὸν χαρεῖς τὸν ἔρωτα νέος, καρντάση, ἅμα γεράσεις λιγάκι, ἀρχίζεις καὶ σαλιαρίζεις ὅλη τὴν ὥρα καὶ γίνεσαι ρεζίλι τῶν σκυλιῶν. Γεροντοέρωτες! «Τοῦ γέρου τὰ χαδάκια σὰ νερόβραστα σπανάκια». Δὲν λέω, δικαίωμα ἔχει καὶ τὸ γεροντάκι νὰ πάρει ἕναν καλὸ μεζέ. Ἀλλὰ νὰ μὴν κολλάει καὶ στ' ἀνήλικα καὶ τὸν γράφουνε στὶς ἐφημερίδες! Εἶχα μέθοδο στὸ φλέρτ. Ἔπαιζα μὲ τὸ μάτι. Σὲ τὸ κάρφωνα τὸ μάτι, καρντάση, καὶ σὲ ξέντυνα. Τὸ μάτι μου πήγαινε ἀπευθείας καὶ στὴν ψυχή σου καὶ στὴν καύλα σου, τί νὰ σὲ πῶ!

Ἔτσι ἔριξα καὶ τὸν διάκο. Μὲ μιὰ ματιά. Διασταυρωθήκαμε στὰ ψαράδικα. Ἔστριψα ἀπ' τὸ Καπάνι. Γωνία ὁδοῦ Μενεξὲ μὲ Ἑρμοῦ κι ἔκανα ὅτι περνάω ἀπέναντι στὴ Μοδιάνο. Ἔτρεμα. Φοροῦσε ράσο, γιά! Εἶχα στὸ νοῦ μου νὰ καταλήξω νὰ ψωνίσω καφὲ ἀπ' τοὺς ἀδελφοὺς Κανάκη. Ὁ καφὲς Κανάκη ἦταν πρώτη φίρμα –συναγωνιζόταν τὸν Λουμίδη ἕνα διάστημα– καὶ στὸ κατάστημα περίμεναν οἱ πελάτες οὐρά. Στὸ μεταξὺ ἔριξα μιὰ γρήγορη ματιὰ πίσω μου δῆθεν ἀδιάφορα. Καὶ νά τος. Ἀκολουθοῦσε. Μπῆκα στὴ Μοδιάνο καὶ προχωροῦσα ἀργά. Τσούπ! Μὲ ἔφτασε. – Μὲ συγχωρεῖτε, δεσποινίς. Γυρίζω, τὸν ἀντικρύζω, κάτι μάτια, καρντάση, τσακίρικα, τί νὰ σὲ πῶ! Αὐτὸ ἦταν. Ἡ ζωὴ θέλει γλέντι. Γι' αὐτὸ κι ἐγὼ τοῦ τραγουδοῦσα τοῦ διάκου ἕναν παλιὸ ἀμανὲ ποὺ ξεσήκωσα ἀπὸ δίσκο γραμμοφώνου:

Τί τὰ φυλᾶς τὰ νιάτα σου,
τοῦ Χάρου θὰ τὰ δώσεις,
ἔλα νὰ τὰ γλεντήσουμε μαζί,
γιατὶ θὰ μετανιώσεις.

Ὁ διάκος ἤτανε τζιτζί.[1] Τὸν ἔπιασα γκόμενο. Σκέτο

1. *Τζιτζί* (λαϊκότρ., ἀπὸ τὸ τουρκ. *cici*): Πολὺ ὄμορφος, πολὺ κομψός.

ἡφαίστειο ἦταν, τί νὰ σὲ πῶ. Στὴν Εὐαγγελίστρια, στὰ νεκροταφεῖα ἐργαζόταν. Ναυτικὸς ἦταν πιὸ μπροστά. Ξεμπάρκαρε, εἶπε νὰ γίνει ἱερέας. Τὸ πιὸ εὔκολο πράμα τότε ἦταν νὰ γίνεις ἢ χωροφύλακας ἢ παπάς. Γιὰ νὰ σὲ κάνουν χωροφύλακα δὲν χρειάζεται νά 'χεις βγάλει καὶ πανεπιστήμιο. Γιὰ νὰ γίνεις παπάς, δὲν θέλει νά 'σαι καὶ ἀναμάρτητος. Δὲν ἔνιωθα καμιὰ ντροπή, καμιὰ τύψη ὅσο τὸν εἶχα. Ἔκανε ἕνα κρεβάτι, κάτσε καλά, καρντάση μου! Τί κόλπα ἦταν αὐτὰ ποὺ μὲ ἔκανε! Ποῦ τά 'μαθε; Ναυτικός, γιά. Ἕναν ὁλόκληρο χρόνο τὸν εἶχα.

Ξέρεις τί θὰ πεῖ γκαύλα, καρντάση μου, ξέρεις τί θὰ πεῖ γκαυλιάρης; Ἔλα ἐγὼ νὰ σὲ τὰ μάθω. Ἄμα δὲν τὰ ξέρεις αὐτά, δὲν ξέρεις τίποτα. Τέτοιος ἦταν ὁ διάκος μου. Ὁ γκαυλιάρης τῶν γκαυλιάρηδων. Εἶχε μιὰ συνήθεια, ἄχ, καὶ πῶς νὰ σὲ τὸ πῶ, ποὺ δὲν πίστευα ὅτι θὰ τὸ γυρέψει ἀρσενικὸς ἀπὸ μένα. Μόλις γίνονταν τὰ προκαταρκτικά, μετὰ ἔσκυβε καὶ μὲ φιλοῦσε στὸ πράμα μου. Εἶχα ἀκούσει ὅτι γίνονται τόσα κόλπα ἀλλὰ στὸ ἐξωτερικό, ὄχι σὲ μᾶς ἐδῶ. Ποιός Ἕλληνας ἔκανε τέτοιο πράμα ἐκεῖνα τὰ χρόνια καὶ ποιά Ἑλληνίδα θὰ τολμοῦσε νὰ τὸ ζητήσει ἀπ' τὸν παρτενaίρ της; Θὰ τὴν φώναζε πουτάνα καὶ θὰ τὴν καταχέριαζε, καρντάση. Ἀκόμα πιὸ παλιὰ μπορεῖ καὶ νὰ τὴν ἔσφαζε. Κατέβαινε καὶ τὸ προσκυνοῦσε τὸ πράμα μου καὶ μὲ τὸ ἔγλειφε μέχρι ποὺ τὸ στέγνωνε ἀπ' τὰ ὑγρά μου. Μοῦ τὸ πάστρευε τέλεια, καρντάση, ὅπως ἡ ἀγελάδα τὸ μοσχαράκι της τὸ νεογέννητο. Σὲ τὰ λέω καὶ κοκκινίζω. Ὅταν ἔχυνε, μούγκριζε. Μούγκριζε δυνατά, τόσο ποὺ μᾶς ἔπαιρνε πρέφα ἡ γειτονιά. «Πάλι τὸ γουρούνι σφάζατε ψὲς βράδυ στὴν κάμαρη;» μὲ τὸ χτυποῦσε ἡ ἀπὸ κάτω μας. Μέχρι τὴν ἀστυνομία καλέσανε μιὰ φορά. Θαρροῦσαν καὶ σκοτώναμε ἄνθρωπο οἱ μπάτσοι. Καὶ μόλις ἔχυνε καὶ μὲ πασάλειβε ὁλόκληρη καὶ ξεγκαύλωνε καλά, ξέρεις τί μὲ ἔλεγε ὁ δικός σου, καρντάση μου; «Τώρα, Σύλβα μου, εἴμαστε πολὺ κοντὰ στὸν Θεό, Συλβάνα μου» μὲ ψιθύριζε. Μὲ σκανδάλιζε, βρὲ παιδάκι μου. Κι ἂν δὲν πήγαινε καρφωτὴ στὸ δεσπότη του ὅτι εἶχε γκόμενα μιὰ τραγουδίστρια, δὲν θὰ τὸν καλοῦσε σὲ ἀπολογία καὶ δὲν θὰ τὸν τιμωροῦσε μὲ μετάνοια. Κι οὔτε θά 'τρωγε σοὺτ γιὰ τὴ Ρόδο κι ἀπὸ κεῖ ἐξορία στὸ χωριὸ Ἀσφενδιοὺ τῆς Κῶ. Στοῦ διαβόλου τὸν ἀλίμονο, δηλαδή, ποῦ νὰ φτάσω ἐγὼ ἐκεῖ. Κι ἅμα δὲν ἔμπαινε στὴ μέση ἡ μητρόπολη, νὰ μᾶς χαλάσει τὴ δουλειά, μπορεῖ νὰ μὴ χωρίζαμε καὶ ποτέ. Τέτοια πράματα μοῦ συνέβαιναν στὴν πιάτσα, καρντάση μου, τέτοιες περιπέτειες!

Τραβοῦσα πολλὴ πελατεία, πολὺ χειροκρότημα. Εἶχα καὶ μπρίο, πολὺ μπρίο στὴν πίστα, γινότανε ἀπὸ κάτω χαμός. Πιάσανε πρῶτο τραπέζι, λοιπόν, αὐτοί, ἡ παρέα τῶν τριῶν, παραγγείλανε κρασὶ μπροῦσκο, μπριζόλες μόσχου, σαλάτες. Ἦταν σὲ εὐθυμία. Τέτοιο κέφι, καρντάση μου, τί νὰ σὲ πῶ! Ποιός ξέρει τί εἴχανε κατεβάσει πιὸ μπροστά, τίποτα μπίρες ἢ κανένα βερμούτ. Ἤτανε τότε μόδα τὸ βερμοὺτ καὶ βαροῦσε στὸ κεφάλι. Καλύτερα νὰ μεθύσεις ἀπὸ κονιὰκ παρὰ ἀπὸ βερμούτ. Ὁ ἕνας ἤτανε ἤδη στουπί, οἱ ἄλλοι δυὸ ντεμί. Ὕστερα ποὺ ἔφαγαν, ἔστρωσαν, τοὺς ἔφυγε ἡ σούρα. Ὁ ἕνας, ὁ στουπί, ἦταν ψηλός, κοκκινοπρόσωπος, λίγο ἀπόμακρος τύπος. Ὁ δεύτερος, μελαχρινός, γλυκός, ψηλὸ παιδί, λεπτὸ σκαρί, μὲ ὡραῖο χαμόγελο, μαλλὶ κορακάτο. Ὁ ἄλλος –τὸν εἴχανε στὴ μέση– κοντός, ἀσχημούτσικος, λίγο κουνιστός, ἔκανε κάτι καμώματα, συμπαθητικὸς ὅμως. Αὐτὸς δὲν εἶχε σουρώσει καθόλου. Συμπαθητικοὶ ὅλοι ἤτανε. Τὰ ροῦχα τους, κανονικά, μᾶλλον φτωχικά, ὄχι τίποτα πολυτέλειες. Σακάκια, δίχως γραβάτες. Φυσικὰ ἡ πελατεία δὲν ἤτανε σὲ κεῖνο τὸ μαγαζὶ ἀριστοκράτες. Ἔ, αὐτοὶ τώρα μιὰ κοιτάζονται μεταξύ τους, μιὰ καρφώνονται σὲ μένα καὶ κάτι λένε. Οἱ δύο, ὄχι ὁ κοντός, ὁ ντιγκιντάγκας. Ἐγὼ τοὺς παίρνω χαμπάρι, γυρίζω τὸ βλέμμα μου ἀλλοῦ, δὲν δίνω πρόσωπο. Εἴχαμε ἐντολὴ ἀπ' τὸ ἀφεντικό, ὄχι νταραβέρια πολλὰ μὲ τὴν πελατεία, νὰ προσέχουμε μ' αὐτοὺς ποὺ θὰ καθίσουμε στὸ τραπέζι νὰ εἶναι κύριοι. Δὲν ἤθελε φασαρίες, γιατὶ πολλὰ μαγαζιὰ ποὺ γινόντανε καβγάδες, πλάκωνε ἡ ἀστυνομία καὶ τὰ κλείνανε. Μὲ τὸ ἔτσι θέλω, καρντάση, ἐκτὸς ἄμα τοὺς λάδωνες. Τώρα ὁ μελαχρινὸς δὲν μ' ἀφήνει λεπτό, ἀλλὰ κάθε τόσο βλέπω στὸ πλάι, σὰ νὰ τὸν κολλοῦσε ὁ γυναικωτός, τὸν ἔκανε κάτι χειρονομίες. Ὁ ψηλός, ὁ κόκκινος, πιὸ σοβαρός.

Ἀρχίζουμε ἐμεῖς, κάνουμε τὸ πρόγραμμά μας. Καλδάρα, Χιώτη, Τσιτσάνη, Μητσάκη, τὰ πρῶτα τοῦ Καζαντζίδη. Ἔβγαλε ὁ Τσιτσάνης «Φελάχες γλυκιές», σουξὲ τῆς προηγούμενης χρονιᾶς ἤτανε, τραγούδι ἐξωτικό, μάγευε τὸν κόσμο.

Φελάχες γλυκιές,
μαγικὲς ζωγραφιές,
ποὺ σκορποῦν παντοῦ τὸν πόθο,
μέθυσα ἕνα δείλι
ἀπ' τ' ἁμαρτωλά σας χείλη
καὶ τὴ γλύκα ἀκόμα νιώθω.

Τραγούδι δύσκολο, τὸ πρόβαρα καὶ τὸ ξαναπρόβαρα μέχρις ἐξαντλήσεως, καθόμουνα μὲ τὶς ὧρες καὶ τὸ ἄκουγα ἀπ' τὸ γραμμόφωνο καὶ μελετοῦσα τὶς ἑρμηνεύτριες, τὰ τσακίσματα τῆς φωνῆς καὶ τὶς ἀνάσες τους, εἶχε βγάλει τότε δύο πλάκες ὁ Βλάχος, δύο βερσιόν, ἡ μιὰ καλύτερη ἀπ' τὴν ἄλλη, μὲ τὴν Γκρέυ καὶ μὲ τὴν Πόλυ, τὸ ἔφερα πιὰ κουτὶ στὴ φωνή μου. Ἔβγαλε τὸ «Καράβι» ἀργότερα, μὲ τὴ Λάουρα, τὸ ἔσκιζα τὸ τραγούδι κάθε βράδυ, κλάμα γινότανε, τί νὰ σὲ πῶ! Ἔπιανε ὅλους τοὺς παραπονιάρηδες. «Εἶμαι κι ἐγὼ ἕνα καράβι τσακισμένο κι ἀπὸ σένα λίγη ἀγάπη περιμένω». Ἐκεῖνο «Τὸ Βουνὸ» ποὺ ἔλεγε ἡ Νίνου τραγουδοῦσα, μὰ καὶ ὅλα τὰ σουξὲ τῆς ἐποχῆς. Τὸ πρόγραμμα τὸ σχεδιάζαμε γιὰ ὥρα πολλή. Ὅλοι μαζί, οἱ μουσικοί, οἱ τραγουδιστές, ὁ μαγαζάτορας, ἀκόμη καὶ τὰ γκαρσόνια εἴχανε γνώμη, γιατὶ διαθέτανε αὐτί, ἤτανε ψημένοι σὲ ἀκούσματα. Ἀκόμη καὶ μιὰ παρατήρηση τῆς λαντζέρας ἦταν σεβαστὴ πάνω στὸ ρεπερτόριο. Σὲ ἔλεγε κι αὐτὴ τί ἀρέσει στὸν κόσμο, στὴ γειτονιά. Διαλέγαμε λοιπὸν τραγούδια πιασιάρικα, λαϊκὰ τῆς ἐποχῆς, κανένα ἀρχοντορεμπέτικο, σὰν αὐτὰ ποὺ ἔλεγε ὁ Γούναρης, ἡ Μπελίντα, ἡ Μελάγια καὶ μερικὰ παλιότερα, κλασικά, καθιερωμένα. Καταλήγαμε σ' ἕνα κοκτέηλ. Ἒμ παραπονιάρικα, ἒμ τσαχπίνικα, ἐναλλάξ, γιὰ νὰ πιάσουμε, καρντάση, ὅλα τὰ γοῦστα καὶ τὰ κέφια τῶν πελατῶν.

Θὰ πέρασε ἡ ὥρα. Κάνουμε τὸ διάλειμμα κατὰ τὶς δώδεκα, εἶχαν ἤδη στείλει αὐτοὶ ποτὸ σὲ μένα, κέρασμα. Κατεβαίνω ἀπ' τὸ πατάρι –ἐν τῷ μεταξὺ αὐτουνοὺς τοὺς ἤξερε τὸ Κοκοράκι, γειτονάκια του, εἶπε, ἤτανε–, γίνονται οἱ συστάσεις. Ὁ μπουζουξής, ὁ Κόκορας, ἔκανε ὡραῖο κλίμα, ἤτανε τύπος χιουμορίστας, ἔσπασε ὁ πάγος, σηκώθηκε, ἔφυγε, πῆγε σὲ μιὰν ἄλλη παρέα, σὲ κάτι γνωστούς του. Ἔμεινα ἐγὼ μὲ τὰ παιδιά, μοῦ ἄρεσε ἡ παρέα τους, ἡ ἀτμόσφαιρά τους. Ἀλλὰ νὰ κρατᾶμε καὶ τὰ προσχήματα, καρντάση. Οἱ ἄντρες, ἅμα εἶναι δυὸ-τρεῖς παρέα, λίγο νὰ σταθεῖ τὸ μάτι σου ἀπάνω τους, σὲ παρεξηγοῦν, σὲ περνᾶνε γιὰ λιγούρα καὶ σὲ κακοχαρακτηρίζουν. Κάνουν ὁ ἕνας στὸν ἄλλον τὸν μάγκα, τί νὰ σὲ πῶ. Λέει ὁ μελαχρινός: «Πῶς σὲ λένε;» Σάμπως δὲν ἤξερε; Λέω: «Σύλβα». «Τί γυναίκα εἶσαι ἐσύ», μὲ λέει, «δὲν ἔχω δεῖ πιὸ ὄμορφη. Σκίζεις χασέδες. Ἡ φωνή σου εἶναι μέλι, μὲ λίγωσες». Εἶχα τρυφερὴ φωνή, μὲ παρομοιάζανε μὲ τὴ Γιώτα Λύδια, ποὺ ἦταν τότε ἡ πιὸ ὡραία καὶ ἐμπορικὴ τραγουδίστρια στὴν Ἑλλάδα. Καλὰ ἦταν καὶ ἡ Πόλυ καὶ ἡ Γκρέυ καὶ ἡ Χατζοπούλου καὶ ἡ Λίντα. Ἐγὼ προτιμοῦσα τὴ Λύδια, εἶχε αὐτὸ τὸ λυγμὸ στὸ λαρύγγι της, τραγουδοῦσε σὰ νὰ ἔκλαιγε. Ὅλοι ἀναγνώριζαν τὴν ποιότητά μου ὡς καλλιτέχνιδας καὶ τὸ ταμπεραμέντο μου τὸ φλογερὸ ἐπάνω στὸ πάλκο. Ἄσχετο ἂν δὲν μπῆκα στὴ δισκογραφία. Καὶ οἱ φίλοι μου καὶ ἄνθρωποι τοῦ κυκλώματος μὲ ἔλεγαν: «Κατέβα Ἀθήνα, νὰ δεῖς Θεοῦ πρόσωπο, ἐκεῖ θὰ πιάσεις, ἐκεῖ παίζονται ὅλα, θὰ χεστεῖς στὸ τάλιρο, θὰ χτίσεις παλάτια». Τὸν ρωτάω ἐγὼ τ' ὄνομά του, μὲ λέει Ἀριστείδης, Ἀρίστος. Τοὺς ἄλλους οὔτε τοὺς θυμᾶμαι πῶς τοὺς λέγανε, ἐξάλλου δὲν ἔχει καὶ καμιὰ σημασία. Τώρα ἐγὼ αὐτόν, καρντάση, πολὺ τὸν συμπάθησα. Μὲ τὰ ρίχνει λίγο ἄγαρμπα, ζωηρούτσικος ἤτανε ἀλλὰ ἤτανε γλυκός, γλυκὸς πολύ, τί νὰ σὲ πῶ! Θὰ τελειώσεις τὸ πρόγραμμά σου, μὲ λέει, καὶ θὰ σὲ περιμένω νὰ πᾶμε, ἂν γουστάρεις, κάπου οἱ δυό μας, νὰ σὲ κεράσω κανένα πιοτό, θὰ κοιτάξω νὰ ξεφορτωθῶ καὶ τοὺς ἄλλους. Πολὺ εὐγενικὸς ἤτανε. Τὸν λέω ἐντάξει. Ἐν τῷ μεταξὺ ὁ ἄλλος, ἡ ἀδερφή, ἡ κοντόχοντρη, ἡ τάπα, νὰ μὴν τὸν ἀφήνει λεπτό. Λέω μέσα μου, πῶς θὰ γίνει νὰ ξεμοναχιαστοῦμε, εἶχα ψηθεῖ μὲ τὸν μικρό. Ἔκανα ἄλλη μισὴ ὥρα πρόγραμμα, τὸ καμάκι συνεχίζεται, μὲ γδύνει μὲ τὸ μάτι τὸ παιδί, τελείωσα, κατεβαίνω. Νὰ ἔχω φτιαχτεῖ, καρντάση, τί νὰ σὲ πῶ! Ἀλλὰ εἶχα νὰ καλύψω κι ἕνα μέρος μεταμεσονύχτιο, ἔπρεπε νὰ κρατήσω δυνάμεις. Ναί, ἀλλὰ δὲν νταγιαντοῦσα. Προσποιοῦμαι πονοκέφαλο, ζάλη, ὅτι θέλω φάρμακο. Μισοκλείνανε τὰ μάτια μου, κάνω τὴ λιπόθυμη, ἔρχεται τ' ἀφεντικό, «Σύλβα, εἶσαι χάλια», μὲ λέει, «θὰ φωνάξω τὴ ρεζέρβα, κορίτσι μου, ἂν θές, εἶσαι ἐλεύθερη». Στὰ ὅπα ὅπα μὲ εἶχε. Κρατούσαμε μιὰ κοπέλα στὸ τραγούδι, ἀντικαταστάτρια, γιὰ τὸ Σαββατοκύριακο. Θαρρεῖς καὶ ἤμασταν γυναῖκες τῆς δουλειᾶς, καρντάση. Πῶς εἴχανε οἱ τσατσάδες τὴ ρεπατζού, κάποια ποὺ δούλευε στὸ μπουρδέλο στὴ θέση μιανῆς ποὺ ἔλειπε; Ρεπατζοῦδες τὶς λέγανε. Εἴχαμε προπονημένη κι ἐμεῖς τὴ ρεζέρβα, τὴ βοηθητικιὰ τραγουδίστρια, γιὰ τέτοιες ὧρες, γιὰ νὰ μὴ χάσει τὸ μαγαζὶ τοὺς πελάτες. Στέλνουν οἱ ἄλλοι δυὸ μὲ τὸ στανιὸ τὸν κουνιστὸ μέσα στὴ νύχτα νὰ ψάξει νὰ μὲ βρεῖ κανένα Καλμόλ, καμιὰ ἀσπιρίνη. Τὸν ξεφορτώθηκαν, πάει αὐτός, χάθηκε. Ἐν τῷ μεταξὺ ἐγὼ νὰ ἔχω φτιαχτεῖ στὸ φοὺλ μὲ τὸν Ἀρίστο. Ἕνα φτιάξιμο, τί νὰ σὲ πῶ! Ὁ ἄλλος δὲν ἔφευγε.

Βγαίνουμε, βρίσκουμε ταξί, οἱ τρεῖς μας τώρα, πᾶμε σπίτι μου. Ἐγώ, κουρασμένη μὲν ἀλλὰ καὶ λιγωμένη, χαλαρή, φτιαγμένη πολὺ γλυκά. Βάζουμε δίσκους στὸ πικάπ, ἀπ' τὰ μικρὰ δισκάκια, ὄχι Καζαντζίδη, Γαβαλά, ὄχι τέτοια λαϊκά, κάτι ἰταλικὰ τανγκό, ποὺ ἤτανε τῆς μόδας, κάτι ἁπαλά, κάτι βαλσάκια. «Ἂ κάζα ντ' Ἰρένε», «Μανουέλα, ἔστα λὰ μπέλλα, πιοὺ μπέλλα ντὶ Μπαρτσελόνα». Τραγουδάκια καυλιάρικα, γιὰ νὰ τὴ βροῦμε. Μὲ παίρνουν αὐτοὶ ἀγκαλιά, ὁ ἕνας ἀπὸ δῶ, ὁ ἄλλος ἀπὸ κεῖ, στὸν καναπὲ τοῦ σαλονιοῦ. Ἀνοίγουμε βερμουτάκι, πίνουμε ὅλοι ἀπὸ λίγο. Ἀρχίζουν μὲ χαϊδεύουν πολὺ ὄμορφα, ζόρικα, μοῦ δαγκώνουν τρυφερὰ τὶς ρῶγες, ὁ ἕνας δεξιά, ὁ ἄλλος ἀριστερά, μιὰ ἡδονή, τί νὰ σὲ πῶ, δὲν ξέρω πόση ὥρα μοῦ τὶς πιπιλοῦσαν, ἔλειωσα, παραδόθηκα. Οὔτε ποὺ κατάλαβα, καρντάση, ὅλη νύχτα τί γινότανε. Σηκώνομαι πιὰ μεσημέρι, ἡ ὥρα μιάμιση. Ὁ Ἀρίστος ἐκεῖ, δίπλα μου, κοιμότανε, ὁ ἄλλος τὴν εἶχε κοπανήσει. Τὸν πλησιάζω, τὸν μιλάω στὸ αὐτί, Ἀρίστο, σήκω, νὰ πιοῦμε καφέ, ἡ ὥρα πέρασε. Μὲ τὰ πολλά, τὸν τσίμπησα στὸ μπράτσο, σηκώνεται. Ψήνω καφὲ τούρκικο, μὲ γύρεψε τσιγάρο. Δὲν εἶχε τίποτε ἐπάνω του, ὄχι τσιγάρο, πεντάρα τσακιστὴ δὲν εἶχε, καρντάση, στὴν τσέπη. Τὸν εἶχα ψάξει τὸ παντελόνι του ἀπὸ πρίν, ὅσο κοιμόταν. Τὸν δίνω τσιγάρα, εἶχα τὰ καλύτερα τῆς ἐποχῆς, γιατὶ μὲ κερνοῦσαν κι οἱ πελάτες διάφορες μάρκες καὶ τὰ κρατοῦσα καβάντζα. Ἔκανα καὶ φιγούρα στὶς φιλενάδες, ποὺ τὶς πρόσφερα ξένα τσιγάρα μὲ τὸν καφέ. Κάτι μάρκες ἀμερικάνικες καὶ τὰ « Ζιτὰν » τὰ γαλλικά, τὰ βαριά. Ἀρχίζουμε τὸ κουβεντολόι μὲ τὸν Ἀρίστο, σὰ νὰ ἤμασταν δέκα χρόνια ζευγάρι. Μὲ ἄρεσε ἡ συντροφιά του.

Ἔχω κάνα-δυὸ χαζοφιλενάδες ἐκεῖ ἀλλὰ ἡ ἀντρικὴ παρέα εἶναι ἄλλο πράμα. Δοκίμασα καὶ κάτι τζιβιτζιλίκια.[1] Γιατί ὄχι ; Ἦρθε ὡς πελάτης στὸ μαγαζὶ καὶ μὲ τὴν ἔπεσε μιὰ κυρία, πιανίστα ἦταν, μουσικὸς τοῦ ὠδείου. Ὅλη νύχτα παίζαμε. Ἂν τὴ βρήκαμε ; Τὴ βρήκαμε μιὰ χαρά. Ἡ μοναξιά, παιδάκι μου, τί νὰ σὲ πῶ, δὲν τρώγεται. Καμιὰ φορὰ κουβαλοῦσα κάποιον στὸ σπίτι τὸ βράδυ χωρὶς νὰ τὸν πολυγουστάρω. Ὄχι γιὰ τὸ καβάλημα. Πιὸ πολὺ γιὰ παρέα. Νὰ μὴν κουβεντιάζω συνέχεια μὲ τὰ ντουβάρια, καρντάση μου. Πόσοι καὶ πόσοι δὲν ζοῦνε παρέα μαζὶ μὲ ἄλλους χωρὶς νὰ πολυταιριάζουνε γιὰ νὰ μὴν εἶναι μόνοι ! Εἶμαι ἀνεξάρτητος χαρακτήρας. Γιὰ δυὸ-τρεῖς ὧρες τοὺς ἤθελα. Τὸ πρωὶ τοὺς ἔδιωχνα. Τοὺς βαριόμουν. Σπάνια νὰ βρεθεῖ κάνας ἀσίκης. Οἱ πιὸ πολλοὶ μὲ ψυχολογικά, μὲ διαταγές, μὲ κόνξες. Ἢ σὲ μιλοῦσαν γιὰ τὴ μάνα τους, ποὺ εἶναι ὁ Θεός τους. Γιὰ νὰ σὲ ρίξουν δηλαδή. Νὰ σὲ ὑποβιβάσουν. Ἔτσι νιώθουν πιὸ καλὰ φαίνεται. Ἄντρες, τώρα, τί νὰ σὲ πῶ ! Πρῶτα ἡ μάνα τους καὶ μετὰ ὁ Θεός.

Νὰ μὴ λέμε ψέματα ὅμως. Οἱ ἄντρες μὲ ἀρέσουν. Τώρα πῶς δὲν ἔμπλεξα μὲ τίποτα βίζιτες, νὰ γίνω, ξέρω γώ, καμπαρετζού, ἄλλη δουλειά. Ἤμουνα τσαμπουκαλού, δὲν

1. *Τζιβιτζιλίκι* (λαϊκὴ ἔκφρ. ἀπὸ τὰ καλιαρ.) : Λεσβιακὸς ἔρωτας.

περνοῦσε τὸ δικό τους. Δεσμοὺς εἶχα. Τρεῖς-τέσσερις. Σὲ εἶπα καὶ γιὰ τὸν διάκο. Καὶ μὲ τὸν διάκο καψούρα ἤμουνα. Μὰ ὁ πιὸ μεγάλος μου ἔρωτας ἦταν ἕνας ποδοσφαιριστὴς τοῦ ΠΑΟΚ. Μιὰ ὀμορφιά, τί νὰ σὲ πῶ! Καλλονός. Τὸν κυνηγοῦσαν τόσες καὶ τόσες! Τὸν ἤμουνα πιστή, πολὺ πιστή, κάπου ἔκανε ἐκεῖνος μιὰ παρασπονδία, τὸν τσάκωσα. Δὲν ἔκανε καὶ κάνα ἔγκλημα τὸ παιδί. Τὰ χαλάσαμε. Ἐρχότανε μεσάνυχτα, χτυποῦσε τὰ παντζούρια, παρακαλεστός. Τσαντίλα ἐγὼ καὶ κόντρα γινάτι, δὲν τὸν ἄνοιγα. Ἐκ τῶν ὑστέρων, καρντάση, μετάνιωσα. Δὲν τὸν ξεπέρασα ποτέ. Ὅποτε ἐρωτευόμουνα κάποιον, ἔκανα μοιραῖα τὴ σύγκριση. Ὁ παλιός μου ἔπαιρνε δέκα. Οἱ ἄλλοι, τί νὰ σὲ πῶ, οἱ καλύτεροι, τὸ πολὺ ἑφτὰ μὲ ὀχτώ.

Ἄλλο δεσμὸς κι ἄλλο γκόμενος. Ἄλλο καψούρα κι ἄλλο ἐραστής. Οἱ καψοῦρες οἱ μεγάλες, οἱ θανατηφόρες, ἤτανε ὁ ποδοσφαιριστής, ὁ διάκος καὶ προπαντός, ὁ τελευταῖος, τὸ αἴσθημά μου, ὁ Ἀρίστος. Ἐραστὲς ἦταν ὅλοι οἱ ὑπόλοιποι. Καὶ ἰδίως ὁ μπουζουξής. Ξέχασα τὸν μπουζουξὴ ποὺ ἤτανε χουβαρντὰς καὶ μὲ ἔκανε ὅλα τὰ χατίρια. Κάτσε καλὰ ἤτανε, τί νὰ σὲ πῶ. Αὐτὸν τὸν εἶχα ὅταν ἔμενα ρέστη, καρντάση. Μὲ παρακαλοῦσε ὁ μάγκας. Νὰ σὲ πῶ κάτι; Εἶχα κάποτε κι ἕναν νεαρό, πλουσιόπαιδο. Εἶπα ν' ἀλλάξω λίγο γεύση. Ἦταν πολὺ ντελικάτος, πολὺ τζέντελμαν. Πρωταθλητὴς τοῦ βόλλεϋ μπώλ, γιά. Θαυμαστής μου. Τὸ ποδόσφαιρο ἦταν ἄθλημα γιὰ τὰ παιδιὰ τοῦ συνοικισμοῦ, τὸ βόλλεϋ καὶ τὸ μπάσκετ γιὰ τὰ παιδιὰ τῆς πόλης. Ὡραία περίπτωση, ραφινάτο στύλ. Μὲ τὰ δωράκια του, μὲ τοὺς τρόπους τοὺς σικάτους, μὲ τὸ «σεῖς» καὶ μὲ τὸ «σᾶς». Ἀλλὰ δὲν τράβηξε πολύ, δὲν ταιριάζανε τὰ χνότα μας. Οἱ ἄλλοι ἦταν πιὸ ἄγαρμποι, πιὸ ἀροκάνιστοι ἀλλὰ ἦταν τοῦ τύπου μου. Ὅλοι ἦταν μικρότεροι, ἀπὸ πέντε μέχρι δεκαπέντε χρόνια, γκόμενο συνομήλικο ἢ κοντὰ στὴν ἡλικία μου δὲν ἔπιασα ποτέ. Γιὰ μεγαλύτερους δὲν συζητῶ. Ἅμα εἶχα μεγαλύτερους, μποροῦσα καὶ νὰ τοὺς τὰ μασάω. Ἀλλὰ δὲν εἶμαι τέτοιος τύπος. Περνοῦσαν ἀπ' τὸ κέντρο, μὲ παρακαλοῦσαν, τί βραχιόλια, τί μπιζού, τί δωράκια. Ἀλλὰ δὲν μὲ τραβοῦσαν, καρντάση. Τώρα μᾶς λένε τεκνατζοῦδες. Δὲν πά' νὰ μὲ λένε ὅ,τι θέλουνε, ἔχω κι ἐγὼ γι' αὐτοὺς μιὰ παροιμία, καρντάση μου: «Κι ἅμα πεῖς κι ἅμα δὲν πεῖς, ἔχω μιὰ πορδὴ νὰ πιεῖς». Τὰ τεκνὰ μοῦ ἀρέσανε. Ὅμως τὰ τεκνὰ εἶναι συνήθως ἄφραγκα καὶ ἀπὸ σένα περιμένουνε κανένα χαρτζιλικάκι. Ὁ πιὸ τζόβενος ἤτανε τὸ μαναβάκι μου. Αὐτό, ὅταν ἤμουνα τριανταδύο χρονῶν, πρέπει νά 'τανε δεκάξι. Στὰ μισά μου χρόνια δηλαδή. Ἔβγαινα στὸ μπαλκόνι, τὸν ἔκλεινα τὸ μάτι, ἀπέναντι στὸ μανάβικο, κι ἀνέβαινε. Ντεμὲκ νὰ μὲ φέρει παραγγελία λαχανικὰ καὶ πατάτες. Τζιμάνι ἤτανε. Εἶχα κι ἕναν τσιγγάνο τραγουδιστὴ ἀπ' τὸν Δενδροπόταμο. Ὡραῖο λαρύγγι, ὡραῖο παιδί. Κι αὐτὸς μικρούλης ἤτανε. Ἀλλὰ γκαυλιάρης, ἔ, κάτσε καλά, καρντάση. Δὲν ξεκολλοῦσα ἀπὸ πάνω του, τί νὰ σὲ πῶ. Φαίνεται ἐπειδὴ δὲν ἔκανα παιδιά, ἴσως γι' αὐτὸ μ' ἀρέσανε οἱ μικροί, ἔνιωθα ἀνάμεικτα αἰσθήματα μαζί τους. Καὶ ἐρωτικὰ ἔνιωθα καὶ μητρικὰ ἔνιωθα. Εἶχα ἀρκετούς. Ὄχι ἀρκετούς, πολλούς. Εἶχα ἕνα σωφεράκι τοῦ ΚΤΕΛ Σερρῶν, ποὺ διέθετε καὶ δικό του ΙΧ καὶ ἁλωνίσαμε μὲ τὶς ἐκδρομές μας ὅλη τὴ Βόρεια Ἑλλάδα, εἶχα ἕναν τορναδόρο, δεύτερό μου ξάδελφο, ποὺ τὴ βρίσκαμε στὴ ζούλα μὴ μᾶς πάρει κάνα μάτι, εἶχα τὸν Κατσαμάγκα τὸν ἀρσιβαρίστα, ποὺ ὅταν στεκόταν πλάι μου, θαρροῦσα ὅτι μὲ συνόδευαν δέκα ἄντρες μαζί, εἶχα κι ἕναν μηχανικὸ κινηματογράφου ποὺ δούλευε στὸ Σινὲ Διονύσια καὶ καὶ μὲ ἔβαζε δωρεάν, καρντάση, στὶς ταινίες πρώτης προβολῆς. Τέτοια μὲ τὶς καψοῦρες καὶ μὲ τοὺς γκόμενους. Εἶχα κι ἄλλους. Κι ἄλλους. Ἅμα συνεχίσω, καρντάση μου, δὲν θά 'χει τελειωμὸ ὁ κατάλογος.

Αὐτὸς ὁ Ἀρίστος ἔφερνε λίγο στὴ φάτσα τοῦ ἀμόρε μου. Ἦταν πολὺ ἀρρενωπός. Κι εἶχε ζεστὴ ματιά. Ἕνα δακρυσμένο βλέμμα, ποὺ τόνιζε τὴν ὀρφάνια του. Κι ὅταν κανεὶς δείχνει τὴν ὀρφάνια καὶ τὸν πόνο στὴ ματιά του, θὲς νὰ τὸν ἀγκαλιάσεις. Νὰ κάνεις τὴν ἀγκαλιά σου φωλιά, καρντάση μου, νὰ τὸν προστατέψεις. Ἀπ' τὴν ἄλλη ἦταν ζωντανὸ παιδί, ἦταν ταυράκι, τί νὰ σὲ πῶ! Ἔβγαζε κάτι ἐπιθετικό, ἐρωτιάρικα ἐπιθετικό, ἔβγαζε ὄρεξη γιὰ ἐρωτικὰ σκάνδαλα, γιὰ τρέλες. Ἄλλο ποὺ δὲν ἤθελα κι ἐγώ. Ταιριάζαμε πολὺ στὸ κρεβάτι. Κι ἅμα ἔχεις καλὸ τακίμι στὸν ἔρωτα καὶ σὲ φτιάχνει καὶ σὲ κάνει ὅλα τὰ χατίρια, ἔ, ὅλα τ' ἄλλα βολεύονται. Ἅμα δὲν ταιριάζεις σ' αὐτό, καρντάση μου, τί νὰ σοῦ κάνουν τὰ ὑπόλοιπα; Ὅταν εἴχαμε ἡσυχία καὶ καθόμασταν μέσα, βάζαμε χαμηλὰ τὸ ραδιόφωνο –δὲν εἴχαμε ἀκόμα τηλεόραση– καὶ ἔπιανα καὶ θυμόμουνα παλιὲς ἱστορίες. Σὰν παραμυθάκια τοῦ τὶς ἔλεγα, καρντάση, καὶ ξέρεις πῶς καθόταν καὶ μ' ἄκουγε; Τί νὰ σὲ πῶ! Γλάρωνε τὸ παιδί! Ὅπως θὰ καθόντανε, φαντάζομαι, τὰ ἐξημερωμένα λιοντάρια στὰ πόδια τοῦ Χαϊλὲ Σελασιέ, τοῦ αὐτοκράτορα, ὅπως ἔγραφε τότε ὁ *Θησαυρός*. Τί μαθαίναμε κι ἐμεῖς ἀπ' τὰ περιοδικά! Ὅλα τὰ παράξενα τοῦ κόσμου! Χαϊλὲ Σελασιέ, Ἀντὶς Ἀμπέμπα! Ἀπὸ κεῖ μορφωνόμασταν. Ἂν περνούσαμε καλά, καρντάση; Τί νὰ σὲ πῶ! Σὰν ὄνειρο περνούσαμε, οὔτε ἕνα σύννεφο δὲν σκίαζε τὸν ἔρωτά μας.

Ἀλλὰ μὲ τὸν καιρὸ ἄρχισα νὰ προβληματίζομαι. Ἀπὸ δῶ, ἀπὸ κεῖ, κατάλαβα ὅτι αὐτὸ τὸ παιδὶ ἤτανε πολὺ μπερδεμένο μέσα του, πολὺ ἀκατάστατο ψυχικὰ καὶ πολὺ βαθιὰ ἀπελπισμένο. Ἀνέχεια, ὀρφάνια, δυστυχία, δουλειὰ σταθερὴ δὲν εἶχε καὶ ἐλπίδα δὲν φαινόταν νὰ ὑπάρχει μέσα του. Πολὺ τὸν πόνεσα! Κι ἐγὼ ἕνα ξερὸ κορμὶ ἤμουνα, μοναχιά μου, χωρὶς γονεῖς καὶ φίλους πραγματικούς. «Νὰ σὲ κρατήσω», τὸν λέω, «μεῖνε ἐδῶ, σὲ μένα, Ἀρίστο, κι αὔριο μεθαύριο βρίσκουμε μιὰ δουλειὰ σταθερὴ καὶ γιὰ σένα. Ἅμα τὰ ταιριάξουμε, νὰ ἀρραβωνιαστοῦμε κιόλας». Γούρλωσε τὰ μάτια, μὲ κοίταζε ἔτσι μὲ ἔκπληξη, μὲ δυσπιστία καὶ μ' ἕνα παράπονο σὰ δαρμένος σκύλος. Ἐκείνη τὴν ὥρα ράγισε ἡ καρδιά μου, καρντάση μου, τί νὰ σὲ πῶ! Θὰ τὸν κρατήσω, λέω, στὸν ἑαυτό μου, κι ὅ,τι γίνει. Ἀλλὰ ἐκεῖνος δὲν εἶχε δώσει ἀπάντηση. Δὲν ἦταν γιὰ ἀρραβῶνες, βέβαια, οὔτε γιὰ στεφάνι. Αὐτὰ τὰ πράματα θέλουν σοβαρότητα, νὰ μὴν εἶσαι στὸ ντεμί, οὔτε νά 'χεις τὸ νοῦ σου ἀλλοῦ. Γι' αὐτὸ πολλοὶ παντρεύονται, γεννοβολοῦν καὶ πᾶνε κατὰ διαόλου. Γιατὶ δὲν εἶναι ἕτοιμοι. Δὲν ἤτανε γιὰ τέτοια τὸ παλικάρι, ψιλοαλητάκος ἤτανε καὶ μποέμης. Τὸ ἴδιο ἀπόγευμα, Κυριακὴ τῶν Θεοφανίων ποὺ ἁγιάζονται τὰ νερά, πήγαμε παρέα στὸ μάτς. «Δούλεψα πολλὲς Κυριακὲς ἐδῶ μέσα», μὲ εἶπε, «πήγαινα στοῦ Μπίλλια, τὸ παράρτημα τοῦ ἐργοστασίου καὶ φορτώναμε σ' ἕνα τρίκυκλο ἕνα καροτσάκι μὲ ἀναψυκτικὰ καὶ τὰ πουλούσαμε στοὺς θεατές». Εἶχε πολλοὺς γνωστοὺς ἐκεῖ, στὸ γήπεδο τοῦ ΠΑΟΚ, καὶ τὸν χαιρετοῦσαν ἐγκάρδια. Κι ὁ Ἀρίστος παοκτσὴς ἤτανε, κι ἐγὼ παοκτσοὺ ἤμουνα ἀπὸ μιὰ σταλιὰ κοριτσάκι. Κι ἂς μὴν ἤμουνα Τουμπιώτισσα. Γιατὶ αὐτουνοῦ ἦταν καθαυτὸ γειτονιά του, ἐκεῖ μεγάλωσε. Ἅμα δὲν ἦταν ὁ ἄλλος παοκτσής, καρντάση, δὲν τὰ βρίσκαμε. «ΠΑΟΚ, Τούμπα καὶ ΕΔΑ» καὶ ξερὸ ψωμί. Τίποτ' ἄλλο. Αὐτὸ ἦταν τὸ σύνθημα. Πολιτικὸ ἦταν, καθαρὰ πολιτικό, δὲν ἦταν ποδοσφαιρικό. Πῶς γιά; Δὲν φωνάζανε οἱ ἄλλοι «ψωμί, ἐλιὰ καὶ Κῶτσο βασιλιά»; Ἔ, κι ἐμεῖς εἴχαμε τὰ δικά μας πιστεύω. Εἴχαμε τὸν ΠΑΟΚ, τὸν «μπιζὶμ ΠΑΟΚ». Οἱ δημοκρατικοί, οἱ ἀριστεροί, οἱ ἐργάτες, ἡ προσφυγιά, ὑποστηρίζαμε κυρίως τὸν ΠΑΟΚ, ἦταν ἡ πιὸ λαϊκὴ ὁμάδα, οἱ δεξιοὶ καὶ οἱ ἐπαγγελματίες ἦταν ὀπαδοὶ τοῦ ΑΡΗ καὶ οἱ καημένοι οἱ Ἡρακλιδεῖς, ποὺ τοὺς λένε καὶ «γριές», ἦταν ἡ πιὸ παλιὰ ὁμάδα τῆς πόλης μας καὶ τὴν ἀκολουθοῦσαν οἱ παλιοὶ Σαλονικιοί, οἱ μπαγιάτηδες. Δὲν βαριέσαι, καὶ μὲ τὴ φαγωμάρα ποὺ τὶς τρώει ὅλες τὶς ὁμάδες τί βγαίνει; Γι'αὐτό, γιὰ νὰ μὴ σκοτώνονται μεταξύ τους, κυκλοφόρησε ἕνα σύνθημα ποὺ τὸ λέγαμε καὶ γελούσαμε: «ΠΑΟΚ, ΑΡΗΣ, ΗΡΑΚΛΗΣ, τύφλα νά'χουν καὶ οἱ τρεῖς». Λίγους μῆνες τὸν εἶχα μαζί μου. Τὴ μέρα γύριζε στοὺς δρόμους, μὲ παρέες, μόνος του, δὲν μὲ ἔδινε λόγο κι ἀναφορά. Δὲν θυμᾶμαι γιὰ νὰ ἦταν καὶ φανατικὸς στὴ δουλειά, τί νὰ σὲ πῶ! Ἕνα διάστημα ἀπασχολήθηκε, ἔβγαλε κάτι λεφτά, «βρῆκα δουλειὰ στὴ λαχαναγορὰ» μὲ εἶπε. Μιὰ βδομάδα ἀπασχολήθηκε στὸ γύρο τοῦ θανάτου ποὺ ἔκανε πρόγραμμα κάθε βράδυ πάνω στὰ Κάστρα. Στὴν πλατεία ποὺ σχηματίζεται στοὺς Ἁγίους Ἀναργύρους μόλις βγεῖς ἀπ' τὴν πρώτη Πορτάρα. Μὲ κάλεσε, πῆγα ἐκεῖ. Τί ἀνατριχίλα μὲ κεῖνο τὸ ὑπερθέαμα. Βυθίζεσαι στὴ σκοτοδίνη τοῦ ἰλίγγου. Ἔκανε τὸν κονφερανσιέ. Καλὰ τὰ κατάφερνε. «Σήμερον ἐλᾶτε ὅλοι στὸ θέατρό μας νὰ παρακολουθήσετε τὸν ζωντανὸ γύρο τοῦ θανάτου. Θὰ δεῖτε ἀπὸ κοντά, σὲ ἀπόσταση ἀναπνοῆς, τοὺς ταχύτατους ἀκροβάτες μας νὰ παίζουν τὴ ζωή τους στὴ ρουλέτα τοῦ θανάτου, νὰ περνοῦν ξυστὰ ἀπ' τὸ δρεπάνι τοῦ Χάρου. Ὅλοι ἀπόψε στὸ βαρέλι τοῦ θανάτου τοῦ βετεράνου Χαλεπλῆ». Ἕνα διάστημα δούλευε στὸ τελωνεῖο. Μιὰ μέρα «νὰ σὲ πῶ κάτι», μὲ λέει, «ἀπόψε θὰ βγοῦμε νὰ τὰ σπάσουμε, κερνάει ὁ Ἀρίστος». Καὶ πήγαμε στοῦ «Ἀλὴ» τὸ πονηρὸ τὸ μαγαζί, ποὺ γινόταν μέσα τῆς πουτάνας, ἀπὸ παράνομα ζευγαράκια, κατανάλωση ποτῶν, χοροὺς καὶ μεθύσια. «Ποῦ τὰ βρῆκες τὰ λεφτά;» τὸν ρώτησα. «Ἔχω κρατημένα ἀπ' τὴ δουλειὰ στὸ τελωνεῖο καὶ σήμερα τὸ πρωὶ πῆγα κι ἔδωσα αἷμα». Αὐτὸ δὲν τό'ξερα. Πήγαινε κάθε τόσο παρακαλεστὰ νὰ δώσει αἷμα παραβιάζοντας καὶ τοὺς κανόνες αἱμοδοσίας. Ἀπὸ μικρὸ παιδὶ εἶχε αὐτὸ τὸ χούι. Γιατί; Γιὰ νὰ φάει καμιὰ τυρόπιτα. Ξέρεις πολλούς, καρντάση μου, νὰ πουλᾶν τὸ αἷμα τους γιὰ νὰ ἐπιβιώσουν; Ἤθελε κι αὐτός, ὅπως ὅλοι μας, νὰ τὴ βγάλει. Μὰ ἄλλο πράμα ἡ ἐπιβίωση καὶ ἄλλο ἡ ζωή. Ἔπρεπε καὶ νὰ ζήσει. Καὶ προκειμένου νὰ ζήσει κι αὐτὸς χρησιμοποίησε ὅλα τὰ ταλέντα του κι ὅλη τὴ μαλαγανιά του.

Ἀπὸ ὕπνο νὰ δεῖς, πόσο βαριὰ κοιμόταν, ξεχνοῦσε νὰ ξυπνήσει. Ὅταν δὲν δούλευε, τὸν ἄφηνα κι ἐγὼ νὰ τὸν χορτάσει. Τί νὰ ἔκανα γιά, καρντάση, τί νὰ ἔκανα; Τὸν εἶχε στερηθεῖ ὡς φαίνεται τὸν ὕπνο. Ποιός ξέρει σὲ τί παγκάκια τὴν ἔβγαζε! «Ὅταν κοιμᾶται ὁ δυστυχής, κανεὶς μὴ τὸν ξυπνήσει», λέει τὸ τραγούδι, «ξεχνάει τὰ πάντα ὁ ἄνθρωπος, τὰ μάτια του σὰν κλείσει». Τὸν ἔδινα συμβουλές, καρντάση. Τὸν ἔλεγα νὰ προσέχει τὶς παρέες του, νὰ μὴν παρασύρεται. Νὰ μὴ χαλάει τὰ φράγκα του δεξιὰ κι ἀριστερά. Τὴ νύχτα, ὅταν εἶχα ρεπό, τὴν περνούσαμε στὸ σπίτι ἢ βγαίναμε. Ὅταν ἔκανα πρόγραμμα, ἐρχότανε στὸ μαγαζί. Διακριτικός, ἔπινε ποτὰ στὸ μπάρ, τὸν κερνοῦσε τὸ ἀφεντικό, μὲ καρτεροῦσε, μὲ συνόδευε στὸ σχόλασμα. Καὶ πολὺ ὡραῖο τὸ ζεϊμπέκικο τὸ χόρευε, καρντάση, ἅμα ἐρχότανε στὸ κέφι. Δὲν ἦταν ὅμως τὸ παιδὶ στὸ παρόν. Τὸ μυαλό του κάπου ἀλλοῦ ἔβοσκε, ἡ σκέψη του κάπου ἀλλοῦ σεργιανοῦσε.

Κάποιες φορὲς μὲ ἐξομολογήθηκε δυὸ-τρία πράματα, ἀλήθεια, ψέματα, ἰδέα δὲν ἔχω. Τρόμαξα, τρόμαξα, τί νὰ σὲ πῶ! Τί ζωὴ ἦταν αὐτή, ρὲ καρντάση! Πὼς σφάξανε μπροστὰ στὰ μάτια τὸν πατέρα του, οἱ Ἐλασίτες, λέει, κάποιος καπετὰν Λεωνίδας. Πὼς μεγάλωσε ὀρφανός, χωρὶς προστασία, μέσα στὰ σοκάκια καὶ κυλιότανε στὴ λάσπη καὶ σκάλιζε τοὺς σκουπιδοτενεκέδες γιὰ νὰ βρεῖ ἀποφάγια, κι ὅλοι τὸν φωνάζανε «Γουρούνα». Ἄκου «Γουρούνα».

Παρατσούκλι ἦταν αὐτό; Πῶς νὰ αἰσθανόταν τὸ παιδί; Πὼς πήρανε τ' ἀδέλφια του, λέει, μακριά του μὰ ἐκεῖνα βρήκανε τὸ δρόμο τους, ἐνῶ αὐτὸς γύριζε δεξιὰ κι ἀριστερά. Πὼς κάνανε κάτι μικροκλεψιὲς μὲ τὰ φιλαράκια του. Πὼς ξεκίνησε μὲ τὸν κολλητό του νὰ πᾶνε στὴν Ἀθήνα μὲ ποδήλατο μὰ τοὺς γυρίσανε πίσω καὶ τοὺς χώσανε στὸ ἀναμορφωτήριο στὴν Κέρκυρα. Τ' ἄκουγα καὶ σκιαζόμουνα, τί νὰ σὲ πῶ! Πὼς δούλευε συχνὰ πυκνὰ στὸ «κανόνι», ποὺ μετρᾶνε τὰ ἀγόρια τὴ δύναμή τους, στὶς κούνιες καὶ στὰ λούνα πὰρκ καὶ προπαντὸς στὸ «γύρο τοῦ θανάτου», στὰ πανηγύρια. Πὼς εἶχε κάτι γκόμενες γύφτισσες καὶ κάτι παντρεμένες! Δὲν εἶπε τίποτε, καὶ πῶς νὰ τὸ πεῖ, –γυναίκα ἥμουνα–, ὅτι δεκατριῶν χρονῶν παιδί, καρντάση μου, τὸν κάνανε τὴ δουλειὰ κάτι παλιοτόμαρα γιὰ ἕνα πιάτο φασολάδα. Ὅτι τὸν «χάλασε» ἐκεῖνο τὸ κάθαρμα, ὁ Ἀποστόλης ὁ χημικός, ὁ διαφθορέας ἀνηλίκων, ὅπως ὁμολόγησε ὁ ἴδιος, στὰ δικαστήρια, ποὺ –ἂν εἴχαμε νόμους– ἔπρεπε νὰ σαπίσει στὴ φυλακή. Οὔτε εἶπε λέξη πὼς ἔγινε μετὰ ἀγαπητικὸς στοὺς γυναικωτοὺς –ἄρα μπινὲς ἦτανε– γιὰ τὴν «Πεθερά», τὴν ὕποπτη ταβέρνα ποὺ σύχναζε, ὅτι φουμάριζε μαῦρο, τίποτε. Ὅτι τὸν εἶχε σημαδεμένο ἡ Ἀσφάλεια καὶ τὸν εἴχανε στὸ μάτι οἱ μπασκίνες. Τίποτε, καρντάση μου, τίποτε!

Ὕστερα ἀκούστηκαν ὅλα αὐτά. Φουσκωμένα βέβαια. Μὲ τὴ δίκη. Τὸ '68. Κι ἄλλα πολλὰ μὲ λεπτομέρειες. Ἀπ' τὶς ἐφημερίδες φυσικὰ τὰ μάθαμε. Τὰ διάβασα κι ἐγὼ καὶ μοῦ 'φυγε τὸ τσερβέλο, τί νὰ σὲ πῶ. Πῆγαν νὰ τὸν φορτώσουνε τὰ πιὸ ἀπαίσια ἐγκλήματα. Τὸν βάλανε στὸ ἑδώλιο. Στὴ σκέψη αὐτή, καρντάση, πέθαινα. Πῶς θὰ ξέμπλεκε αὐτὸ τὸ παραδαρμένο καὶ ἀπροστάτευτο πλάσμα ἀπ' τὴ μανία τῶν δικαστῶν; Ἐδῶ ἀθῶος νὰ εἶσαι, μὲ ἀποδείξεις ἀτράνταχτες καὶ μὲ δικηγόρους τζιμάνια, καὶ πάλι τρέμει τὸ φυλλοκάρδι σου μπροστά τους. Πῶς γιά; Ξέρεις κανέναν νὰ βασίζεται σ' αὐτούς; Τρέμουμε τὴν ἐξουσία τους, καὶ τὴν μπαμπεσιά τους, τί νὰ σὲ πῶ! Μόνο ὅταν κάνουν δηλώσεις, ὅλοι λένε: «Ἔχω ἐμπιστοσύνη στὴν ἑλληνικὴ δικαιοσύνη». Ἀπὸ ποῦ κι ὡς ποῦ, καρντάση; Λένε ψέματα. Μὰ αὐτοὺς δὲν τολμᾶνε νὰ τοὺς βρίσουν φανερά. Τοὺς χωροφύλακες ναί, τοὺς βουλευτές, τοὺς ὑπουργοὺς ναί. Ἀκόμη καὶ τὸ παπαδαριό. Τοὺς στρατιωτικοὺς λιγότερο, ταξίαρχους, στρατηγοὺς καὶ τὰ ρέστα. Γιατί; Γιατί, ντεμέκ, ἄμα δὲν κάνουνε καλὸ κουμάντο αὐτοί, καρντάση, κινδυνεύει ἡ πατρίδα ἀπ' τὸν ἐχθρό. Καὶ τοὺς δικαστές; Μὰ ἐκείνους δὲν τοὺς ἀναγνωρίζεις ἔξω. Τοὺς βλέπεις μόνο στὴν αἴθουσα τοῦ δικαστηρίου. Ἂν ὄχι ὡς κατηγορούμενος, ἔστω ὡς μάρτυς. Ἢ ὡς ἀκροατήριο. Ἀλλὰ καὶ ὡς μάρτυς φοβᾶσαι. Καὶ ὡς ἀκροατήριο φοβᾶσαι. Ἀκόμη καὶ κατήγορος νὰ εἶσαι, πάλι φοβᾶσαι. Σκέψου λοιπὸν καθισμένο στὸ σκαμνὶ τὸν Ἀρίστο. Σιγὰ νὰ μὴν ἦταν αὐτὸ τὸ ἀρνάκι τοῦ Θεοῦ, ὁ Δράκος τοῦ Σέιχ Σού! Μποροῦσε ἡ ἀστυνομία ἐκείνου τοῦ καιροῦ νὰ βρεῖ τὸν σωστὸ δράκο; Μὲ ποιά φόντα, καρντάση; Αὐτοὶ ἕνα πράμα μόνο ξέρανε, καὶ τὸ ξέρανε καλά, τί νὰ σὲ πῶ, γιατὶ μόνο σ' αὐτὸ εἴχανε κάνει καλὴ προπόνηση, νὰ τρομοκρατοῦν καὶ νὰ συλλαμβάνουν ἀριστεροὺς Ἕλληνες. Εἶχε ἐπικρατήσει μὲ τὰ ἐγκλήματα τοῦ δράκου ἕνα καθεστὼς τρόμου, ὁ κόσμος λαγοκοιμόταν κλειδαμπαρωμένος μ' ἕναν μπαλτὰ κάτω ἀπ' τὸ κρεβάτι, τὰ κορίτσια τους δὲν τ' ἀφήνανε νὰ κυκλοφορήσουν μὲ τὸ σούρουπο. Εἶχε δολοφονηθεῖ μέσα στὸ σπιτάκι τοῦ νοσοκομείου ἐκείνη ἡ κοπέλα ἡ πανέμορφη, ἡ Μελπομένη Πατρικίου, ποὺ κούτσαινε ἀπ'τὸ ἕνα πόδι –στὶς φωτογραφίες ποὺ τὴν εἴδαμε ἤτανε, καρντάση, ἕνας ἄγγελος– καὶ ἔκανε τότε ἔντονη αἴσθηση. Ἀδικοθανατισμένη κι αὐτή, ἔπρεπε νὰ δικαιωθεῖ ἡ μνήμη της. Μετὰ τὴν ἐπίθεση στὸ νοσοκομεῖο καὶ τὴ δολοφονία τῆς Μελπομένης στὶς 3 τοῦ Ἀπρίλη τοῦ 1959, τότε ἔπεσε ὁ μεγάλος ὁ πανικὸς στὴν πόλη μας, καρντάση. Οἱ Θεσσαλονικιοὶ ἄρχισαν νὰ ὑποψιάζονται ὁ ἕνας τὸν ἄλλον. Ἀκούστηκαν πολλά. Γιὰ τὸν Σκλαβοῦνο, ψυχοπαθὴ γιατρό, τὸν γιὸ τῆς Γερμανίδας ποὺ ἡ βίλα της ἔβγαζε μέσῳ μιᾶς σήραγγας στὸ Σέιχ Σού, γιὰ ἕναν βιομήχανο μὲ τὸν ὁδηγό του, ποὺ τὸν ἔβαζε νὰ κάνει τὰ ἐγκλήματα ἐνῶ ὁ ἴδιος παρακολουθοῦσε καὶ τὸ ἔσκασαν κι οἱ δύο στὴν Ἀμερική, γιὰ τὸν γιὸ ἑνὸς γνωστοῦ ἐργοστασιάρχη, ποὺ ἀκόμα μιλᾶνε ὅλοι γι' αὐτόν, γιὰ κάτι φτωχόπαιδα τῶν συνοικιῶν ποὺ εἶχαν δώσει παλιότερα κάποιες ἀφορμές. Ἀπὸ μπανιστιρτζῆδες, ἄλλο τίποτα. Ἂν ὁ κάθε ματάκιας μᾶς ἔβγαινε κι ἐγκληματίας, θὰ γέμιζε ὁ τόπος δράκους. Ἀγανάκτηση καὶ πανικός, καρντάση μου, σὲ ὅλη τὴν πόλη, ἀρχίσανε ἀνακρίσεις ἀτέλειωτες καὶ ἔρευνες ἐντατικές. Εἴχανε πιάσει κι εἴχανε ξετινάξει στὶς ἐρωτήσεις δὲν ξέρω πόσους σβέλτους τύπους, γνωστοὺς ἀθλητὲς καὶ παιδιὰ τῆς πιάτσας. «Ὁ αἴλουρος» καρντάση, «ὁ αἴλουρος». Ὅλοι ἔψαχναν γιὰ κάποιον πολὺ σβέλτο νεαρὸ ἄντρα. Ἡ κοπέλα ποὺ τῆς ἐπιτέθηκαν στὸ ὀρφανοτροφεῖο εἶχε τονίσει ὅτι πρόκειται γιὰ αἴλουρο. Ὕστερα ψάχνανε ἀνάμεσα σ' αὐτοὺς ποὺ φορούσανε μπλούζα φραχτή. Φραχτὴ μπλούζα φοροῦσε αὐτὸς ποὺ εἶχε κάνει τὴν ἐπίθεση, εἶπε ἡ κοπέλα ποὺ τῆς εἶχε ριχτεῖ ὁ «δράστης». Ἡ ἀστυνομία, γιὰ νὰ μὴν ξεφτελιστεῖ ἐντελῶς, ἔπρεπε κάποιον νὰ πιάσει. Ἔπρεπε νὰ βρεθεῖ ἕνα ἀρνὶ νὰ κάνει τὴν Ἰφιγένεια. Καὶ βρέθηκε νὰ κάνει μιὰ μαλακία ὁ Ἀρίστος, ἕνα μπανιστήρι δηλαδὴ ἄγαρμπο, καὶ νὰ πέσει στὴ φάκα τους. Σάλταρε τὸ μαντρότοιχο τοῦ ἱδρύματος ὁ βλάκας γιὰ νὰ δεῖ τὰ κορίτσια γυμνά, ἄντε νὰ χάιδεψε καὶ καμιανῆς τὰ μπούτια, καρντάση. Αὐτὴ τὴν εὐκαιρία γύρευαν τόσον καιρὸ ποὺ εἶχαν λυσσάξει μὲ τὸ τζὶπ νὰ τρῶνε τὶς νύχτες τους σὲ περιπολίες γιὰ νὰ πιάσουν κάποιον δράκο. Ἐκεῖνον πιάσανε. Τὸν ἀνώμαλο αἴλουρο ποὺ φοροῦσε συχνὰ καὶ μπλούζα φραχτή, ποὺ ἀνέφερε σὰν συνειδητὸς ἐγκληματίας –ἂν εἶναι δυνατόν, καρντάση– μόνος του ταυτότητα καὶ διεύθυνση σ' ἕναν ὁδηγὸ τοῦ ΟΑΣΘ. Ξέρεις κανέναν τόσο βλάκα ποὺ μόλις κάνει τὴ ζημιά, πάει καὶ φανερώνεται μόνος του; Τί νὰ σὲ πῶ! Ἡ σύλληψη τοῦ Ἀρίστου τοὺς ἦρθε γάντι. Καὶ φτιάξανε ἕναν δράκο στὰ μέτρα τους καὶ τὸν δικάσανε σὲ μιὰ σκηνοθετημένη δίκη, ποὺ ἀκόμη, λέμε τώρα, ἀκόμη καὶ νὰ ἦταν αὐτὸς ὁ δράκος, ἦταν τέτοια γιαλαντζὶ δίκη, τόσο στημένη, ποὺ ὁποιοσδήποτε ἀγαθὸς ἄνθρωπος, θὰ τὸν ἔβγαζε, καρντάση μου, ἀθῶο τὸν κατηγορούμενο. Ἦταν τετελεσμένο. Μιὰ πλεκτάνη, μιὰ κοροϊδία, μπροστὰ στὰ μάτια μας, τί νὰ σὲ πῶ. Ὡς κι ὁ εἰσαγγελέας κάπου τὸ σκέφτηκε, δὲν θὰ ἤτανε στὸ κόλπο ἢ ἦταν δίκαιος ἄνθρωπος, καρντάση, καὶ σὲ λέει: «Δὲν μὲ πείθουν οἱ ἐνδείξεις, ἂς φάει ἰσόβια, μπορεῖ νὰ γίνει ἀναθεώρηση τῆς δίκης ἀργότερα καὶ νὰ ἀνατραποῦν ὅλα». Τοὺς δικηγόρους ποὺ τὸν ὑπεράσπιζαν τοὺς ἔκαναν πόλεμο, τοὺς ἀποθάρρυναν, τοὺς τρομοκρατοῦσαν. Ἀπομονώθηκε ἐντελῶς. Πάλεψε ὁ καημένος ὁ Παγκράτης νὰ τὸν σώσει μὲ συνηγόρους, καὶ μὲ θεοὺς καὶ δαίμονες. Κι ἐκεῖνοι οἱ ἔνορκοι; Οἱ ἄνθρωποι τοῦ λαοῦ, ντεμέκ; Ποιός ξέρει τί κουμάσια ἦταν! Ἔχουμε ἀκουστὰ καὶ γιὰ κατασκευασμένες καὶ γιὰ καλοπληρωμένες γνῶμες ἐνόρκων. Μπορεῖ νὰ τοὺς βάλανε καὶ τὸ μαχαίρι στὸ λαιμό, τί νὰ σὲ πῶ! Ἐκεῖνος ὁ ἀνεκδιήγητος γιατρός, ὁ ψυχάκιας, ὁ Διακογιάννης, ποὺ τὸν ἔβγαλε «διψομανὴ» καὶ τὸ μεγαλύτερο τέρας τῆς ἑλληνικῆς κοινωνίας; Ἄμ, κι ἐκεῖνος ὁ δικαστικός, ὁ ἀντιεισαγγελέας, ποὺ τὸν πολέμησε καὶ ὑποστήριξε τὴν ἐνοχή του μὲ λύσσα, πῶς τὸν λέγανε γιά, ποὺ ἔγινε ὕστερα ὑπουργὸς τῆς σοσιαλιστικῆς, ντεμέκ, κυβέρνησης; Αὐτὸς καὶ οἱ ἄλλοι τοῦ σιναφιοῦ του ποὺ τὸν πήρανε στὸ λαιμό τους. Αὐτοὶ δὲν θά 'πρεπε νὰ πληρώσουν, καρντάση; Πῶς γιά; Εἶδε κι ἀπόειδε ὁ Ἀρίστος καὶ στὸ τέλος ἔστειλε τὰ ἀποτυπώματα τῶν χεριῶν του ὁ ἴδιος στὶς ἐφημερίδες, τὰ εἶδα καὶ ταράχτηκα ολόκληρη, καρντασάκι μου, κι ἀπὸ πάνω ἔγραφε μὲ τὰ δικά του γράμματα: «Εἶμαι ἀθῶος – ἀθῶος. Ἡ δικαιοσύνη θὰ βρεῖ τὸν ΕΝΟΧΟ». Κι ἔκοψα τὸ ἀπόκομμα καὶ τὸ πῆρα ἀγκαλιὰ ὅλη νύχτα κι ἀπὸ τὰ δάκρυά μου τὸ ἔλειωσα. Ὁλομόναχος ὑποστήριξε τὸν ἑαυτό του, καρντάση μου, ὁλομόναχος. Δὲν εἶπε καὶ τίποτα. Μόνο «εἶμαι ἀθῶος» εἶπε. Καὶ τὸν στείλανε, ἐλαφρᾷ τῇ καρδίᾳ, στὸ ἐκτελεστικὸ ἀπόσπασμα. Κάτι τὸν κάνανε, μάγια τὸν κάνανε, ὁ διάβολος τὸν κυνηγοῦσε, τί νὰ σὲ πῶ! Τὸ '77, καρντάση, ἔτυχε κι ἔκανα γνωριμία μ' ἕναν πολιτικὸ κρατούμενο. Ἐπὶ χούντας τὸν εἶχαν πιάσει μαζὶ μὲ τοὺς συντρόφους του καὶ τὸν κλείσανε στὸ Γεντὶ Κουλέ. Ἐκεῖνος ὁ ἄνθρωπος μοῦ ξομολογήθηκε πόσο τὸν ἀγαποῦσαν στὴ φυλακὴ τὸν Ἀρίστο. Τὸν ἔκαναν παρέα, τὸν ἔβαζαν στὴν ὁμάδα τοῦ μπάσκετ, τὸν ἀγκαλιάσανε. Ὅταν ἦρθαν, μὲ λέει, νὰ τὸν πάρουν, καρντάση μου, στὶς πέντε τὰ χαράματα –τρία μερόνυχτα τὸν εἶχαν στὴν ἀπομόνωση– ἔπεσε σύρμα ἀπ' τοὺς δεσμοφύλακες καὶ σηκώθηκαν ὅλοι οἱ κρατούμενοι στὸ πόδι καὶ βαροῦσαν τὰ κάγκελα τῶν κελιῶν μὲ κλειδιά, μὲ κουτάλια, μὲ ὅ,τι μεταλλικὸ ἀντικείμενο εἶχαν. Ἔγινε, λέει, στὸ Γεντὶ Κουλὲ ἀνάστα ὁ Κύριος, τὴν ὥρα ποὺ τὸν ἔπαιρναν. Ἐκεῖ δίπλα, λένε, ἔγινε ἡ ἐκτέλεση τοῦ Ἀριστείδη, στὸ βορειοανατολικὸ τμῆμα ἔξω ἀπ' τὰ κάστρα τοῦ Γεντί, κοντὰ στὸν ὑπαίθριο χῶρο, ἐκεῖ ποὺ γίνονται σήμερα συναυλίες καὶ θεατρικὲς παραστάσεις, στὸ θεό σου, καρντάση μου.

Ἄχ, δὲν μὲ εἶχε πεῖ λέξη γιὰ τὰ πάθη του, καρντάση. Δὲν μποροῦσε νὰ πάει ἄλλο αὐτὴ ἡ δουλειά. Ἡ μοίρα μου τό 'χει γιά. Τὸ τυχερό μου εἶναι, ἂχ καρντάση! Ποτὲ δὲν στέριωσα. Ἔφυγε, χάθηκε κάποια μέρα ὁ Ἀρίστος, κι οὔτε τὸν ξαναεῖδα ἀπὸ τότε. Ἄστραψε σὰν κεραυνός, μ' ἔκαψε κι ὕστερα ἔσβησε. «Φαρμάκι καὶ μαχαίρι, φαρμάκι καὶ μαχαίρι ἐνθύμιο μ' ἀφήνεις». Τέτοια τραγούδια τραγουδοῦσα ἐκεῖνο τὸν καιρό. Κατὰ βάθος θρῆνος ἤτανε, τραγουδοῦσα βαλαντωμένη. Τὸν εἶχα ἀγαπήσει πραγματικά, τὸν εἶχα βαθιὰ πονέσει. Τὸν ἤθελα πολύ, καρντάση μου. Τὸν γύρεψα, ἔτρεξα σὲ μοιρατζοῦδες, μέχρι μιὰ χαρτορίχτρα Μενιδιάτισσα φώναξα, παντρεμένη στὰ Κάστρα, νὰ μὲ ρίξει τὰ χαρτιά· ἄφαντος. Ἂς μὴν τὸν ξανάβλεπα, μὰ νά 'χε προστασία στὴ ζωή, νά 'βρισκε τὸ παιδὶ ἕναν ἄνθρωπο νὰ τὸν τραβήξει στὸν ἴσιο δρόμο, ἕνα βῆμα ἀπ' τὸν γκρεμὸ στεκόταν ὁ δύστυχος. Κάθε χρόνο, 17 τοῦ Φλεβάρη, μέρα τῆς ἐκτέλεσής του, τὸν ἀνάβω τὸ κεράκι του. Καὶ μὲ ἔρχονται στὸ νοῦ τὰ τελευταῖα του λόγια τὰ φαρμακωμένα, καρντάση μου, κι ἡ καρδιά μου σπαράζει, τί νὰ σὲ πῶ. «Παιδιά, σᾶς παρακαλῶ, σκοπεῦστε με καλὰ γιὰ νὰ μὴν τυρανιέμαι». Ἔπεσε ἱκέτης στοὺς ἄντρες τοῦ ἀποσπάσματος. Αὐτὴ ἦταν ἡ τελευταία παράκληση. Τί νὰ σὲ πῶ! Παλικάρι μου! Θαρρεῖς καὶ πῆρε κάτι ἀπ' τὴ δουλειά του, ναί, ἀπὸ κεῖ πῆρε, αὐτὸν τὸν κυνηγοῦσε ἡ ζωή, καρντάση μου, ὅπως κυνηγοῦσαν οἱ μοτοσυκλέτες τὸν κίνδυνο σ' ἐκεῖνο τὸν τρελὸ τὸ γύρο τοῦ θανάτου. –

Η Α΄ ΕΚΔΟΣΗ ΤΟΥ ΒΙΒΛΙΟΥ ΤΟΥ ΘΩΜΑ ΚΟΡΟΒΙΝΗ «Ο ΓΥΡΟΣ ΤΟΥ ΘΑΝΑΤΟΥ» ΣΤΟΙΧΕΙΟΘΕΤΗΘΗΚΕ ΚΑΙ ΣΕΛΙΔΟΠΟΙΗΘΗΚΕ ΣΤΟ «ΦΑΣΜΑ» - Μ.Π. ΚΑΠΕΝΗ ΚΑΙ ΚΥΚΛΟΦΟΡΗΣΕ ΤΟΝ ΝΟΕΜΒΡΙΟ ΤΟΥ 2010. ΟΙ ΤΥΠΟΓΡΑΦΙΚΕΣ ΔΙΟΡΘΩΣΕΙΣ ΕΙΝΑΙ ΤΗΣ ΣΟΦΙΑΣ ΜΠΟΥΜΠΟΥΡΑ. ΤΟ ΗΛΕΚΤΡΟΝΙΚΟ ΜΟΝΤΑΖ ΚΑΙ Η Α΄ ΑΝΑΤΥΠΩΣΗ ΕΓΙΝΑΝ ΣΤΟ ΛΙΘΟΓΡΑΦΕΙΟ «ΜΗΤΡΟΠΟΛΙΣ Α.Ε.» ΣΕ ΧΑΡΤΙ PALATINA 100 ΓΡΑΜΜ. ΕΥΡΩΠΑΪΚΟ. Η ΝΕΑ ΕΚΔΟΣΗ ΔΕΘΗΚΕ ΣΤΟΥ ΘΟΔ. ΗΛΙΟΠΟΥΛΟΥ ΚΑΙ ΤΟΥ ΠΑΝΤ. ΡΟΔΟΠΟΥΛΟΥ ΣΕ 2.000 ΑΝΤΙΤΥΠΑ ΤΟΝ ΙΑΝΟΥΑΡΙΟ ΤΟΥ 2011 ΓΙΑ ΛΟΓΑΡΙΑΣΜΟ ΤΩΝ ΕΚΔΟΣΕΩΝ ΑΓΡΑ. ΤΗΝ ΕΚΔΟΣΗ ΣΧΕΔΙΑΣΕ ΚΑΙ ΕΠΙΜΕΛΗΘΗΚΕ Ο ΣΤΑΥΡΟΣ Α. ΠΕΤΣΟΠΟΥΛΟΣ

Ἀριθμὸς ἔκδοσης

970 β΄

ΤΑ ΒΙΒΛΙΑ ΤΟΥ ΘΩΜΑ ΚΟΡΟΒΙΝΗ
ΣΤΙΣ ΕΚΔΟΣΕΙΣ ΑΓΡΑ

ΤΑ ΒΙΒΛΙΑ ΤΟΥ ΘΩΜΑ ΚΟΡΟΒΙΝΗ
ΣΤΙΣ ΕΚΔΟΣΕΙΣ ΑΓΡΑ

ΤΑ ΒΙΒΛΙΑ ΤΟΥ ΘΩΜΑ ΚΟΡΟΒΙΝΗ
ΣΤΙΣ ΕΚΔΟΣΕΙΣ ΑΓΡΑ

ΤΑ ΒΙΒΛΙΑ ΤΟΥ ΘΩΜΑ ΚΟΡΟΒΙΝΗ
ΣΤΙΣ ΕΚΔΟΣΕΙΣ ΑΓΡΑ

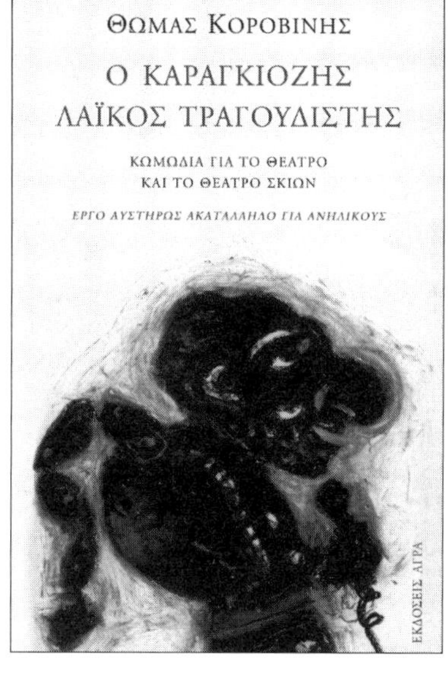